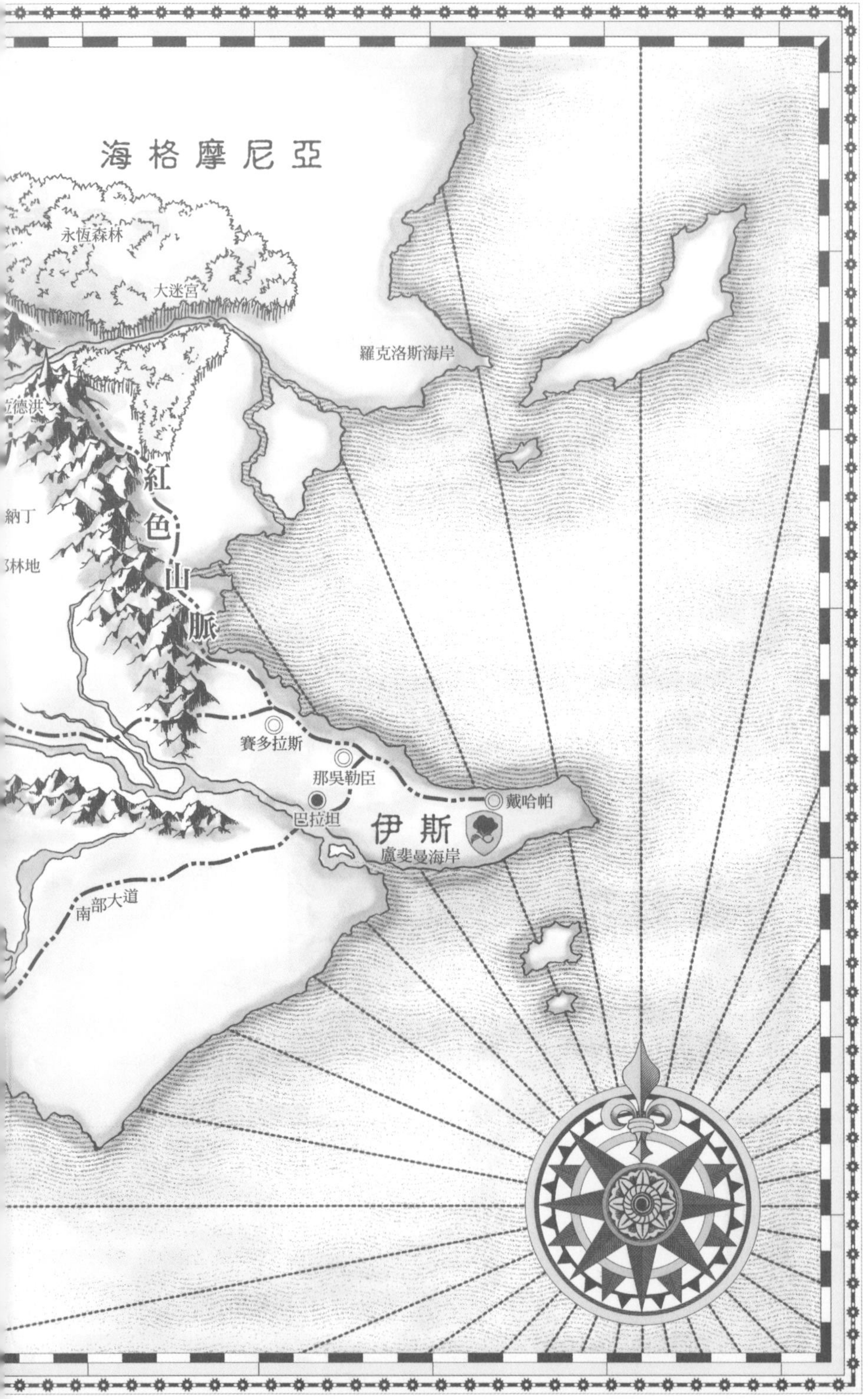
海格摩尼亞
永恆森林
大迷宮
羅克洛斯海岸
德洪
紅色山脈
納丁
林地
賽多拉斯
那吳勒臣
戴哈帕
巴拉坦
伊斯
盧斐曼海岸
南部大道

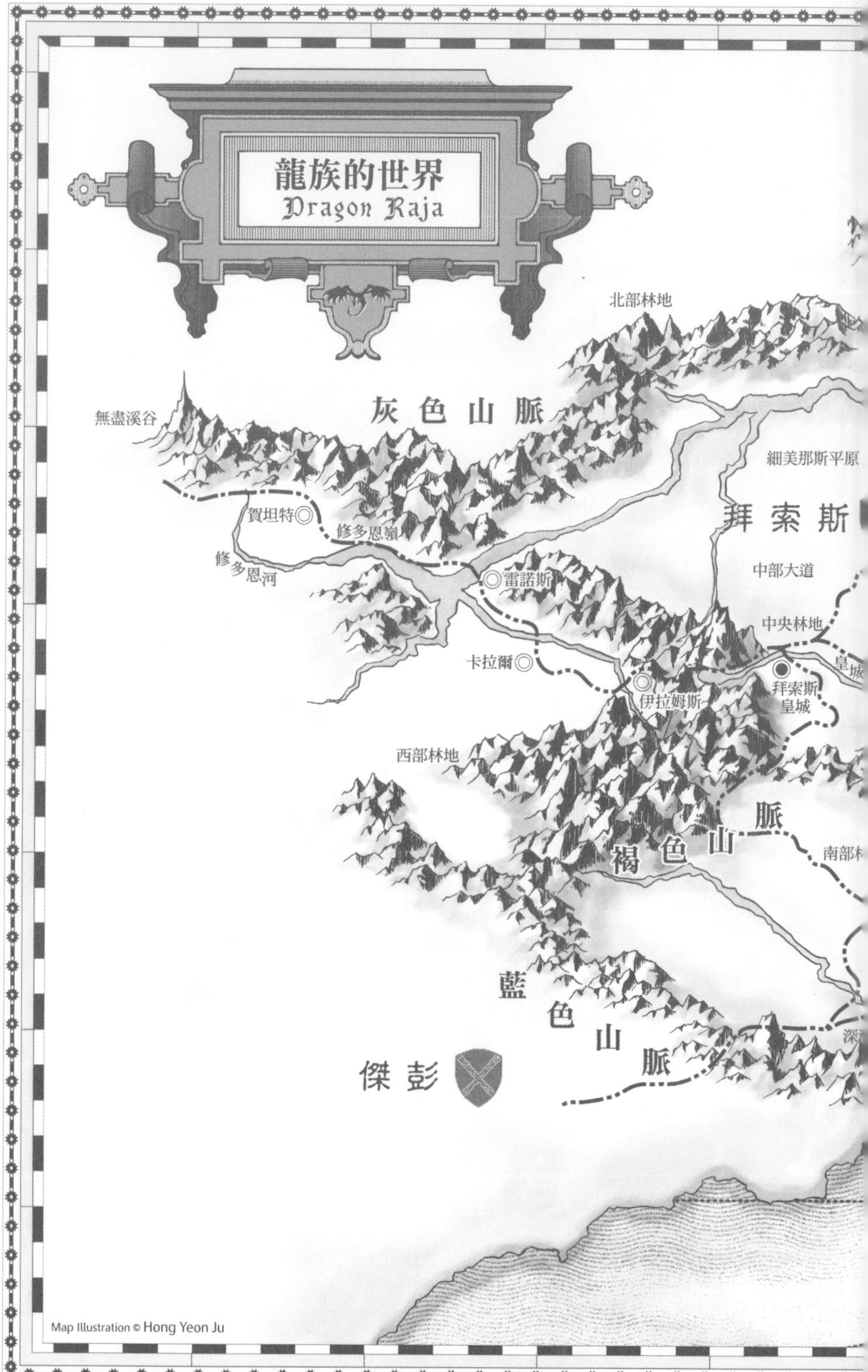
龍族的世界
Dragon Raja
北部林地
無盡溪谷
灰色山脈
細美那斯平原
拜索斯
賀坦特
修多恩嶺
修多恩河
雷諾斯
中部大道
中央林地
皇城
卡拉爾
伊拉姆斯
拜索斯皇城
西部林地
褐色山脈
藍色山脈
傑彭

龍族

2

李榮道—著　王中寧、邱敏文—譯

龍族

2

五十個小孩與大法師費雷爾

目錄

第3篇

五十個小孩與大法師費雷爾

……我們懷念死去的人，而不願意接受他的死亡。兒子會為了慈母的死而嗚咽，少女則為了戀人的死而失魂落魄。然而舉凡這世上的所有恐懼之中，沒有比死去的父母、親戚、朋友又再回來還更恐怖，這又該如何解釋呢？那樣深的感情、友情、愛情在碰觸到死亡這個屏障之後，看到它們這麼容易就被摧毀，只能驚詫不已。閱讀這篇文章的諸位讀者！今天假設：如果死去的親生父親或朋友從背後呼喚自己的話，各位真的會高興地回過頭去嗎？這就是為什麼不生怪物會比其他任何一種怪物還要更加可怕的緣故。就連老練的戰士看到不死生物時，他注意的不會是對方的微弱力氣，而會因為死亡的世界所帶來的超越性恐懼而被沉重地壓抑著，無法拔出劍來。

——摘自《在風雅高尚的肯頓市長馬雷斯・朱伯烈的資助下所出版，身為可信賴的拜索斯公民且任職肯頓史官之賢明的阿普西林克・多洛梅涅，告拜索斯國民既神祕又具價值的話語》一書，多洛梅涅著，七七〇年。第四冊一二六頁。

01

我看看四周然後說：

「像最近這種天氣，很適合去找蜂窩，然後把蜂窩採下來。」

我總覺得這裡好像應該有很不錯的蜂窩。在這種寬廣的荒野之中，春夏季一定開了非常多的花。而且又有一條寬闊清澈的溪。當然是要在水很清淨的地方，蜂蜜的品質才會比較好。為什麼呢？因為要有清淨的水來滋潤，花才能造出好的蜜。稍微遠離一點的洋槐花樹林也讓我很喜歡。最近蜜蜂為了準備過冬，一定已經儲藏了最上等的蜂蜜。

平常我要是去找蜂窩，那都是為了提煉蜂蠟來製造蠟燭。但是現在則是想在旅行途中能吃點特別的食物。將蜂蜜塗在煎餅上，我們這一行的所有人一定都想吃得要命。要不要來做一點蜂蜜餅呢？

「喂，尼德法老弟，我們目的很明確，而且是時間不多的旅行者啊。我們可不是什麼悠閒的流浪漢啊！」

卡爾義正辭嚴地說。確實如此！我們應該是要瘋狂地疾馳的人。但是想要瘋狂地疾馳穿過秋天的原野，卻不是件容易的事。不僅是因為周圍的風景太迷人了，而且，如果我們稍微騎得快一點，就會覺得寒風刺骨。這是由於體溫會不斷降低的緣故。現在，天空布滿了厚厚的烏雲，如果運氣不好的話，搞不好會淋雨。

「我們到下一個領地的時候，應該要一人買一個大斗篷。」

這是杉森說的，而卡爾也點點頭。我看了看伊露莉，她……好像並不覺得太冷。

不，應該說她似乎一點都不覺得冷。

「伊露莉，妳穿那個皮外衣不會冷嗎？」

「冷？啊，我不會冷。我們精靈可以與所有的天氣達到協調。」

我看也是這樣。精靈好像被稱作是「優比涅的幼小孩子」？即使是處在颱暴風雪的冰天雪地，伊露莉可能也絲毫不受影響吧。這麼說來，一年四季她都可以穿那種帥氣的皮外衣。

「我看這條路的樣子，應該快看到領地或村莊了，是吧？」

杉森聽到我的話之後點點頭。

「當然啦！你當我是什麼？我可都是很精確地判斷出村莊的位置，然後再決定路線的。」

「你故意安排成想喝酒的時候，就會出現村莊？」

「差不多啦。」

嗯，現在是接近傍晚的時候，如果按照杉森所說，應該就快出現領地了吧？就算不是，也已漸漸開始出現農田和果園。杉森指著眼前的山丘說：

「應該就是在那座山丘的後面。」

我們爬上了那座山丘，隨即看到眼前是一處領地的樣子。都市和領地的差別在哪兒呢？其實只要看是否有領主的宅邸，就可以知道了。我看到村莊另一頭有一棟看似宅邸的建築物，猜測這裡是領地的可能性較高。那棟宅邸如果是市長的家，未免也太大了一點。因為那幾乎和城堡差不多大。

我們稍微停在山丘上，看了看這片領地。領地的上空籠罩著一片烏雲，在那片烏雲底下的領地看起來很低矮而且又冷清。伊露莉說道：

「這個村莊很奇怪。」

我之前也感覺到了。我看不到任何一個人影。但是也有可能是因為這種陰霾的天氣，人們不太喜歡待在外面。杉森問伊露莉：

「伊露莉，是什麼地方很奇怪呢？」

「到處都看不到影子。」

「咦？」

好奇怪的回答！我再仔細看看山丘下方的那座都市，雖然有些遠，但是確實看不到每一棟建築物應該會映在旁邊建築物上的影子。

「可是，會不會是因為現在沒有太陽？」

伊露莉表情擔憂地搖搖頭。

「但是有光啊！那麼就應該要有影子才對。要不然，至少建築物的顏色也應該要有深淺的差別才對啊！然而，看看那個都市裡建築物的牆，不論是正面，或是側面，都是一樣的顏色。所有建築物都一樣，不論哪一面都呈現出一樣的顏色。」

我們發現確實是如此，那一瞬間，我感到一股難以抑制的恐懼感。

是的，那確實是不可能的事！天啊！建築物的四面都呈現同樣的顏色，怎麼會這樣呢？即使是相同的灰色，也會因為光線的關係，正面會是亮灰色，而側面則會是暗灰色，應該要有差別才對啊！但是，那些建築物就好像是還沒學會明暗的小孩子所隨便畫出的圖畫，上下前後左右的顏色都一模一樣！

我一面哆嗦地發抖，一面趕緊停下馬匹。其他人也停了馬匹，然後用驚恐的表情互相看著。我們又再度望向那些建築物。

「杉、杉森！怎麼辦才好？」

杉森咬著嘴唇回答說：

「我不知道。這個都市明明是卡拉爾領地……在我的地理書上，只寫著這裡是以玉米酒聞名的地方，並沒有其他的說明。」

「但、但是我感覺不到這是有人住的都市！」

這時候，卡爾沉重地開口說話：

「不會吧，尼德法老弟，這是有人的都市。」

我看著卡爾所指的方向，第一次看到有人出現。那個人站在大路的中央，正看著站在村莊入口外面的我們。

這個人穿著黑色袍子，那種寬鬆到令人覺得像是套了一個袋子的衣服。而腰的部位則是用某種東西束起來，看到這個人的腰這麼細，我才勉強看出這是一個女人。她的頭髮是黑色的，但是也摻雜一些變色的紅頭髮，和伊露莉的黑頭髮完全不一樣。那些頭髮將她臉的兩邊全都遮住了，我們好不容易才分辨出她的鼻子和嘴巴。

我們走向那個女人，但是我們一面走，一面感覺漸漸接近我們周圍的建築物很可怕。並不是因為它們的形狀很奇怪，也不是因為髒亂或者哪裡被損毀，只因為、只因為四面的顏色全部都一樣！這已經是一個法則崩解的村莊。到底在烏雲底下，玩了什麼光線的把戲，才會造成這種現象？

就在這個時候，那個女人尖聲地說：

「快回去！快回去！」

我們非常害怕，但是我們的馬比我們還害怕。那些馬好像是聽到野獸的叫聲似的，前腳猛然提起並且開始嘶鳴。

「咿嘻嘻！噗嚕嚕，嘻嘻嘻嘻！」

我們為了不被摔下馬匹，全都緊緊地抓住馬背。而在這時候，被那個女人的尖銳叫聲給嚇到的不只我們。

「嘎啊！嘎嘎嘎嘎！嘎啊啊啊！」

我感覺天空都快被遮住了。一大群烏鴉從四方的建築物屋頂後面飛了上來，四處飛散著。那些烏鴉的黑色羽毛像落葉般飄落下來。馬的悲鳴聲和烏鴉的叫聲，以及遮住視線的羽毛和我們的不安，都讓我們快被嚇得魂飛魄散。

我又聽到另一個喊叫聲傳來。

「為什麼要飛出來呢？」

那是伊露莉的聲音。很令人驚訝地，伊露莉和她騎的那匹「理選」一點都不為所動。伊露莉看著天空喊著：

「你們是在找食物嗎？還是在找睡覺的地方？或者你們是在找不見了的孩子？快回去吧！被閃爍事物給迷惑住的純真鳥兒啊！回去你們的巢穴吧，回到那些閃爍的倉庫去吧！」

那些烏鴉們都飛了下來。但是牠們停在建築物的屋簷或屋頂邊上，或者陽台的一角，一直望著我們。伊露莉看著牠們，皺起了眉頭。幸好我們的馬匹已經開始鎮靜下來了。卡爾順了一下自己蓬亂的頭髮，然後心慌地看著四周的烏鴉，他說道：

「真是奇怪！現在這裡如此騷亂，為什麼卻都沒有任何人出來呢？」

他搖搖頭，然後開口問眼前的這個女人。

「借問一下！我們是路經這裡的旅行者，只是想在這裡留宿一晚，但是妳卻不管三七二十一地叫我們回去，請問可以告訴我們理由嗎？」

那個女人將頭髮往後撥開，這時我們才看清她的臉。她的臉就和她那一身襤褸的穿著差不多，也很骯髒，滿臉都是泥水。看起來就像是一個瘋子。

那個女人目光炯炯地注視著我們。不對，不是我們，她是注視著伊露莉。伊露莉用淡淡的視線和那個女人的眼睛對看著。

那個女人對伊露莉說：

「優比涅的幼小孩子……森林的種族。烏鴉豈敢在無限高尚的你們面前騷亂！嘻嘻嘻！真不愧，真不愧是精靈啊！低賤的人類如果和你們在一起，有誰不會轉化成你們那種高尚品德呢？」

伊露莉眨了眨她那雙黑眼睛，然後將頭轉了過去。她讓她的馬轉身，然後對我們說：

「我們退回去吧。」

「咦？」

「我們從這裡退回去吧。我等一下會告訴你們理由。」

她好像不想再說什麼似的緊閉著嘴巴。我們則是莫名其妙地轉身離開。在後面盯著我們的那個女人和那些烏鴉的視線弄得我的背發燙。

我們又再度橫越過卡拉爾領地外圍的廣闊農田，而伊露莉仍然不發一語。杉森看起來很焦急，我也是同樣地焦急著。卡爾有時候會轉頭看看後方，然後歪著頭思考。

陰沉的烏雲越來越厚，幾乎快讓人以為現在是晚上。甚至杉森還開玩笑地說「可能需要拿個火把了！」，然而天空確實是陰沉到這種地步。越過了農田之後，我們回到那座有山路、可以通往村莊的荒山上。此時伊露莉下馬，我們也都跟著下馬，然後走向她。伊露莉一坐到地上就用雙手掩著她的臉。她就這麼地沉浸在思緒裡好一段時間，然後抬起頭看著我們。

「請坐下吧。」

「啊，好。」

我們有氣無力地各自坐在地上。伊露莉低沉地說：

「剛才那個女人不是人。」

「啊？」

「我說她不是人，但這句話的意思也不是說那個女人是半獸人或地精，那些跟人類完全不同的種族。然而如果說她是人，她卻是非常異類的那一種。」

「這到底是什麼意思呢？」

伊露莉望著村莊的那個方向並說道：

「如果是人的話，應該時時刻刻都能依從優比涅和賀加涅斯這兩個神。優比涅和賀加涅斯這兩個神都很關心人類，祂們永遠都想介入人類的生活。相反地，我們精靈則是依從卡蘭貝勒，所以賀加涅斯很難介入我們。矮人他們則是依從卡里斯・紐曼，所以相反地，優比涅很難去干涉矮人。」

我和杉森只是茫然地點頭，而卡爾則是一副相當明白似的點頭。雖然同樣是點頭，卻有如此大的差別！伊露莉好像覺得很冷似的，用手抱住了膝蓋。咦？精靈也會覺得冷？她說道：

「但是剛才那個女人卻只帶有賀加涅斯的氣息。」

「啊？」

「不僅是那個女人的樣子。那個領地所有建築物的壁面都是相同顏色，那就是失去協調的證據。那裡已經是個無視於優比涅秤臺的地方。實在令人無法理解。」

這些話並沒有讓我們激動起來。因為杉森和我兩個人都不太關心神學的東西。我是託卡爾的福，腦袋被灌進一些知識，但是那也只是知識而已，並不能因此激發出什麼情緒。

但就我所知，優比涅是協調，而賀加涅斯是混亂。與其說兩者是神，倒不如說祂們表達出某種法則或傾向。但是一般都把祂們說成是人格神。

所有萬物都不可能只有協調或只有混亂。如果沒有混亂就不會有協調，而如果沒有協調就不可能有混亂。所以這兩者為了共生而創造了時間。因為有了時間，所以才讓這兩者能共存，也因此優比涅和賀加涅斯才都能滿意，萬物也就能夠運轉起來。混亂之後會有協調產生，而在協調之中又會再湧現出混亂。

然而這是非常複雜的原理。

就拿人類來做比喻，人類依從優比涅和賀加涅斯這兩者。如果只有優比涅來管治人類的話，這世上會很枯燥無聊。舉例來說，幸運這種東西大都是賀加涅斯給的禮物。萬一骰子被丟出六次都出現六的時候，就可說是非常的幸運，但是這其實是機率法則的混亂，也就是賀加涅斯的恩寵。受到賀加涅斯恩寵的人最好是去做個賭徒。但是從相同的觀點來看，賀加涅斯也會送給人非常不像話的壞運。如果骰子被丟出六次都出現一的時候，那也是賀加涅斯的力量。

而且賀加涅斯聽說也是戰士們信仰的神。協調是需要兩樣以上存在的事物才能做協調。也就是某個事物和某個事物協調，而如果說自己達到協調，這說得通嗎？戰士們的行動原則是敵人和我，兩個之中有一個會死，所以賀加涅斯會庇佑戰士們。

不過，戰士們有時也會埋怨賀加涅斯。如果經歷很多的練習和努力，仍然被弱小的敵人意外地打倒，那麼那就是賀加涅斯所開的玩笑。所以那些努力的戰士們會希望優比涅庇佑他們。可是他們又違反優比涅的旨意，因為他們屠殺敵人。如果是不太努力的戰士們呢？當然會希望有賀加涅斯的助力，幸運地打贏敵人。但是他們會按照優比涅的旨意，協調地被殺死。然而優比涅事實上不希望兩個人中的任何一個人死掉。因為協調是需要兩個以上的存在事物……這真的是非常非常複雜！我聽了這樣的一番話之後，從此對神學完全失去了興趣。

總之，如果問祭司這一類的問題，他們大概可以討論個一輩子吧。我因為對這個沒有興趣，所以知道這麼多已經很滿足了。反正賀加涅斯和優比涅是非常高層次的神，事實上祂們是不能被稱為在神的宇宙間的法則……之類的東西，而且也沒有直接信奉祂們的宗教。然而所有宗教都認定優比涅和賀加涅斯，依從祂們之下的那些神祇。

我只是將這些知識記憶在腦海中，還無法用心去感受，所以用愣愣的表情看著伊露莉。相反地，卡爾則是做出非常擔心的表情，我們兩個人的差別在此。卡爾很擔心地說：

「怎麼會……怎麼會有人只帶有賀加涅斯的氣息？」

「我也不知道。但是我想到有一種可能性。」

「哪一種可能性？」

「賀加涅斯底下的神有誰呢？也就是說，能夠強力散播賀加涅斯氣息的神是誰呢？」

卡爾眨了眨眼睛，他用低沉的聲音說：

「妳認為那裡是神臨地？」

「有可能是。」

「哦，天啊！」

卡爾臉色發青地慘叫了一聲。我和杉森呆呆地互相望著對方。杉森無聲地只用嘴形說：

「那是什麼呀？」

「我也不知道。」

卡爾就這麼處在顫慄的狀態好久一段時間。在那種氣氛下，我們無法貿然問問題，所以一直將手指頭彎來扭去的。最後我忍不住了，正要開口的時候，卡爾用沉重的語氣說話了，彷彿已經十年沒說過話，如今第一次開口說話似的。他說：

「如果說是神臨地……這個，若是賀加涅斯其下的神，有半身人與岔道的德菲力，矮人與火的卡里斯・紐曼，半獸人與復仇的華倫查，劍與破壞的雷提，烏鴉與疾病的……」

說到最後，卡爾的眼睛突然炯炯發亮。伊露莉點點頭。

「最巨大的烏鴉，傳染病的第一根源者，只守住墳墓的守墓者。」

「這是什麼意思呢？只守住墳墓？」

伊露莉回答我的問題，她說道：

「也就是說只守住墳墓，而不守住屍體。或者挖來吃，或者取出來毀損……」

「那是誰呢？」

「基頓。」

這是卡爾的回答。基頓，是基頓。這是我所不知道的名字，由此可知，應該不是很有名的神。反正，如果祂是疾病之神，那就一定不會很有名。我看了看杉森，但是他看起來也是很害怕的樣子。所以我問卡爾：

「基頓是疾病之神？有人信仰這個神嗎？」

卡爾沉重地點點頭。

「在我們居住的西部林地，祂算是比較不得勢的神，但是在南部林地，祂卻是很有名氣的神。特別是在南部林地的伊法斯市裡，有一隻被稱作是基頓化身的雙頭烏鴉傑洛伊。聽說那個都市的市民們甚至還直接繳納貢物給牠。」

「啊？有兩個頭啊？」

「是的，聽說那是象徵著疾病是不分白晝黑夜，人人都有可能染上。聽說即使一邊的頭睡著了，另一邊的頭還會醒著。」

杉森和我都眨了眨眼睛。真想到那裡去看看。但是南部林地並不在我們的行程裡，所以似乎是不可能看得到了！杉森說：

「那麼，在剛才那個都市裡，基頓到底做了什麼呢？」

「很可能是基頓的祭司所為，要不然就是蘊藏基頓權能的某個東西不小心流傳到那個村莊。」

「那麼，我們去看一下吧？」

對於我的提議，伊露莉和卡爾兩個人都嘆了一口氣。什麼呀？我尷尬地搔搔頭。

「怎麼了，我的提議很不恰當嗎？」

「當然不是不恰當。我們和他們同樣是人類，而謝蕾妮爾小姐追崇優比涅的法則，所以看到那樣的狀況，當然也不會視若無睹。」

伊露莉點點頭。

「是的。」

「但是我們這樣做太危險了。那裡到處遍布那個神的權能，我們如果進去，到底要怎麼做才好……」

我又再搔搔我的頭。

「嗯，那個，萬一是某個基頓的祭司在那裡實行基頓的律法，我們就將那傢伙狠狠打一頓之後趕他出去，或者如果是基頓的東西在那裡發揮影響力，我們就將它丟到某個地方，或者把它毀掉，這樣不就行了嗎？」

卡爾笑了笑，但是看起來很無力。

「喂，尼德法老弟，你說得很對。但是那片土地上的每樣東西都依從著基頓的律法，搞不好就連那片土地上的空氣也遵循著基頓的律法而活動著。我們剛才靜靜地離開，所以沒有什麼危險性，但是萬一我們要是在那片土地上做出反對基頓律法的行為，那麼，說不定會瞬間沒有空氣，或者我們腳下的土地會消失不見。不對不對，那裡是基頓的神臨地，所以我們很有可能在瞬間感染到許多的疾病。你如果同時中暑和凍傷，心情會如何？」

「……你是在開玩笑的吧？」

「我不是在開玩笑。神臨地本來就是這個樣子。」

我一面打寒噤一面問：

「什麼是神臨地？」

「神臨地就是神降臨的土地。是很令人害怕的地方！」

神臨地這個詞說起來好像是很神聖而且很偉大的。但是如果依照卡爾的說明，那即是在地面上形成的一個地獄。至少對於在地面上生活的生物而言，是比地獄還更令人害怕的地方。

「在神臨地裡面，一切事物只遵守一個神的律法。嗯，尼德法老弟、費西佛老弟，我們事實上可說是住在許多神的律法之中。若是身處只遵守一個神的律法之處，反而會無法活下去。舉例來說，假設某處是矮人與火的卡里斯・紐曼的神臨地，恐怕連矮人也沒辦法住在那裡。因為火是那裡的唯一存在。一切都會被燒掉。又假設是精靈和純潔的卡蘭貝勒……」

卡爾說到這裡之後停頓了一下，但是伊露莉並沒有露出什麼特別的表情，她接著卡爾的話：

「那裡會純潔地令人窒息。所有土地都必須是處女地，所以不能開發使用土地；所有的森林都必須是從未踏過的林地，所以完全不能進入森林；所有的山都必須是處女峰，所以不能爬上山去。除此之外，他們無法生小孩，因為處女生不出小孩。」

伊露莉雖然完全沒有那樣的意圖，但是最後一句話的語氣實在很可笑，所以杉森和我都偷偷地笑了。伊露莉一看到我們在笑，馬上露出一副「聽到這麼可怕的話，怎麼還笑得出來」的表情，訝異地看著我們。杉森則是乾咳了幾聲，然後說：

「嗯。這麼說來，在那片土地上只有疾病存在嗎？」

「應該是吧。這可能也是才發生不久的事吧。要不然，消息應該早就傳遍了。」

「我們一定要動手解決才對。」

「是啊，這已經不是一件普通嚴重的事。但是這應該算是『神為』，我們這些凡夫俗子是沒辦法接近的。」

我很煩悶地問道：

「難道完全沒有辦法嗎？」

「我也不知道。因為這種現象本身就很稀有。不管是哪一個神，想要在一個地方排除掉自己權能以外的其他權能，這是需要付出很大的代價。也幾乎是不可能的事。」

「可是那裡不是已經被改變了？」

「或許是有某種很強大的意識，也或許是有無比強大的魔法物品在那裡。也許是傳說中的某個寶物吧。如果知道起因是什麼，就可能有方法能解決。優比涅為了要協調每樣事物，賦予了每樣事物優點和缺點。即使是無比強大的力量，也一定有它的弱點。但是我們之中對神學比較瞭解的人……謝蕾妮爾小姐？」

「我對神學也不是很瞭解。」

「哦……那該怎麼辦呢？沒有辦法了。我們試著去最近的神殿看看吧。費西佛老弟？」

「是。」

「我們需要借助神殿的力量了。這附近哪裡有神殿呢？」

杉森從行囊裡拿出地理書，他翻到卡拉爾領地和前後幾頁，仔細地看了幾眼之後，隨即把頭埋到書裡，頭低得連鼻子都快碰到書了。

「他媽的，太暗了，實在是看不清楚。」

不知道是不是烏雲的關係，天色變得非常地暗。伊露莉看一看天空然後說：

「烏雲太厚了，才會造成光線不足。那個……咦？」

伊露莉很快地從地上站了起來。她突然舉起雙手，將頭髮往後撥開，並且望著天空。到底怎麼了？

「怎麼了？伊露莉？」

「那些烏雲，那些雲，真是奇怪。你們不覺得很奇怪嗎？」

「妳說那些雲……很奇怪嗎？」

我和杉森站起來仔細看著那些雲。那些雲有什麼奇怪的呢？嗯，看起來非常有可能要下雨。可是伊露莉想說的好像並不是這件事。

「如果說這裡是基頓的神臨地，就不應該會有這些烏雲籠罩著。我雖然不太瞭解神學，但是我也有一點常識。所謂的病，普通都是熱性的。雖然說也有不會發熱的病，但是病的象徵通常大都是快燒起來的高熱。這裡如果是基頓的神臨地，應該要有很炎熱的空氣，要不然就是很乾燥的空氣。」

「……說的也是！那麼？」

「那些雲是有人召喚出來的東西！走吧！」

她敏捷地跳起來，然後跑去放好行囊，同時跳上理選的背上。她竟然能夠不踩馬鐙，也沒有抓著馬鞍就跳上馬，她是怎麼做到的？我即使沒穿盔甲，也沒辦法像她那樣跳上馬。或許伊露莉沒有馬鞍也能輕鬆地騎馬，但是因為行李的關係，才會需要馬鞍吧。就在我們慢吞吞地各自上馬的時候，伊露莉騎在馬上開始唸咒語。

「在那氣息之下，浮載著生命，望看所有事物，不從屬於任何事物的您啊，請帶領我，到索求您的玩具的那個人那裡。」

召喚風精的她專心仰望天空好一會兒。然後她回頭看著我們說：

「可以了。請跟我來。」

然後伊露莉開始騎馬前進，她是以馬普通疾走的速度跑著，所以我們能夠緊跟著她。我們跟在伊露莉的後方騎馬前進。伊露莉為了要集中精神在風精上，好像不能騎得很快。

沿著卡拉爾領地的外圍，我們迂迴曲折地走了一段時間。不知道還要沿著荒山的低矮丘陵跑多久呢？突然間，我們看不到樹木，眼前出現了一片廣闊的山坡。我們還看到有許多粉紅色的斑點。伊露莉點點頭。

「好像是大波斯菊與暴風之神艾德布洛伊。巧的是，那片山坡上還開了大波斯菊呢！」

伊露莉的眼睛看得可真遠。我們那時才發現那一片粉紅色的連綿山脊全都長滿了大波斯菊。那個山坡雖然是片緩坡，但是視野很好，很適合俯瞰卡拉爾領地。我們稍微再騎近一點，才看到那些大波斯菊之中有某個形體，只能勉強看到一點點的上半身和頭。不過又因為風吹讓大波斯菊擺動個不停，所以無法看得很清楚，再加上那個形體披了一件袍子根本看不到臉。可是一聽到我們走近的馬蹄聲，對方就慢慢地轉過頭來。厚厚的雲層使光線不足，我還是看不清楚在袍子底下的那張臉。

風一吹，大波斯菊的粉紅色波浪就這麼蕩漾著。他站直身軀。等等，怎麼會站直他的身軀？這麼說來，他剛剛一直都是蹲著……

我的天啊！他的身高一定超過五肘，說是有接近六肘高，毫不誇張。那是人嗎？人有可能長這麼高嗎？他拿著一支繞有鐵箍的沉重權杖，我還以為這是從哪兒拔來的柱子。他將袍子的頭巾翻下。這一瞬間，我和杉森都抓起各自的劍，然後緊張地咬緊牙齒。

袍子底下出現的是一張巨魔的臉！

伊露莉從理選背上跳下來。我打了個寒噤立刻喊道：

「伊露莉！危險！」

可是伊露莉聽都不聽我的話，直接走向了那個巨魔。那個巨魔低頭看著還不到他肚子高的伊露莉。天啊！那個巨魔只要揮一下杖，伊露莉的身體就會散成碎塊啊！伊露莉穿著白色的罩衫，上面套了一件皮外衣以及皮褲。雖然看起來很好看，但可不是盔甲啊！然而伊露莉很鎮定地開始說話。

「我是伊露莉·謝蕾妮爾。請問妳是不是大波斯菊與暴風的女祭司？」

女祭司？那個巨魔開口說：

「是的。我叫艾德琳。」

伊露莉轉頭看著我們。她的表情像是在說「還不快點自我介紹？」。這個，有一點，因為，唉，可是！我們呆呆地張著嘴巴看著她。最後伊露莉放棄了，她說道：

「從左邊起，分別是杉森・費西佛、卡爾、修奇・尼德法。他們是和我同行的人。」

巨魔低下頭，很有禮貌地對我們打招呼。

「真高興認識你們。以風中飄散的大波斯菊之榮耀。」

卡爾結結巴巴地對應著：

「以、以平息暴風的花瓣之榮耀，嗯，榮耀，所以……」

連卡爾都這個樣子了，更何況是杉森和我。我們雖然已經放開了劍柄，但還是很驚慌地用警戒的眼神看著這個叫艾德琳的巨魔「女子」。艾德琳則是對我們「微笑」。她的尖牙可還真漂亮！

「你們一定嚇了一大跳吧。」

卡爾則是寒毛直豎說：

「妳、妳不是巨魔嗎？」

「正如你所看到的，我是巨魔。」

「但、但是為什麼會成為艾德布洛伊的女祭司？」

「因為我的信仰。」

我終於忍不住地插嘴說道：

「嗯，這會符合妳的性格嗎？而且艾德布洛伊的神殿那邊能不說二話就接受妳嗎？」

「這當然符合我的性格，而且我當然是被神殿接受了之後才成為女祭司。這是當然的事。」

她一連說了這麼多個「當然」，所以我就不再說什麼了。總之，她是信仰了艾德布洛伊，並且依從其教理，被艾德布洛伊的神殿接受了之後成為女祭司，所有的這些過程都因為符合艾德琳的性格，所以能一一實現。可是！她到底還是個巨魔啊！

「嗯，妳們的其他種族，嗯，那個……」

我還是無法振作起精神，只能支支吾吾地，隨即艾德琳微微笑了笑。

「我真的很抱歉。我好像太過沒有禮貌了。嗯，我一開始就知道你想問什麼。你覺得『巨魔女祭司』很奇怪，是吧？你是想問我『既然是巨魔，就應該是抓人來吃的那種怪物，怎麼會奇怪地成為女祭司』，是嗎？因為這樣的問題讓我很傷心，所以我不知不覺地就無禮了起來。真的很抱歉！」

卡爾這時候才恢復鎮定地回答說：

「實在無法說我們剛才不是這麼想。真對不起！不過妳是怎樣成為祭司的呢？」

艾德琳並沒有回答，她又再轉過頭望著卡拉爾領地的方向。在這個女子（我們暫時這樣稱呼她吧！）跟我們對話的這段時間裡，卡拉爾領地上空的雲層已經逐漸消散，而且灑落了一點陽光。艾德琳擔憂地露出了牙齒，並且開始咕噥咕噥地喃喃唸著……因為她是巨魔。

「太陽是賀加涅斯的力量。雖然我不想讓陽光照下來，但是真不容易啊！現在那片雲層上方正射下一道很強烈的太陽熱力。」

伊露莉點點頭。

「我也想過是這個樣子。我想可能是有人為了要遮住陽光，才讓這烏雲籠罩著。」

艾德琳望著伊露莉，然後歪著頭。可是為什麼在我看來，連這樣的動作都覺得很危險？

「請問妳知道有關那個領地的事嗎？」

「剛才我們進到那裡，又再出來。那裡好像變成了基頓的神臨地，是嗎？」

艾德琳微微笑了笑。我覺得艾德琳認為伊露莉可能會很好吃的樣子，差一點嚇得跳起來。

「真不愧是優比涅的幼小孩子。是的，正是如此。現在……」

艾德琳遠遠地望著天空。不知不覺太陽已經快下山了，透過雲層射下來的陽光變成了紅色的光線。灰色的都市裡照進了一片紅光，看起來很漂亮。但是那裡是基頓的神臨地，只遵循一個法則的地方。這個法則就是：所有的東西都會染上疾病。

「太陽快下山了。今天到此為止。」

艾德琳點點頭，說完之後轉身面向我們。天啊，我們現在騎著馬，可是還只到她眼睛的高度，真是令人害怕。艾德琳說：

「我可以請各位吃晚餐嗎？」

這讓我害怕得又起了一陣雞皮疙瘩。

02

原來，艾德琳的意思並不是要把我們抓來吃掉。她是真的要請我們吃晚餐。但也不是請我們吃什麼豪華大餐，只不過是一群旅行者坐在一起吃東西而已，不過艾德琳很誠心誠意地拿出她帶來的食物，我們也拿出我們帶著的食物，這頓晚餐可算是非常豐盛。艾德琳並沒有帶什麼奇怪的食物。不對，有幾樣確實是很奇怪。例如和我一樣大的麵包，還有像我的大腿那麼粗的香腸，以及用四品脫大的杯子來喝一百品脫水瓶裡的水，除此之外，還用一把足以和短劍相較量的小刀來切東西，這些確實都很奇怪。

我抱著艾德琳拿給我的香腸，感覺食欲完全消失殆盡。不管是多麼好吃的食物，如果量太多的話，品嚐起來就不會很美味了。明明聞起來很香，味道也很不錯，但就是巨大到令人害怕。不過杉森的表情就好像是來到天國似的，出神地望著那個香腸。唉唷，這個食人魔！

營火正劈劈啪啪地燃燒著。

我們所在的山坡上，可以清楚地看到位在下方平原上的卡拉爾領地。那裡受到月光照射之後，閃著帶有鬼魅氣氛的銀色，不過這一次可以看到很分明的陰影，所以看起來並不奇怪。只是還有一樣很奇怪的事，那就是——完全看不到燈光。伊露莉憂心忡忡地看著那幅景象，然後說：

「請問妳之前也不斷地召喚雲嗎？」

艾德琳表情疲倦地將三個蘋果一次塞進嘴巴，她一邊嚼著一邊回答：

「這是第三天了。我是在三天前經過這裡時目睹到那景象的。不對，應該說我在眼睛看到之前，就已經感覺到了基頓的氣息。我沒有實際解決的方法，只能夠不讓那股勢力繼續增強。我每天召喚雲，使那裡照不到陽光，我只能做到這個程度。」

伊露莉嘆了一口氣，然後丟了一塊木柴到營火堆裡，她說道：

「不知妳願不願意說說有關妳的故事？」

「實在是沒有什麼偉大的故事，不過……」

我一面被杉森的打嗝聲音給吵個不停，一面聽著艾德琳的故事。

艾德琳原本是住在中部林地褐色山脈的石頭山洞窟裡。她的家人（我這時才知道巨魔是不會特別叫誰父母的，所有在一起的同伴都叫做家人）以擄掠附近的村莊和襲擊旅行者為生，但是最後被國王派遣的軍隊給消滅了。

當時她還是小巨魔，所以完全沒有危險性。抓到她的士兵們因為從來沒看過小巨魔，覺得很新奇，而且他們在想說不定有一天會有巫師將她買走，所以那些士兵的指揮官偷偷地把她抓起來。當時她還沒進入高等的知識階段，只有模糊的意識世界，並不會分辨巨魔和士兵，被士兵關進水桶時，還以為是世界的模樣改變了。說到「這個世界突然變小了」的感想，艾德琳笑了出來。這些事對當時的她來說，還並不能瞭解什麼，她是一直到過了很多年之後，才好不容易理解這些事。

後來好像有巫師將她買走。艾德琳沒辦法說明那個巫師打算將她用在何種目的，不過似乎沒有什麼不愉快的記憶，由此看來，那個巫師並沒有對她不好。她記得的是自己坐在地上，模糊地想起她看到一個很高的老人，他老是一面口中唸唸有詞，一面東摸摸西摸摸，有時會含起散落在周圍的碎紙片，有時會嚼骨頭之類的東西，或者有時會丟擲一些東西嚇了她一大跳。當時最害怕的是如果她一接近，就會突然變得很高並且咆哮的怪物。在往後的日子裡，每當她想起來，總覺得那好像是一隻貓。

但是後來她的世界又變了。總是暗暗的卻很溫暖的巫師研究室，在一瞬間變成白色的，而且有一點冷清。可能是那個巫師將她交給艾德布洛伊的神殿，她也不清楚那時候的情形，而神殿那裡的人也沒有告訴她。但是她猜想那個巫師一定是先在她身上施了什麼魔法之後，再將她交給神殿。因為，她是從那時候起突然間會說人類語言的。

「可能父親（艾德琳如此稱呼那個巫師，她說這句話的時候，臉上帶著濃濃的情感。至少就巨魔的表情而言，我確定那可以說是最棒的表情）是這麼計畫的：

「他對我施魔法是為了讓我學會說話，而為了我的精神世界把我交給神。他一定是認為待在巫師的身邊，只會讓我原本凶暴的性格更早顯露出來吧。」

艾德布洛伊神殿裡的人們一開始對待她都相當有距離感。要是換作是我的話，我也會害怕得不敢接近她吧。然而神殿裡的祭司們調整心態後，漸漸地開始對她很友善。艾德琳這個名字也是在那裡命名。那是「艾德布洛伊的女兒」的意思。

從學說話開始，她閱讀艾德布洛伊的典籍，歌頌其詩歌，如此漸漸長大。其實她那時候還只是個小孩子，一邊學說話，一邊使她的精神世界提升，她好像就是從那時候開始正確地認識周圍的事物。而第一樣認識的事物就是神殿的模樣。

所以，事實上艾德琳可說是不折不扣從小就開始的信仰者。

她長大之後開始很在意她那不同於周圍人們的長相。但是艾德布洛伊的祭司們很正確地教導她和他們之間的不同點：她是巨魔，而他們是人類。不過他們關心她，好讓她不要為此傷心難過。高階祭司很清楚地詢問她：

「妳原本是抓人類來吃的怪物，但是妳可以改變妳的口味。妳會想吃人類嗎？」

她比較喜歡吃麵包和牛奶。

她長大之後成為了修煉士。結果當然也進而想成為艾德布洛伊的女祭司。高階祭司煩惱了很多天，雖然高階祭司可以任意決定修煉士的事，但是認定一名女祭司的身分，並接受非人類的巨魔成為艾德布洛伊的女祭司，這好像不是高階祭司可以隨意決定的樣子。他苦惱著，最後下了一個決定。

他宣布舉行一場已經超過百年以上沒舉行的「教壇最高會議」。那是教壇的所有長老和元老們都齊聚一堂的會議。大陸各處的艾德布洛伊的神殿長老們都被邀請來，而在山裡面獨自修行的那些元老們也打破數十年來的禁忌，都下來平地上。當修煉士們看到那些傳說中的元老們活生生地走進神殿大門時，有些人甚至驚慌萬分。

總而言之，那是教壇歷史上大約一百年才舉行一次的大會，所以神殿異常忙碌了好多天，艾德琳也為了準備食物或幫忙接待服侍，實在是忙不過來，雖然是有關自己的會議，但是也無法在會議上一心二用。所以叫她進會議議場時，很難為情的是她的裙子被濺得到處都是食物湯汁，而雙手也都沾滿了麵粉，她就這樣一面哆嗦著一面走進去。

會議議場內排排滿坐著的那些長老和元老們，看到她的模樣，都覺得很有意思。他們問了她幾個問題，艾德琳幾乎是神情惶恐地回答著。姑且不論她的回答如何，她當時的樣子最終讓他們無法表示反對的意思。結果她就這麼成了艾德布洛伊的女祭司。

國王陛下好像也對這件事很關心。她是那時候才知道，她所在的那個神殿正是信奉艾德布洛伊的總院，大暴風神殿。大暴風神殿在首都拜索斯恩佩的那些神殿之中，是具有極高權威的神殿，而且是可以切實糾正國王行為的神殿。

國王陛下並沒有實際來訪，不過他送來一封信，上面寫著：「對於艾德布洛伊的大德高僧們所做出充滿智慧的決定，我甚感滿意。巨魔艾德琳如果願意的話，我將接受她成為拜索斯的市民。」公爵和幾位王族則是直接來訪，並且握手致賀（他們其實都顫抖得非常厲害）。這些讓之後的她在首都裡不管是要做布教或者服務的活動，都不會有任何問題。

不過只是在原則上是這樣。

因為首都市民們遠離她，而且拒絕她的服務。那時候的她已經很有智慧了，她知道是什麼理由造成這樣。她心裡很難過，不斷地祈禱又再祈禱。結果，睿智的高階祭司將她趕了出去。

「艾德琳，看到人類不要覺得很難過，去看看這個世界以後再回來吧。像妳這樣的美人，如果放妳一個人去遊走世間，我也是非常地不安。在這世上，如果是美人的話，就算是個女祭司，想偷看她裙角的不肖傢伙也是有很多很多，知道嗎？哈哈哈！反正去服務這世界吧！遊歷這個世界的時候，因為有很多真正值得被稱為真理的真理，回來時，請偷偷帶其中的一個真理回來。如果不行的話，那就帶點名產，像是餅乾之類的伴手禮回來吧。」

所以她開始以巡禮者的身分遊走這個世界。高階祭司的處方真是很切實的東西。首都的市民們雖然那樣對待她，但是這世上的其他人們更可以說是用「驚慌失色」來形容。她還曾經差一點被領地還有村莊的警備隊給殺死。經過了那些痛苦經驗，她反而學到了一些如何和人類更親近，以及如何更加瞭解人類的方法，人們也因此消解了對她行為的誤解。但是，需要拚命逃跑的情形還是很多。

總之，她有將近兩年的時間都在中部林地遊走，之後她離開中部林地，想要前往西部林地去看看。西部林地這個地方因為中部大道的悲哀「阿姆塔特」的緣故（艾德琳看到我一聽到這個名字就眼睛猛地睜大的樣子，她好像很驚訝），無法做好布教的活動，所以她將目標放在那個地方，正要前往那裡。而且她還有另外一個目標，就是尋找父親，也就是那個讓她學會說話，並且將她留在神殿的巫師。然而，神殿那裡的人們對於這一點是很嚴格的。她完完全全只能是艾德布洛伊的女兒，除此以外的過去都被隱瞞著。所以她是幾乎沒有任何線索地在追尋。

在發出劈劈啪啪聲的營火旁邊，坐著少說有三肘高的艾德琳，映著火光的模樣看起來令人意外地優雅。她那閃閃發亮的牙齒、泛著草綠色的皮膚、黃色的眼珠子，都不會讓我覺得不安。一個很羞澀地抱著兩腿膝蓋、縮著肩膀說故事的巨魔，有什麼好讓人不安的呢？

「妳一定經歷了非常深刻的痛苦吧？」

「認為自己的生活不痛苦的人可能不多吧。」

「不過，我很好奇一件事，妳的身高多高呢？」

「我的身高是五肘半。」

「哦，我也想過大約是這麼高。嘿，如果妳進到村莊去，一定覺得很不方便吧。因為常常會撞到門框。」

艾德琳笑了笑。不知不覺間，我坐得很靠近艾德琳。雖說是靠近，在別人看來，其實也只是同坐在一起而已，不過這麼說是因為一開始我是離得遠遠的關係。我向伊露莉問道：

「嗯，可是伊露莉妳為什麼能一開始就毫不害怕地接近呢？」

「害怕？啊，是的。我看到有人在使用神聖的魔法，而當時只有看到這一位，所以當然就認為這一位是女祭司了。如果她是女祭司的話，就不會對抗神，所以並沒有什麼令人害怕的理由啊。」

我伸伸舌頭。不管怎麼樣，她的長相是巨魔啊！但是伊露莉並沒有看我的表情，她向艾德琳問道：

「艾德琳妳好像有獲應許而得到強大的『神力』，一個巨魔能得到那麼強大的神力，真是令人不敢相信。」

「這是艾德布洛伊的恩寵啊！我從小開始就有大暴風神殿的那些前輩們指導我，所以好不容易才能成為神的權杖。」

「像艾德琳這麼特殊的人，祂決定使用妳當祂的權杖，可能是因為艾德布洛伊對妳有許多的期望吧！所以祂才賦予妳這麼高水準的『神力』。」

我完全聽不懂這些話是什麼意思，但是，伊露莉的話似乎像是在稱讚艾德琳，因為艾德琳做出一個很高興的表情。卡爾則是一邊聽艾德琳的故事，一邊頻頻點頭，這時候他才開口說：

「可是那個領地的事……」

「可能需要試試強硬的手段。嗯，所以呢……」

艾德琳好像有什麼不便似的說著。她猶豫了一會兒然後說：

「嗯，如果各位認為無妨的話，你們可以幫我嗎？」

「妳需要我們怎麼幫妳呢？」

「事情變成這樣，應該是基頓的祭司所為，要不然就是蘊含有基頓力量的魔法物品在影響著。」

「我們也是這樣猜測。」

「嗯，不管是哪一種情形，都需要進到裡面去破壞那個原因。如果是祭司所為，就必須制止他；如果是受魔法物品影響，就必須將之破壞。我可以進到裡面，但是沒有辦法對付那個女人。剛來的第一天，我進到領地之後被那個女人追趕，好不容易才逃了出來。」

「那個女人？啊，妳是指那個穿黑衣的女人嗎？」

「你們也看到了嗎？」

「是的，她一看到我們，就叫我們離開那裡。」

「那個會召喚烏鴉和狼的女人，她可能是吸血鬼。」

吃下了那根巨大香腸的杉森，一聽到這句話，竟把剛剛喝下的水都吐出來了。

「噗！吸、吸血鬼？」

「杉森！你怎麼都吐出來了？真是的。可是那是吸血鬼嗎？吸血鬼怎麼會在大白天出現呢？」

艾德琳憂鬱地眨著她的黃色眼珠子。她那下垂的眼皮抽動著，她說道：

「那是因為我的關係。因為我將陽光遮住，所以她才能在白天出來。但是如果不遮住陽光的話，那個領地會集中更多賀加涅斯的氣息。基頓的力量就會更強。」

「吸血鬼……啊！但是，那也是因為基頓而出現的嗎？」

我一面敲著自己的頭一面問著。艾德琳則是點點頭。

「吸血鬼是疾病，也可以說是一種傳染病。被吸血鬼咬到的人會變成吸血鬼……吸血鬼和獸化人一樣，可說是疾病中的疾病。」

咦，真的嗎？不過那確實和傳染病沒有兩樣。然而我還不是十分瞭解。

「但是為什麼女祭司會怕吸血鬼呢？不是應該反過來才對？」

艾德琳嘆了一口氣。

「因為是神臨地。在那裡，其他神的律法都會被削弱。我進去那個領地的第一天，在推測她是吸血鬼之後，曾試著運用『逐退』的神力，但試了好幾次都失敗。後來雖然成功了一、二次，可是也只不過是讓她躊躇幾秒鐘而已。」

我和杉森做出不相信的表情但還是點點頭。然而卡爾卻是張口結舌的表情。

「哎呀，我的天啊……」

「嗯，卡爾，你怎麼了？」

卡爾一面搖頭一面回答：

「吸血鬼居然不怕女祭司！費西佛老弟、尼德法老弟，你們想想，艾德琳能在三天之中持續地改變天氣，她是擁有如此強大的『神力』的女祭司啊。但是那個吸血鬼居然不怕這麼強大的女祭司！」

是這樣嗎？杉森和我都搔搔頭，互相看了對方之後，我們露出了特別讚嘆的表情望向艾德琳，艾德琳很羞澀地轉過臉去。嗯，羞澀的巨魔，看了還是覺得有點怪怪的。

伊露莉從她那個位置站起來。她說道：

「真的不害怕啊？」

她拍了拍屁股，立刻解開附著穿甲劍劍鞘的帶子。怎麼回事呀？我們很驚訝地看著她，她解開劍帶之後，將劍帶捲在穿甲劍上，然後將它插在行囊裡。接著她拔出綁在左腿的左手短劍。

「各位一定看不清楚吧。請各拿起一根燒著火的木柴。因為超音波的關係，各位才會覺得耳朵沒聽見。」

「超音波？」

「是蝙蝠。但不是抓昆蟲來吃的普通蝙蝠。」

全部的人都緊張地站起來。我們圍成一圈，每個人都背對著營火站著。我很擔心那些馬，就在我要轉頭看那些馬的那一瞬間，突然間前方變得黑壓壓的。

「呃啊！」

蝙蝠撲到了我的臉上。我隨即感覺臉被刮到，一下子起了雞皮疙瘩。我急忙把牠抓下來的時候，可能是太用力了，蝙蝠發出「吱吱」聲之後，隨即在我的手上碎裂了。而那就好像是一聲信號似的，周圍開始全都是「吱吱、吱吱」的蝙蝠叫聲。

「哇，哇啊！」

「吱吱！吱！吱！」

那些蝙蝠像暴風雪似的飛舞著，就好像是黑色的紙碎片被撒在空中的樣子，「吱！吱！」叫聲讓耳朵都快聾了。奇怪？牠們怎麼會突然間出現呢？我趕緊拔出巨劍揮砍。可是這只讓我瞭解到，用巨劍沒有辦法殺會飛的小動物這件事實。杉森則是用燒著火的木柴開始揮動著。雖然巨劍沒什麼用處，但是著火的木柴倒是很有效。那些被火燒到的蝙蝠在四周很凶暴地飛著。吱！吱吱吱！火花到處飛散，我的全身好像都快被燒傷了。而且，裸露在外的手臂皮膚被蝙蝠的翅膀碰觸到了，真是可怕呀！

「遮住眼睛！遮住脖子！」

卡爾大聲地高喊，並且揮動著木柴。我也快速地抓起木柴。我每一隻手各拿一根木柴，隨後立刻使出了「一字無識」的招式。我就好像在跳旗舞似的，全身上下左右地轉動了起來。

「全燒光吧！」

隨即，我從頭到腳都被著火的蝙蝠碰撞著，感覺自己全身都被火烤。呃！皮被抓破了！飛到我的頭上了！蝙蝠的腳趾抓著我頭髮下方的皮膚，我像發瘋了似的甩著自己的頭，結果連木柴都丟出去了。而丟出木柴的那一瞬間，那些黑壓壓的蝙蝠們全撲到我的身上。

「呀啊啊啊！」

我倒在地上滾了起來。那些蝙蝠碎裂的感覺就這麼完完全全地傳達全身。我感覺到手臂熱燙燙的。一睜開眼睛，才發現我滾到剛才自己丟出的木柴上了。

「啊，好燙！」

我的四肢都沾了蝙蝠的碎塊和燒焦的黑炭，還有一些青苔，樣子真的是無法形容地噁心可怕。伊露莉和一群蝙蝠混雜在一起，看來她根本無法使用魔法。的確，她那樣跳來跳去地，當然沒有辦法靜靜地站著唸咒語。她手上倒拿著左手短劍，全身飛躍起來攻擊蝙蝠。她在黑暗之中打下那些胡亂飛動的蝙蝠。我的天啊！搞不好伊露莉連雨滴都能抓得到？

艾德琳也沒辦法靜靜地站著唸咒語，所以脫下了斗篷拿來揮動著。因為艾德琳的身軀很巨大，她的斗篷理所當然大到幾乎像帳篷。那些蝙蝠好像撞進魚網的魚，碰到斗篷之後都被纏住了。就在此時——

「是那個女人！」

那是杉森的高喊聲。在地上打滾的我火急地睜眼一看。那個女人一直在那裡！是穿著黑衣的那個骷髏女人，也就是白天阻擋我們的那個女人。她距離我們大約四十肘遠，正在觀看我們與蝙蝠的共舞。不久，她將雙手伸向前方。

「她在唸咒語！」

我大聲高喊著，並且跑向她那裡。蝙蝠則飛撲到我的上半身。我想要閉上眼睛跑，但是終究沒辦法。我只好往前滾。石頭，是石頭！我倒在地上，然後拿起抓在手上的石頭，不管三七二十一地丟了出去。

因為我是精神恍惚地亂丟，所以小石子往錯誤的方向飛去。然而，石頭丟中樹木之後發出了巨大聲音，樹木斷了。卡吱吱！卡啊！被這聲音嚇了一跳的那女人看了看樹木，結果咒語唸到一半中斷，施法失敗了。這時傳來了伊露莉的聲音。

「Magic Missile!」（魔法飛彈！）

我回頭一看，伊露莉好像是趁蝙蝠活動稍微不那麼劇烈的時候，勉強唸完咒語。接著她的周圍浮現出五支白色光芒的柱狀物，她把手向前一伸，指著黑衣女人。那些光柱隨即飛向那女人。

然而，那些蝙蝠都飛去保護那個黑衣女人。每一束魔法飛彈大約有三、四隻的蝙蝠飛去用身子阻擋。在這段時間裡，那個吸血鬼又利用時間開始唸咒語。伊露莉好像正要施法阻止，但是那些蝙蝠不讓她有機會這麼做。伊露莉雖然靠著令人驚異的武藝，將四方飛過來的蝙蝠都用她那把小小的左手短劍打下，但是卻因此無法唸咒語。

「你們沒看到我嗎？攪拌蠟油！」

我一面將巨劍以8字形旋轉著，一面向前跳去。那些蝙蝠被胡亂打中之後，一面碎裂，一面將血滴濺到我臉上，然而我如果閉上眼睛，就無法繼續跑了！那女人看到我這麼不顧一切地跑去，驚訝地看著我，然後將手伸向我。我看到她手裡拿著根玻璃杖。

「Lightning Bolt!」（閃電術！）

「呃啊啊！」

那女人的前面突然射出電光，直接向我這邊射來，閃電不偏不倚地擊中我胡亂揮著的巨劍，然後我和巨劍一起被往後震。從刀柄傳來的閃電使我的身體受到電擊。我的眼前轉為一片白色，而且全身變得毫無感覺。夜晚天空居然會如此地白。

我感覺自己的腳後跟完全動不了。被往後震之後，我開始在腳上用力。我已經被打到了，但是後面的人不能被打到！我停在原地，並將身體向前傾，然後閃電整個打中我。閃電用力推著我的身體，好像持續了一百年似的，而在爆炸的閃電火光裡，我感到這一百年結束的那瞬間近了。

這是什麼魔法呀？怎麼突然間土地立了起來，然後打中了我的臉？

「修奇！」

是杉森高喊的聲音嗎？

「呃呃啊！哇啊，呼啊，喝啊！」

我做出這樣的回答，還可真是對不起。因為那一擊讓我全身痙攣，所以我實在是無法開口說話。身體無法鎮靜下來，一直繼續胡亂抽搐顫抖，而且，我的腦袋裡不斷迸出火花。四方變得一片白之後，又變黑，如此反覆不已。

在那些火花之間，我看到向我走近的黑衣女人的模樣。那女人撿起了我掉在地上的巨劍，然後就這麼向上舉起，對準我的胸口。

「呃啊！」

突然間，那個女人的肚子突出了一枝箭。啊，她是不是被箭射中了？我因為在胡亂吐口水，所以沒有看清楚。我正一面流口水，一面暈頭轉向，所以也只能這樣。

我依稀看到的，應該是卡爾射出了一箭的樣子。然後，大約就在那時候，我不再痙攣得那麼厲害，可是隨之而來的卻是無法忍受的痛苦。我的肉好像都熟了？

「呃，呃！呃啊！呃啊啊！」

不管用什麼方式，我都無法躺著。身體碰觸到地上的部分實在是好痛。我一面顫抖著一面起身。我只能用坐的，因為這樣才能減少身體碰到地上。在我起身的時候，拄在地上的手掌傳來撕裂的感覺。我好不容易坐起來之後，將雙手合在胸前，抖個不停。任誰看到我這個樣子，都會以為我是酒精中毒。我抖著下巴，而且還一面流眼淚，一面嘻嘻笑著，但是有牙齒碎了，所以牙齒相碰之後，要笑也很困難。

我就這麼坐著，看眼前的女人想要把箭從肚子裡拔出來。好像不怎麼好笑！因為我是在這種情況下，用這種姿勢觀看！還有，我一直流口水，使我的胸口好冷好冷。

那個女人拔出箭之後，將它扔在地上，不過在這段時間裡，她的腋下又被射中了一箭。她那時正要將箭扔在地上，結果失去平衡，往前仆倒。我坐著，可以很清楚地看到她的模樣。但是我的身體仍然繼續不停地抖，而且快痛死了。那個女人倒在地上，還一直刮搔著地面。

「好了！蝙蝠退開了！」

啊，那個女人倒了下來，那些蝙蝠也就跟著散去了嗎？我聽到了腳步聲。這麼大的腳步聲，可能是艾德琳的吧？艾德琳，就算是巨魔女祭司又如何？祈求一下那個女人死後的冥福吧。而如果我死了，艾德琳妳祈求我的冥福，我也不會生氣。不對，我到時候怎麼可能生氣呢？妳是個連神都很滿意的虔誠巨魔，我則是個對神學不關心的人類頑皮鬼。過了一陣子，有一隻手碰觸了我的肩膀。

「沒關係，修……」

「呃啊啊啊啊！」

我的肩膀好像快被撕裂的感覺。不要碰我！他媽的，你、你想把我殺死啊！我雖然說了一些冥福之類的話，可是現在真的要直接把我弄死啊？我當場昏了過去。

「媽！」

「你已經長大了，還這麼肉麻。」

母親緊抱著我。明明已經是十七歲的大塊頭了，應該不能這樣讓母親抱著，可是我不管。我不停地摸著母親的乳房，並且哼哼唧唧地哭鬧著。

「我差點就死了，媽，我被閃電擊中了。」

「真的？可是你還是要和朋友好好相處哦。」

「不要。我不想和閃電一起玩。」

隨即，在一旁的父親說：

「我的情況也好不到哪裡去，兒子啊！」

我轉頭一看，不對，我沒有轉頭看，我直接就看到了。總之，父親被阿姆塔特的前腳壓著，他右手托著下巴，並且用很不耐煩的表情說話。而阿姆塔特則是踩著父親大笑，並喊著：

「喀哈哈哈！十萬賽爾！你們會給我十萬賽爾，所以把這傢伙帶走吧！」

隨即，父親換成用左手托著下巴說：

「你說什麼？不會吧？我的那個酒鬼兒子怎麼會只拿十萬賽爾來贖我？」

這是當然的啦。我正抱著母親，暫時將父親交付給阿姆塔特，應該也是無妨的。

阿姆塔特更加大聲地笑著說：

「哇哈哈哈！這樣的話，一百萬賽爾！要一百萬賽爾！」

真是煩死了。阿姆塔特實在是很煩人。我再看一眼，發現在牠頭上的是傑米妮的臉。哼，煩人的丫頭。她總是在折磨我。傑米妮的屁股緊貼著一件皮褲，將她的大腿曲線原原本本地露出來。是伊露莉嗎？我正抱著伊露莉。我正摸著伊露莉的乳房。伊露莉笑了笑，然後唱著符文的催眠曲。

「乖乖睡。乖乖睡。我寶貝。一直到少女生下小孩。」

我居然聽得懂符文，這是不可能的。我打了一個大哈欠，只好呼呼大睡了。可是母親的乳房很舒服地抵著我的臉頰。好像是石頭般的堅硬乳房……

「修奇？」

「呃啊啊啊！」

巨魔的臉正在俯看著我。我打了個寒噤然後起身，暫時失神了一會兒之後，我看看四周。現在是早晨。剛亮的天空裡，暗藍色的光正在漸漸地變淡。從那些高大針葉樹的黑影之間，可以看到一塊塊的天空，都各自呈現著不同的顏色。快要燒盡的營火裡還有紅色的火花，在黑色的灰燼裡閃爍著。

卡爾坐在倒下的那棵樹樹頭，不知在喝些什麼，然後他開始看著我；就在他旁邊，杉森背靠著那棵樹，他停止擦拭長劍，也正望著我。伊露莉則是在遠一點的地方，我看到她那坐在地面青苔間岩石上的側面輪廓。她好像是在「記憶咒語」。

哎呀！我的天啊！我想起剛才做的夢，實在不敢去看伊露莉。我轉過頭去，隨即又再看到巨魔的臉。是艾德琳。艾德琳正笑著看我。而我剛才躺著的地方，應該就是艾德琳的膝蓋上……難道？

「感覺心情怎麼樣？」

艾德琳的問話沒有傳進我的耳朵。難道，難道我剛才摸的是艾德琳的乳房？我轉頭看杉森，看到他的那一瞬間，我已經知道事實了。他還故意轉頭不看我，嘴角努力忍住不要笑出來。我向優比涅發誓！我現在回故鄉的話，會顏面盡失的。我竟被巨魔抱在懷中！還撫摸她的乳房！

「啊，是的。不錯的早晨！」

對於我的回答，艾德琳做出愣愣的表情。我轉轉頭，然後努力試著把話接下去。

「我、我怎麼了？我被閃電打到了之後呢？」

然後我一看，發現自己全身上下都很乾淨。我檢視我的手掌，然後檢視手臂，再摸摸自己的臉。一點兒也沒有怎麼樣。卡爾則幫忙回答說：

「是艾德琳小姐治癒你的。」

啊，真的嗎？是祭司的神聖治療。卡爾昨天雖然有說明並且讚嘆過，但看到今天早上的我，我是更加讚嘆萬分。艾德琳好像真的是非常了不起的女祭司。我用讚嘆的表情望著艾德琳。

「啊，謝謝妳，艾德琳。」

「不客氣。是修奇你幫我們擋住閃電，託你的福，我們才都能活著。修奇，你真的很勇敢，被那麼強力的閃電往後震，居然還能不跌倒地撐到最後。就在那裡！你看得到那個痕跡嗎？」

我看著艾德琳指著的地方，那裡像是被犁刀翻過似的，草全都胡亂散著，而地上有兩條線，是被挖過的痕跡。那兩條線相隔的寬度大約是我的肩膀寬度。這是我被閃電推擠時所留下的腳痕嗎？長度大約十肘。我的天啊，我是那樣被往後推的啊！我那時好像是瘋了。

「請問你怎麼會有這麼大的勇氣呢？你一定非常非常地痛，可是還能抵擋到最後，真的讓我嚇了一跳。」

「因為我原本和閃電就很熟啊。」

聽到我的回答，艾德琳笑了笑。好了，現在是確認可怕事實的時刻了。我咬著牙問她：

「嗯，艾德琳，我失去意識的時候，是不是有對妳做出什麼失禮的……」

艾德琳笑了出來。尖尖的牙齒可還真漂亮。

「我可能很像你的母親，是嗎？」

「噗哈哈哈哈哈哈！」

杉森開始捧腹大笑起來。他不停搖頭，像發瘋了似的笑著，一點風度也沒有。卡爾也笑了出來，他轉過頭去，不讓我看到。我真想挖一個洞，而且要挖一個大到我的身體完完全全都能塞進去的洞。

「沒有什麼失禮的。我是神的權杖，而且發誓要將純潔奉獻給神，況且我和你是不同的種族。你如果撫摸貓的話，貓不會說你是色狼吧？再說，當時你是在夢中啊！」

「對、對不起！」

「不，我不是說過了？這並沒有什麼呀！」

艾德琳微笑著，可說是個大大的微笑，而且她的表情是很寬容的表情。是啊，艾德琳是沒有怎麼樣的樣子，但是我可不是啊！我快羞愧死了！對方即使是普通人類，這也是羞愧之至的事，更何況她是巨魔女祭司？因為是巨魔，雖然可以說那是不同的種族，所以沒關係（事實上並不是沒關係的事），但是，我居然摸了女祭司的乳房！

「那個？那不是預知夢，也不是神的託夢，總之，那只是個亂七八糟的夢。」

我拉著卡爾到和其他人離得很遠的地方，問他我的夢境所代表的含義。因為我看到了父親，所以內心很掛念。但是卡爾微笑著說那只是個亂七八糟的夢。觀察到我臉色的卡爾好像覺得需要再說明一下的樣子。

「嗯，那只是反映了你的潛意識而已。那代表的是一個兒子看到阿姆塔特壓著父親，而想轉頭不看，對不對？那是因為你對父親的罪惡感，才會浮現那些想法。你的父親現在是阿姆塔特的俘虜，一定很辛苦，所以你這一趟旅行應該不能太愉快。但是，這是你有生以來第一次的旅行，怎麼會不愉快呢？所以你討厭起自己，進而出現那樣的畫面。這沒有什麼。因為你還純真，所以才會這樣。」

「那麼，你是說我的父親現在還是平安無事？」

「小鬼！你以為自己是巫醫啊！」

呼！那我就安心了。反正我又沒什麼本事，怎麼可能做預知的夢？但是卡爾還沒有把話說完。

「還有，你說你抱住謝蕾妮爾小姐，嗯，那表示你還沒有看過那種充滿成熟韻味的女子。你一定對她印象很深刻吧？」

「卡——爾……」

剛才我猜想那可能是很重要的夢，所以才會全盤說出，但是我錯了。卡爾從容地說明之後，讓我又再度想挖一個洞鑽進去。

「謝蕾妮爾小姐的魅力是非常特別的那一種，在人類身上很難找到。事實上，人類女子如果有那樣的魅力，那女子一般來說都會很強悍，並且要人聽她的話。謝蕾妮爾小姐看起來很昂然，並且沉著冷靜，身材又好，簡直像是訂做出來似的。但是她並不適合你。一般我們會將女性比喻成貓，而不會比喻成馬。馬很優雅、敏捷，相當漂亮，卻又太過剛強和昂然。謝蕾妮爾小姐正是如此。她就好像我們常認為的那種古代人的模樣。所以你潛意識地將那種壓迫性的魅力，轉變成抱著撫摸胸部的畫面，是親近和熱情的感覺。其實也沒有什麼啊！只是因為你不熟悉那種魅力，才會這樣子。」

「卡爾……拜託……伊露莉的耳朵很銳利的。」

雖然卡爾和我距離他們遠遠地說話，但是我知道伊露莉的聽覺很厲害。在雷諾斯市的監獄裡，伊露莉連我們在那麼遠的地方耳語，她都能聽得到，還有昨天夜裡的蝙蝠所發出的超音波，她也聽得到。

我偷偷望向伊露莉。她正在和艾德琳不知說些什麼，並沒有特別異常的感覺。卡爾也看到我的眼神，笑了笑之後，閉上了嘴巴。我問他其他的事。

「可是，那個吸血鬼呢？」

「我們沒有發現她的屍體，可見她已經逃掉了。」

「哼嗯……」

03

「走吧！」

「……即使事情不是如此，我們本來就想去了。但是你看起來好像太激動了。」

「因為我有要償還的東西！那個吸血鬼，居然用閃電打我，我會好好加倍償還！」

杉森則是悄悄地靠近我，然後耳語著。

「可是託她的福，才讓你能睡在美麗女祭司的膝蓋上，不是嗎？而且再加上，天啊，女祭司的那個……」

「我要殺了你！」

我們決定吃完早餐之後前往卡拉爾領地。艾德琳聽到我們的話之後，非常感謝我們，但那是當然要去做的事啊！如果照卡爾所說的，這種現象，也就是只有一個神支配的土地出現在這世上，是絕對不可以任其發生的事。再加上如果那是疾病的神，基頓，就有可能散播傳染病到大陸上的所有地方。而且我個人也有要報的仇，那道閃電實在是太燙了，而且我後來也因此弄得顏面盡失。

艾德琳今天並沒有召喚雲。這是為了不讓吸血鬼隨便亂跑出來，但卻因此讓熾熱的陽光直接照射下來。雖然有句俗話說「秋天的陽光讓人不知不覺曬傷皮膚」，但是，我的天啊，這陽光簡直是像瀑布般傾瀉下來，幾乎快融化掉所有東西了。

「那是熾熱造成的游絲嗎？」

「對啊，那是游絲。」

「……」

在這片秋天原野上出現了在空氣中飄浮的游絲現象。我突然覺得腦子變得怪怪的。杉森和我脫下穿在盔甲裡面的厚襯衫，在薄薄的內衣上面套著硬皮甲。伊露莉則是脫了皮外衣，並且將罩衫的袖子捲起來。白白淨淨的手臂立刻吸引了我的目光，讓我再度想起今天早晨的夢。忘記吧！要趕快忘記才可以！可是，我不知不覺又開始愣愣地望著解開三個罩衫釦子的伊露莉。她那乳白色的胸口緊抓住我的視線。真是的，我怎麼越來越像杉森了？伊露莉解開釦子之後看看我，然後疑惑地歪著頭。我急忙說：

「很、很熱吧？伊露莉？」

「是啊。」

我和杉森面對面地站著。我們一行人慢慢地騎著馬越過農田，走向卡拉爾領地的入口方向。杉森默默地指著農田裡的作物。那些作物都枯萎歪斜了。這裡根本看不到秋天田野豐饒的模樣。還有，在它們上方有著像瀑布般傾瀉的陽光，但是比什麼都可怕的是，此處完全沒有影子。我從來就不知道沒有影子的臉看起來會那麼奇怪。杉森看起來一點都不像杉森了，他的臉扁扁平平的，而且到處都是一模一樣的顏色。我又看了看其他人的臉孔之後，心理覺得很不舒服，所以乾脆只看著前方。

領地入口的兩邊出現了行道樹，接著村中的建築物也一棟棟出現了。嗆人的灰塵揚起，附著在額頭流下的汗水上。

「實在是熱得令人害怕。」

杉森一邊擦拭順著脖子流下來的汗水，一邊嘟囔著。我們進到村莊裡面了。騎在我們一行人最後面的艾德琳開始慢慢地祈禱著。

「Protect from Divine Power!」（防護神力效果！）

艾德琳結束祈禱之後，隨即在我們的周圍，形成了一個像是膜一樣的東西。那是一個半徑大約二十肘的半球形膜，看起來像是肥皂泡泡，有時候看不到任何東西，有時候卻又看得到它表面浮動的光。

艾德琳將手放下，說：

「從現在開始，其他神的力量都不會進到這裡面。」

我雖然不知道那個防護膜有什麼作用，但是因為暫時不再那麼熱的關係，我頓時感覺自己得救了。而且，本來因為沒有陰影，而造成脖子和臉的顏色完全一模一樣的杉森的臉孔，現在看起來也不再怪異了。然而卡爾則是很沉著地問道：

「那麼，如果離開這個膜，我們就會變得很危險了啊，是吧？」

「是的。這樣子一來會嚴重妨礙我們行動，所以不能一直這樣，是吧？但這是為了另一個祈禱而做的準備。」

艾德琳又再開始祈禱。一等到她的大手泛著光，她就用手在我們每個人的頭上按了一下。嗯，她站在地面上，很輕鬆地就把手按到騎在馬上的我頭上。

「以艾德布洛伊之名祝福你。」

咦？到底有什麼不同呢？我沒什麼感覺。杉森的肩膀稍微顫抖了一下，接受了祝福，而卡爾則是虔誠地將雙手放在胸前，低著頭接受了艾德琳的祝福。然後艾德琳只是看了看伊露莉，並沒有祝福她。為什麼這樣子呢？艾德琳說：

「精靈既是優比涅的幼小孩子，而且又受卡蘭貝勒的寵愛，所以應該不需要艾德布洛伊的祝福。好了，各位現在有大約三個小時的時間可以脫離基頓的魔手。也就是說，各位暫時不會染上疾病。」

「啊，是。」

「那，我們開始搜索吧。」

我們又繼續騎馬向前行進。馬兒噗噗噗噗地踏出每一步，灰塵就跟著飛揚了起來。建築物的顏色不協調，讓人看得都快發瘋了。不管看哪裡都是一模一樣的顏色。而且，今天建築物的牆壁好像白熱化了似的，像是要燒起來的樣子。周圍的所有東西看起來都像是白色的。我們先大聲喊叫，並且四處察看。

「喂！請問有人在嗎？」

「這裡有兩個很帥的未婚年輕男子，探出頭來看看哦……卡爾！拜託不要做出那種表情。沒辦法了。這裡有三個很帥的未婚年輕男子，請探出頭來看看哦！」

「尼德法老弟……饒了我吧。」

然而沒有人回答。所以我們進到每棟建築物裡面去探看，但還是沒看到任何一個人。人都到哪裡去了呢？依照我們的預測，這裡到處都散布了疾病。生病的人會離開自己的家嗎？卡爾苦想了一會兒之後，看看四周。

「病，疾病。可能性比較高的地方是神殿或城堡，或者公共禮堂之類的建築物。應該是那種地方收容了生病的患者。」

我們開始走向密集建在村莊中央的一些較高的建築物。

嘎啊！嘎嘎嘎，嘎！

有一隻烏鴉從我們的頭上飛過。我愣了一下，看看烏鴉，只不過才一隻而已。

牠停在建築物的屋脊上，在熾烈的太陽光底下，牠好像不怎麼受到影響的樣子，無懼地低頭望著我們。

「喂！走開！」

即使是大聲喊叫，牠也不離開。所以我們不高興地看了牠一、兩眼之後，不理牠繼續前進。

我們看到那些建築物中央有一片空地，在那裡，有一個和小房子接連著的水井。

「咦？」

杉森好像發現了什麼。

「那口水井後面好像有個小孩？」

我也看到在那口水井後面有人稍微探出頭來看，之後又一下子消失不見。怎麼回事呢？我和杉森互相對看。我走向前並且說：

「是誰在那裡啊？我們不會傷害你的。」

過了不久，那個小孩又將頭慢慢伸了上來。那是一個小女孩，她原本好像是金髮，不過現在頭髮都褪色了，而且蓬亂地披散著。她的年紀大約是五、六歲的樣子，雖然原本有著一張很可愛的臉蛋，但那沒有一點陰影的臉孔，看起來就像是白色的假面具。那個小女孩嘟著嘴從水井旁邊走出來，但並不是走向我們，卻像是要跑進旁邊小巷的樣子。這時候卡爾往前走，並且說：

「小女孩，妳不要怕我們。這個村子裡到處都是疾病，是不是？我們是要來醫治疾病的人。」

一聽到這句話，那小女孩趕緊轉過頭。卡爾下了馬，正要慢慢地走向那個小女孩，但是卡爾一走近，小女孩就往後退。

這時候，我看到水井旁邊放著用來汲水的吊桶。吊桶裝著還不到一半的水，而在旁邊的水桶也是裝著還不到一半的水。可能這個小女孩的力氣也只能吊起這樣的重量吧！我笑了笑，然後慢慢地走向吊桶那邊，而小女孩好像要跟我比賽劍術似的，隨著我的移動而開始繞圈子。我用慢動作讓她看清楚我的一舉一動。我提起吊桶，放到水井裡面，接著將井水吊上來，倒到水桶裡。

小女孩臉上表情好像稍微沒有那麼不安了。我又再吊起另一桶水，愉快地倒水。一下子水桶就裝滿了。

「我幫妳提，要提到哪裡？」

「神殿。」

「我知道了。我叫修奇，妳呢？」

「蘇。」

「蘇？不錯的名字。妳好漂亮，而且很有禮貌。那邊那個想要努力笑，卻又笑得很難看的叔叔叫卡爾。還有那邊那個長得一副貪吃相的叔叔叫杉森。」

卡爾和杉森呵呵地笑了出來，然後蘇也跟著勉強浮現了像是微笑的表情。那個小女孩的眼神跟著卡爾和杉森移動，隨即停在伊露莉身上。蘇的眼睛突然睜大。

伊露莉微笑地指著自己的胸口說：

「伊露莉。」

蘇的表情變得好高興。伊露莉用很自然的動作走向前，但是和卡爾的情形不同的是，蘇並沒有往後退，相反地，她還往前走了幾步。伊露莉彎下腰，讓自己的眼睛和蘇的眼睛同高，然後她微笑地說：

「蘇？我抱抱妳好不好？」

蘇點點頭。伊露莉隨即抱起了蘇。呵，再怎麼不怕生的小孩也會稍微有警戒心才對啊！蘇一點都沒有不安的樣子，她圈住了伊露莉的脖子。

這時候，我突然覺得很煩惱。我看到在我們一行人最後面的艾德琳，她並沒有向前走近，只是將袍子拉得更緊。這個小孩子，要是看到巨魔的模樣，會不會很驚嚇？可能艾德琳也是因為這個緣故，而不願向前走近。但是伊露莉抱著蘇，直接往艾德琳走去。哎呀！這樣不行啊！

「蘇，這是艾德琳。」

蘇看到艾德琳的巨大身軀，一副驚訝的表情。蘇吸著她的大拇指，然後望著艾德琳。艾德琳則是仍拉緊袍子的頭罩說：

「妳好，蘇，真高興認識妳。」

蘇一聽到她的說話聲音，表情更加驚訝。小女孩嘴巴突然張開之後，長長的一道口水就這麼連接著嘴唇和大拇指。突然間，蘇轉頭看到頭罩底下的臉孔。即使被伊露莉抱著，蘇還是比艾德琳矮很多，所以很容易就可以看到艾德琳的臉孔。

「妳是巨魔？」

蘇的臉色變得蒼白，好像當場就要尖叫似的張開了嘴巴。但是，這時候艾德琳慢慢地將袍子的頭罩往後拉。蘇滿臉的恐懼，她和艾德琳面對面地望著，艾德琳毫無表情地和蘇對看。

漸漸地，蘇的臉變得比較平靜，接著甚至浮現了微笑。這時候艾德琳向前伸出手臂。伊露莉則是把蘇遞給艾德琳，蘇一被艾德琳抱著，她往下一看，眼神立刻轉為慌張。因為實在是太高了。蘇緊緊抱著艾德琳的脖子，將頭埋進她的胸口。艾德琳用嘴形問伊露莉：

「為什麼會這樣？」

伊露莉轉為訝異的表情。她直接出聲音地說：

「什麼？」

「這個小女孩，剛看到我的時候一定是很害怕。我運用了感化力之後，好不容易總算能跟她親近一點，但是妳剛才為什麼會把她交給我呢？」

伊露莉表情訝異地說：

「因為那個小女孩應該也看得出來妳是我們的同伴啊！」

艾德琳嘆了一口氣，我也嘆了一口氣。原來，伊露莉因為自己很沉著又理性，所以她以為其他人也都跟她一樣理性。就像昨天伊露莉第一次見到艾德琳，卻毫不害怕地接近她。雖然她認為對方是女祭司，所以沒有什麼好怕的，但是如果換作是人類，可就不會像她那樣毫不害怕地行動。所謂的「不安感」，終究是一種為了警戒及自保而生的感覺。精靈難道不會有為了自保而產生的不安感嗎？精靈難道在必要的時候會毫無「不安感」就自殺嗎？

我不再想這麼令人頭痛的事，提起水桶並且說：

「蘇，妳來帶路吧！要怎麼走呢？」

蘇舉起手指頭指著。

「那裡。」

我看到她指的是個稍大的建築物，那是在距離周圍建築物稍微遠一點的山丘上。會是誰的神殿呢？艾德琳觀察神殿牆壁上的花紋，然後說：

「原來是卡蘭貝勒的神殿。」

我們朝著神殿的方向走去，並決定問蘇這裡的情況。主要是由艾德琳向抱在她胸前的蘇問問題，我們則是全都下了馬，牽著馬前進，並且在一旁聽著。

「蘇，大人們在那裡嗎？」

「嗯。那些大人都病了。我提水去擦他們的頭，但他們還是繼續發燒。」

「妳一直不斷從這裡提水過去嗎？」

「嗯。我拿麵包去，還有拿水去。」

我好像快流出眼淚來了。這麼小的小孩竟成了那些病人的看護？她那小小的手，是如何送病人的食物過去的呢？

「現在神殿的食物都沒了。所以我提水給他們之後，今天早晨還拿麵包過去。我拿著麵包跑著，然後跌倒了。雖然膝蓋很痛，但是我都忍耐了。太多大人了。我拿東西過去共拿了手指頭的三次。」

手指頭的三次？啊！那麼意思是說數十根手指頭共數了三次。這個小孩竟從那個神殿到村裡這樣來來回回走了三十次之多！艾德琳用哽咽的聲音說：

「妳好乖哦，哪裡受傷了？」

蘇撩起裙子，然後讓我們看她那受傷的膝蓋。艾德琳靜靜地用她巨大的手撫摸著傷口，傷口立刻不見了。蘇的表情變得很高興。

「有沒有沒生病的大人？」

「有個黑黑的姊姊沒生病。今天沒看到她。」

黑黑的姊姊？會不會是那個吸血鬼？艾德琳皺著眉頭說：

「黑黑的姊姊她是誰？」

「不知道。就是黑黑的姊姊啊，每天都和烏鴉玩，都不來幫我。」

「還有其他人嗎？」
「小孩子們都不見了。」
「嗯？」
「小孩子們都不見了，而且大人們都在生病。可能是因為小孩子不見了才這樣吧。」
真有意思的推論啊！艾德琳做出一個沉重的表情，而我們其他人的表情也都變得很不安。小孩子們竟然不見了！為什麼會不見了呢？艾德琳說：
「我們去神殿問問那些大人吧。」
隨即卡爾說道：
「艾德琳小姐應該會走在最後面吧。其他的人……」
「我知道了。」
「尼德法老弟、費西佛老弟，你們先騎馬前去察看一下。」
我和杉森騎上馬後，往神殿的方向奔馳。神殿是猶如燃燒起來的白色，它閃耀著讓人看來好像是鍍金的東西。但這其實是那鬼魅般的陽光在玩把戲。
我們來到圍著神殿的低矮圍牆。神殿後方直接靠著山。神殿的正門是很簡單的木門，而我們發現在那裡吸引了我們目光的東西。低矮的圍牆周圍有淺淺的小溝環繞著，而且小溝的裡面積有某種液體。而且我們還看見到處漂浮著老鼠的屍體。
我們下馬一看，發現那些液體是油。在油的表面，積有灰白色的灰塵。
「杉森，這是什麼？」
「好像是拿來做隔離用的東西。是防疫措施啊。等等，那麼我們不是也不能進去嗎？」
「嗯，我們應該沒有關係。剛才艾德琳已經祝福過我們了，而且事實上，這裡是因為到處遍布神的把戲才變得如此的，不是嗎？這樣的防疫措施在這裡是行不通的。反正蘇也是一直這樣進進出出的啊！」

「嗯，我知道了。因為如此，他們在試過之後發現沒有用，所以就將油這樣擱置著。」

大家決定好之後，從正門走了進去。裡面有一個很寬廣的院子，我們看到裡面有好幾棟建築物。我們下了馬，走向最大的那棟建築物。就在這時候——

「停住……快離開這裡！咯，咯咯！」

有喊叫聲。接著聽到像是吐血的咳聲。陽光太強了，我將手掌貼上眉頭一遮，才看到靠坐在前方正門柱子上的年輕男子。真是可怕！建築物的裡面和外面都是相同的顏色，而靠在柱子上的那個年輕人的模樣，也完全沒有陰影，非常清晰。那個年輕人穿著硬皮甲，但是傷得非常嚴重。全身上下到處都是刀痕以及撕裂的痕跡。他的手攤在地上，雖然手中拿著戰戟，但是他看起來已經沒有舉起戰戟的力氣了。

杉森很鄭重地說：

「請問你是卡拉爾的警備隊隊員嗎？」

「咯，咯咯，你、你是？你是人嗎？」

「我們是路過的旅行者。這個領地的模樣看起來實在是太奇怪了，所以……」

「那、那麼你們過不久也會倒下來的。咯，你們真傻，要、要是覺得奇怪的話，應該要逃離開這裡才對。咯，幹嘛傻傻地跑進來？呵，這世上的傻瓜可還真、真多。」

「啊？」

「你看看，我、我是個冒險家。我明知道這裡是什麼樣的土地……咯！咯！」

那個男子突然往前彎腰，然後臉趴在地上，瘋狂地咳吐，就這麼吐出了血塊，那男子面前的地上都被染紅了。我們跑去扶起那個男子，讓他再靠回柱子上，隨即，他的表情就像快要暈倒似的望著我們。

「你、你們，馬上就會變成我這個樣子。呵，呵呵，可能做夢都想不到，這裡是……」

「神臨地。」

那男子的眼中浮現出驚愕。他突然抓緊杉森的手臂。

「你、你們知道這裡是神臨地，竟然還跑進來？那麼你們有方、方法解決，是嗎？」

這年輕人的頭腦轉得還真快。杉森笑著回答說：

「我們的同伴裡面有一位是艾德布洛伊的女祭司。我們接受了她的祝福，才得以進到這裡。」

「女、女祭司？啊哈！女祭司！那，那真是太好了！呃哈！」

那男子竟是帶著冷笑的態度。他甚至還打嗝笑了出來。他的身體突然癱在那裡，然後稍微冷靜地說：

「我……剛才我已經說過我是個冒險家，而我的同伴裡面也有女祭司和巫師。我們是在四天前來到這裡。我們的巫師說這裡是神臨地，而且他也解釋了什麼是神臨地。咯呵，咯！可能你們的女祭司也跟你們解釋了，是吧？哈，我們也是造了防護膜之後再進來這裡。他媽的。我們那時候應該就這麼離開就好了，說什麼可以得到什麼東西。結果我們都得到病了。我的同伴們也全都病倒了。他們現在都和這個該死領地的居民在一起。」

「居民們也在這裡嗎？」

「是的。至少活著的人都在這裡。我們去巡視過每一家，將屍體都搬運出去，並且將活著的人都移到這裡。咯，可能是在這段時間裡，我們也全都染病了。」

啊！所以這裡才會每一戶人家都空著。杉森用欽佩的語氣稱讚著說：

「你們真了不起。」

「沒有什麼好了不起的。但是不知道是怎麼一回事，從第二天開始，天上就繼續不斷籠罩著厚厚的雲層。我們的巫師說，雲層籠罩的時候疾病比較不會擴散，賀加涅斯的力量就會怎樣怎樣。但是不能再指望那些雲了。今天那些令人感激的雲層都不見了，人們的病情都急遽地惡化。他媽的，今天太陽升起，然後在半天時間裡就死了十四個人！喀！我一直到昨天為止，也都還有力氣走來走去，但是今天卻變成了這個樣子。他媽的，我得到的是肺病。真的是很無可奈何。不過，雖然如此悲慘，但是還好有個小孩肯去汲水給我喝。」

「你是在說蘇。」

一聽到我的話，那個冒險家抬起頭來。

「你們遇到那個小孩了？很奇怪的事吧？喀，小孩子們都沒有生病。但是除了那個小孩以外，其他的小孩都消失不見了，只剩下她一個人。在這裡面的九十多人都是靠這個小孩才活命的。說不定這九十多人的葬禮也得靠她來辦呢！」

「你是說小孩子都消失不見了？」

「是啊。真奇怪。昨天在不知不覺之間，就全都消失不見了。只是稍微一不留神，回頭再找，就找不到他們了。喀，我們在搬移病患的時候，因為太忙了而沒有去注意那些沒生病的小孩。然後等到我們覺得好像哪裡很奇怪的時候，才想到要去注意那些小孩子，可是，除了那個叫做蘇的小女孩，其他的小孩子早已經不見了。所以我們從那個時候開始，不讓蘇離開我們的視線。蘇沒有消失不見。但是，我們的巫師說，如果將所有的這些事情串連起來……讓疾病的力量減弱的陰天裡，那些小孩子不會消失。但是如今天氣變晴了，所以……」

杉森像是要讓他安心似的微笑著說：

「剛才我們所說的那位女祭司，雲層正是她召喚來的。她是一位擁有強大神能的女祭司。」

冒險家的臉上浮現了驚訝的光彩。

「什、什麼？是真的嗎？」

「是真的。」

「可是，既然如此，為什麼到現在為止，才只有召喚出雲層而已？為、為什麼她不進來呢？」

「我們是在昨天傍晚遇見她的。她無法一個人進來這個村子。而她遇見我們之後，才得以在今天進來這個村莊。」

那個男子像是再度找到希望似的，他高興地說：

「她、她現在在哪兒？」

「她帶著蘇，就快要到了。再過一會兒……」

這時候我發現那個男子正在看著我們的後方。我轉頭一看，看見了伊露莉和卡爾，以及在後面抱著蘇的高個兒艾德琳。那個男子一下子變了臉色。真是的，我應該先跟他說那位女祭司是巨魔才對。那個男子大聲喊叫：

「巨、巨魔？那麼她是中部林地的『治癒之手』艾德琳？哦！謝天謝地！德菲力神啊，謝謝您！」

杉森和我又再度愣愣地互望著對方。

出乎我們意料之外，艾德琳在中部林地好像很出名。確實，一個巨魔女祭司，怎麼可能會不出名呢？但是，艾德琳不只是因為她那獨特的性格，更是因為她驚人的神力，而讓她赫赫有名。

「得救了！我們得救了！艾德琳，艾德琳，艾德布洛伊神的女兒！」

名叫特克・沃漢的那個男子正高興得手舞足蹈。艾德琳已經幫他治好病了。他甚至輕輕地跳來跳去，恢復了元氣。特克引導我們進去神殿裡面。

我們進到裡面的那一瞬間，傳來令人窒息的感覺。

「嗯……」

沉重的空氣，熱燙燙的、沉甸甸的。如同突然進到澡堂裡一樣，我們感覺神殿裡的空氣既悶熱又滾燙，最重要的是，我覺得裡面和外面一樣明亮，所以趕緊察看上頭是不是有天花板。但是室內明明有天花板卻和外面一樣亮。

一看到裡面寬敞的空間，就知道那原本是一個禮拜堂。本來應該是排成一列一列的長椅子，現在全都靠著牆壁堆放著。好像是特克和他的同伴們將椅子全搬開，然後讓那些病人躺在那裡的。

在那麼寬敞的空間裡，現在密密麻麻地躺著正在呻吟的病人。有各式各樣的病人，有的人瘦得乾乾癟癟的，可能是營養不良或者類似的病；而在他旁邊的人腫得鼓鼓的，大概是腎臟或肝不好的樣子；有的人則是全身長著滿滿的紅色斑點、正在呻吟著的天花病人；長著黑色斑點的人不知道是不是鼠疫病人？還有的人四肢流著膿水，並且快腐爛了，那個皮膚病患者緊抓住自己的四肢，不斷地抽搐著。染上皮膚病的少女早已丟棄了羞恥心這種東西，衣服幾乎脫光了，在那裡抓癢。乾掉的血便貼在她的屁股上到處都是，看到這樣的少女，應該是沒有任何人會覺得被誘惑吧。

「呃……」

我呻吟著，為了不讓自己昏倒在地，我緊抓住禮堂入口的柱子。

「他們的症狀真的是各式各樣都有，總之是各自染上不同的病。他媽的，我們的巫師可是連女人的手腕都沒摸過的純潔男子，居然染上了性病。你們相信嗎？」

杉森乾咳了幾聲之後，用眼睛指了指艾德琳和伊露莉。特克因此尷尬地抓抓頭。

「啊，對不起，艾德琳。因為這實在是很荒唐的事。」

「沒關係。我看看……」

艾德琳看到這麼多的病患之後，表情有點慌張。卡爾說：

「雖然找出造成神臨地的原因之後，將之清除也是很重要的事，但他們的症狀突然惡化成這麼嚴重，比較需要先處理他們。沃漢先生，請告訴我們哪些是你的同伴。你們是冒險家，所以比較能幫上忙。因此就先從你們的同伴開始治療吧。」

「啊，是！」

「還有，尼德法老弟、費西佛老弟，因為糧食都沒有庫存了，你們先將糧食和水運送過來。也請將藥草和毛巾等等從村子裡拿過來。謝蕾妮爾小姐則和我一起幫艾德琳小姐吧！」

「好的。」

杉森和我翻找神殿之後，找來巨大的手推車和幾個水桶。我讓杉森坐在手推車上，然後快速推向村子裡。我將手推車停在村子裡的正中間，然後翻找周圍的房子。那裡有麵粉、玉米粉、火腿、煙燻肉等等。雖然找不到新鮮的蔬菜，令人有點惋惜，但是光是這些東西也還是裝滿了手推車。

「可是這些食物沒有被污染嗎？」

「如果依照卡爾的解釋，這個都市的空氣等等，所有的一切都被污染了。雖然我們會煮熟之後才吃，但是好像沒有什麼用。」

「可是我們怎麼一點兒也沒事？啊，對了！我們已經接受了艾德琳的祝福。」

我們在水桶裡裝滿水之後，又再度跑上山丘。蘇看到我推著東西堆得像山一樣高的手推車，而且還用跑的，她讚嘆地看著，而特克則是做出一副快昏倒了的表情。

「你、你會不會是食人魔混血兒啊？」

呃啊！我是聽說過半精靈或者混種半獸人，可是食人魔混血兒，我卻是第一次聽到。食人魔混血兒有可能會存在嗎？我生氣地指著杉森說：

「食人魔在這裡！我可是純真無邪的十七歲愛做夢的少年！」

啪！好久沒這樣被打了。唉唷，我的頭啊……

一進到神殿禮拜堂裡面，我看到艾德琳、卡爾和伊露莉都在艱苦奮戰中。艾德琳正忙於使用治病魔法，而卡爾和伊露莉則將我們拿去的藥草仔細地檢查之後，放進各形各色的鍋子裡煮，或者熬燉。卡爾說他們驚訝地發現到那些病人治癒之後，又會再染上其他的病。所以得到中暑的人好不容易穩定病情之後，立刻又得到凍傷。我一聽到這些話，真的笑都笑不出來了。最後卡爾用筋疲力盡的語氣說：

「到現在為止，比較緊急的病患都已經看過了。艾德琳小姐，妳可以讓這個神殿全部都不要遭受基頓力量的侵犯嗎？」

「可以是可以……但是如果那樣做，我在這段時間裡都不能夠移動。」

「不能夠移動嗎？」

「是的。」

「沒有辦法了，即使無法移動，也請妳開始吧。因為一定要做隔離措施，才能阻止這種惡性循環。在這期間，我和謝蕾妮爾小姐會盡量試著看看該怎麼做。」

艾德琳點點頭，然後立刻環顧四周。可能她是在找神殿的中央位置。她找好位置之後跪下來（這樣還是跟我的眼睛高度差不多）。她合起雙手，開始祈禱。

我立刻就感覺到了。充斥在神殿的熱氣都消失了，那些病人的臉色好像稍微轉好了一些。接著，我們先在神殿裡面到處看看，尋找屍體。屍體總共有十四具。根據特克所說的，這些都是今天早上死亡的人，但是居然都已經腐爛了！杉森和我為了不讓屍體碎掉，必須很小心注意地搬移屍體。我肚子裡的東西都快翻滾上來了。

特克的同伴也都一個個地起身。特克以充滿欣喜的聲音喊著：

「莎曼達！」

那是特克的同伴，是一個有著茶褐色頭髮的女祭司。她摸了摸裂開的嘴唇，然後起身。她的頭似乎暈眩著，愣愣地看了周圍好一會兒。我拿了一碗水給她喝，她瞬間將它喝光，然後又再向我要了一碗。

「我是服侍德菲力神的莎曼達・克莉汀。你是誰？」

我又再舀了一碗水，然後說：

「哦，我叫修奇・尼德法。我是旅行者。」

「是嗎？看來你們是因為偶然才進到這裡，才幫上我們的忙。你是個很乖的小孩，但是這樣的行為卻有點愚笨。這裡是……」

「神臨地。」

莎曼達睜大她的眼睛看著我。

「你、你是經歷豐富的冒險家嗎？」

「咦？您過獎了。」

特克笑著指了指艾德琳。莎曼達一看到正在祈禱的巨魔，愣怔了一下，但是她蹙眉一想，隨即點點頭。

「啊，她是中部林地的治癒之手啊。那麼就能解釋那些烏雲的來源了。」

莎曼達一面斜歪著頭，一面望著艾德琳。之後她看看周圍的那些病人，以及正在照顧他們的卡爾和伊露莉。

「我的天啊……他們也是你的同伴嗎？」

「是的。」

「真是太感謝了。嗯，我也要站起來幫忙一下……」

莎曼達一邊說一邊想站起來，但身體搖搖晃晃的。特克和我請她不要亂動，但是她執意要站起來去看那些病人。結果出現了一幅病人在治療病人的景象。

特克的同伴中有一個是戰士，他手抱著一支巨大的半月刀，在哼哼呻吟著，長得一副很粗獷的樣子。他叫克萊爾。他發燒燒得很嚴重，而且身體拚命地翻來覆去，卡爾檢查了他的身體之後，搖搖頭說：

「這該怎麼說才好呢……看他的症狀，應該就是產褥熱！」

為了要從這個病人的手臂上擠出膿水，我去拿了一把燒熱的匕首，問道：

「什麼是產褥熱？」

「這是產婦在產後生的病……」

「噗哈！」

我想笑，結果不但沒有切開患部，反而差一點切斷了這個病患的手臂。總之，我好不容易鎮靜下來之後，劃開他手臂上的肉，然後擠出膿水。令人作嘔的味道和大量的血一起噴濺出來。膿血都擠出來之後，他的手臂上出現了一個大大的洞。莎曼達看了看我，然後微笑著。

「真是個乖孩子。如果是普通小孩的話，早就跑掉了。」

「即使是普通小孩，在我們故鄉那裡能長到十七歲的話，大概都像我一樣。」

莎曼達做出訝異的表情，但是我並沒有再說什麼。莎曼達將藥草熬出來的藥湯拿來給克萊爾喝。得了產褥熱的克萊爾「夫人」搖搖頭，勉強做出稍微平靜的表情。而那一位就連女人手腕都未曾摸過、卻得了很糟糕的病的那個巫師，有一雙看起來很善良的眼睛。這個年輕人叫做費雷爾。他說他不想讓人看到自己疼痛的部位，雖然他發狂地掙扎著（要是我，我也會這樣做），但是卡爾還是將他的袍子往上掀起，此刻費雷爾一臉很想死的表情，猛然閉上眼睛。然後伊露莉拿起熬成像膏藥的藥草，往費雷爾的那裡開始擦啊擦。在一旁看著的我們都臉紅了起來。雖然這是治療，但是也太煽情了吧？

緊閉著眼睛的費雷爾也好像有種奇怪的感覺。他睜開眼睛，隨即伊露莉看著他的臉，對他微微笑了笑。費雷爾立刻喊出刺耳淒厲的慘叫聲。

「呃啊啊啊！」

伊露莉驚訝地一屁股跌坐在地上。然後我看到她驚訝的表情之後笑了出來，也一屁股跌坐在地上。

「噗哈哈哈哈！」

費雷爾本想再說些什麼，但是卻昏厥過去了。感覺很好就算了，怎麼會因此昏過去呢？正如特克所形容的，他這種純真的少年染上這種病，真的是很荒唐。杉森、我和特克看到伊露莉在治療費雷爾的模樣，我們全都臉頰發燙地快速散去。

病患人數實在是多得可怕。

如果是艾德琳，大概只要一次就可以全都治療好，但是她現在為了阻止疾病再次發生，正在封鎖神殿，所以就由卡爾、伊露莉、特克、我、杉森，以及莎曼達這六個人，來照顧這麼多的病患。卡爾原本就博通醫學，而杉森則是學過急救，伊露莉、特克和莎曼達的護理技術也都很優秀，而我主要都是按照其他人吩咐的，努力地幫忙。例如擠出病人患部的膿水，更換病人額頭上的毛巾，並將毛巾清洗好，做食物給大家吃，準備乾淨的衣服、床單、繃帶等等的雜事。

這半天下來，真的很忙碌。在神殿的廚房裡，我找了個好位置，用嘴巴和右手將神殿的布簾撕開，然後放進鍋裡煮沸，而左手則是攪拌著病人要喝的湯，還用右腳踢碎禮堂的長椅子，以便拿來當木柴燒，我的左腳則是用來把擊碎的木柴踢進灶口。杉森看到我的這副模樣，說我像一隻章魚。我不知道什麼是章魚，所以只好問杉森。

他說是長著八隻腳的魚。我在腦袋裡想像，將鯡魚的腰部各加上四隻腳……

如果換作我，我會叫牠蜘蛛魚。到底什麼是章魚呢？

還有，我將原本掛在神殿裡的雅致布簾撕成一塊塊的，然後煮沸之後就成了繃帶和毛巾。我做了好一段時間之後，拉扯布簾的下巴竟火辣辣地痛了起來。還有，雖然我對做菜還算很有自信，但是對這鍋湯的味道，卻始終自信不起來。後來，當費雷爾蹣跚地走進廚房，說要幫我的忙的時候，我實在是快昏倒了。

費雷爾用很奇怪的步伐走進來，然後他猶豫地說：

「請問您是叫修奇嗎？我來幫您。」

我一面看著他的步伐，一面想著如果我問他「你病痛的地方都好了嗎？」，那實在是很尷尬。

「啊，謝謝！那麼請將那團放在那個鍋子裡、發酵好的麵粉再揉一揉。發酵好之後，我一直沒空閒去揉。」

「請問您想做什麼食物呢？」

「煎餅。還有對我說話時請不要這麼尊敬，我年紀很小。」

「啊，是。」

費雷爾微笑著並且開始洗手。那時候我才得以喘口氣，然後將煮沸過的布送到禮堂。一進到禮堂，就看到卡爾正緊咬嘴唇，在換急性腹瀉病人的內衣。他真的很有耐性。在他身旁看著的特克竟張口結舌到不知要閉嘴巴了。卡爾一看到我，就用很疲憊的臉色對我說：

「尼德法老弟，拜託你拿一些木柴來這裡。費西佛老弟一出去，你就更加忙碌了，是吧？」

然後我看到為了要用熱水，而放在禮堂的一角煮著的鍋爐已經熄火了。我把煮沸過的布交給特克，然後走了出去。砰！砰！杉森不知道從哪裡找來一把斧頭，他正瘋狂地砍著神殿的樹木。樹木碎塊向四方飛濺。

「杉森！我來砍，你進去喝點水吧。」

「呼，呼。天啊，我得救了。」

我跑去剛才杉森砍的那棵樹旁邊，然後用肩膀一頂，將樹木折斷。杉森喘著氣說：

「你這傢伙真像是一隻熊。」

「你剛才不是才說我像隻章魚。」

我從杉森手中接下斧頭，然後開始劈樹。大約揮砍一、兩下，樹木就被劈開了。實在太輕鬆了，真的不過癮。

「你看，連樹木也生病了。裡面都腐朽了。」

「真的？我看看……真的耶。我第一次看到腐朽成這個樣子的樹木。外表看來還好好的，可是裡面卻都腐朽了。」

「算了，可以燒就行了。」

我又再用肩膀頂樹木，接連折斷了好幾棵。這時候蘇從禮拜堂正門走了出來。蘇像是在納悶怎麼會有砰砰巨響似的，她轉過頭來，看到我的模樣之後，咯咯地笑了出來。

「你的力氣好大！」

「這裡很危險，不要靠近。」

蘇只好在那裡閒晃著。因為她不想離開，又無法靠近我們，所以就這麼在原地晃來晃去。杉森做出訝異的表情。他怎麼這麼不懂小孩子？

「蘇，妳無聊嗎？」

「哦，嗯。因為都沒有小孩子。」

「那個杉森叔叔會跟妳玩哦。」

杉森整個人彈跳了起來。

「修奇！你不累嗎？我們換班吧！趕快去休息！我命令你，如果你不休息的話，我要把你……」

「算了，算了。我知道了啦。」

杉森雖說是長男，但是很奇怪的是，他不太喜歡小孩子。正確地說，他不知道應該如何和小孩相處，他怕小孩。是的，杉森他怕小孩。看到他那副模樣，讓我想起自己必須趕緊送木柴進去。

我走向蘇，一把抱起她，她咯咯笑地圈住了我的脖子。結果她的小手找到了掛在我脖子上的項鍊。

「哇啊……好漂亮！」

啊？她說好漂亮？我低頭看她手上抓著的那條項鍊。我想起雷諾斯市的那個愛做夢，又有點不切實際的那個可愛的小姐尤絲娜，這是她送的禮物。我怕被人看到，所以故意將它塞在皮甲裡面，居然被蘇找到了。這是個花花綠綠、十分惹眼的項鍊。十七歲的少年戴著這項鍊的話，可能會被指指點點個沒完沒了，但是我又怕對不起尤絲娜，所以才會一直戴著這項鍊。

哼！說不定尤絲娜已經又被另一個流浪漢給弄得神魂顛倒呢。在我看來，會意想不到地天真浪漫而且愚蠢的，通常都是男人。所以男人永遠都只能被女人牽著鼻子走。其實我對尤絲娜也沒有什麼需要感到抱歉的，卻還這樣戴著這搞怪的項鍊，由此可知，我想的確實沒錯。

「妳喜歡嗎？」

蘇點點頭。我解開項鍊，遞給了蘇。我實在應該趕緊把木柴拿到裡面才對。

「等一下我需要還你嗎？」

在我旁邊的杉森嘟囔著：

「當然啦！要還給他哦！那個項鍊是一個純潔的少女……」

「閉嘴！」

蘇正全神地注意著那條項鍊，我放下她，而蘇則是把項鍊戴在脖子上，然後開始咯咯地笑。

我把杉森劈好的木柴搬到裡面。短暫的休息過後，如今又是戰爭的開始。我堆起木柴，一面嗆咳地重新點燃火苗，然後跑進廚房。

04

夜晚時分。

艾德琳必須等到太陽下山之後才能停止祈禱。太陽下山之後，這裡就不再受賀加涅斯影響，所以基頓也就不能再發揮祂的力量。

急性患者的治療幾乎都已告一段落了，那些居民們都吃了藥，或者吃了食物，現在正舒適地躺著。他們一直不斷地說：「真的非常感謝你們，真的非常感謝你們。」但是筋疲力盡的卡爾好像連接受感謝的力氣也沒有。我幾乎是強迫卡爾去吃晚餐，然後才由我來接替他的工作。

我巡視病患睡覺的地方，看看是不是有人有嚴重的後遺症，並且幫忙換毛巾。有一個老婆婆一面流著豆大的淚珠，一面抓著我的手。她那長著黑斑的細瘦手指頭根本一點力氣也沒有。那副模樣，與其說是抓著我的手，倒不如說是擱在我的手上。

「謝謝你們……」

「不客氣，老婆婆。」

隨即，那個老婆婆的表情變得更加悲傷了。我做錯了什麼嗎？我好像沒有做錯事啊！那個老婆婆悲傷地微笑著說：

「我看起來那麼老嗎？我才二十三歲。」

我簡直快昏倒了。什麼？那麼這些皺紋是什麼呢？還有發白的頭髮，又是怎麼一回事呢？

「是早衰症……我真想死……嗚嗚！」

那個老婆婆少女哭得好傷心。我也湧出了眼淚。面對這個應該是最美好的年紀，卻變成了老人的少女，我該說些什麼才好呢？我哽咽地說：

「妳、妳的病會好起來的。一定可以好起來的！」

少女並沒有回答什麼，好像也不想讓我看她的臉孔，把頭蒙在被單裡。

真是殘忍的病。太、太淒慘了。我擦擦眼淚，然後走向其他的病人。我很怕會再看到更淒慘的模樣。但是因為我正照顧著他們，所以應該不能出現不安的表情吧。我盡量用開朗的表情，努力讓得到厭食症的男子吃晚餐。比起那個男子吃的食物量，他吐在我衣服上的量可以說還要來得更多。照顧病人真的不是一件簡單的事。

我大致巡過病人之後回來。

卡爾疲憊得連食物都不太吃得下。整天都在祈禱的艾德琳也是一副快要昏厥的樣子，她靠在神殿一方的牆壁，坐了下來，呼呼地喘著氣。伊露莉也是同樣地疲憊，除了她的頭髮很蓬亂之外，還是平常那副模樣。她靜靜地把湯盛到盤子裡，然後拿給艾德琳。艾德琳都快說不出話來了，只是點點頭之後艱辛地拿起湯匙。但是她實在是沒有力氣用湯匙舀湯，所以就直接用嘴靠著盤子開始喝湯。嘴巴大還真是好處多多。

特克則是扶起那個叫克萊爾的戰士，讓他坐起來，並且餵他吃東西。這一幕就好像是丈夫餵東西給得到產褥熱的太太吃？不知為何，如果對他說「太太，妳辛苦了」之類的話，好像也滿符合現在這種情況。克萊爾生氣地說道：

「我還可以自己吃東西，你不要操心。」

「我知道了。咦，可是費雷爾去哪兒了？」

我幫忙回答說：

「他說他要在廚房吃。」

特克睜大他的眼睛，隨即噗哧笑了出來。他很快地站起來，消失在廚房那裡，不久之後，費雷爾被特克拉住了耳朵，就這麼被拉了進來。特克命令費雷爾：

「來，趕快！」

費雷爾用很淒慘的眼神望著特克，但是特克一點兒也不為所動。費雷爾緊咬住嘴唇。我們不知道到底是怎麼一回事，只能望著他們兩個人。費雷爾的步伐像是要去打仗似的，走向靠在牆壁上的艾德琳和伊露莉。

「妳是伊、伊露莉・謝蕾妮爾小姐，是嗎？我的名字叫費雷爾。我、我是巫師。」

「是……我知道。」

「我，想要跟妳說的是，我想對妳表達我的感謝之意。即、即使令妳不快，妳都能忍受著為我治療，真的非、非常感謝不盡。」

費雷爾的臉如果拿來擠一擠，搞不好會有紅色的水珠滴滴答答地落下來呢！伊露莉微笑地回答：

「對於我，你好像很驚嚇的樣子，剛才你不是還慘叫了……」

「啊，我、我的那個，是我的錯。那是，因為太心慌了……」

「真的嗎？我瞭解了。如今你和我是朋友了嗎？」

「咦？」

費雷爾不知道這話是什麼意思，一副很訝異的樣子，我則是微微笑了笑。費雷爾訝異了一下之後回答說：

「嗯，是的。說是朋友是因為……嗯，妳對我有恩，所以妳對我來說是很重要的。如果是互相珍重的人，就可以說是朋友。如果妳是這個意思的話，是的，我們是朋友。」

「謝謝。啊，對了。你的性器官如今還痛嗎？」

我因為後面有病人躺著，所以沒有往後倒下去。杉森則是打翻了湯，而克萊爾按著肚子開始笑了起來。雖然正在坐著打瞌睡的卡爾並沒有任何反應，但是艾德琳突然身體往後，頭撞到了牆壁。可憐的費雷爾身體稍微蠕動了一下，表達出他覺得「沒關係」之後，又跑進廚房去了。特克愣愣地看了看他的背影，然後又愣愣地看著伊露莉。

伊露莉看到我們那麼驚訝，所以她問道：

「咦，你們為什麼這樣子呢？」

莎曼達悄悄地走過來問我：

「那位小姐原本就這個樣子嗎？」

「好像是吧。」

吃完晚餐之後，我們再度分散去照顧病人。艾德琳已經祈禱一整天，所以我們請她好好休息，但是她拒絕了，還是要去看病人的情況。確實，因為有艾德琳出馬，治療病人變得很簡單。艾德琳使用治病魔法，幾乎完全治癒那些已經大致治療過的病患。但是當她在治療得到早衰症的那個少女時，艾德琳進入了苦戰之中。

「這種可怕的病……」

以卡爾的博學，也完全不知道應該用什麼處方來治療這種病。人都是會老的。雖然迅速老去很容易，但是卻沒辦法逆行變年輕。真的能夠回復年輕嗎？

真的可以將時間倒轉嗎？

但艾德琳真的將時間倒轉了。

「全能的神啊，請伸出您的手，讓優比涅的秤臺上放著的賀加涅斯的秤錘下降吧。在法則中包容萬物。以包容來戰勝法則。Restore!」（復元術！）

我們用驚異的眼神看著艾德琳和那個少女。

少女臉上的皺紋開始消失了。手指頭也看起來變得澎彈，皮膚變得光滑，結實的胸部在被單下突起了。少女摸摸自己的臉，湧出了眼淚。我也一樣，還有卡爾、杉森也都哭了出來。特克一邊流著眼淚一邊微笑，而克萊爾則是粗魯地擦去眼淚。

「呵，這真的是……好久沒有掉眼淚了！」

「唉，像熊的傢伙，這種時候哭出來也沒關係……」

這是特克說的。那個少女嘩嘩地哭著，並且抱住艾德琳。艾德琳用她那巨大的手溫柔地撫摸著少女的背。

「太好了，真的太好了。」

我笑著回過頭，我的後面站著伊露莉。她也正在微笑。但是伊露莉的微笑是有點慌張的笑。我覺得很訝異。我小心地低聲問她：

「伊露莉，有什麼不對的地方嗎？」

「那個咒語……是很危險的咒語。」

「咦？」

「那是破壞法則的咒語。優比涅的秤臺很長，無窮無盡。找回了少女的青春，那麼就會有某人失去青春。」

聽完伊露莉平靜的說明之後，我不禁感到驚愕。會有某人失去青春？我趕緊回頭看艾德琳。巨魔臉上出現老化的證據在哪裡呢？我正想說話的那一瞬間，伊露莉將她的手按到了我肩上。我回頭看。伊露莉則是搖搖頭。

接著，我已說不出任何話了。

已經是深夜時刻，最後一個病人的治療也結束了。艾德琳筋疲力盡地讓我攙扶她，走到睡覺的地方。除了我之外，沒有人能夠攙扶艾德琳巨大的身軀，所以由我來扶著她，但是杉森看到我扶著艾德琳時，他一面點頭一面微笑。那是看起來很邪惡的笑。

讓艾德琳躺下之後，我去找卡爾。卡爾點起一盞燈，彷彿像是營火似的，要大家圍著它聚在一起。蘇正睡在卡爾的膝蓋上。坐在提燈旁邊的特克說道：

「我們幾個人也曾自認為不是那種會陷在某個地方的冒險家……你們幾位一定更驚訝吧。你們有過什麼樣的冒險經驗呢？」

我們是「冒險家」？呵。杉森回答說：

「不是的，我們不是冒險家。我們只是旅行者，偶然在這個領地前面遇到艾德琳。」

隨後莎曼達說：

「你們真是謙虛。那個少年戴在手上的是ＯＰＧ，是吧？這可是普通的冒險家都無法見識到的寶物。」

他們稱呼我們是冒險家，嗯，竟然是用那種既浪漫又使人飄飄然的名稱來指稱我，讓我心情好得不得了。但是卡爾並沒有給我們聊天的時間。卡爾一面摸著蘇的頭，一面用另一隻手揉揉眼睛說：

「尼德法老弟、費西佛老弟，你們還有力氣嗎？」

「有什麼事要吩咐的嗎？」

「我們應該要對神殿周圍多加警戒才是。雖然到了晚上，賀加涅斯的氣息都消退了，但是會出現其他的問題。」

嗯，我知道是什麼問題。杉森也是一副「瞭解」的表情，他點點頭。

「你是說吸血鬼，是嗎？」

特克一行人驚訝地看著我們。特克問我們：

「你們怎麼知道有吸血鬼呢？」

「昨天晚上，我們在領地外面遇到吸血鬼。她想把我們趕走。」

「啊，是嗎？」

卡爾一面揉揉疲困的眼睛，一面問特克：

「可不可以就你所知的，告訴我們有關這個吸血鬼的事？」

「我們也不太清楚。可能是這地方成了基頓的神臨地之後，疾病中的疾病吸血鬼就出現了。」

「你這番話還真是充滿神祕性。請問你們是在哪裡遇到吸血鬼的？」

「在我們進到這個領地的第一天晚上，那個吸血鬼來攻擊我們。雖然費雷爾勉強抵擋住她，但是那時候費雷爾因為力量都已經用盡，所以第二天我們大家都染上了疾病。」

「啊，原來是有這麼一回事。」

「是的。從第二天開始烏雲籠罩，所以我們在病情沒有惡化的狀態下搬移那些病患。領主和其他的官員早就都已經死了。因為沒遇到可以負責的人，我們就先將活著的人暫時移到這裡。你們有沒有看到外面有一條作為防疫用的小溝？可能是我們來之前，就有人想將病患移到這裡。那些病患也是這麼說的。」

特克說完之後，敲了敲自己的頭。

「但是我們將屍體集中燒掉的時候，那個吸血鬼卻跑來攻擊我們。在白天看到吸血鬼，真是太嚇人了。好不容易趕走她之後，莎曼達解釋給我們聽，原來是因為烏雲的關係，所以吸血鬼白天也能跑出來。是嗎？莎曼達？嗯，是的。在那之後我們就沒有再看到她。可能是去攻擊你們之後受傷了。」

「是的，我們和她打鬥，我們打贏了，但是卻被她逃走了。」

「原來如此。那麼今天晚上說不定她會再來這裡。不對，她一定會來。因為我們算是已經完全進到她的內院了。」

眾人的討論大致告一段落。我們明天一定要去調查，找出這個村莊成為神臨地的原因。所以伊露莉和費雷爾早一點去睡，以便明天早上能做「記憶咒語」。而卡爾和莎曼達已經在裡面照顧病人，艾德琳則是早已經筋疲力盡地睡著了。所以在外面的是我、杉森、特克，以及克萊爾。

「最後只剩下這些靠身體戰鬥的人了。」

特克微笑地說。我很擔心克萊爾。

「克萊爾先生，你才剛復元沒多久，進去休息吧！」

克萊爾笑著回答說：

「喂，我可是有羞恥心的！我在快死的時候被救了，現在怎麼可以叫我進去躺著休息呢？」

得到產褥熱也會死嗎？不過，我想到克萊爾的心情，並沒有真的這樣問他。產後調理如果沒有做好，產婦確實可能會死。但是如果是「產父」呢？嘻嘻嘻。

我們在建築物前面的庭院裡點燃火堆，並且圍著火堆坐著。神殿建築物後方連著山，但是那裡並沒有門，所以不管從哪裡來，如果要進到神殿裡面，一定會經過我們這裡。我們從神殿裡面找來布簾，然後像斗篷般披在身上，並且背對著火堆（眼睛如果適應亮光的話，就會看不到黑暗中的敵人，這是杉森說的），就這麼望著黑暗的外面。

克萊爾對杉森投以很有挑戰性的目光，而杉森則是一面笑一面迎著他的目光。兩邊都旗鼓相當，所以互相都起了一種好勝心，但是克萊爾之前因病倒下又被救起，所以威勢較弱。克萊爾厚厚的眼皮底下長著一雙小眼睛，長頭髮則緊緊地綁在後面，微笑的時候，臉頰會出現酒渦，看起來很滑稽。在那種長相的臉上竟會有酒渦？他微微現出酒渦，微笑著說：

「雖然你們可能會笑話我，但在中部林地，人人稱我為『左手的克萊爾』。而你們經歷過什麼樣的冒險事蹟呢？」

杉森優雅地笑了。我知道杉森會做出那種表情……因為那些並不是什麼愉快的經驗。嗚。

「我已經跟你說過了，我不是什麼冒險家，我只是賀坦特領地的警備隊長。但是因為我們領地的事，要去首都報告，所以現在是在旅行的途中。我和冒險家完全沒有關係。」

「真的嗎？不過，我看你的手勢動作，不像只是個鄉下領地的警備隊長！那把長劍看起來也很不錯。是銀做的嗎？」

「這是鍍銀的。在我們故鄉，獸化人經常出現，總是不讓我們閒著沒事做，所以警備隊員每個人都拿這種長劍。」

「呵！獸化人不讓你們閒著沒事做？喂，小伙子，搞不好你還會說你們每天殺好幾頭巨魔，當作是晨間運動，是吧？」

「你怎麼知道？」

杉森一面打著哈欠，一面開始對於自己故鄉出現的那些怪物，開始自我炫耀了起來。不對，那是自我炫耀嗎？常出現怪物有什麼值得炫耀的嗎？真是天真啊，我的朋友杉森呀！你的命運就是做一個在磨坊焦心地等待村裡少女的人。呵呵呵！而我的命運是做高貴仕女傑米妮的騎士……哦，不，我什麼話也沒說！我看到克萊爾和杉森的脖子都露出了青筋，他們開始提起自己殺過的怪物，互相炫耀著。而我則是吁了一口氣，然後把布簾圍在脖子上，走向神殿的正門。

從山丘往下看到的村子模樣不僅陰沉，而且很有詭異的氣氛。那裡很黑暗，沒有任何燈光，在黑暗之中我只看到陰暗的輪廓。月光雖然淡淡地照著天空，但奇怪的是，月光卻無法照亮大地。所以我看到的是以朦朧月色為背景，村莊的黑色輪廓，這使我的心情變得很陰鬱。

特克走近我身旁。

「你，真是厲害。我是指今天你照顧病人的模樣。我呀，曾出征過，那時常看到比你年紀大兩倍的戰士們，光看到腐爛的傷口就被嚇跑了。」

「未必都會這樣啊。」

「不是。剛才你從那個得皮膚病的男子身上撕下黏在皮膚上的繃帶時，我真的嚇了一跳。你做這個動作的時候很細心，而且全然沒有不愉快，臉上還掛著好像是擔心那個病人會痛的表情。」

這是在說誰呢？剛才我照料這麼多的病人，所以不知道他說的是哪一個。我只是一邊點點頭，一邊回答說：

「因為我希望我生病的時候，別人會這樣照料我。」

「是嗎？是啊，這是很簡單的道理，可是人們都不知道。」

我不知道該說些什麼。結果對話就這麼結束了，我和特克肩並肩地把手靠在圍牆上，望著村莊。這個神殿的圍牆根本不是要拿來抵擋外面的入侵。神殿裡的所有東西好像都是這樣，尤其是這個圍牆，更只是具有象徵性的意味，所以我和特克很容易就可以把手搭在圍牆上，然後看著下方。

我想了一下這個難以啟齒的問題，然後開口問他：

「你們為什麼會經過這個村莊呢？」

「啊，我們是在要去雷諾斯市的途中。我們身上的錢所剩無幾了，所以想去那裡的鬥技場賺點錢。」

我的心跳突然加快。那個鬥技場主人希里坎男爵已經被我們弄得傾家蕩產了。鬥技場現在是屬於雷諾斯市所有，所以應該依然存在吧。

「那個鬥技場，聽說有人因此被鬥死！」

「要是有抓到訣竅，就不會被鬥死。而且身為冒險家，總要做些冒生命危險的事，如果那麼討厭死，那乾脆在家耕作就好了。」

「說的也是哦。但是也沒有理由要故意去尋求危險，是吧？」

「不對，有理由。比較危險的地方報酬就會比較多，所以尋求危險的理由很充分了吧？」

「是嗎？」

「嗯，你聽過深淵魔域迷宮嗎？」

深淵魔域迷宮？泰班召喚出炎魔的時候，我好像有聽過這個詞。我點點頭。

「是炎魔住的那個地方嗎？」

「嗯，我們上個月曾經進到那裡面去。聽說深淵魔域迷宮有很多寶藏在裡面。但是我們決心進到那裡，是因為聽說那裡有炎魔。深淵魔域迷宮的寶藏傳說比較難以令人置信，比起那個，我們倒認為是因為有炎魔這種危險存在，所以確實會有寶藏在裡面。」

我心中立刻浮現了一個很大的預感。我小心地問特克：

「所以後來怎麼樣了？」

特克做了一個很難過的表情。

「連用說的都覺得很可怕。我們還沒進到一半，就迷路遇到炎魔了。克萊爾和我幾乎都快死了，而費雷爾則因自己的魔法一點兒也行不通而感到挫敗。只要一想到那時候的情景，我都會背脊顫抖，睡覺睡到一半還會突然醒來。」

特克好像真的很害怕似的，他擦擦額頭，然後喘了一口氣。

「可是，你們還活著！」

「嗯，不知道是什麼理由，就在炎魔正要把我們全都殺死的時候，牠突然間消失不見了。我們想過可能是炎魔不想殺我們了，但是我們不相信炎魔會這樣。總之，炎魔一消失，我們就趕緊逃出來，好不容易才活命。找到出口出來的時候，我們看到了太陽，那時真的對太陽好感動。但是我們為了治療所受的傷，把錢都花光了。所以我們才會在要去雷諾斯市的途中。」

我差一點叫了出來。原來就是那個時候啊！泰班召喚炎魔的時候，炎魔曾說牠正要殺幾個冒險家，卻被召喚了出來。那麼特克一行人應該就是那時候的冒險家。

這世界還可真是小得很奇妙啊！特克繼續說：

「真的是炎魔不想殺我們了嗎？對於這點，連莎曼達也不確定。」

「炎魔不是惡魔嗎？」

「是野狼！」

「咦？炎魔是野狼？這是什麼意思呢？」

「不是，是那裡出現了野狼。那一位卡爾真的很有先見之明。」

特克一面說一面快速拿起戰戟。我看看前方。

在山丘下方，有蒼白地閃著的亮光跑來跑去，那是野狼眼睛發出的目光。數量非常多。不知不覺山丘下方已聚集了很多野狼。

那些野狼低沉地咆哮著。牠們像是很悠閒似的到處走來走去，但是不時地朝我們投射令人打寒噤的目光。特克小心注意地走到正門那裡，然後去確定正門是否有鎖好。不過那個薄弱的木板只要踢幾下，很容易就會被毀壞。特克緊咬著嘴唇。

杉森和克萊爾也暫時停止自我炫耀，然後走來圍牆這邊。我們各自藏在圍牆後方，只伸出頭望著下方。

那些野狼看到我們之後好像很興奮，肩頭的毛都豎了起來，並且咆哮著。我數了一下那些野狼，總共十四隻。牠們的塊頭都很大。

「嗚嚕嚕嚕……」

牠們在那裡徘徊著，好像在玩什麼把戲似的走來走去。

「牠們應該不會輕易地跑過來，因為從那下方跑上來的話，就會完全暴露出身軀。」

特克像是經驗豐富的冒險家那樣地推斷著，然後舉起繫在腰間的十字弓。腰後面皮帶上有個小袋子，他從裡面拔出方鏃箭。他將十字弓踩住，接著拉起弓弦，慎重地裝填方鏃箭。他將裝填好的十字弓直接慢慢地放下來，靠在大腿附近，然後環顧那些野狼。對於手上拿著的東西，他好像一點都不想發射的樣子。

「你不射嗎？」

「沒有必要激牠們吧。」

那些野狼只是持續不斷地咆哮著，但也並沒有一下子胡亂跑過來。可是牠們正慢慢一步步地往山丘上逼進。特克搖搖頭。

「牠們已經快撲上來了。」

他舉起十字弓瞄準。

「野狼這種動物啊，和人類真的有夠像。指揮官是不會輕率行動的，他擁有的是考量戰鬥時所有情況的眼光。」

接著突然間，特克射出了十字弓。噹！一聲輕快的聲音。

「?!」

在狼群的後方，傲慢地坐著的那一隻狼被彈到空中，而且身體翻了過來。牠直接掉到地上，然後滾了一圈。牠當場死掉了嗎？特克看看牠，說：

「最好是牠們現在肚子餓。」

那些野狼對於突然發生的事好像很驚訝的樣子。牠們每一隻都湧向倒下來的那隻野狼周圍。有的用前腳踢那隻野狼，也有些用嘴巴輕輕撥弄那隻野狼。但是倒下的野狼一動也不動。嗯，現在要開始吃了嗎？

那樣的想法對這些野狼好像是一種侮辱。那些野狼開始看著天空嚎叫。

「嗚嗚嗚嗚……嗚嗚嗚嗚……喀啊！」

那些野狼像是發瘋了似的逼近過來。從山丘下方到神殿之間的距離似乎一口氣消失了，牠們彷彿都飛上了天空。牠們跳躍，一口氣跳上圍牆上方。然而早已做好準備的杉森和克萊爾揮砍了那些跳上來的野狼。一開始的兩隻無法進到裡面，直接滾到外面去了。但是就在這段時間裡，其他的野狼已經陸續跳進圍牆內。

「一字無識！」

有一隻跳上來的野狼被我的招式給砍成好幾塊。但是野狼還剩下十隻左右。牠們在一瞬間都越過了圍牆。於是展開了一場非常激烈的打鬥。

「門關起來鎖上！」

伊露莉把頭伸出了門縫，我對她喊叫。但是伊露莉不聽我的話。她走出門外，背靠著門站著。不知何時，她的雙手上已經拿著穿甲劍和左手短劍。

「修奇，要我幫你嗎？」

「不，妳守在門那裡！」

我突然間害怕伊露莉會說「裡面的病人不是我的朋友，所以不就沒有必要幫他們了？」。伊露莉好像是會冒出這種話的人。

特克像野獸般揮著戰戟。但是戰戟太長又太重，所以要對付敏捷的野狼，是很困難的。他頂多只是用高超的武藝讓身體的周圍不要出現空隙而已。

克萊爾則是正在展現他這個「左手的克萊爾」的真面目。他把右手的半月刀扛在右肩上，如果野狼跳上來，他就用左手拳頭揮打野狼。有的野狼被打得彈出去，有的被打之後，就跌在地上不動。總之，失去平衡的野狼在轉眼間被克萊爾右手拿著的半月刀給擊斃。也就是說，克萊爾只用左手打鬥，然後用右手的半月刀在最後一刻給予決定性的一擊。在慌亂時刻竟還能這樣打鬥？克萊爾因為只用左手打鬥，所以放棄防衛，而用步伐移動身體位置，到那些野狼的死角做攻擊。

而看看杉森！那才是賀坦特的男人。他在身體四周舞出了數不盡的劍。這和我的一字無識比較起來，我根本不可能比得上。他那雙像食人魔般的腳如果踢了野狼，野狼就會四肢搖晃地被踹上天，接著在空中被杉森的長劍斬殺。

掉落在地上的野狼開始發狂。牠用四隻腳在地上刨抓著，然後翻滾。真像是被獸夾夾住的野狼行徑！杉森驚訝地看著野狼，因為令人驚訝的是，被杉森斬到腰的野狼，傷口竟然變得焦黑。杉森的武器是鍍銀的長劍，不是嗎？伊露莉開口說：

「朦朧月光的力量，優比涅的力量。這些並不是普通的野狼啊。」

伊露莉非常泰然自若地解釋著。有一隻狼避開了我的巨劍，然後看了看那時的伊露莉。野狼要是被我砍到，牠不會是被我巨劍的刀刃砍死，而是巨劍的破壞力會直接把野狼擊碎。但是這隻狼避開了我的巨劍，跑向了伊露莉。杉森發出尖叫聲。

「伊露莉！」

在一瞬間，靜靜地站著的伊露莉往旁邊閃過去。她的手斜斜地將左手短劍往前伸出，就是我們在雷諾斯市和巨魔打鬥時看到的模樣。如果是我，我會將這招式取名為「削切蘋果」。那隻野狼純粹是因為自己的力量，在空中被削了皮，然後露出肌肉。血傾瀉般地湧了出來，但是伊露莉輕巧地避開。

「?!」

那隻狼的腰身不停搖動，接著掉落在地上。伊露莉踢了牠一腳，然後又平靜地回到門那裡，靠在門上。這簡直是到了讓人咋舌的地步。我愣愣地看著伊露莉，隨即伊露莉說：

「小心，修奇。後面。」

我嚇了一跳，然後將巨劍往後揮打。在後面要攻擊我的野狼往後退去。但是就在那隻野狼往後退時，被特克踩住了尾巴。特克踩住牠的尾巴之後，用戰戟向下狠擊。那隻野狼的頭裂開了。可是有另一隻狼跳上了正用戰戟揮打著的特克背上。

「呃啊！」

特克為了甩開糾纏在他背上的野狼，一直轉圈圈，可是那隻野狼緊咬住他背部的甲冑。我跑上前去抓扯那隻野狼的後腿。

「匡啷！」

那隻野狼的牙齒彈飛了出去，同時牠放開了特克。為了不讓野狼咬到我，我抓著牠的後腿轉了好幾圈，然後丟向樹木。那些樹木的樹幹裡面都腐朽了，所以野狼一砸到樹木，樹木就倒了下來。匡匡！樹木倒下的巨響嚇壞了那些野狼。有一隻狼害怕得逃走了，隨即其他幾隻也捲起尾巴跳出圍牆。不久，跑進神殿庭院的那些野狼都逃之夭夭了。

特克張口結舌地看著我。

「你、你、你……」

「連樹木都生病腐朽了，所以才會這樣子。」

「是、是這樣嗎？不過說實在的，那個ＯＰＧ真的很厲害。」

我噗哧笑了出來。杉森和克萊爾一等到野狼逃跑，就立刻討論起是誰殺了比較多的野狼。

「那一隻是我殺的！你看傷口就知道！」

「呵！有沒有看到燒焦的那一隻？那是被我的長劍斬到之後，才會變成那個樣子。」

「那是擦傷！是我給牠致命的一擊！」

真的是快看不下去了。這時候，站在神殿正門前的伊露莉走了過來。她看了我一眼，然後走向圍牆那裡。我訝異地跟在她的後面，聽到伊露莉像自言自語似的說：

「野狼太快就撤離了，所以那個女人的計畫失敗了。」
「咦？」
「她在那裡……現在她正在看我們。」
我驚訝地望著外面。
沒看到任何一個人，只有一片漆黑而已。但是伊露莉定定地注視著一個點。她就好像是在和一片虛空互相大眼瞪小眼。她點點頭。這時特克也拿著戰戟走近，在吵架的杉森和克萊爾也緊張地向我們走來。
「原來妳想利用野狼製造騷亂的時候，用魔法攻擊我們，是嗎？」
伊露莉對著空中喃喃地說話。但是沒有聽到任何回應。而伊露莉又再說道：
「妳一定要那樣做嗎？我原諒妳，我想和妳做朋友。」
我驚慌地看著伊露莉。伊露莉則是暫時閉了嘴巴之後，帶著悲傷的眼神說：
「那樣是不行的。因為我已經準備好了。」
又再次安靜了一陣子。
「是這樣嗎？妳要不要試試看呢？」
我訝異地看了看杉森，而杉森也是一臉不解的表情。但是特克凶狠地睜著眼睛說：
「這好像是『傳訊術』的魔法。」
伊露莉靜靜地站了一會兒。夜晚開始吹起的微風將她的黑色頭髮吹亂，但是她一動也不動地站著注視一個點。
「妳如果那樣想的話……」
突然間，她舉起手，然後指向虛空中的一個點。啪！在遠處村莊的一個地方突然出現火焰。

我們張口結舌地看著伊露莉和那道火焰。伊露莉又再指向其他的點，並且說話。仍然是喃喃的低沉聲音。

「下一次打哪裡好呢？」

伊露莉又再望著空中，然後她回過頭來。

「她已經走了。我剛才說了謊話。」

我只能用呆滯的表情說：

「妳說了謊話？」

「是的，那個吸血鬼剛才在那裡。她想要透過野狼先擾亂我們，然後趁隙攻擊我們。但是那些野狼太快就退離了，所以她錯失了攻擊的時機。我讓她以為我已經準備了強大的魔法，所以她才會不敢攻擊，在那裡猶豫不決。事實上，我並沒有記憶任何魔法。」

「妳剛才沒有使用魔法嗎？那麼那火花呢？」

「那是利用火精的騙術。啊，對，騙術。」

她對於自己用了「騙術」兩個字覺得很不知所措。她的語氣並不是覺得不愉快，而是好像不習慣的樣子。

「妳說得好像不是很高興的樣子哦！」

「咦？」

伊露莉很高明地騙了吸血鬼，解除了危機，但是她對我們說明的時候，卻對於自己所做的行為好像無法理解的樣子。她搖搖頭說：

「有什麼好高興的呢？那女人和我有著因謊言而連結成的關係了。修奇你不是常常會為了成為朋友而伸出友善的手嗎？你不責罵我嗎？」

什麼話呀？第一次見到伊露莉的時候，雖然我曾經這樣說過，但是現在這個狀況，我實在不知道如何拿來相提並論。可能是伊露莉以為，我是那種喜歡和所有存在的生命體成為朋友的人。當然，我自己也這樣認為。遇到和我沒有任何關係之人的時候，我會為了和他成為朋友而客客氣氣地對待他。但那是人們生存的簡單智慧，不是嗎？可是對於吸血鬼，有必要這樣做嗎？

「妳覺得可以很容易就和吸血鬼成為朋友嗎？」

伊露莉仰望著夜晚天空。

「原來如此……」

「咦？」

對於我糊裡糊塗的回答，伊露莉只是望著天空說：

「你的意思是說，你會劃分一條線來區別朋友和敵人，是嗎？但是對於第一次見面的情況，你會為了和對方成為朋友，而先伸出友善的手。我對那句話很感動。你依循賀加涅斯的律法，為了在這混亂的世上生存而劃分出一條清楚的線，但是又依循優比涅的旨意，先伸出友善的手。這樣看起來很完美。因為人類能夠同時依循這兩者，所以你才會這樣想。而我們精靈的世界都已經很和諧了，所以我不知道要特別伸出手來交朋友。」

是這樣子嗎？我用有點糊裡糊塗的表情聽著伊露莉這段話。

「可能我們和矮人關係不好也是因為這個緣故。我們並不知道為什麼會和矮人關係不好，但是我想我現在知道了。我是看到你才知道的。我們並不知道要交朋友就要伸出友善的手。因為我們沒有這種需要，所以不知道這種方式。這樣一來就造成矮人不好的印象。」

伊露莉正視著我的眼睛。她的眼睛好漂亮。

「所以我也想要像你一樣。先伸出友善的手，我想學的就是這個。對於這個領地那些第一次見面的病患，我去照顧他們，我認為那是件很快樂的事。」

伊露莉誠心誠意幫助這個領地的人，理由只是為了這個嗎？精靈沒有理由要分享人類的悲傷與痛苦。但是伊露莉聽了我的話很感動，並且知道要交朋友就須先伸出友善的手。

現在對我說這些話的如果是人類，我應該會很慚愧的。但是眼前是一個精靈，她用天真的眼神，沒有任何疑惑或隱喻，平靜地述說。所以我才可以完全放鬆地聽著。

「……妳不覺得很高興嗎？」

伊露莉微笑著。

「我很高興。看到他們感激的表情，我怎麼能夠不高興呢？但是，伸出友善的手之後，卻又讓我領悟到我以前不知道的事。」

「那是什麼呢？」

「也就是伸出友善的手，卻不被接受時的悲哀。你知道這種感覺，所以你沒有向吸血鬼伸出友善的手。而現在我學到了，謝謝你，修奇。如果要像你這樣熟練地伸出友善的手，我還需要花多少時間呢？」

伊露莉又回去了神殿裡。特克和克萊爾都以非常異樣的眼神看著我，而杉森也不是帶著那種平常的目光。結果杉森問我：

「喂，修奇，剛才你們說的那些話是什麼意思啊？」

這個嘛……我真能夠解釋清楚嗎？我清理完那些野狼的屍體，然後睡眼惺忪地看著火堆好一會兒。杉森終究還是忍不住，他想要再問我的時候，我開口說：

「雖然是我和伊露莉說了那些話，但是我也還是不太瞭解。精靈是很奇怪的種族。但是，在精靈看來，人類才是很奇怪的種族。萬一真是這樣子的話，那伊露莉在精靈裡面就會是很奇怪的精靈了。」

「你到底在說什麼呀？」

「我也不知道。真的不知道啦。我聽說精靈被稱是優比涅的幼小孩子，那麼他們的世界難道就只有和諧嗎？」

「你是說只有和諧？」

「這實在是很難解釋。總之，伊露莉她說的意思是，我們所認為的禮儀規範，或者那些優秀文化之類的東西，是因為人類在『全然互相不瞭解，而造成人類種族的悲哀』之中所產生出來的。所以說，就連沒有任何意味的問候語，『早安』，都是為了不讓彼此成為仇家而講出來的話。」

「什麼？仇家？」

「這個……意思是說，『我正在享受這個早晨，你也是嗎？如果你也是的話，我們就是在享受同樣的東西，因此沒有必要向對方發脾氣。我們盡量愉快地相處吧』。所以對方也同樣說『早安』，事實上對方可能在今天早上因為便祕很痛苦，但是為了不想讓先問候的那個人不愉快，不想造成相互之間不好的關係，他會同樣習慣性地來回答。因為我們不瞭解對方，對，就是這樣。因為我們不瞭解對方，結果我們都為了對方而習慣性地說謊……如果不是和我非常熟的人，我當然不會和他說『都快冷死了，有什麼好早安的？』之類的話……我們到死都沒有辦法瞭解別人，所以我們的言語和行動大多是謊言或者虛情假意。所謂的禮儀規範，就是被調整過的謊言。好像是這樣吧……」

杉森張口結舌地看著我。然而，我只是望著像伊露莉頭髮顏色般的漆黑夜空。在一旁聽著的特克微笑著說：

「當然有那種情形，修奇，就算是你很熟的朋友，有一天你可能還是會覺得『這真的是我認識的人嗎』。我們都是活在無法完全瞭解別人的狀態中，所以常會覺得不安。也因此才會使用禮儀規範。」

特克好像瞭解我所說的。我一面望著夜空一面說：

「可是伊露莉認為我們因為感覺不安，所以才對別人很親切，我們伸出友善的手就好像是為了想和所有存在的生命體做朋友。她是這麼認為的。」

特克笑了笑，然後開始擦拭戰戟的刀刃。

「是這樣嗎？嗯，修奇，不要擔心。有句話說，精靈雖然熟練比較慢，但絕對不會學錯。」

「真的嗎？」

「相反地，人類因為快速學習，所以常有學錯的事。嗯，像是成見，就是很好的例子啊！」

「我知道你的意思。那麼有沒有完美的種族呢？」

「沒有完美的種族。但是在任何一個種族裡面，都可以出現完美的個體。因為他只要克服自己種族的弱點就可以。」

我看了看特克。特克則是用深邃的眼神望著遠方。

05

清晨時分。東方天空漸漸被染成藍色，天空底下浮現出高而巨大的山脈陰影。那座山脈應該就是中部林地的背脊，也就是褐色山脈，但是現在已經完全變成黑色山脈了。我將視線轉移回來，繼續切菜。

凌晨的時候我就已經來到廚房。平常我只要準備我們一行人的料理就可以了，但是，今天必須準備近百人的料理，這可真是在考驗我的廚師資質啊！嗯，對於味道，我是已經放棄了，只要食物的量能正確配好，就很謝天謝地了。

這時候廚房門口傳來有人走來的聲音。我轉過頭去看。

艾德琳揉著惺忪的眼睛，正要走進來。她看著我高興地微笑，忽然仰著鼻孔注意不要撞到廚房門框的上方，然後走了進來。

「修奇，你正在準備吃的嗎？」

「正如妳所看到的……請問妳睡得好嗎？」

「嗯。我看看，請給我刀子。」

「妳要幫忙嗎？太好了。我正要去拿水過來，這兒就拜託妳了。」

我把拿來當作菜刀的匕首交給艾德琳。艾德琳一拿到那把刀，它就變得看起來像是放在衣袋裡那種小巧玲瓏的小刀。我一面看著一面微笑地往外走出去。

在外面的庭院裡，杉森、克萊爾和特克互相擠成一團，正在一邊發抖一邊睡覺。

太陽還未完全升起的秋天清晨，確實是非常冷。我拍拍他們的肩膀。

「各位！請到裡面去睡吧！天色已經亮了，所以你們可以不用待在這裡了。」

杉森一面起身，一面不太順暢地扭動著脖子。而特克和克萊爾的起床模樣則完全不一樣。克萊爾是先睜開眼睛，然後躺著仰望天空好一段時間，喃喃自語之後好像真的很難忍受似的皺眉頭。然而特克不知是先睜開眼睛，還是先站起身子，總之他一下子就起來了。

「克萊爾你這傢伙，起來！你早上睡太多覺了吧？」

「特克……你可不可以不要每天都這麼說？」

「這幾天你都臥病在床，我不是就沒說了？」

克萊爾一面打冷顫，一面起身。我噗哧笑了出來，然後走出神殿。

我一面揮動著水桶，一面走向位在山丘下方的水井。雖然晚上已經過去了，但還是有可能遇到危險，所以我緊抓著巨劍。但什麼事都沒發生。我無聊地將汲水的吊桶丟進水井裡。

噹！

這是什麼聲音啊？這不是碰到水的嘩啦聲，而是碰到硬東西的聲音。我看看水井裡面，但是在灰暗的天空底下，水井裡面什麼都看不到。

我閉上眼睛一段時間之後，再睜開眼睛看下面。那時候才看到有個發白的東西。但是我的鼻子比眼睛更快起反應。這個味道是……我緊閉著嘴唇，慌張地把吊繩拉上來。

在吊桶裡，有一隻腐爛的手臂和水一起被拉了上來。

「唔……呃啊啊啊！」

「竟然連水都不讓我們喝。如此一來，根本就不用再費心思去治療了。」

卡爾用失落的語氣說。沒有水，所以今天早上只能吃發酸的肉乾和發霉的麵包。卡爾一面抖掉麵包上的霉，一面說：

「應該要做個了結。今天一定要找出這個領地變成神臨地的原因，而且一定要趕走那個吸血鬼。不對，那個吸血鬼也是一種疾病，所以如果要讓這個領地恢復成原本的樣子，那麼吸血鬼也應該消失才對。」

艾德琳搖搖頭。

「吸血鬼並不會那樣就憑空消失。當然，這裡是基頓的神臨地，本來就會產生吸血鬼，但是一旦出現了吸血鬼，在她死之前都是不會消失的。所以，絕對沒有任何方法可以完全恢復到原來的樣子。」

卡爾面露一個悲傷的表情。

應該要給病人喝的水，如今沒有了，真的是很令人焦急難過的事。至於這些連水分也沒有的乾麵包和肉乾，就算是健康的人，也很難下嚥。更何況，因為熱氣的關係，嘴巴裡變得很燥熱的那些病人更需要喝水。我、特克、杉森和克萊爾都到村裡瘋狂地翻找，結果只找到葡萄酒和白蘭地，然而這些酒對病人虛弱的胃而言，實在是太刺激了。

卡爾再也無法忍受了，他站起來說：

「走吧！我們開始搜索吧。請問各位都願意幫忙嗎？」

特克一行人點點頭。卡爾對艾德琳說：

「如果太陽升起的話，那些病患又會再惡化，是吧？」

「應該是的。」

「那麼請艾德琳妳在這裡像昨天那樣保護神殿，由我們去搜索這個領地。」

「好的。出發之前，請你們先接受我的祝福。如果在搜索期間得病的話，可就不好了。」

艾德琳露出懷著信心的表情，尖牙閃閃發亮著。卡爾像昨天一樣鄭重地接受祝福，而杉森和我也一樣。特克和克萊爾則是莫名其妙地接受艾德琳的祝福，但是費雷爾和莎曼達則婉拒了祝福。費雷爾說：

「治癒之手艾德琳的神力，對我而言是很危險的。我使用魔力，而魔力是會抗拒神力的。」

這是什麼意思啊？然而艾德琳點點頭。莎曼達則當然因為是其他神的祭司，所以不接受艾德琳的祝福，還有伊露莉也像昨天一樣，並沒有接受祝福。可是莎曼達也需要一起去嗎？

「嗯，莎曼達，請問，妳沒有武器，在這裡照顧病人不是比較好嗎？嗯，我這麼說，請不要覺得不高興……」

莎曼達看看我，然後笑著說：

「你是在為我著想嗎？真謝謝你。但是我也有武器。」

我看著莎曼達拿著的木杖，然後嘆了一口氣。那是用橡木削成的，但是那根長竿子卻比男人用來戰鬥用的粗棍棒還要輕。而且，以莎曼達的體格要去揮動那根……然而莎曼達爽朗地說：

「而且在搜索的時候一定會用得到德菲力的力量。」

我的表情轉為訝異。隨即卡爾附帶地解釋著：

「半身人與岔道的德菲力的祭司們擁有岔道的權能。」

「岔道的權能？」

隨即，莎曼達一面笑，一面從地上撿起一粒小石子遞給我。她的眼神彷彿像是計畫開一個大玩笑的頑皮小孩。

「來，修奇，你將它放到背後，再緊握在你其中一隻手的拳頭裡，然後伸出手來。我會閉上眼睛的。」

咦？這是在玩什麼遊戲呀？反正我就照她說的做了。莎曼達將眼睛睜開之後說：

「是在左手。我們可以走了嗎？」

我擲出放在左手的小石子，覺得很不可思議。

「岔道的權能，就是在選擇兩者之一的時候，能夠百發百中地猜對的能力，是嗎？」

莎曼達一面彎進左邊的路，一面臉朝向我回答：

「大致是這樣子。但是更正確地說，就像其他的祭司一樣，那是在履行神的旨意。像剛才的小石子之類的事，並不是很重要的事。但是……嗯，舉這個例子吧，我將匕首抵在某個壞人的脖子上。只要輕輕地一割，他就完蛋了。」

從祭司的嘴巴裡說出這樣的話，真是令人驚訝。

「當然妳會收起匕首，然後說聲『對不起』吧！」

「你這小子！你以為我是艾德布洛伊的祭司啊？總之，我握有那個壞人的生死大權。可是啊，這個壞人是我情人的仇家。然而他收養很多孤兒，真是令人頭疼的癖好啊！簡單地說，他是個義賊！好了，這時是要割了他的脖子，還是不要割呢？」

這番話越來越……這真的是一個祭司所說出來的話嗎？莎曼達竟笑著說割脖子之類的話，以至於我的心情變得很奇怪，最後還問了很出乎意外的話。

「妳也有情人嗎？」

「他大概已經被故鄉的其他女孩子給拐走了。哼！反正情況如果真的變成我剛說的那樣，我就算不知道該怎麼做，我也能選擇。而且是依照德菲力的旨意來選擇，知道嗎？我會依循神的旨意，並不是照我自己的意思來猜測。如果是照我自己的意思，那我就不是祭司，而是賭徒了。」

莎曼達往右邊轉，然後我也就跟著往右邊轉，接著搔搔自己的眉頭，然後問她：

「不過，德菲力一定不希望妳變成窮光蛋，所以妳如果賭博，勝算一定很大。」

「完全不對。我試過一次。」

「試、試過？妳賭博過？」

「嗯，雖然賭場老闆很沒禮貌，但祭司居然進去那裡，他只能當作是運氣不好地瞪著我。像話嗎？這是神的恩寵降臨在他那裡啊！不管怎樣，我熬夜在那裡喝酒賭博。雖然喝了酒，但是我還是和平常一樣清醒，而且很確定地按照我所判斷的玩下去。我是玩二十一點的紙牌遊戲。那是從兩者之中選擇一個的遊戲，所以可以很明顯展現德菲力之權能。要不要再來？不要了嗎？就只有這兩種選擇。結果你想後來怎麼了？」

「被逐出師門。」

「哎喲，我又沒有被發現。」

莎曼達很自然地說「沒有被發現」。她好像是認為如果沒有被發現，就沒有任何的罪。這時她往左彎進去了，所以我稍微跟著她走了一會兒之後，繼續問她：

「那麼後來怎麼樣了？」

「早晨我出來的時候，手中拿著的錢和前一天晚上帶進去的是一樣的數目。一分一文都沒多沒少。」

我不得不笑了出來。咦，德菲力的祭司們都是這麼有趣的人嗎？這時候費雷爾插進我們的談話，他好像覺得很抱歉似的，小心翼翼地開口說話。

「那個，莎曼達、修奇，安靜一點會不會比較好呢？這裡是依循基頓律法的那些其他生命體所存在的……」

費雷爾鄭重地說著，但是為什麼我只要看到他就會想笑呢？想到他連女人的手腕都不曾摸過就染上了那種病……我努力試著不要去看費雷爾的臉。而莎曼達則是略顯不悅地再度彎進了右邊的路。然而一往右彎之後，就出現了十字路，莎曼達開始猶豫著。

卡爾看看十字路口的周圍，然後說：

「是左邊的路。依照我們行進的方向來看……」

莎曼達走向左邊的路。

所以這種情況下是會有問題的。雖然在兩條岔路的情形之下，她可以很快做出決定，但是如果是三岔路的時候，她就會和其他人一樣猶豫不決。

但是這種能力還是令人覺得很了不起。即使只有兩條路，有時人也會為了選擇而陷入極度的痛苦。可是莎曼達在這種情形之下不會陷入煩惱。她直接按照心中所想的去做。然而，這件事到後來有時還是會讓她覺得很痛苦。因為可能有些路只是德菲力的旨意之路，並不是她自己所想要走的路。如果德菲力比較希望她死，那麼她的權能就會引導她到死亡之路。不過，她是德菲力的女祭司，所以她不只能夠充分感受，反而還會欣然接受……的樣子。因此她才會沒有煩惱，而且還很樂觀。

穿著簡素的綠色斜紋布袍的費雷爾，他拿著的木杖看起來也是很簡素的權杖，比起雷諾斯市的那個亞夫奈德，他看起來更加高尚多了（雖然看起來很高尚，但是我還是很想笑耶）。他說：

「請各位暫時等一下！」

莎曼達停下腳步，然後轉過頭去。

「怎麼了，費雷爾？」

「這裡的地形讓我感覺很不對勁。」

這裡的地形，就只是長長的一條路。兩旁是密密麻麻的房子，而前方則又是兩條岔路。這條路的長度大約是六十肘，而且這中間並沒有其他的岔路。可是費雷爾卻好像看出了比我所看到還要更多的東西。

「按照這附近的地形來看，如果有人正在監視我們的話，就一定會在前方暴露自己的形跡，他已經無法再躲下去了。所以一定會攻擊我們。」

杉森讚嘆地說：

「費雷爾先生你好像對掩蔽與陣形很瞭解。」

「因為我曾經在偶然的機會裡讀過幾本賀滋里的書。」

「哦，真的嗎？是不是總共有十四本？」

「好像是吧。」

費雷爾和杉森熱切地交談著，但這好像讓克萊爾漸漸覺得很生氣。克萊爾猛然地走上前去，並且提起那支殺氣騰騰的半月刀。

「喂！不要再說廢話了。這麼說來，就是會在這裡襲擊我們是吧？我懂了。反正一定是從前面跑過來。我絕對不會讓任何一個傢伙溜到我後面，所以跟我來吧。」

他一邊這樣說著，一邊用右手舉起半月刀扛在肩膀上，猛然地走上前去。這時候傳來特克的喊叫聲。「不是在前面，是在左邊，上面！」

我們急忙轉向旁邊看，在左邊的建築物上面，野狼的頭開始一個個地出現。而且右邊的建築物上面也出現了野狼。

「喀嚕嚕嚕……」

「嗚嚕嚕嚕……」

「有，有幾隻啊？」

「跳下來了！」

那些野狼跳了下來。克萊爾繼續保持右手的姿勢，然後低下腰。在第一隻野狼快撞到他的前一秒鐘，他的腰身整個挺起，並且左手大力往上一揮。

「匡！」

哎呀我的天啊！那隻野狼整個往上彈了出去，然後克萊爾這時用兩手揮起扛在右肩上的半月刀。還在空中的那隻野狼腰部幾乎快被完全斬斷，彈落了出去。真不愧是左手的克萊爾。但是那些野狼全部開始往下跳。卡爾大聲喊叫著說：

「靠到建築物牆邊！」

我們全都各自跑向最近的建築物，然後背靠著牆壁。因為牠們是從上面跳下來，所以我們靠牆是比較有利的。對面那一邊站著的是伊露莉、費雷爾、特克，而我這一邊則是站著杉森、卡爾、克萊爾、莎曼達。如此分成兩邊之後，開始展開與野狼的打鬥。

「啊啊！」

克萊爾的打鬥方式是昨天就見識過的，確實是令人膽顫心驚，卻又覺得痛快。放棄防衛，只用左手揮打，決定性的一擊則是用扛在右肩上的半月刀。所以他絢麗地移動著腳步。不對，看起來簡直像是上半身和腳各自移動的樣子。那樣的大塊頭居然像是在跳著優雅的舞步！

「呃啊！」

杉森看到克萊爾的那副模樣，他也氣勢洶湧了起來。杉森先踢了較低位置的野狼之後，再用長劍刺下去。野狼雖然閃避，但是牠的背卻還是被劃開了。

「咕耶！」野狼發出奇怪的聲音，滾到地上，然後就這麼開始胡亂發狂。野狼背上的傷口燒了起來。在特克後面的費雷爾喊著：

「那是、那是銀做的嗎？這麼說來，這些野狼並不是真正的野狼！是死掉的野狼以基頓的力量破壞法則，才得以動起來的！」

這正如同昨天伊露莉所說的。這些野狼看到杉森那把在晨光照射之下可怕地閃耀著的長劍，就不敢再有撲上去的念頭。但是這些傢伙為什麼撲向我啊？

「真是的，搞不清楚狀況哦！」

我怒視著野狼在底下的頭，然後向下揮劈。野狼很快地往後退，趁著我揮劍時身體出現空隙的那一瞬間跳了過來。但我可是有從下面往上揮劍的特別手法！

「一字無識！」

喀啦！野狼被劈成兩塊之後，往兩邊飛得好遠。哎呀，我的腰！我沒有空看費雷爾驚訝地張開嘴巴的模樣，我照樣又再轉了一圈，要不然我的腰會扭到。這時有某樣東西碰撞我的背。我的背立刻傳來被搔抓的聲音，我脖子後面的毛都豎起來了。是野狼跑到我的背上了！感覺脖子被滴到溫熱的口水。

「啊啊啊！」

我往後猛衝，撞到了牆壁。匡啷！牆壁倒了下來，我就這麼跑進房子。天啊，我感覺天地倒轉似的摔了一跤，接著灰塵和石屑令人窒息般地飛揚著。在大白天能看到星星也不算壞啊！

我連忙起身轉頭看，那隻野狼已摔斷脖子了。我重新拿起巨劍，從牆壁被打穿的洞跳了出去。

「修奇？你和那間房子有仇嗎？」

莎曼達看到從房子裡跑出來的我，竟用這句話對我打招呼。我則向她揮出了巨劍。莎曼達大吃一驚，但我其實是要砍逼近她身旁的一隻野狼。實在是砍得太急速了，我無法控制力道，結果砍到了地面。野狼和我的巨劍都陷進地下。哎呀！

怎麼常常會出這種事呢？

莎曼達這一回吹起了口哨。吹口哨？這些經驗豐富的冒險家可真是古怪。可是為什麼我的巨劍會拔不起來呢？靠在另一邊牆上的伊露莉看到我這個樣子，立刻跑了過來。

「哦哦哦！」

那是克萊爾的讚嘆聲。伊露莉好像閃電擊出的模樣，曲曲折折地跑在那些野狼之間。那些野狼跑向伊露莉，但是每一次都只能撲了個空。有一隻狼本來想咬伊露莉的腳踝，但伊露莉立刻向前一跳，然後拄在地上做了一個翻轉的動作。接著她一著地，就踢了我的胸口一下。

「嗚！」

多虧被她踢了這麼一腳，我很輕易就將陷在地下的巨劍給拔了起來。我正要抱怨難道沒有比較文雅的方式來幫我拔劍，但伊露莉已經靠著踢我胸口的反彈力往後飛去了。就在我的胸前，有隻野狼飛跳到伊露莉剛才站著的地方。我敏捷地往下揮砍，成功地砍到那隻狼的後腿，而且這一次並沒有陷進地下。被砍到後腿的那隻狼在地上打滾之後，在牠前面的卡爾踢了牠的下巴。卡爾喊著：

「克莉汀小姐！這些傢伙就交給妳了！」

他可真是厲害！我昨天才聽過一次莎曼達的姓，我都已經忘記了，而卡爾竟還記得！莎曼達很快地從懷裡拿出一個圓形的鐵片。有個T字很複雜地纏繞在圓圓的鐵環中間，好像是德菲力神的聖徽。莎曼達將它伸向前方，然後祈禱。

「被大地所拒斥的屍體啊，消失吧！」

「喀嚕嚕，嘎啊！」

那些野狼開始發狂了起來。是逐退術！這正是祭司的逐退術。大地不願意接受的屍體，才會無法安眠於地底下，而徘徊於地上，這個法術就是在驅趕這種屍體。那些野狼像發瘋似的跑著。但是有點不妙的是，那些野狼全都跑向那邊去了。

所謂的「那邊」，可以代表的意思很多，但是現在的情況是指特克、費雷爾和伊露莉所在的那一邊。

「他媽的！」

特克拚命地揮動戰戟，好讓野狼無法接近他。但是特克要從右邊揮向左邊的那一瞬間，原本在他左邊的狼跑向他。咻！傳來了某個東西掠過大氣的聲音。在特克的背後突然出現的伊露莉展現了她的特長。她斜斜地用左手短劍抵在那隻跑過來的狼身上，那隻狼隨即在空中被完完全全地刮去了毛。

「嘎啊啊啊！」

掉落在地上的野狼腰部已被乾乾淨淨地脫去了毛皮，看見紅色的肉。特克再度目睹昨天的手法，他又一次為此驚訝不已。在他後面的費雷爾則是開始低頭唸咒語。而我、杉森和克萊爾則是突擊背對著我們的那些野狼。

「呃！」

有一隻狼翻過身子，咬了杉森的腳。在他旁邊的克萊爾很快地用半月刀往下砍，隨即，咬住杉森的狼只剩下一顆狼頭，但是那顆頭還是死咬著杉森的腳踝不放。杉森的眼睛噴出怒火，他舉起膝蓋，用長劍的劍柄往下打掉那顆狼頭。在他後面的莎曼達很快地越過杉森的肩膀伸出聖徽，並且再度高喊：

「退去吧！」

那隻跑向負傷杉森的野狼發出嗷嗷的慘叫聲，然後往後退。而在另一邊，特克彷彿像是砍柴似的，用戰戟向下砍那些野狼。我也揮動著巨劍。但是有隻野狼不知是怎麼移動的，竟咬住了我的巨劍。我驚訝地想往後縮手，但是牠緊咬不放。而就在這時候，又有一隻狼從我的左邊跑來。

「側面的一字無識！」

我讓野狼掛在巨劍上，並且一直往側面轉圈圈。咬著巨劍的狼和跑向我的那隻狼撞在一起，然後飛出去落下，我則因為突然太用力旋轉而暈眩地搖晃著。荒唐的是，我搖搖晃晃之後竟踩到了一隻狼的尾巴。那隻野狼忽地跳了起來，但是在還沒落地之前，伊露莉的穿甲劍就已經刺穿了牠的脖子。而就在這個時候，傳來了費雷爾的高喊聲。

「Enlarge!」（擴張術！）

莎曼達的身體開始漸漸地變大。莎曼達一時因為失去平衡而跌倒了，可是又立刻昂然地站了起來。她站在那些野狼的前面，那些野狼哆嗦地顫抖著。莎曼達像是從雲層裡伸出手，將手往下伸，而在她手上的聖徽則幾乎變得像盾牌那麼大，巨大的聖徽閃閃發出光芒。莎曼達並沒有特別做「逐退」的動作，但是之前受到「逐退」的那些野狼慘叫著逃跑了，隨即其他的野狼也跟著逃掉了。

「喀嚕嚕！吭吭！」

那些野狼發瘋似的逃跑，過了一會兒就看不到蹤影。我一屁股坐在地上。

「噓，噓！我的，呼吸聲，像笛子聲。」

「那是德菲力的聖徽嗎？」

「嗯，T是德菲力的開頭第一個字母，也是象徵岔路的意思。」

啊哈！原來如此。T字看起來確實是像岔路的模樣。我一邊點點頭一邊問：

「可是，有件事我很納悶。剛才那些野狼可能是因為基頓的力量而猖狂肆虐的屍體，不是嗎？但是基頓也是賀加涅斯之下的神，德菲力也是賀加涅斯之下的神，那麼為什麼那些野狼會害怕地逃跑呢？」

「唉，小伙子啊！不死生物是存在於優比涅的混亂、賀加涅斯的協調，是什麼都相反的世界，也就是黑暗世界的居住者。所以可能連破壞之神雷提的祭司也可以逐退不死生物呢！」

莎曼達也不管我聽得懂還是聽不懂，繼續往下解釋著：

「而且雖然我們常常指稱某些神是賀加涅斯之下的神、優比涅之下的神，其實這些只是便於讓人理解的觀念。我們不應將賀加涅斯或優比涅想成是各自底下的神祇頭目之類的角色。賀加涅斯或優比涅只是呈現出萬物法則的一個名字而已。而且那些神不是祂們的部下。好吧，就想成是地心引力吧！你不能無視於地心引力！但是你不是地心引力的部下吧？地心引力又不會叫你做什麼事。」

「如果叫我做些什麼事，我也不會照著做的……這番話真的好難哦！」

是啊，真的好難。莎曼達的意思是，優比涅和賀加涅斯只是呈現出宇宙原理的高層次的隱喻。莎曼達這樣的解釋雖然還聽得懂，可是我並沒有用心聽，我真的對神學一點興趣也沒有。

我們再度讓莎曼達走在最前面。被野狼咬到腳踝的杉森雖然引起了伊露莉的擔心，但他一副絲毫不疼痛的樣子。可能他是意識到克萊爾像在嘲笑的目光，所以才裝出很蠻勇的模樣，總之，杉森雖然走路有點一跛一跛，但步伐還是很堅強。

伊露莉嘆了一口氣，然後打開繫在皮帶上的袋子。

「那麼，喝一口這個吧！雖然你說你不痛，但是為了我喝一口吧！我看到你這個樣子，我很心痛。」

杉森的表情像是快掉出眼淚似的，接過了伊露莉拿給他的藥瓶子，咕嚕咕嚕地一口氣喝光它。伊露莉睜大她的眼睛。

「啊，這個只要喝一口……」

杉森的表情突然變化了起來。他不可置信似的開始看著自己的兩隻手臂。他摸摸胸口，然後揮揮手臂。克萊爾用彷彿是「這傢伙是不是突然發瘋了」的眼神看著杉森，但是杉森不在意地喊著：

「哇！修奇！打我一下！」

這又是什麼意思啊？我驚訝地看著杉森，杉森則是砰砰地捶著自己的胸口，並且說：

「充滿力量！真的很大的力量！修奇，用你的力氣打一下！」

是嗎？真是的，只叫他喝一口，結果好像喝太多了的樣子。我看在友情的分上往杉森的肚子打了一拳，結果杉森整個人撞破了牆壁，然後在裡面昏倒了。我還因此花了好多時間去弄醒他，然後帶他出來。總之，杉森的腳踝傷口好了。至於他的肚子嘛……我實在不想再說什麼。

我們一行人警戒著四周並前進。雖然有費雷爾在，他會觀察地形地物，並且精通戰術戰略，但我們還是警戒一點比較好，因為這樣才不會有所損失。再加上剛剛我們才和野狼打鬥過，大家都還處在神經緊張的狀態。所以現在最前面的是莎曼達，走在她身邊的是我和特克，在我們後面跟著的是卡爾、費雷爾和伊露莉。杉森和克萊爾則在最後面跟隨著。

「行進的方向是右邊。」

可是莎曼達不再移動腳步。我訝異地看著莎曼達。莎曼達表情擔憂地說：

「真奇怪！」

「咦？」

「嗯……可能是這樣子吧，在繼續前進與否之間，我好像會選擇不再前進。是的，我不想再前進了。」

莎曼達歪著頭環顧四周圍。

「可是很奇怪。這裡只是很普通的十字路口，但是因為德菲力的旨意，我不想再前進了。」

卡爾的表情變得很驚慌失措。確實周圍看來都只是一些很平常的房子，一點兒也沒有異常的地方。卡爾環顧四周之後說：

「呵，要是能解出神的旨意就好了。」

這時候特克開始往前走。雖然我也想跟著走，但是特克搖搖手要我後退，然後他就這麼一個人往前走。但是他的腳步很獨特，好像是用腳推某個東西似的慢慢地移動腳步。而且又好像盲人似的，將戰戟往前長長地伸出，然後拄著地，有時則是在空中揮動著，一面繼續走著。看到那副模樣的費雷爾笑著說：

「沒有陷阱，特克。」

特克歪著頭。費雷爾繼續解釋著：

「這裡全然沒有陷阱的痕跡。雖說如果使用反偵測術，可以消掉魔法的痕跡，但是並沒有理由要在這裡設置陷阱。在這種大路上設置陷阱不是很可笑嗎？」

特克不放心地又再環顧四周，然後說：

「是嗎？那麼是怎麼回事呢？」

「可能這裡是我們的目的地。」

「什麼？」

費雷爾看了看四周圍之後說道：

「雖然這個十字路口看起來很平常，但是從整個領地看來，它是位在正中央。」

「啊！」

我們驚訝地看看周圍。雖然其他人都點了點頭，但是我還是看不出這裡是中央位置。在我的眼裡，好像看起來都沒什麼兩樣！

「請稍微等一下。」

費雷爾開始低頭唸咒語。喃喃自語了好一會兒之後，他點點頭。

「原來是在地底下。特克，退回來吧。」

特克一退回來，費雷爾就要我們全都退回剛才我們走來的那條巷子裡，然後獨自走到十字路口的中央。他很快地看看四周，然後拿起小石子，在牆上不知潦草地寫了些什麼，還在地上畫了一些圖案。我曾經看泰班這樣做過。最後，費雷爾用幾個小石子堆出一個奇怪的形狀，然後說：

「就在正中央。需要挖一點土！並沒有很深。」

「挖土？」

「在地底下有某樣東西。我不知道會不會有危險，所以先做了一些安全措施。」

我們互相對看，聳了聳肩之後，克萊爾、我和杉森就往前走去，用各自的刀劍開始挖土。雖然說刀劍並不適合拿來挖土，但是不管怎樣，不久杉森就發現了一樣東西。費雷爾警告我們不要用手拿，所以杉森用長劍劍尾將那個東西勾了出來。

杉森拿起來一個小小的鐵片。那是一個類似莎曼達那個聖徽的鐵圈，在中間有雙頭烏鴉的形象。費雷爾和莎曼達向前去看杉森長劍上掛著的那個東西。

但是卡爾先開口說：

「好像是基頓的聖徽。」

費雷爾點點頭。

「是的。這隻雙頭烏鴉好像就是傑洛伊。這可不是件普通的東西。從裝飾的模樣、鐵片的顏色、花紋來看，這個東西幾乎足足有兩百年的歷史。」

克萊爾開口說：

「兩百年？哇，那一定很貴！」

莎曼達環顧四周之後又看看那個聖徽，並且表情苦惱地說：

「是詛咒。嗯，就是這樣，沒錯。一定是有人舉行了儀式之後，將這個東西埋在這裡。所以這村子裡的人才會都染上疾病……等一等，那麼應該要有儀式的祭品。這個聖徽是儀式的保證，所以一定會有祭品。」

特克歪著頭說：

「祭品會是什麼呢？」

費雷爾並沒有回答，反而拿起杉森長劍上的那個聖徽。我們雖然很驚訝，但是費雷爾笑著說：

「這個嘛，雖然是很了不起的東西，但是也因為它只是古董，才稱它是了不起的東西。它並不會發出製造神臨地的力量，只是以一種象徵性的意味被埋在這裡。祭品或意識的主觀者的能力才是更重要的。總之，既然已經收回了這樣東西，就等於沒有了儀式的象徵，所以神臨地將會被消除。」

費雷爾實在是說得太平靜了，所以我們只是做出「是嗎？」的表情並且點點頭。我看看四周。而就在這時候，才確實看到令人喜悅的徵兆。

「顏色！顏色都恢復了！哇！」

他們聽到我的話都嚇了一跳，並且看看周圍。建築物的顏色都恢復過來了。如今該暗的部分都暗了，該亮的部分也都亮了。而且也有影子。以前從來沒發覺到，對著我的影子玩耍會是這麼快樂的事。哈哈哈！

「是真的！這麼簡單就解決了？」

卡爾也高興地應和。可是費雷爾搖搖頭。

「因為有莎曼達在，所以我們很簡單地就找到了位置。而如果你說事情已經解決的話……我必須要否認這句話。」

「什麼意思呢？」

費雷爾以擔心的眼神看著周圍。

「如果有這一樣東西，就應該有埋它的人。我們應該要找出這個人。還有，第二，我們應該要找出那些小孩子。」

「嗯……說得沒錯。那麼應該要怎麼找呢？」

費雷爾轉頭看莎曼達。

「莎曼達？」

但是莎曼達並沒有移動腳步，她聳聳肩然後說：

「我剛才不是說過了嗎？我不想再走了。現在依然如此。雖然應該要找出那些小孩子，但是我現在一點也不想前往任何一個地方。」

如果是其他人這麼說的話，我一定會大聲斥責，但這是擁有岔路權能的德菲力所啟示的話，所以我反而會想依照她的話去做。我們面帶困惑地看看附近。克萊爾猶豫地說：

「會不會……德菲力不希望我們去找那些小孩子？」

特克皺起眉頭。

「喂，克萊爾！」

「哦，我只是這樣假設，嗯，只是假設，應該沒關係吧？」

莎曼達的表情相當憂鬱。既然無法解釋神的旨意，那麼任何一種假設都有可能。這時，一直拿著從地下挖出來的聖徽的費雷爾說：

「或許……」

他並沒有把話說完。特克不高興地對費雷爾說：

「費雷爾，既然你不想把話說完，那些話大概是我們不想聽的話。不過，你就說吧！」

費雷爾點點頭。

「是。或許，祭品說不定就是那些小孩子。如此一來，既然無法找到小孩子，所以可以理解莎曼達為何會不想移動腳步。」

我們的臉都變得慘綠。費雷爾好像相信基頓的聖徽就是答案似的，他拿著它看了看，然後說：

「如果有儀式，就一定會有祭品。而且這個領地裡消失不見的，正是那些小孩子。所以我才不得不做出這種令人難過的猜測。」

克萊爾大聲喊著：

「到底是哪一個瘋子！」

費雷爾依舊看著那個聖徽說話。他的語氣令人打寒噤。

「詛咒。神的詛咒大概都需要具有神格的象徵物品。例如象徵純潔的少女。少女雖是象徵還未開墾的蠻荒不毛之地，但也是用來象徵純潔。而且兒童他們本身就是神，所以是很適當的祭品……」

費雷爾的話聽起來真是可怕。克萊爾開口說道：

「這麼說來，真的用那些無罪的小孩來當祭品？居然有這種瘋子！」

這一回杉森他也贊同克萊爾的話，他很激昂地說：

「對，居然做出這麼殘酷的行為……」

可是特克則是沉重地搖搖頭。

「不。我認為費雷爾的話有一定的道理。人常會因為自己瑣碎的感情，甚至毫無忌憚地破壞他人最珍愛的東西。」

一聽到特克的話，我是第一個去觀察伊露莉臉色的人。但是伊露莉和平常一樣，並沒有什麼特別的表情。她心裡是怎麼想的呢？伊露莉會不會覺得對人類很嫌惡？但是看到她毫無表情的臉，我不知道她的心裡在想什麼。伊露莉察覺到我的目光。
「修奇？你怎麼了？」
「沒、沒事。如果照費雷爾的話來看，做這件事的真是個狠毒的人，是吧？」
「人？還不知道是不是人類吧？」
啊啊！所以伊露莉才會沒有什麼特別的表情！沒錯，沒有必要說這一定是人類所為！但是我在心裡面卻一直以人為主……不管是好事或壞事，我常會以人為主體來考慮事情。但是伊露莉則總是將所有的種族都一起考量進去。會伸出友善的手來交朋友的不是我，應該是伊露莉吧？
費雷爾聽了伊露莉的話之後，微笑著說：
「是的。我們還不知道是不是人類所為，但是人類的可能性比較高。因為基頓的信徒大都是人類。當然，也有可能是非信徒者召喚出基頓的力量，然而我認為基頓是神，所以對於非信徒者的召喚是不會隨便應許的。」
卡爾點點頭。
「是基頓的祭司。那麼我們應該要問問那些病患。既然已經解除了神臨地狀態，那麼那些病患很快能復元。我們去問問他們是不是可以大略猜測是哪一個人幹的。這個領地有卡蘭貝勒的神殿，由此來看，這裡的居民應該大都是卡蘭貝勒的信徒。所以罪犯可能是外地人，他們應該可以推測出是誰吧！」
「是。」
我們全都轉身回神殿去。

06

在回程的路上，我們經過了之前殺掉的那些狼。剛才因為急著去調查，所以也沒管牠們，我們就直接走了。然而這些屍體已經變得跟剛才不同，都是一副腐爛了的模樣。

「已經腐爛了耶？」

「因為牠們本來是不死生物，毀壞牠們的身體之後，就會恢復原來的屍體面貌。」

聽完卡爾的說明，我點了點頭，並且又問了另一個問題：

「那剛才跑掉的那些傢伙也都已經變成屍體嘍？我們已經收回聖徽……」

卡爾搖搖頭說：

「不，應該不會。雖然這個領地已經不再是神臨地，但已經發生的事情並不可能恢復成沒發生過。那些狼應該還是不死生物。艾德琳小姐不是說過嗎？吸血鬼還是會維持原樣。這些傢伙應該也是一樣的。」

「這真是……」

莎曼達看到那些腐爛破碎的屍體，眉頭皺了起來。雖然克萊爾口中說著「好可怕」，但他的臉上則是帶著笑容，開始將狼的腳砍下來，並收集在一起。特克帶著很不舒服的表情說：

「喂，你在做什麼？」

「你們知道狼爪項鍊一條可以賣多貴嗎？」

「天啊，居然有你這種傢伙。呸！」

「喂，搞清楚！我們手中可是連一分錢都沒有！不就是因為這樣，我們才要去雷諾斯的嗎？」

「這樣說也沒錯啦。只是你居然將這些變成不死生物的狼爪拿來做項鍊？真讓人噁心透了。」

克萊爾發出了哼聲。莎曼達踢了一下趴在地上努力工作的克萊爾的屁股。克萊爾當場滾到一邊去。

「你就不能停止這種醜陋的行為嗎？要不要嚐嚐我的厲害？」

莎曼達還不只說說而已，馬上就拿出了聖徽，克萊爾大吃一驚，只好站了起來。但是他跟在一行人的背後，還是一直在嘀嘀咕咕的。卡爾用啼笑皆非的表情問莎曼達：

「克莉汀小姐，神的權能可以這樣隨隨便便用來脅迫他人嗎？」

「又不會怎麼樣！對於這種可惡傢伙，就是應該讓他嚐嚐天罰！」

卡爾無話可說，只是笑了笑。但我卻覺得怪怪的。

「那個，卡爾。」

「什麼事？」

「這些狼都是從哪裡出現的呢？」

「為什麼問這個？」

「你不是說這些狼本來都是屍體嗎？但是看牠們的狀態，不是都剛死亡不久嗎？我們看到腐爛得最嚴重的屍體，都還維持著原來的形體。」

莎曼達笑了出來。

「這是當然的呀！因為牠們能夠變成不死生物的年齡是有定則的。」

「變成不死生物的年齡？」

「就是牠們死了之後要過多久，才會變成不死生物……」

「不是，我不是那個意思，我想問的是，怎麼會有這麼多狼的屍體？要先死亡，才能變成不死生物，對吧？這麼說起來，到底為什麼會死這麼多狼呢？」

「咦？怎麼會這樣呢？」

卡爾歪著頭說：

「這個嘛……大概是有人大規模地獵捕狼吧？秋天收割完之後，有時候人們會去打獵。這是因為樹葉茂盛的時候打起獵來比較辛苦。」

「那麼，這代表這裡變成神臨地以前，有人跑去獵狼，而基頓的力量散播出去之後，那些死掉的狼就全都爬了起來，是這樣嗎？」

「當然有可能。」

「這不太合理吧？」

卡爾停下來站定望著我。其他人也都全停了下來。

「為什麼要獵狼？狼的皮跟肉可都沒啥用處。雖然也可以想成，是為了保護家畜不受侵害才去獵狼，但是這一帶根本沒有什麼牧場啊？」

卡爾歪著頭說：

「也許是有人受到了狼的侵害吧？」

「這說得過去。但是還有另一個問題：為什麼狼身上沒有任何東西被砍下來？」

克萊爾的眼睛瞪得大大的。我瞄了他一眼，然後說：

「當然我們也可以想成他們像克萊爾一樣，是想要取得狼的爪子。但是，既然獵到了的話，幾乎都會留下一些證據。如果狼的皮跟肉都沒啥用處，那至少在殺了牠們之後，應該會砍下一些東西。嗯，所以……如果什麼都不砍下來，要怎麼證明自己獵了幾頭狼？」

特克摸了摸下巴。

「說得對。打獵很少有獵完之後什麼都不做的。人們會提議『我們出去把狼殺光』嗎？不會的，這不是人類做事的方式。只要自己沒有直接受害，人根本不會跑去做既危險又沒有報酬的事情。如果是因為遭受到的損害很大而出去獵狼，至少應該會砍下尾巴，去換取一些獎賞。這才是人類做事的方式。」

我點了點頭。

「嗯，是的，我就是想說這些。不是嗎，卡爾？」

「說的也是，尼德法老弟。那為什麼會死這麼多狼呢？」

卡爾邊說邊做出了訝異的表情，他再次仔細觀察這些狼。費雷爾開口問道：

「是不是病死的呢？」

「怎麼說？」

「因為這裡原先是神臨地。所以，狼也有可能得病死掉，不是嗎？」

「這些狼為什麼要跑進這個領地？要進到領地裡頭才會……」

「這個啊，可能是這些狼偶然發現這個村的人們不斷死亡。因為這樣很容易攻擊呀！事實上，防禦力減弱的村鎮常會受到怪物或狼的攻擊。所以這些狼前來襲擊這個村落，結果牠們自己也得病死了。」

「啊！很有可能。」

卡爾笑著回答。但是在我聽完費雷爾的話的那一瞬間，我開始害怕得全身起雞皮疙瘩。我一面發抖一面問：

「你剛說什麼？」

「我說狼得病死了……」

費雷爾帶著驚訝的表情看著我。

這一瞬間，費雷爾也像突然被冷水潑到似的開始發抖。他看著我，臉色開始發白，我也用相同的臉色跟他互望，慌忙地問說：

「你、你們把屍體燒、燒掉了吧？」

「對，對啊。」

「你們數過每棟房子裡頭的湯匙跟鞋子的數目了嗎？」

「不，沒有，這倒是沒有做……」

「那、那你們只是把屍體搬去燒嘍？大概有幾具呢？」

「大概有兩百多具……」

我環視了一下四周。這不太可能。

「屍體有兩百多具，神殿裡有九十多個人。所以總數約是三百人。這怎麼可能！這領地這麼大。」

其他人聽到我跟費雷爾所說的話，臉色也都開始變得蒼白起來。這麼大的領地不可能只有三百個人，我估計至少也有兩千人。那剩下的一千七百人呢？費雷爾發抖著說：

「是不是在我們來之前，死的屍體都被埋掉了？」

「如果不是用燒的，而是用埋的，那事情就嚴重了！」

我激動地回答，費雷爾也震驚了一下。用埋的就糟了！病死的狼都起來襲擊我們，那麼病死的人也會起來襲擊我們！

「啊，那，為什麼只有狼先起來，它、它們呢……還、還沒出現嗎？」

費雷爾呼吸急促地問道。莎曼達突然開始大喊：

「幾歲了?!」

我們驚訝地看著她。我糊裡糊塗地回答：

「我十七歲啊？」

莎曼達指著狼慌張地說：

「不是，我不是問你！我說那些狼！沒有人知道嗎？」

我們慌亂地面面相覷。如果不是老練的獵人，誰會知道狼幾歲呢？這時伊露莉開始細察那些狼。她說：

「雖然可能有誤差，但是大致從七歲到十歲。」

莎曼達很緊張地將手一握一鬆地問道：

「它們過了七到十天變成不死生物。那人呢？因為小孩子們並沒有生病，這麼說來應該至少都是大約超過二十歲的人。那麼死亡超過二十天後，那些病人就會變成不死生物。」

我茫然地看著莎曼達。莎曼達像是自言自語似的繼續說：

「但是如果按照費雷爾所說的話，狼群是在人們都生病之後才攻擊過來的。所以人們開始死亡應該是在更早之前。至少是十天之前。狼是從昨天開始出現的。這麼說來，要不了幾天……」

雖然莎曼達沒說完，但是我們每個人都已經覺得很恐怖了。杉森慌忙地問道：

「等一下！死後一定要經過跟年齡一樣的天數，才會變成不死生物嗎？」

「是的。所以如果龍要變成不死生物……」

「不，等一下！那這個領地以前死的人呢？也有不是因為這次的病，在之前就死掉的人吧？」

「啊！」

杉森什麼時候變聰明了？他說得對。如果死人會起來襲擊我們，那應該早就發生了。因為以前也應該死了不少人。那些人死亡應該早就過了自己年齡的天數。但是莎曼達搖了搖頭。

「不。它們應該會等待！」

莎曼達滔滔不絕地說明：

「這種大小的領地，每年只會死兩、三個人。而且只要過了幾年之後，屍體就已經腐爛，可能也不會再起來了吧？所以之前死的人就算有爬起來的，大概也是十個左右吧？那它們應該不敢來襲擊我們。可是最近因為疾病而死的人數非常龐大，所以以前死去的人應該會等到這一批也都爬起來，才一起來攻擊！」

莎曼達喘了口氣，又繼續往下說：

「但是現在它們已經沒有必要再等了！我們收回了聖徽，解除了神臨地，所以已經不會再有死人爬起來了。這麼說來，它們現在應該已經……」

「快跑！」

是特克的高喊聲。我們開始往神殿飛奔。

「可惡！真是可惡透頂了！為什麼之前沒想到呢？」

特克一面跑一面罵。但是誰會想得到有這種事呢？我們都咬牙切齒地跑著。費雷爾氣喘吁吁地說：

「所、所以德菲力……反對我們去找小孩子……」

原來如此！莎曼達說祂不想去找小孩子。因為現在最急的不是小孩的事，而是那些傢伙搞不好會爬起來攻擊神殿……神殿開始出現在我們視野所及的那一端。

「停下來！」

這次是伊露莉喊的。我們停了下來，用懷疑的眼神看著伊露莉。伊露莉正瞪大了眼睛望著神殿。

「是殭屍。數目有……三百個左右。」

我們害怕地望著神殿所在的山丘。從這裡只能模模糊糊地看見那邊的景象。我們看到了有許多東西在那座山丘底下蠕動著。那些都是殭屍嗎？我們急急忙忙將身體貼在房屋的牆壁上。但是我仔細想想，其實我們跟它們之間的距離還非常遠。大概有兩千肘左右吧？

每天看書造成視力不太好的卡爾皺起了眉頭，望向神殿。他煩惱地說：

「這裡只能看到一大堆東西在蠕動。現在它們在做什麼？」

我們都轉頭注視著伊露莉。伊露莉靜靜地說：

「它們想要進神殿。但好像進不去？」

莎曼達彈了一下手指。

「艾德琳把它們擋住了！」

克萊爾也喘著氣說：

「那好。嗯，剛才說有三百個？這領地死的人只有這麼少嗎？也許其餘的都躲在別的地方？」

特克搖了搖頭。

「不，剛才莎曼達不是講過了？死後要經過跟自己年齡相同的天數才會變成不死生物。所以，假定這個領地的人是在二十天以前死去的，那麼就只會再增加二十歲以下的屍體爬起來。其他的應該不會起來了，因為我們已經收回了聖徽。」

卡爾皺著眉頭，點頭同意。

「這個數字應該是對的。那麼，各位，我們靠過去看看吧。」

我們再度開始跑。但是這一次我們都小心不要發出太大的聲音。隨著我們離山丘越近，騷亂聲也漸漸開始傳來。

一陣子之後，我們到達了山丘底下的房屋後面。往山丘那邊一看，真是令人毛骨悚然！莎曼達發出了呻吟聲：

「德菲力啊……」

三百個殭屍密密麻麻，擠得山丘變成一片黑色。到處都有腐爛的屍體，灰色的皮膚上沾滿了土塊和不斷掉落的頭髮。這些頭髮跟極度的惡臭隨風飄來，令人作嘔。

「呱喂喂喂……」

「嘎啦啦啦……」

它們發出了不太像人類的尖叫，往山丘頂上前進。殭屍前進的方法跟人類不同，它們只知道一味向前走。如果被某樣東西擋住，它們不會繞過去，而是想辦法爬到上面，如果往下滾就會直接被後面的傢伙踩著過去。它們看起來就像一大群聚在一起的螞蟻。殭屍與殭屍之間連一點縫都看不見，只看到它們盲目地往前進。它們互相堆疊踩踏，堆成了一座巨大的山，甚至連神殿都被它們擋住看不見了。它們只顧拚命往神殿跑去，根本沒注意到我們這邊。不過也可能是因為我們躲在牆後面的關係。

「那些傢伙，如果不去管它們，它們也會自己互相踐踏擠壓吧？最下面的搞不好會被壓成粉末？」

克萊爾露出牙齒殘忍地說著，但莎曼達搖了搖頭。

「艾德琳不可能一直擋得住它們的！因為不能只考量這些殭屍用出的力氣，還要把它們的重量一起算進去！如果是你克萊爾，能擋住三百個殭屍的重量嗎？」

克萊爾開始咬牙。

就在這時——費雷爾站了出來。他環顧了一下四周，接著開始走向我們躲藏的房子後方一棟兩層建築物。我們搞不清緣由，想要跟過去，費雷爾立刻對著我們搖頭。

「請不要進來，這很危險。如果被關在裡面，就沒辦法逃了。」

「等一下！那你為什麼要進去？」

特克焦急地問，而費雷爾則是微微笑了笑。

「我馬上就會出來。請你們好好準備一下。」

費雷爾就這樣不見了。我們懷疑地開始等待。一陣子之後，杉森拉了拉我的手臂。杉森舉起手指向上一指，我抬頭看，發現費雷爾將身體伸出二樓的窗戶外，並且將手向前伸。他閉著眼睛喃喃唸著一些東西，看來像是在施法。

「Fireball!」（火球術！）

出現了一個巨大的火球！這就是亞夫奈德當初所用的那種魔法。在費雷爾胸前產生的巨大火球飛過我們的頭頂上方，飛向了那一大堆殭屍。疊成一座山的殭屍們根本沒辦法躲，直接被擊中。火球很酷地直接命中殭屍山的正中央。

嘩啦啦！匡匡！著起火來了！殭屍山開始著火。那些殭屍一邊著火一邊發出瘋狂的慘叫聲，開始四散。

「嘎哎哎哎哎！」

「咕啊啊啊啊！」

但是那座殭屍山實在是太高了。在上面的傢伙都燒了起來，可是等它們一散開之後，我們就看到本來被壓在底下的其他殭屍都毫髮無傷。它們一致改變方向，開始朝我們這邊走來。但是因為它們大部分都糾纏在一起，所以一時之間也沒辦法順利移動。結果最早跑到我們身邊的就是那些著了火的殭屍。

「咕啊啊啊！」

著火的殭屍拚命往前跑，身上的火焰向後飄揚。它們的手臂向四周亂揮，看起來就像美麗的火翅膀。難道它們想要飛嗎？

「攻擊！」

杉森大喊的瞬間，特克抓住了他的手。特克著急地說：

「退後，慢慢退後！如果我們跟殭屍混在一起，費雷爾就沒辦法用魔法了！」

我們開始慢慢往後走。啊，這太可怕了。燃燒著的殭屍正跑過來，可是我們卻只能慢慢後退。我實在是很想轉身開始猛衝。但是，伊露莉卻一動也不動。她低著頭開始施展魔法。

「Grease!」（油膩術！）

跑過來的那些殭屍突然腳下開始打滑。它們摔得四腳朝天的樣子看來真是非常滑稽。因為它們原本正跑著，一時之間停不下來，所以被前面已經跌在地上的同類絆倒。瞬時間，我們眼前又出現了一座殭屍山。這是很容易攻擊的目標，身在二樓的費雷爾又再度喊著說：

「Fireball!」（火球術！）

火球直接擊中層層堆疊的殭屍們。砰！

爆炸聲震耳欲聾。殭屍們的肉塊混著火焰迸射而出。真噁心！它們就像點著的柴堆一樣，一時火光沖天。我很想把眼光轉到別的地方去。費雷爾大喊：

「看不到前面了！」

特克點了點頭，大聲喊著：

「快下來！還有，拿武器的戰士們跟我來！伊露莉小姐等一下跟費雷爾一起在後面幫我們！」

伊露莉點了點頭。我、杉森和克萊爾都跟著特克，繞過火勢猛烈的殭屍「柴堆」，往山丘的方向衝去。山丘再度映入了眼簾。雖然剛射了兩發火球，但是剩下的殭屍依然非常多。特克大喊：

「我們要把它們引到費雷爾跟伊露莉可以施法對付它們的地方。慢慢地向左邊跑！」

我們往左邊跑去，開始挑釁那些殭屍。克萊爾拿著半月刀向空中揮了幾下，大喊說：

「喂，喂！這邊啦，有種就撲過來啊！」

杉森也做出一副不好惹的樣子。他瞄了克萊爾一眼，然後將長劍插回鞘中，雙臂抱胸，只是伸出手，手指在那裡動來動去。

「喂，餐點準備好了！」

他的膽子還真大。我雖然想大罵杉森一頓，但是克萊爾的臉色一陣青一陣紅，也收回了半月刀，開始抱胸。特克看了，做出一副好像說不出話來的表情。

「咕啊啊啊！」

那些殭屍看到我們幾個，都開始往我們這裡衝。我跟特克靜靜地往後退，但是杉森跟克萊爾則還是站定在原地。我真的看不下去了！他們兩人互相斜眼瞪著對方，一副就算死也不打算先跑的樣子。但仔細看他們的腿，我發現他們其實在發抖。特克看了一下他們的背影，結果還是忍不住了！他大喊：

「修奇，別管他們了，快跑！」

他一喊完，杉森跟克萊爾就驚慌轉身向後跑。這一幕還真是壯觀呀，壯觀！

我們開始死命地跑。但是想要引誘殭屍，還是得偶爾偷偷往後看一下，對它們揮揮手。殭屍因為身體已經腐爛了，所以也沒辦法跑得很快。但是看到一大群殭屍像潮水般湧來，還是會讓我恐懼得毛髮直豎。光是它們的腳步聲，就似乎快要把我震聾了，而且還用它們已經腐爛的嗓子開始大叫：

「呱勒勒勒！」

「咕啊啊啊！」

我們開始繞著山丘跑。本來在山丘上面的殭屍開始跑向我們的右邊。現在我們根本不能停下來了。我們拚命跑，跑得都喘不過氣來。我們開始覺得這不是開玩笑的。但就在這一刻——

「在那氣息之下，浮載著生命，望看所有事物，不從屬於任何事物的您啊，透過毀滅來歌頌永生，不破壞就無法存在的力量啊！請您為這矛盾的天理法則翩翩起舞吧！」

唰！傳來了一陣怪聲，我們轉身向後看。結果就當場僵在那裡。

那是火旋風，火的簾幕！

一道火焰就像簾幕一樣，在殭屍們的背後開始升起。後方的天空完全都被遮住了！火焰劃出了一道巨大的拋物線，往下攻擊追逐著我們的殭屍，並且在殭屍們之間開始舞動著。簡直是火的波濤！殭屍們像是被波濤捲進去一樣，開始慘叫。克萊爾的眼睛睜得大大的。

「咦？咦？費雷爾居然會用這種魔法？」

杉森當場回嘴。

「是伊露莉用的啦！那是妖精術，很酷吧？咦？所以呢，修奇？那是什麼？」

「這有什麼重要的？你不逃命嗎！想在火海裡游泳嗎！」

似乎到了這時候，克萊爾跟杉森才突然神志比較清醒的樣子。火焰像波濤似的席捲了殭屍們，並且還在繼續往我們的方向快速前進。呼呼呼。杉森跟克萊爾開始拚命地跑並放聲大喊：

「哇啊啊啊啊！」

但是特克卻沒有跑。他用手指指著前方對我說：

「看一下那個。那真是……」

火的巨浪並沒有移動到我們這裡。它開始大大地迴轉。漩渦，天哪，那是漩渦！火漩渦開始將殭屍們都吸了進去。巨大的火漩渦變成一陣龍捲風一般，開始往天上升起。殭屍們猶如被捲入龍捲風的塵土，也開始飛升。啪啪啪啪啪啪！

「啊……我居然看到了這麼壯觀的一幕！」

特克發出了猶如呻吟的驚嘆。他的臉孔正被火光照得通紅。

我們前方，直徑大約三十肘的火龍捲風正在往上捲動著，好像要穿破天空一樣。它的下端也漸漸離開地面。結果整團旋轉的火就這樣飛到天上去了。唰啦啦啦啦！我們一直凝視著，直到它消失在遙遠的天際。最後這團火龍捲風小到看不見了。

回過神來往下一看，地上的泥土有被燒焦的漩渦狀痕跡。伊露莉從對面慢慢走來。她背後的費雷爾、卡爾和莎曼達像我們一樣，正引頸望著天空。

伊露莉小心地走過被火燒得焦黑的地面。她每邁出一步，就會有一些灰燼飄揚起來。我們呆呆地望著她走來，直到她走到我們面前停下了步伐。

「你們沒事吧？」

我們有氣無力地走上山丘。我、杉森、克萊爾和特克四個人剛剛全拚了命在跑，所以都筋疲力盡了，但是，我們剛剛看到那可怕驚人的一幕才更是讓人感到腳軟。

「那是什麼？雖然我對妖精術不是很懂，但剛才的東西我不但沒看過，連聽都沒聽說過。」

費雷爾用很簡潔的說法問出了我正想問的。伊露莉回答：

「只不過是將火精的力量加在風精術上面而已。」

費雷爾的臉上好像寫了「我真驚訝極了！」這幾個字似的。

「可、可以這麼做嗎？」

「當然可以啊。要不然火球魔法是怎麼使出來的呢？」

「咦？啊，那是……」

「那不就是調和『異力』的方式嗎？將瑪那集中，一直壓抑到臨界點為止。到臨界點的瞬間，將瑪那按照能量中心移動的軌道分布。」

「與其說那是『異力』，不如說是運動方式的差異性。阿爾法級數則會依據火的能量中心而做變更，瑪那此刻被集中而受到壓抑……」

我們這幾個不懂魔法，只懂用武器的人還真痛苦。我、杉森、特克和克萊爾各自看著天、腳尖、自己拿的戟以及手掌。費雷爾後來還在繼續說一些讓我們鴨子聽雷的話，伊露莉點了點頭，然後瞄了我們一眼，笑著說：

「所以讓不同的力量同時產生作用不是件困難的事。很簡單吧？動能跟重力同時作用在物體上，不就會劃出拋物線嗎？所以熟練的弓箭手瞄準遠處的靶時，不是直接對準靶心，而是要稍微往上方偏一點點。」

嗯，這個我就有點能聽懂了。克萊爾好像覺得能聽懂伊露莉的話是件很了不起的事，所以拚命點頭。杉森也點了點頭說：「是的，沒錯。不能直直地射。」

這時費雷爾又插嘴了。

「但妖精不是半智性體嗎？應該不是像瑪那一樣的非智性體吧？」

戰士們馬上又沉默了下來。伊露莉回答說：

「因為我是追隨優比涅律法的精靈。」

「啊！這麼說來，人類是不可能做到的嘍？」

「這個嘛，我不清楚人類的妖精術士能不能做到。因為我不是人類，所以無法體驗人類和妖精的交感。」

費雷爾點了點頭，我們這些戰士看了，不知為什麼，也突然覺得很安心，雖然完全無法理解。不管是神學還是魔法學，好像都不太合我的胃口。這時莎曼達望向山丘上方，揮著手臂大喊：

「是的，我們沒事！」

我往山丘上一看，原來艾德琳已經從神殿正門出來，對著我們揮手。但是伊露莉皺起了眉頭。

「她的表情好奇怪？」

伊露莉好像看得見艾德琳的臉。這時艾德琳的喊聲模模糊糊地傳來。

「蘇不見了！」

07

艾德琳在不知所措的同時，很焦急地說話，所以她說出的話令人聽不太懂。莎曼達看不下去了，她尖聲叫著：

「哎呀，請妳鎮定下來。我們那時搞不見的小孩比妳還多啊。」

接著，莎曼達就因為周圍眾多的目光而變得無法再開口。卡爾冷靜地問道：

「所以，妳是說那是在妳專心阻擋殭屍的時候發生的嘍？」

「是的，是的。就是剛才有火柱往天上沖的時候。啊！我那時竟然鬆懈下來觀看！過了一陣子回頭想看看蘇驚不驚訝，就發現她已經不見了。我怎麼這麼愚蠢！居然在那邊呆呆地看！」

伊露莉說：

「對不起。」

這一次，所有的目光都集中到了伊露莉的身上。但是伊露莉的表情卻沒有什麼變化。卡爾下達了指示。

「這麼說來，應該是不久之前的事。大家分頭去找找看。艾德琳請在這邊守護患者們。」

大家都跑到神殿外面去。特克說：

「嗯，我們剛才跟殭屍是在那下面打鬥，所以不是那個方向。這麼說來應該是神殿後山？」

我們回頭看神殿的後面。雖然號稱是山，但其實只是矮小荒山的半山腰程度，所以地勢也不算很崎嶇。特克瞄了莎曼達一眼，而莎曼達則是聳了聳肩。

「這裡又不是分成兩條路，對吧？」

說起來，這邊只有矮山跟樹林。巨大樹木形成的樹林底下並沒有什麼雜草，所以要穿越樹林到多深的地方都行。因此我們也無法知道人到底跑哪去了。特克搖了搖頭，開始尋找足跡。

「找找看有沒有小孩子的腳印吧。」

但是這麼做，也很難期望有什麼斬獲。我們各自散開，開始仔細地觀察地面，但是這裡的地質是硬的，根本不會留下什麼腳印。而且又掉了滿地落葉，哪裡會有什麼腳印……

「這是什麼東西？」

克萊爾神經質地撥弄著落葉，從地上撿起了某樣東西。我們走到他旁邊。克萊爾拿起一個很小的紅色珠子，珠子的中間穿了一個小洞。我欣喜若狂地叫著：

「項鍊！是那一條項鍊！」

杉森也高興得張大嘴巴。這是我給蘇的那條項鍊上的珠子。大概是因為忙著照顧患者，我都忘了拿回來呢。這東西掉落在這裡，就代表著蘇曾經路過此處。我們再次分頭散開，開始尋找這種小珠子。但是要找到項鍊上這麼小的東西，並不是件容易的事。然而，因為我們明確知道要尋找的目標，好一陣子之後，果然有人又找到了。這一次也是克萊爾找到的。

「又有了！」

這次發現的位置離第一個珠子大約有三十肘左右。我們用眼睛連接看看第一個珠子、第二個珠子跟神殿，這三個東西呈一直線。特克揉著手掌說：

「太好了。這是不是就像以前的故事中所說的，聰明的小孩被人綁架，結果沿路丟這些東西當記號？」

莎曼達搖了搖頭。

「不，這太奇怪了。如果可以丟下項鍊上的珠子，那不是表示她的手腳還是自由的？如果嘴巴也是自由的，那乾脆大喊不就好了？」

「也許她的嘴被塞住了？」

「特克！你認為嘴巴被塞住，手腳還有可能是自由的嗎？」

有人塞住蘇的嘴巴，然後把她拉走了。蘇小心地拿起項鍊拆開，將上面的珠子一次丟一個到地上。這段期間裡，綁架者看著蘇，覺得這個小孩很厲害，居然這麼聰明。

我們在腦海中刻劃著這幅景象，怎麼想都覺得非常奇怪。但無論如何，我們先沿著珠子掉落的方向前進再說。

第三次也是克萊爾發現到的。

「唉唷！」

克萊爾突然摔了個四腳朝天。我們驚訝地走過去，看到地上到處都是項鍊珠子。克萊爾剛才好像踩到那些珠子，摔了一跤。

「呃，我的腰啊。」

特克根本沒想到要去扶克萊爾，只是看著地上的那些珠子。他彈了一下手指。

「就是這樣！那個小孩子被抓走之後，突然項鍊整個斷掉了。大概是因為反抗才變成這樣。但是他們應該是用跑的吧？所以只先掉了一、兩個珠子，最後一股腦全掉在這兒了。你們看一下地上這個樣子！」

我們仔細觀察，珠子乍看之下像是亂散一通，但其實是分布成長條狀。特克說得好像對耶！我們滿懷幹勁地，開始繼續沿這個方向快步走去。費雷爾使出他的本領，觀察了前方以及兩側的地形之後說：

「繼續走下去應該是通向溪谷。可能會通到圍繞這領地山嶽的最深處去。」

特克緊握拳頭大喊：

「那裡一定有些東西！應該跟這個領地被變成神臨地有關係吧！搞不好小孩全都是被擄到那裡去了！」

伊露莉舉起了手，使得大家都停了下來。

「在那氣息之下，浮載著生命，望看所有事物，不從屬於任何事物的您啊，您所聽見的事物也讓我聽見吧！」

伊露莉集中精神站在原地好一陣子，接著突然將手向前一伸，說：

「有人在跑！前方四千肘的地方，傳來了奔跑的腳步聲！」

「四千肘！妳還能聽到腳步聲？」

「是風精讓我聽到的。但是無法持續聽到。在跑的同時，要維持跟風精間的交感，是很困難的。」

我們慌忙地開始往伊露莉所指示的方向跑。

巨大的樹木遮住了太陽，森林底下是堅硬的地面，所以並不是適合快跑的地方。我往前摔倒了兩次。我發誓，這絕對不是因為我注視著在前面跑著的伊露莉的皮褲某處！我是因為落葉才滑倒的。

伊露莉跑起來真的很輕盈。她剛才不是說要一面跑一面維持跟風精交感，是很困難的？但是她還是跑在我們的最前面，輕快地猶如跳躍般前進。杉森跟克萊爾就像兩頭野豬氣喘吁吁地跑著，但想要跟上伊露莉還是很吃力。

「啊，被他給跑掉了。」

伊露莉似乎很可惜地說著。她稍微停了下來，又說：

「可是他們似乎就在正前方。」

然後她又準備要繼續追。我快瘋了！她居然就像頭鹿一樣，在森林坎坷不平的地面上如此跑著！其他人的臉頰也都紅了起來，正在氣喘吁吁。伊露莉跑了一陣子，回過頭來說：

「請慢慢走吧。雖然不知道等一下到底會發生什麼事，但如果跑到那邊已經筋疲力盡，那也很不好。」

杉森連話都說不出來，只是點了點頭。其他人也都大口喘著氣，開始慢慢地走。但是終究還是我們自己忍耐不住。小孩子都被綁走了，這件事實讓我們心裡想到就很難過。所以我們的腳步再度越來越快，步伐也越來越大，開始快步前進。到最後又變成用跑的了。

第二個要我們鎮靜下來的人是費雷爾。

「等一下……請先停下來。」

費雷爾喘著氣，用警戒的眼神看著前方。

「如果有人在望著我們，呼，再往前走我們就會被看到了。呼呼。再過去就沒什麼樹了，所以視野應該會很好吧？」

我們一看，溪谷總算出現了。兩側像屏風一樣綿延的山嶽中間，樹木越來越少，已經到了森林的盡頭。前方可以看見擋住了我們去路的峭壁。高度大概有五百肘。費雷爾望了望峭壁，說：

「右邊好像有可以爬上去的路……因為有樹，所以從我們這裡往上看會看不太清楚。可是那上面卻可以很清楚地看見我們。」

特克說了：

「他們會在上面監視我們嗎？」

「要不要冒險過去看看？」

「如果他們已經上了峭壁，不管如何一定會在上面看到我們的。但如果有人從上面攻擊我們，那就很麻煩了。」

這時克萊爾說：

「不是在上面。是在旁邊。」

我們望向克萊爾所指的方向，那峭壁一直往我們的右邊延伸過去，在那裡有個洞穴。特克看了看洞穴，點點頭說：

「不管怎麼看，我覺得他們應該就是在那裡吧？」

我們也都全點了頭。大家很小心警戒地開始往那個洞穴走。

「看這個峭壁的大小，這個洞窟也許很深也說不定……」

聽到費雷爾口中喃喃的說詞，我伸出了舌頭。還真厲害！搞不好費雷爾看到某座山的樣子，就能猜出山背面村莊中少女的名字呢。這個洞就像是峭壁中間由上到下裂開的岩縫一樣。入口的高度大約三十肘左右。寬度也很寬，看來大概有十肘。入口處因為岩石而凹凸不平。我們在遠處稍微觀察之後，走到了入口。

「嗯，確認完畢。」

特克說了一句怪話之後，撿起了一樣東西，那是一隻小鞋子。是年紀很小的小孩穿的鞋子。我們都點了點頭。我仔細觀察那洞裡面，大概因為太深了，所以什麼東西都看不到。踩過了凹凸不平的岩石，進到裡面之後，好像還可以往下走好一陣子。特克說：

「火呢？」

伊露莉雙手合十，當場叫出了光精。特克看見飄浮在空中的小光團，開始嗤嗤地笑。

「伊露莉，妳有沒有想過要跟我們一起冒險？」

「我有事在身。」

「是嗎？真是可惜。」

我們進到了裡面，裡面也是往下走的斜坡。我一進去，就看到了許多巨大的鐘乳石。不知道我們已經往下走了多深？突然，出現了一個非常寬廣的空間。它的大小有如我們領主城堡裡的大廳，我們一看見，就慌張地朝四周左顧右盼。這時費雷爾用近乎呻吟的聲音說道：

「這並不是自然形成的。」

望向費雷爾所指的方向，我們心裡都感覺涼了半截。在鐘乳石好像窗格子一樣交錯地擋住前方之處，似乎是被人切割過，開出了一條路。

我們往那裡走去。果然那後面又有一個小的洞穴。

「是人嗎？」

「如果他們能夠切割岩石的話……而且可能有很多人呢。這應該不是一個人可以獨自做到的事吧？」

「天啊，怎麼讓人感覺越來越奇怪？」

沒錯。我也覺得越來越奇怪。這絕對不是少數一、兩個人可以完成的，應該是某個人數眾多的集團所做的。也許是他們把這個地方變成了神臨地？特克要我們一行人停了下來。

「可惡！這樣說來，那我們一定要小心。所有人停在這邊一會兒，等一下再跟我來。」

特克開始小心翼翼地向前走去。他先在自己準備要踏上的地方用戟敲了幾下，然後再拿起戟，在那上空揮了揮。他的動作很慢而且很專注。我們都跟在特克的後面走。因為我們走得很慢，如果特克突然停了下來，我們也都來得及停住。

特克將他的戟停在半空中，在原地站了好一會兒。然後他開始東張西望，接著用很緩慢的動作將戟放了下去，再用同樣慢的動作將手向前伸。他的手突然停了下來。

特克的手好像在摸著空中某樣東西。他很細膩地輕輕用手指摸著空氣。

「這裡有線。」

我們都一下子緊張了起來。特克摸到了空中看不見的線。他的動作很輕柔，這樣才能不拉扯到那些線。然後特克深深地彎下腰，向前走去。特克前進了一點，站到了旁邊去，然後水平地舉起了戰戟。

「高度差不多這麼高。請你們從底下鑽過來吧。」

但是，因為看不見那些線，令人不得不非常害怕。費雷爾、伊露莉跟卡爾都彎著腰，柔軟地鑽了過去，但是杉森跟克萊爾大概是想到了自己的塊頭，所以乾脆趴下去用爬的。莎曼達跟我也因為很不安，所以顧不得什麼形象，毫不考慮就爬了過去。

莎曼達再度起身之後，看了看自己的手掌，立刻變得愁眉苦臉的。

「這是蝙蝠糞呀……」

我們都拍了拍手掌與膝蓋，然後又再繼續前進。

特克再度停下來的時候，我的雞皮疙瘩一下子都起來了。又有陷阱了嗎？可是特克突然把嘴靠到伊露莉的耳邊。伊露莉馬上點了點頭，讓光精消失。四周霎時間變得一片漆黑。這片黑暗中，只聽到特克的低語聲傳來。

「前面可以看到火光。」

有嗎？真的有火光耶。那火光就像刀刃一樣倒立著。怎麼看起來會這樣呢？特克說了：

「請各位摸著洞壁慢慢前進。」

我慢慢地走。火光突然一下子亮了起來，我看到了前面那個人的影子。

由於左右兩邊各有一塊突出的岩石前後交錯著，所以前方的路變成了S形。那後面的火光微微透了出來。特克將肚子貼在地上，然後做手勢要我們也全趴下。我們趴下之後，爬到了特克的身邊。

映射出火光的地方，是我們所在位置稍微下方的一個空間。底下點著幾根蠟燭。雖然地面高低不平，但是裡面似乎相當寬闊，而且我們看到了有幾個人在裡面。

因著紅紅的火光，那些人的衣服全部被映照成了褐色。他們都穿著單純平常的衣服，總共有四個人。那幾個人全都坐著，有人正吃著東西，有人正讀著文件。在洞穴的一邊放著許多巨大的布袋，看來像是裝麵粉的袋子，堆了很多袋。旁邊還有一些不知是酒桶還是水桶的木頭桶子。岩石上面放著一些看起來像是烹飪用的工具。反正就是碗、小刀、碟子和鍋子等等。

而在洞穴的另一邊，啊！我趕忙捂住了自己的嘴。

是小孩子們。在地面的另一頭，稍微比較低的地方，小孩子們都擁擠地坐在那裡。他們既不抽泣也不吵鬧，全部都只是帶著呆滯的表情坐著。那種表情看起來像是癡呆。大約超過五十個人。而在最裡頭的一端，我看到蘇也在那裡。杉森的眼裡不斷迸出憤怒的火花。

「他們居然對小孩子做出這種事！」

我突然聽見嘎啦嘎啦的聲音，回頭一看，原來是克萊爾正在咬牙切齒。特克低聲地說：

「那些傢伙到底在搞什麼？」

「把他們狠打一頓，問問看吧。」

特克很鎮靜地說：

「還是要小心。光是看他們能夠這樣把小孩無聲無息地帶到這邊，就可以知道他們不是普通的能耐。再加上他們居然在村莊的近處擁有這樣的設施……」

「但是再怎麼說，他們也只有四個人啊。我們可是有八個。」

那時伊露莉低聲地喃喃說著：

「在夜晚的露水中，卻不被沾濕的那一顆沙粒的主人，休息的守護者，請您撫慰那些不睡覺的人們吧！」

那是睡精。她打算要把那些人弄睡著。我們注視著底下的動靜。突然，那四個人的其中一個開始伸懶腰。下一瞬間，我們全都嚇了一跳。

「Aha...Kashnep inma che dollar eerup?」

「Tiken un shemmi? Draheny eavllumm inma jian pnahe.」

他們開始互相喃喃說著話，一面伸伸懶腰，轉轉脖子。克萊爾驚慌地說：

「什、什麼？那是什麼話？」

這時，卡爾低聲說：

「『啊，明明是大白天，怎麼會這麼睏？』『我們不是在洞裡嗎？哪分得出白天晚上啊。』」

杉森帶著驚訝的表情回頭看卡爾。卡爾說：

「是傑彭語。」

特克的嘴巴向上張得大大的。那不是笑，而是憤恨地露出了牙齒。

我，不，應該說我們大部分人，一下子都變得不知所措。

他們居然是傑彭人！傑彭不是在遠遠的南邊嗎？等一下，等一下。這裡並不是我的故鄉。我們已經進入了中部林地，所以跟傑彭之間的距離也算拉近了一點。但不是還得再越過南部林地，才會到達傑彭嗎？

雖然我心中想問的東西很多，但還是先忍住不問。底下的四個人已經點起頭來，開始在打瞌睡了。其中一人乾脆就舒舒服服地躺著睡，還有一個坐在那裡，瞌睡打著打著，就往旁邊倒了下去，開始打呼。等四個人都入睡之後，我們一起慢慢地走了進去。

一下到洞底，特克馬上就從懷裡拿出了一把小刀。他看著卡爾說：

「你要留哪一個傢伙活命？」

卡爾大吃一驚，注視著他。特克又說了：

「哪一個傢伙比較像是指揮官？」

「等一下，你打算把他們全殺掉嗎？」

「他們應該是間諜吧。」

「先把他們綁起來吧。就算他們是間諜，也應該由國法來懲治他們。」

特克露出了牙齒，好像還想再說些什麼。但是這時莎曼達站了出來。

「特克。」

特克看了看莎曼達，然後用很粗暴的動作將小刀收回到懷裡。接著他又看著倒下的那四個人好一陣子。

「傑彭的賤種居然敢跑到拜索斯裡頭來……怎能就這樣放過他們！」

特克好像當場就想用戟劈下去。他似乎非常生氣。他平常都很沉著冷靜，為什麼現在會這個樣子呢？莎曼達想出了一個很簡單就能攔住他的方法。

「特克，去把繩子找來。」

特克一面嘀咕著，一面走向了堆著麵粉袋跟雜七雜八物件的地方去。我們也都開始找繩子，但是卻沒有看到。特克說：

「直接把他們手腳的肌肉都挑斷，不就得了？」

卡爾用很是驚嚇的表情看著特克，連克萊爾也是一副有些驚慌的表情，但特克的臉上擺明著表達出「又不會怎麼樣？」的表情。無論如何，翻找著木桶的杉森最後還是找到了一條繩子，所以才沒發生更嚴重的事態。

這四個人都各自帶著短劍與匕首之類的武器，但沒有什麼重裝備，身上也沒穿盔甲。我們輕輕地解除了他們的武裝之後，將他們四個人捆了起來。也許是睡得太熟了吧，一直到綁好時為止，都沒有任何一個人醒過來。完全綁好之後，特克望向伊露莉。

「這些傢伙還真的都沒醒來。難道叫不醒他們嗎？」

「不是的，他們只是睡得很熟。給予他們強烈的衝擊，他們就會醒來。」

「是這樣嗎？」

伊露莉還沒回答完，特克就抓住其中一個人的領口，一下子把他拉了起來，直接給了他一巴掌。啪！

遭受到這突如其來的變故，這傢伙似乎還是意識不清。他腦袋大概還是昏昏沉沉的，所以頭搖了好幾下，又過了一陣子，眼睛才對清楚焦點，望著我們。他環顧了一下四周，看到夥伴們全都被繩子綁著。他的五官馬上因為恐怖而擠成一團。

「Cashine nharphe! It-na hagasa nharphe!」

一直抓著這傢伙領口的特克噗哧一聲笑了出來。匡！

他還真粗暴。特克將對方的領子一拉，用自己的額頭撞了上去。還真是帥氣的動作啊。對方的鼻子當場被撞斷，開始流血。

「你這傢伙，給我用拜索斯語說話！這裡可不是你們這些海狗雜種的噁心發臭港口！」

莎曼達生氣地拉住了特克的肩膀。

「你退到後面來！」

「啊，莎曼達。」

「給我退下來！你這樣不是跟禽獸沒兩樣？你這是什麼行為？都讓伊露莉小姐看在眼裡，丟死人了！」

特克看了看伊露莉，搔了搔後腦，然後退了下來。伊露莉看著這一幕光景，歪著頭，突然對我說：

「特克跟你完全相反耶。」

我笑著搖了搖頭。這是因為他不但沒有為了跟對方成為朋友而伸出友善的手，反而用頭去撞對方。伊露莉應該知道人類各自分成許多不同的國家這個概念吧？此時我心中突然有件事很好奇。

「那個，伊露莉，傑彭的精靈會說傑彭語嗎？」

伊露莉抿著嘴笑了。

「傑彭沒有精靈。因為那一帶沒有什麼森林。」

是這樣嗎？我點頭之後，又再度望著前方。

莎曼達正在治療流鼻血的那個人。仔細一看，他連續被甩完耳光又被撞，已經昏了過去。莎曼達瞪了特克一眼，然後去把另一個人弄醒。當然她跟特克不同，是用搖的將對方搖醒。

那傢伙也用驚訝的眼神望著我們。卡爾往前站了出去。

「Ime youkchi Djipenian. Tanda nagarse un Bisus?」

卡爾雖然講得有點結結巴巴，但是這樣也已經很了不起了。我們用讚嘆的眼神望著卡爾，那個傑彭傢伙則是咬著牙回答說：

「Bisus? Ckraap-moinar atlla hahch e daune!」

「他說什麼？」

杉森問。卡爾很不高興地說：

「我問他：『你是傑彭人吧？你們到我們拜索斯國境內做什麼？』」

「他的回答呢？」

「『拜索斯？狗崽子住的噁心發臭地洞也算是國家嗎？』」

「噗哈哈哈！」

我已經忍不住，直接笑了出來。特克嘴唇正抽動著，他直瞪著剛才回話的那個男子，但克萊爾則是笑著說：

「都一樣，怎麼都一樣！」

「你的嘴巴給我小心點！」

「知道啦。嘻嘻嘻。」

特克面紅耳赤地說：

「卡爾先生！請你幫我傳這句話給他。你們這些傢伙，祭祀時使用的駱駝，到最後會怎麼樣？」

這到底是什麼意思啊？這時那個男子回答了。

「先砍頸動脈，再把血放出來，並且盡快地把四肢斬斷。在這之前駱駝都不能死。」

杉森帶著呆滯的表情說：

「他會講我們的話耶！」

特克也有點吃驚，他做出了邪惡的表情，往前站了出去。

「沒錯……想當間諜的話，一定要會講我們的話吧。你這該死的傢伙，要不要我拿你們對待駱駝的方法用在你身上？」

「如果你真要這麼做，那我有什麼辦法。反正我手臂已經被你們綁住了。」

這個男子的態度實在是很沉著。聽到他的回答，我們都覺得很害怕。但是特克好像氣得七竅生煙，大聲喊著說：

「你真以為我做不到是嗎？你這王八蛋！」

特克又拿出了小刀，莎曼達的腳立刻往特克的小腿踢了過去。特克痛得開始抓著小腿跳呀跳，莎曼達高聲說：

「你就是不能靜下來嗎？嗯？」

「那傢伙是傑彭鬼子呀！如果我什麼都不做，我那些死去的戰友一定在墳墓裡恨得咬牙切齒！」

莎曼達做出了啼笑皆非的表情。

「戰友？你這麼喜歡你的戰友啊。你只不過是以傭兵的身分參戰，哪裡來的什麼戰友情感？」

「妳真的以為傭兵都是些沒戰友情感的怪物嗎？」

「這什麼話，只要給你們錢，搞不好你們就跑去傑彭那邊幫他們打仗了，不是嗎？大概是因為你腦袋不好，學不會傑彭話，才沒跑去傑彭當傭兵，對吧？」

莎曼達氣鼓鼓地，同時又像開玩笑似的說著，特克也就再也無法憤怒下去了。

「這真是……真是胡說八道。」

莎曼達甚至眨了一下眼，結果特克噗哧笑了出來。然後莎曼達又回過頭去看那個被綁著的男子，很和氣地說：

「嗯，我代替無禮的夥伴向你道歉。但你到底來這裡做什麼？」

男子沒有回答。雖然莎曼達再次詢問，但是他卻故作沒聽到的樣子。這時卡爾說：

「克莉汀小姐，傑彭國的男人是不跟妻子以外的女人說話的。」

咦？真是奇怪的風俗習慣。莎曼達歪著頭說：

「是這樣嗎？嗯……那請你幫我問一下，是他們把那些孩子綁來的嗎？」

那個男人做出了莫名其妙的表情。連我在一旁聽到了，也覺得有些莫名其妙。小孩明明就在那裡，居然還問是不是綁來的，這不是很可笑嗎？男子用非常受不了的語氣說：

「這是當然的事，有什麼好問的？」

砰！

咦，怎麼都一樣？莎曼達朝上揮拳，狠狠揍了那個男的下巴一下。真是漂亮的一記上勾拳！這樣好像還不夠，莎曼達舉起了橡木做的手杖，作勢要往下打。結果克萊爾擋住了她。克萊爾把莎曼達的木杖一把搶了過去。

「喂，妳這麼做，還敢指責特克，不是很可笑？」

莎曼達緊握掄起的拳頭，用很可怕的眼神瞪著那個男的。克萊爾嘆了一口氣，問那個男人說：

「喂，祭司的拳頭滋味如何？」

男子的舌頭好像在調查什麼似的，在口腔裡攪動著，然後吐出了混著血的口水。

「還真辣。」

「你們應該知道下面的領地被人變成神臨地了吧？是你們幹的嗎？」

男子緊閉起嘴巴。克萊爾開始彎著自己的手指頭。

「沒關係，既然逮到了你們，把你們移交出去之後，總是會知道真相的。你就不能先跟我們說一下嗎？」

不知為什麼，我突然覺得好像克萊爾跟特克的個性對調了，所以噗哧笑了出來。那時，原本在四周東翻西找的費雷爾找到一些文件之類的東西，拿了過來。他將那些東西交給了卡爾。

「你可以看得懂吧？」

那個男子的臉上閃現了驚慌的神色。他不斷注視著卡爾，卡爾微微笑了笑，接過了文件。

「看你的表情就知道這是份重要的文件。然而，對你而言很不幸的是，我看得懂傑彭文。」

男子開始咬牙切齒。卡爾用一副遊刃有餘的態度開始看那份文件。

看了一、兩行之後，卡爾的眼神中顯露出很有興趣的樣子。過了好一陣子，卡爾幾乎陷入了忘我的境地，不斷讀著那些文字。看到他專注地翻動紙頁閱讀的樣子，其他人連嘴都忘了張開，只是瞧著卡爾。

卡爾大致將文件都閱讀過一遍之後，很鎮靜地把那些文件又再整理一下。然後他走向了那個男子。

啪砰！

天啊！掛彩了！真的掛彩了！卡爾直接朝那個人的下巴踹了下去。這可不是莎曼達「小巧玲瓏」的拳頭。男子向後摔倒在地。杉森看著卡爾，看得眼睛都快要蹦出來了。我的表情大概也差不多。最先開始使用暴力的特克與莎曼達也都用難以置信的表情望著卡爾。但是卡爾則是很沉著地稍微扭動了一下腳，撥了一下頭髮，說：

「腳踝好像有點痠。」

「……那到底是什麼東西？」

讓我們從慌張中驚醒的是伊露莉所提的問題。卡爾看著伊露莉，苦笑了一下。

「讓妳看到了人類可恥的一面。這文件是……」

卡爾搖搖頭，開始將那份文件上的內容讀了出來。

「助長神臨地的相關實驗報告書。」

我們所有人聽了，身體都為之一震。卡爾沉鬱地繼續往下唸。

「我把複雜的部分跳過去，簡單地唸給各位聽。嗯……目標地，戰略？不，應該是計畫。按照計畫將目標地定在閒靜的鄉下村莊……在中部林地的中央尋找到一個領地，不會讓人疑心是跟傑彭有關之處……領地的位置請參考另附的地圖。」

我們的背脊漸漸涼了起來，感覺好像有什麼東西吹過似的。

「計畫進行得很順利……幼年、少年期兒童的……精神嗎？這個字我不太確定該怎麼翻譯。反正就是利用幼年、少年期兒童的某樣東西進行祭禮？祭祀？儀式？應該是儀式吧。進行儀式後……領地居民百分之九十以上都染上了疾病……參謀部所說的是正確的，跟以往使用毒藥的方式比較起來，這一次進展更快速、更順利。不管是空氣、水、土地，幾乎所有東西都可以成為致病的原因……但是也發生了幾樣事先沒料想到的副作用。第一，因病而死的人都變成了不死怪物。他們……這件事雖然我們沒預想到，但是依照我的看法，變成不死生物也算是一種疾病，所以應該是理所當然的事。其他隊員的意見也都幾乎跟我一樣。」

我把拳頭握得太緊了，握得手指都痛了起來。卡爾手抖著將文件翻頁，又開始往下唸了。

「……有一群我們推論是冒險家的人進入了領地之後，又產生了第二個副作用。有兩個冒險家團體進入了此地。他們的成員是……這個沒必要唸了吧。反正是在說我們……第一個團體跟領地的居民一樣，都染上了病，但是第二個團體中，有一個人是在這個國家被稱為「治癒之手」的大暴風神殿女祭司艾德琳。我們將會有針對艾德琳的詳細報告……她利用改變氣候的魔法，在空中製造了烏雲，遮掩太陽，疾病傳染的速度就因而顯著減低了……對於這一點，我雖然無法推測出理由，但對於在陰天之下此法是否能順利實行，感到憂慮。」

卡爾又往後翻了幾頁，但似乎沒有什麼重要的東西。

「這份東西只寫到一半。還沒寫完。」

我們全都開始瞪著綁在那裡的那個男子。他斜視著我們，說：

「這次換誰上？」

特克開始吵嚷著說要殺掉那個男的，莎曼達也說這次她不太想再阻攔了。克萊爾也拿起半月刀揮來揮去，弄得周圍的人都緊張得打寒噤。

「這個可惡傢伙！就因為你們，害我們差點就進了鬼門關！如果這幾位沒來的話，我們就只能躺在那裡等死了！喂，你們這些賤狗！居然敢在別人的國土上做這種陰險至極的事？」

那男的厚著臉皮說：

「當然啦。不然我們難道會在自己國家做這些實驗？」

「啊啊啊啊！」

為了要擋住克萊爾，杉森跟費雷爾都衝了上去，但卻沒有什麼用。所以我不得已只好出手把他的半月刀搶了過來，然後推了他一把。克萊爾當然沒辦法跟我比力氣，只能拚命大叫：

「你這個死小鬼！還不把刀還給我？」

「如果你再這樣，搞不好我會把它折斷。請忍耐一下。希望你不要也變成跟他們一樣的人。」

克萊爾急得氣喘吁吁，我認為還是暫時別把武器還給他比較好。費雷爾擦了擦額頭上的汗，說：

「呼，現在大致說明清楚了。利用這些兒童的精神……我想也許是利用這些兒童特有的虔誠信仰吧，反正他們是為了拿這些兒童當成祭品，才做出這種事的。」

費雷爾瞪著那個被繩子綁住的傑彭間諜。

「將神力召喚出來，在魔法的領域中被視為是最厲害的手法。能將瑪那的力量跟神力調和，這真的可以說是很了不起的技術，但我們也不得不感到無奈。居然用這麼偉大的能力做出這種事。那些小孩子到底怎麼了？還能恢復正常嗎？」

前面的話我一點也聽不懂，但真正重要的是後面的那兩個問句。但是那個男的只是用鬱悶的目光望著費雷爾。卡爾翻了翻文件，說：

「如果這份報告書已經寫完那就好辦了。這個男的會跟我們說嗎？」

「似乎沒什麼好期待的。」

費雷爾的表情陰鬱了下來。他跑到卡爾旁邊一起看那份文件。費雷爾突然歪著頭，將頭轉向了卡爾。

「這份報告書……我看了怎麼覺得這些字很秀氣？」

「咦？」

「文章的內容我們姑且不管，但是你瞧這筆劃，彎彎曲曲的，而且又很細緻，不太像男人寫的筆跡。」

卡爾再度專注地看著文件。

「竟然有這種事。你說得沒錯。」

費雷爾點了點頭。他環顧了一下四周，然後對那個男的說：

「真奇怪。報告書寫到一半就沒再往下寫了，而你們這幾個人卻也沒在做什麼急事，看來還一副閒得發慌的樣子。所以寫這份報告書的應該是另有其人，大概臨時有些事，到別的地方去了？第五個女間諜是誰？她去哪兒了？」

那個男的輕蔑地笑了。他帶著一副像是「你們覺得我會說嗎？」的表情。特克大喊說：

「把這傢伙交給我！以我的手段，就算要他唱歌，諒他也不敢不唱！」

就在這一刻——

發生了一件在洞窟之中似乎絕對不可能會發生的事，產生了一種完全想不到的現象。

呼呼嗚！

洞中吹起了強風。然後燭火一下子全熄滅了。

霎時間，一片完全的漆黑降臨，讓人摸不清東南西北。我差點往前摔了一跤，好不容易才維持住了平衡。我將雙腿站開，盡量讓腰板挺起來。但是因為四周實在太黑了，所以連維持平衡都很困難。砰！似乎有人一屁股跌了下去。不過，沒有任何一個人驚慌吵鬧。特克一行人全都是經驗豐富的冒險家。卡爾跟杉森也都緊閉著嘴巴，我也只好有樣學樣，不發出一點聲音。

「危險！」

這是伊露莉的喊叫聲。在一片黑暗中的某處，突然噴出了一點火花。鏘！鏘！火花接連著濺了出來。有人正在進行白刃戰！哇，殺得昏天黑地！伊露莉大喊：

「全部趴下！」

我立刻緊貼地面趴了下去。因為下巴撞到岩石，所以開始眼冒金星。伊露莉大喊：

「費雷爾！往左手邊滾！」

鏘！又冒出了火花。有人發出了呻吟聲。我的意識有點不太清楚。黑暗，火花，刀劍的撞擊聲。在一片混亂當中，我好不容易才整理起思緒。

應該是寫報告書的第五個女間諜回來了。她用某種方法讓洞內起了風，將燭火吹熄。所以她應該在黑暗中也看得見。但是這一點伊露莉也是一樣的。所以她們兩個就拿出武器打了起來。可是那個女的還真厲害，能夠跟伊露莉一對一戰鬥，表示她的劍術似乎也很不得了。就在此時——

「Light!」（光明術！）

這是費雷爾的喊叫聲。接著被突然出現的光線亮得刺眼。我拚命張開眼睛之後，發現其實也不是真的那麼亮。似乎是費雷爾對洞頂施展了某樣法術。天花板上附著許多微弱的光點，讓我們能夠看得出四周的東西。

我揉了幾下眼睛，同時猛然翻身跳了起來。伊露莉果然在稍遠的地方跟一個女子打鬥著。那女的用細雙刃劍對付伊露莉的穿甲劍，穿著黑衣服，有著又粗又長的黑頭髮。原來就是那個吸血鬼！

「啊啊啊！」

杉森往那個吸血鬼的側面衝了上去。但是那個女吸血鬼突然消失，讓杉森撲了個空。

「是瞬間移動！她去哪兒了？」

伊露莉急得左顧右盼。莎曼達大喊：

「在洞口！」

我們看見那個女的站在我們進來的入口之處。她舉起手指對準了伊露莉。

「優比涅的幼小孩子啊！為何要干涉人類的事情呢？」

伊露莉暫時停了下來，說：

「因為他們是我的朋友。妳是黑暗的居民，為何插手人類的事呢？」

「因為他們是我的食物。哈哈哈哈！」

我們都感覺身上一陣發冷。不知道有什麼好笑的，那個女的居然搖搖頭開始笑。

「精靈死在洞穴之中，哈！這不是比矮人淹死在海裡更可笑嗎？」

我們都一下子變了臉色。那個女的做出殘忍的笑容，然後揮了揮手。

「再見了！」

突然，她敲了岩壁的某個部分，然後開始變形。她的身形漸漸模糊，到最後竟變成了一陣煙霧。煙霧越來越稀薄，最後消失在洞外。

「到、到底是怎麼回事？」

對於杉森這個糊裡糊塗的問題，傳來的答案讓我們每個人的心情一下子都變得糟透了。

嗚嚕嚕……嚓、嚓嚓嚓……

突然間，光線開始晃動著。我們向上張望。洞頂正在搖動，所以費雷爾附在洞頂上的光點也都在搖動。洞頂發出嚓嚓聲的同時出現了裂縫，石屑開始紛紛往下落。

「媽的！快跑！」

我們都想要馬上跑掉。這時我回頭向後一看。

「該死！」

小孩子們，五十多個小孩子們還坐在那裡。而且被我們抓到的俘虜，手腳仍然被綁在原地。我們剛剛在審問的那個男人，此刻正可怕地笑著。我非常討厭那笑容。

「小孩們呢？俘虜呢？」

啪啪啪！傳來了洞頂爆裂開的響聲。特克一面大喊一面跑著。

「你想跟他們一起死嗎？沒有辦法了！快跑！」

特克跑了幾步，突然停了下來。莎曼達、我跟卡爾都還停在原地猶豫不決。這時連地面也都開始搖動，想要好好站著都有些困難。卡爾用絕望的目光望著四周。

「啊，可、可是，應該帶著他們跑，跑多少算多少……」

「到現在還說這種不可能做到的話！莫名其妙！」

特克罵出口的瞬間，傳來了轟隆聲，洞頂整個裂成了兩半。匡匡！莎曼達往上一看，馬上開始慘叫，特克則是跑向了莎曼達的身邊。他一面撲向莎曼達，用身體掩護她，一面高聲叫：

「可惡！」

這時伊露莉開始大喊：

「承受萬物的力量啊，在萬物之下，極美物之上的您啊！用您強壯的手臂承受住大地吧！」

啵啵，啵，啵啵！

搖晃的洞底開始冒出石筍。天啊。難道我在一瞬間就把這個洞窟所經歷過的歷史都看了一遍嗎？但仔細一看，那些石筍其實是石柱。石柱還在不斷往上長。洞中瞬間變得就像是森林一樣。石柱所構成的森林。

轟隆！

石柱撞上了正要完全裂開的洞頂，發出了極大的響聲。由於是在密閉的空間中，簡直是震耳欲聾。伊露莉召喚出來的石柱穿過了洞頂，還在繼續往上長。本來要裂開的洞頂也停住了，但是由於落下了大量的煙塵，讓我感覺差點就被嗆得無法呼吸而死。我閉上眼睛，瘋狂似的拚命咳嗽。

「喀喀！喀喀喀喀，呃！喀！」

我揮動著手，希望周遭的煙塵能夠趕緊落定。雖然亂動了好一陣子，但由於此處是密閉的空間，灰塵根本沒有路可以出去。然而，洞裡突然颳起了風。

應該是伊露莉叫來了風精。微風輕吹，不知把那些灰塵吹送到哪去了。我看了看四周，發現到處都非常黑暗。這時，伊露莉雖然叫出了光精，想要照亮洞穴，但是因為石柱的影子，弄得光線只是分成一塊塊地微微透出。

「喂，大家都沒事吧？死了的人回答一下！」

聽到特克的喊聲，沒有任何一個人出聲音回答他。此時傳來了特克滿意的聲音。

「誰都沒死吧？」

這時傳來了細微的呻吟聲。

「你……你再不快從我身上移開，我就快死了……」

08

一直被特克壓在身上的莎曼達拚命地撥弄頭髮，揚起了一陣煙塵。雖然沒有任何一個人死掉，但是被落下的小石頭擊中而受傷的人倒是很多。用身體掩護莎曼達的特克在背上受了一些擦傷，腿關節也被石頭砸到，腫了起來。莎曼達在特克的臉頰上親了一下。

「謝啦。」

「妳是謝我打算跟妳用同一座墳墓嗎？既然這樣的話，那要不要用同一張床……對不起。」

特克用不是很愉快的表情說了這個不太像話的玩笑，馬上又焦急地望著洞頂說：

「可惡……這個撐不了多久，還是會再次坍塌的。洞口完全被堵住了，根本沒有辦法出去。」

我們不安地望著暫時停止裂開的洞頂。費雷爾問伊露莉說：

「能不能叫出地侏來幫忙開個洞？」

「從哪裡開洞？雖然能夠稍微搬動一下泥土，但是不可能讓那些泥土消失啊。想到我們走進來的距離有多深，就應該知道不可能鑿一條那麼長的隧道。一個弄不好，反而會讓好不容易停止龜裂的洞穴整個垮掉。」

費雷爾點了點頭，我們走向了之前被大家審問的那個俘虜。那個俘虜正用冷酷的表情望著我們。

「沒有其他的路出去嗎？」

那個男的搖了搖頭。

「沒有。我有一件事要拜託你們，你們可以讓我在洞穴坍塌之前自殺嗎？這樣可能好得多。」

「你一出生就已經自殺了，不是嗎？沒有必要再自殺一次。」

費雷爾的這句話太深奧了，我聽得莫名其妙。我走向正努力照顧孩子們的杉森與卡爾。小孩子們現在已經脫離了癡呆狀態。

「小孩子們恢復意識了嗎？」

費雷爾點了點頭。

「好像是的……雖然我沒有十分的把握，但這應該跟我們收回了聖徽，或是那個吸血鬼的離開有關。無論如何，這真是太好了。」

小孩們猶如大夢初醒，意識一個個都恢復過來之後，開始用害怕的表情對四周左顧右盼。大概因為還搞不清狀況，所以也沒有哭出來。他們一清醒，就發現到自己身處在密閉而漆黑的洞穴中，大概一時不知道怎樣才好，所以還沒回過神來。那時蘇看到了我，就向我跑過來。

「修奇哥哥！嗚嗚嗚！」

我抱起蘇的同時，就開始感到很頭痛。跟我所預想的一樣，蘇一哭，馬上就傳染給了其他小孩子。小孩子都開始抽泣，甚至有人乾脆放聲大哭。

「嗚嗚嗚！」

哭聲簡直就要把我給震聾了。在密閉的洞穴中，哭聲實在非常地響亮。特克慌得要命。

「小朋友！不要哭！再哭整個山洞都會垮下來！」

這不是在開玩笑。聽到這五十多個小孩的哭聲響起，我認為他說的話很有可能發生。小孩子們害怕地抬頭望著洞頂。但他們因為故意壓抑住哭聲，所以發出了哽咽的抽泣聲。伊露莉走了過去。

「小朋友，別害怕。我們一定很快就可以出去了。如果你們乖乖地安靜，一定很快就可以看到美麗的天空跟小鳥。可是如果你們一直哭的話，我們就找不到出去的路了。」

與其說小孩子們是被伊露莉的話影響，不如說是被她的氣質迷住了。就像之前發生在蘇身上的事情一樣，小孩子們漸漸都鎮靜了下來，甚至有人開始笑。伊露莉也微笑了起來，揮了揮手。她一揮手，本來浮在空中的光精也就開始在小孩們的頭上跳起舞來。小孩子們張大了嘴，注視著這一幕光景。

我將蘇放了下去，讓她能好好地看著這景象，然後我觀察了一下四周。

居然說什麼很快就可以出去？說得也對啦。反正靈魂不要說是岩石山，就連銅牆鐵壁也穿得過去，所以等到我們死後，應該就能出去了。費雷爾煩惱地喃喃唸了一陣子，並且陷入了沉思。

「因為這裡的人太多了，空氣很快就會用完。不管是窒息而死，還是在那之前就被塌下來的洞頂壓死，我都是不會甘心的！」

我突然冒出了一個想法。

「費雷爾，魔法裡頭不是有一種什麼傳送術……之類的東西嗎？」

費雷爾搖了搖頭。

「那個我不會。伊露莉小姐呢？」

本來在跟小孩子們玩的伊露莉也輕輕搖了搖頭。小孩子們雖然正在看著光精玩，但是好像也感受到了大人之間不安的氣氛。他們的臉色都沉鬱了下來。我故作很有活力的樣子，說：

「嗯，那就沒辦法了。只好用鑽的。」

「咦？」

「非鑽不可了。不然不是被壓死就是會窒息得昏過去。找找看有沒有可以鑽洞的地方吧。大概也只剩下這個方法了吧？」

特克一副啼笑皆非的樣子。

「修奇，你不知道這裡有多深嗎？我們可是走了好一陣子，才下到這邊來。」

「是嗎？可是我們下來的過程中，路總是彎彎曲曲的，所以搞不好我們現在跟進來之前看到的峭壁還很接近。如果你還有其他的主意，就說說看吧，如果沒有，就請想一下哪裡最適合鑽。也許因為之前的震動，本來沒裂縫的地方現在也生出縫來了。做些事情吧！你們應該不會想坐在這裡等死吧？」

一行人全都噗哧笑了出來，然後起身。不只是賀坦特土生土長的杉森或者卡爾，連特克那一夥人也都有相當堅強的一面。我們全都散開，開始四處尋找有沒有縫隙。

我敲敲岩壁，聽發出來的聲音，然後看了看伊露莉。伊露莉現在正被小孩子們包圍著。伊露莉弄出了各種各樣奇形怪狀的火焰，然後讓它們舞動著。有的像蝴蝶，有的像鳥，有的像花。孩子們專心地看，簡直像失了神。在我身邊的費雷爾嘆了一口氣。

「那是舞動之光……這雖然是在市街上表演雜耍變戲法的人也都做得到的簡單技藝，但我還是第一次看到動作這麼熟練的。」

雖然那還真是精采，但我現在擔心的只有一件事。

「那個東西會燃燒空氣嗎？」

「不會的。那只是把其他次元的東西投影在這裡而已。」

「那就好。」

此刻傳來了克萊爾的喊聲。

「喂，來這邊看看。」

好像不管找什麼東西，克萊爾都是第一個找到。他還真是厲害。我們跑到克萊爾身邊去看。

克萊爾指著岩壁說：

「喂，你們聽聽這個聲音。」

我們都在等待克萊爾敲岩壁。可是他卻沒有這麼做。

「不是，你們把耳朵貼上去聽聽看。」

我們很不情願地將耳朵貼了上去。我的耳朵聽見了「噓——」的響聲。

「難道是風聲？」

「應該是有縫。大概在岩壁的另一邊有縫隙吧，無論如何，那應該是空氣流動經過而發出的響聲。」

「有風在吹的話……應該離外面已經不遠了。」

這時伊露莉走了過來。

「要不要我幫忙聽聽看？」

我們將位置讓給了伊露莉。伊露莉將她的長耳朵貼了上去，好一陣子都一動也不動。

「岩壁的另一邊就是外面。外面大概有一些形狀複雜的縫隙，所以風吹進去產生了碰撞。等一下……我們進來的洞穴不是在峭壁裡面嗎？那麼這應該就是峭壁間的縫隙。」

費雷爾說：

「妳可以推測出厚度嗎？妳能不能試著去感受一下風精的氣息有多少呢？」

「說得對。如果是縫隙的話……峭壁本身是很厚的，所以縫也可能很深。等一下。」

伊露莉一面移動位置，一面閉著眼睛集中精神。過了一陣子之後，她摸著岩壁的某處說：

「我感覺這裡離風精最近。距離大約是二十肘左右。」

我們望著伊露莉所指的岩壁位置。

「那又怎麼樣呢？」

杉森問。這個問題還真讓人鬱悶。伊露莉說這裡的厚度是二十肘。也許二十肘之外就有自由，但是要怎麼鑽過這二十肘呢……而且是這種岩壁。此時費雷爾站了出來。

「莎曼達小姐，妳能不能在修奇的巨劍上附加神力強化呢？」

「可以啊。怎麼了？」

「那請妳開始吧。」

莎曼達搖了搖頭，要我拔出巨劍，然後馬上就開始祈禱。一陣子之後，莎曼達的一隻手開始發出光來。她用發光的手開始觸摸我的劍身。就好像她手上的光移了上去似的，我的劍開始發光。

我用恍惚的眼睛仔細端詳了巨劍，但拿著這個又能怎麼樣？難道他們希望我用這個把岩石舉起來？費雷爾說：

「小心點……請你在不造成衝擊的狀況下，在岩石上造出深深的裂痕來。」

「咦？」

「請你用這把劍插插看吧。如果以你的力氣，應該是可以辦到。但是請你斜斜地往下插。」

我聳了聳肩，將手臂往後一抬，然後用盡全力將巨劍往岩石裡一插。我雖然覺得手臂快要折斷了，但巨劍果然插進了岩石裡頭一肘左右。我訝異得張大嘴巴。

「哇！」

費雷爾要我多做幾次相同的動作。我按照他所說的，在岩壁上弄出了好幾條縫。但是弄出這些縫來，到底想要做什麼呢？

費雷爾靜靜地走向擺著俘虜們物品的地方。他叫克萊爾過去抬起了水桶，然後自己將袋子跟碗各拿了一個過來。費雷爾放下了袋子，用碗在牆上各處都灑了一點水。他也將我弄出的岩縫灌滿了水。他要我斜斜地插，難道就是因為這個原因？

然後費雷爾要我們退後，就開始唸誦咒語施法了。

「Frost Hand!」（霜之手！）

我們看到費雷爾的手上噴出了白氣。那氣息反射了光精射出的光芒，閃耀得有些刺眼。那應該是霜與小冰晶。我們一面咕嘟咕嘟嚥著口水，一面在旁邊觀賞。

倒進石縫裡的水馬上就變成了冰。牆上起了一陣白霧，冰漸漸地突了出來。然後，岩壁上開始裂出細紋。喳喳喳，喳，喳！

「請敲敲看。不要用手，用武器。」

我們呆呆地互相看了看。特克用他的戟去敲一敲。敲了沒幾下，岩石就碎裂變成了石塊，紛紛掉落。我覺得岩壁好像快整個崩塌了，所以嚇得退到了後面。岩壁上出現了深一肘、直徑四肘的洞，底下則是石塊撒落一地。

費雷爾笑著對我們說明。

「岩石就是透過這種方式才變成泥土的。石頭縫裡注滿了水，到了冬天就會結凍，因為冰的體積比水大，所以岩石會裂開，到最後就會變成泥土。」

我們用讚嘆的表情望著費雷爾。

眾人再度用巨劍在岩石上戳洞，倒水進去，然後使水結凍。接下來再一敲，嘩啦啦！石頭馬上就碎裂了。我振作了起來，再次在岩石上打洞。可是費雷爾聳了聳肩說：

「我只記憶了兩次霜之手魔法……可是現在都用完了。」

我們當然全都望向伊露莉。看到伊露莉搖了搖頭，我們就都灰心地嘆了口氣。連綁在那邊的俘虜也在嘆氣。可是費雷爾的計畫並不是就此結束。

「反正本來就不能一直這樣繼續做下去。搞不好整個洞穴都會被我們弄垮。」

「那怎麼辦呢？」

「要不要先看看外面的情況？」

費雷爾集中起精神，開始唸誦咒語。

「Clairvoyance!」（鷹眼術！）

費雷爾緊閉著眼睛，站在那裡好一會兒。我看了看卡爾，卡爾幫他解釋著：

「用這魔法，可以看到希望看到的地點。」

費雷爾歪著頭，再張開眼睛。

「太好了。外面也有裂縫，我大致能掌握裂縫的位置。各位還記得我們進來的那個峭壁嗎？大概是因為剛才的震動，所以峭壁有些裂開了。如果我們好好做，應該可以出得去。」

費雷爾拿起了跟水桶一起拿來的袋子給我們看。他把袋子解開，把裡面的東西一下子都倒到水桶裡去了。

「這是鹽。」

啊！啊！居然把那些珍貴的鹽……我們茫然地看著費雷爾做這些事。他打算用鹽水做什麼？費雷爾微笑了一下，然後把小孩子們全叫了過來。接著他要我們把俘虜的繩子全都解開。

「你要我們把繩子全解開？」

費雷爾跟俘虜們說：

「等一下會沒有餘裕去管別人的事。大家都得用自己的腿來跑。希望你們不要跟我們打起來，這樣對大家都沒有好處。」

俘虜們雖然搞不清來龍去脈，還是點了點頭。因為在這種狀況下，實在是沒有什麼理由要打起來。特克很不高興地把俘虜們都解開。

費雷爾讓小孩們全都聚到一處，然後開始煩惱了好一陣子。他突然笑了出來。

「嗯，請各位好好地聽我說。接下來的瞬間就能決定我們的生死。不是洞穴整個垮掉，就是會開出一道門。就算真的開出一道門，洞穴也是會垮掉的。所以一定要盡全力趕快跑。各位知道了嗎？」

我們搞不清狀況，但還是先點了頭。費雷爾將伊露莉叫了過去。

「妳可以用閃電術嗎？只要是電擊系的法術都好……」

「但我記憶的是連鎖閃電術……」

她這麼一說，費雷爾立刻做出擔心的表情，我們也隨之擔憂了起來。然而一陣子之後，費雷爾還是再度笑了出來。

「有什麼關係，反正是片刻決生死。請妳對著那裡使出連鎖閃電術。但是請妳等我先施完法，然後妳緊接著馬上起動，可以嗎？」

「直接用嗎？」

「是的，就好像直接連上去一樣。」

「那我試試看。」

伊露莉一說完，費雷爾就開始大大地深呼吸。他用悲壯的眼神輪流望著我們每一個人。但是他的嘴角依然帶著輕輕的微笑。

「你們如果有死前沒做就會後悔的事，請現在趕快做吧。」

我歪著頭想了一下，然後對杉森說：

「杉森，我有一件一直很好奇的事，就是男的跟男的親嘴，到底是什麼感覺？」

杉森嚇得臉色發白，開始往後退，用很猛烈的動作握住了長劍的柄，一行人看了，都開始爆笑。大家配合得還真好。連費雷爾也笑了，他說：

「閃電術本來不可能穿過這麼厚的岩石，而是會反射掉。但鹽水會將電擊傳達到整個岩石。然而也許這樣的破壞力還是不夠，而且爆破的力量搞不好會往內側傳回來。所以我打算引起共震爆發。在爆發的最大衝擊波中，由伊露莉小姐使用連鎖閃電術，在連鎖閃電術的最大衝擊波中，再由我使用閃電術。如此的連鎖衝擊，能夠在造成最小衝擊的同時，破壞所想要破壞的部位。」

戰士們做出了感觸良深的表情，點了點頭。但我知道不只是我，連其他那些只會拿刀戰鬥的人，也都聽不懂他在說什麼。費雷爾望著伊露莉。

「妳應該很清楚閃電術的持續時間跟速度吧？是的，那就好。但是我對連鎖閃電術不太熟悉。請妳把腳放到我的腳上。等一下妳就踩我的腳，當作信號。可惜我們沒有辦法事先練習。要開始了嗎？各位，請你們將身體貼到洞穴兩邊的牆上，準備好隨時開始跑。如果出現了路，立刻就衝！」

我們一人都抱起了一個看起來跑不快的小孩，做出了跑步的準備姿勢。我將蘇背在背上。費雷爾跟伊露莉在離石壁稍微遠的地方站定了位置。費雷爾說：

「小心眼睛。」

費雷爾開始唸誦咒語。他們就像二重唱一樣，瞬息之間，伊露莉也開始唸誦咒語。費雷爾的喊聲首先傳來。

「Lightning Bolt!」（閃電術！）

砰！突然我們看見強烈的純白色閃光。因為太刺眼，所以無法看清楚。那道強烈的閃電打中岩壁的瞬間，伊露莉也唸完了咒語。

「Chain Lightning!」（連鎖閃電術！）

砰！

這一次我感覺差點被震到後面去。空中出現了可怕的光之江河。就像平常打雷的日子一樣，令人感覺到毛骨悚然。伊露莉發出的連鎖閃電熾熱地蠕動著，擊中了岩壁。整個洞穴中都充滿了強烈的光線，眼睛根本睜不開。

轟隆！轟隆隆！洞穴在搖動，真的不會直接全垮下來嗎？這時又再度傳來了費雷爾的喊聲。

「Lightning Bolt!」（閃電術！）

第三道光還算可以忍受。等那道光一消失，剩下的就是可怕的震動。轟隆隆隆！上方再次開始落下石屑，發出了石頭互相摩擦的恐怖響聲。費雷爾大喊：

「快跑！」

我往前面一看，果然出現了一個大洞。我們全都開始往那裡衝。在我的前方，杉森正跑在最前面。突然，杉森淒慘的叫聲傳來。

「沒有路！」

前面好像還是被堵著，但後面的人還在不斷跑來。洞穴搞不好會馬上整個垮掉。

「閃開！堵著的沒剩多少了！」

杉森往旁邊避開。幾乎是同一時間，我衝了過去，用盡全力將拳頭揮出去。

「呀啊啊啊啊！」

我將腰挺直，這一拳就這麼飛了出去。我感覺到自己的腳已經鑽到地裡頭去了。此刻——

砰！

天啊，有這種事！我拳頭的大小並不怎麼大，但我聽到了震耳的響聲，岩壁上出現了一個直徑五肘的圓，在那圓當中的岩壁全都化為灰燼，向外面飄散。這到底是怎麼回事？

我們根本沒有思考的餘裕，馬上魚貫逃到了外面。外面就是峭壁前方的森林。我跑到樹林間，將蘇放下之後，回頭張望。

峭壁上有一個圓洞，小孩子們正不斷湧出。最後出來的是已經筋疲力盡、被伊露莉攙扶著出來的費雷爾。他們鑽過圓洞出來，一面在灰塵當中咳著，一面繼續往這個方向跑來。特克搖了搖頭說：

「沒出來的人回答一下！」

當然不會有人回答。特克又立刻點了點頭。

「好像全都出來了。」

因為伊露莉跟費雷爾本來就是跑在最後面，所以應該是所有人都出來了。我們繼續注視瀰漫著灰塵的峭壁洞口。那個洞的上方突然出現了一條黑色的線。

喀吱吱！洞的上方，一條巨大的裂縫正在快速往上延伸。我們看了一下，突然領悟到那代表什麼意思，於是開始死命地飛奔。峭壁正在整個往裡面塌陷。

「嗚嗚嗚哇啊啊啊！」

我們一面盡情尖叫一面逃跑。不知道跑了多久，幾乎已經回到神殿附近了。到了那時，我才停下來回頭望。

山邊正冒起一團巨大的煙塵。那是一片大大的煙塵雲。看著那團瀰漫的煙氣，背靠樹木坐著的杉森用驚心喪膽的語氣說：

「呼，呼，我們居然把一整座山弄不見了。」

「還真是奇怪。」

「什麼奇怪？」

「在最後，我擊破岩壁的時候，岩壁應該頂多出現一個像我拳頭一樣大的洞吧？但居然出現了一個直徑五肘的大洞。到底怎麼回事？」

我跟杉森一面帶著小孩子前進，一面聊著。就算我們不帶著他們，那些小孩大概對這附近的地形都很清楚，所以激動了起來，一面尖叫，一面使勁地跑。在我身後，虛弱地走來的費雷爾說：

「那是因為修奇你在手臂完全伸直的那一瞬間，碰到了岩壁。」

我將頭轉了過去。

「不管是手臂還是武器，在攻擊動作結束的那一瞬間才擊中目標時，威力是最大的。在那一個點上的威力，能夠將運動的能量完全傳達出去。所以衝擊波也就傳到了岩石的全體。」

我感觸良深地點了點頭（就是聽不懂的意思啦）。但是杉森則是明確地點了點頭。

「啊，是擊斷的招式。」

「什麼意思？」
杉森噗哧笑了，說：
「這種東西與其用說明的，還不如示範一次，更容易懂。」
杉森環顧了一下四周，然後撿起一片落在地上的楓葉。
「你看清楚！」
然後杉森的另一隻手握起拳頭，打了一下那片楓葉。落葉當然擺動著，讓拳頭穿了過去。
「那再看看這次。」
杉森又再度出手。然而這次在拳頭碰到落葉的瞬間，他馬上將手臂縮了回去。唰！落葉碎裂成一片片，散落下來。
「你看出其中的差異了嗎？」
「這是什麼意思？是指攻擊必須在打中目標物的瞬間結束嗎？」
「嗯。雖然攻擊結束時還沒打中目標是問題，但是在攻擊途中就打中目標也沒什麼威力。最強的攻擊，必須在攻擊結束的瞬間打中目標。」
我們就這樣聊著，向前走去，不知不覺間領地也離我們越來越近。孩子們雖然一面刺耳地大叫一面跑著，但蘇則是走在我身邊。蘇一直呆著不說話。
「怎麼了，蘇？心情不好嗎？」
蘇突然對我伸出了手臂。我一將她抱起來，她就將嘴附在我的耳邊說：
「他們的爸爸媽媽死了。」
我的嘴裡覺得麻麻刺刺的。為何眼前突然變得灰濛濛的？我好不容易才開口說：
「那些小孩子都不知道這件事嗎？」

「嗯。湯姆跟蘇西都是幾天前被抓走的。湯姆的爸爸是後來才死掉的。連蘇西的姊姊也死了。現在回去的話，他們馬上就會知道。」

我突然非常不想回到領地去。我看看其他人的表情，大概他們也都跟我擁有相同的心情吧。這時我才知道，為何我一路上跟杉森嘰哩呱啦聊個不停。

因為我不想承受這個即將面臨的事實。

躺在那邊的患者的小孩子們都在嘰嘰喳喳地聊著之前的冒險故事，但也有些小孩找不到自己的親人。對於哭著要爸爸、媽媽或是其他親人的孩子們，我們真的是無話可說。正當伊露莉很和藹可親地要跑去跟他們說親人已經過世的消息時，我飛快地上前衝過去遮住了伊露莉的嘴。我捂住她的嘴巴之後，開始大喊：

「小朋友們！你們的爸爸媽媽都去旅行了！」

伊露莉的嘴巴還是被捂著，她瞪大了眼睛看著我。但是孩子們的疑問接二連三地傳來。

「他們過幾天才會回來？」

「明天會不會回來？」

我雖然想擦眼淚，但還是不能放掉堵著伊露莉嘴巴的手。

「他們去很遠的地方了。嗯。很遠很遠的地方。」

「嗚呃！」

莎曼達突然喊出怪聲，跑到神殿外面去了。小孩子們做出惶惶不安的表情。他們感受到的是他們自己也捉摸不清、無法理解的那種不安感。小孩當中年紀比較大的，大概已經猜到是怎麼回事了。那些小孩都洩氣地縮在神殿的角落坐著，已經虛弱無力到了極點。他們甚至還對我投以冷酷又帶著嘲笑之意的目光，就好像在對我說「別講那些可笑的話！」似的。

但還是有一些小孩緊抓著我的褲腰，問我他爸爸要過幾天才會回來？如果媽媽不回來，他是不是要自己弄飯吃？這些孩子對我發出懇求的目光，我也不知道到底該怎麼辦。這種情況下如果有人能幫上忙，我真的會做任何事報答他。小孩的眼神真這麼可怕嗎？我根本不敢看他們，只能望著天花板。

此時艾德琳救了我。

「小朋友，肚子餓不餓呢？」

孩子們一下子就忘記了不在眼前的父母親，心裡想的都是等一下可以吃到的食物。孩子們在間諜的洞穴中好像也沒有好好吃上一頓飯。我可以一面跑向廚房，一面大喊，真是幸福極了。

「你們等一下！我弄好吃的東西給你們吃！」

做什麼都好。材料、沒有材料嗎？就算小孩的牙齒會全蛀光也沒關係，能不能弄一點砂糖來呢？如果有蜂蜜就更好了。果醬、牛奶、雞蛋、栗子、草莓，真該死！我想要找的東西，這裡都不可能有。雖然沒什麼機會做，但我做蛋糕的手藝可是很不錯的！知道我有多會做奶油嗎？如果讓小孩子吃到好吃的料理，能讓他們暫時忘記那些一定得面對的殘酷現實，那就好了……難道世界上沒有這種食物嗎？讓他們吃得飽飽，幸福地入睡，在夢中能遇見爸爸媽媽……難道世界上沒有這種食物嗎？

「可惡！」

我一直哭，直到把廚房的牆打了個洞，哽咽到哭不出聲為止。這一次大概不像剛剛那次攻擊的時間點剛剛好，牆壁上只被打出了一個小洞，而我的手卻腫了起來。但是我完全感受不到疼痛。

大人們的模樣全都憔悴到了極點。

我們讓所有的孩子都睡著了。孩子們因為經歷了一番大冒險，以及激烈的用餐，所以全都已經入睡了。在用餐的過程中，連克萊爾跟杉森都輕聲細氣地幫孩子們服務，這當然對他們的消化造成了不良的影響（我不得不這麼說，但事實就是事實）。所以，現在我們每個人都累得要命。

「雖然我們進行了一場偉大的冒險，但是連一個人也沒救到。」

「不是救了小孩子嗎？」

這是克萊爾跟莎曼達的對話。特克噗哧笑了出來。

「怎麼樣？反而被纏住走不了了吧？」

聽到特克的話，克萊爾開始嘀嘀咕咕了起來。本來在一旁很安靜的費雷爾說：

「你們打算拋棄小孩走掉嗎？」

「那難道你要帶著他們走？真傷腦筋。我們是冒險家耶。」

「嗯，我覺得在這邊耕地，平平靜靜過個幾年也不錯。」

「咦？」

「這邊有已經開墾好的地，還有房屋，缺少的就只是人而已，也不需要過著開拓新城鎮的辛苦生活……我，想留在這邊種田度日。」

聽到費雷爾的話，特克訝異地張開了嘴。

「咦？咦？你說什麼？」

「我說我想要這麼做。你們離開吧。」

「等一下，等一下！你想成為整個大陸上最強巫師的夢想呢？」

費雷爾害羞似的低下了頭。

「我還年輕。對你們戰士們來說，今後的幾年是人生最閃耀的黃金期，之後就算想做什麼，也做不到了。但對我而言，就算浪費個幾年，也沒有什麼關係。勞動雖然會減低戰鬥力，卻不會影響魔力。」

我們都訝異地張著嘴，望著費雷爾。

巫師的野心跟戰士是很不一樣的。那是從精神世界中湧出的一種渴求，所以比戰士們的野心更熾熱，也更嚴苛。學習法術，學習新的知識，試著去運用魔力，都是透過我們這些只會用武器的人無法想像的強烈欲望來達成的。

比起成為戰士這件事來說，巫師根本就是被選中的天之驕子。雖說戰士也每天都在鍛鍊著，但是巫師進行的不是身體的鍛鍊，而是精神的鍛鍊。精神的領域是浩瀚無涯的，同時卻也有可能變得無比軟弱、無比怠惰。全心貫注在這樣的精神世界中，將激烈的內心爭鬥當作自己日常生活的一部分，這並不是我們這些凡夫俗子所能做到的事情。光是從巫師的頭腦必須很好這一點來說，他們跟我們根本是兩個不同世界的人。

但是費雷爾卻決定簡簡單單地定居下來種田。我雖然不清楚他真正的實力有多強，但從特克與克萊爾願意當他的同伴，還有他從洞穴中把我們救出來這兩件事看來，就可以知道他並不是泛泛之輩。這麼說來，我們也可以推測出他當初經歷過多麼嚴格的修練。他居然能夠簡單地拋棄當初忍受艱苦的歲月所累積的一切，留在這裡當一個農夫。

費雷爾做出了一個甚至讓人覺得很神祕的微笑，然後說：

「大地是非常遼闊的。我有時會認為，跟大地糾結在一起，不斷爭鬥，最後化為大地的一部分的農夫，才是最偉大的英雄。我想要學他們過幾年日子。」

「幾年？啊，那意思是說，過幾年之後，你會再度活躍起來嘍？」

「是的。不會花很多歲月的。就像我剛才說的，這裡已經不是需要開拓的蠻荒地區了。搞不好過個一年，就會有許多人湧進來。但其實最重要的是……」

費雷爾回頭看了看熟睡中的孩子們。

「如果我在這裡待個幾年，這些孩子們都會長大，互相愛慕，最後繁衍出子孫。在這大陸的一隅，為了讓人類能夠繼續在此存活下去，打好未來能夠謳歌繁榮的基礎，而只投資我人生當中的幾年，我覺得這真的是太划算的一筆買賣。」

特克驚訝得合不攏嘴。

「喂！真是的。你怎麼會突然產生了這種想法？」

費雷爾的臉上閃現過一絲怒意。但是他看來很善良的臉龐，卻也沒有完全變了臉色。

「我覺得在洞穴中發生的事情，大概也是讓我下這個決定的其中一個原因。」

「咦？」

「你們還記得那份實驗報告書嗎？請各位先不要想他們是傑彭人這一點，先從他們也是人開始想起。他們是人，而且是擁有無比豐富知識的人。照理來說，他們應該是我們平常會去尊敬的那種人。這一場實驗，是這些人，也就是運用先人的智慧與功績的巫師和祭司所幹的事情。雖然擁有知識的恩賜，但做出的居然是這種事情！」

費雷爾的聲調一點都沒有提高，但是講出的字字卻都很有力。我們不禁用肅然起敬的表情望著費雷爾。

「人類所做的事，必須由人類來負起責任解決。那些小孩不可能被要求負起責任，但是我會負起責任。這些理由夠合理了吧。就像我先前說的，各位戰士們沒辦法將人生中的幾年隨隨便便浪費掉，因為你們一生中能拿劍的時期並不長。而莎曼達小姐，妳是德菲力的巡禮者，有義務在大陸上宣揚德菲力的旨意。所以除了我之外，就沒有人能做這件事了。」

費雷爾再度用深邃的眼神望著我們。

「各位懂了嗎？在這裡有九十多個大人，還有五十多個小孩。我甚至可以建造我的王國。只是這個王國裡面沒有國王。如果要問我有什麼事想拜託你們……」

費雷爾的眼睛突然瞇了起來。

「能不能請你們將五十個小孩和大法師費雷爾的故事作成詩歌，在整個大陸上傳唱？」

「噗哈哈哈哈！」

克萊爾突然大笑了出來。特克的臉上也泛著微笑，而莎曼達則是用崇拜的眼神望著費雷爾。費雷爾笑了笑，說：

「不錯吧？如果只有『十二頭龍與大法師亨德列克』、『一百個死亡騎士與彩虹的索羅哲』等等這些響亮的故事在大陸上傳唱著，生活也很索然無味吧。所以如果像是『五十個小孩和大法師費雷爾的故事』這種樸素的詩歌，也能在昏暗酒店的一角被人吟唱的話，聽歌的那些酒徒們可能會做出和藹的表情，認為今天聽到了一首很溫馨的歌，這也很不錯吧。」

第二天，我們走在卡拉爾領地的大路上。

我們決定帶走從傑彭間諜那邊取得的實驗報告書。因為我們本來就是要去謁見國王，到時候一起報告上去就行了。

費雷爾決定要留在卡拉爾領地。他的夥伴們跟巨魔女祭司艾德琳則決定要多照顧患者們幾天再走。

莎曼達跟艾德琳這兩個聖職者，因為有神的戒律纏身，所以不可能只待在一個地方傳福音。

那是負責神殿的高階祭司才能做的，莎曼達跟艾德琳都是巡禮者，她們說這種事不是按照她們自己的意思就可以決定的，但是她們還是可以留在那邊服務一段時間。她們都幫我們寫了介紹信，說如果我們在旅行中碰到困難的時候，只要到艾德布洛伊或者德菲力的神殿出示介紹信，就可以請求對方的幫助。我們感謝著接過了那些信。

特克跟克萊爾是戰士。戰士必須漂泊，去尋找可打的仗。安居在一個地方，對他們而言是一種奢侈。他們在尋找到死所之前，都必須繼續流浪。所以他們也無法留下來。但是他們也都決定，將會有一段時間放下武器，拿起鐵錘跟鋤頭來過日子。

我們沒辦法把四個傑彭間諜全都帶走。這是因為我們自己一行也只有四個人，要帶這麼多無法信任的人一起走，是很困難的。所以我們決定只帶一個走。在首都交出實驗報告的時候，必須要有人招出口供。結果跟我們一起走的，是那個在洞穴中冷酷地回答我們的傢伙。我們問他名字，他要我們叫他溫柴。

費雷爾命令其他三個人拿起農具，要他們重建自己參與破壞的東西。間諜們雖然什麼話也沒說，但是當初在洞中瀕臨死亡的關口，我們到最後一刻還是把他們帶了出來，所以他們似乎有些感激我們的救命之恩。

費雷爾偷偷地只跟我們說，他打算放那些俘虜逃走。從他們輕易地被我們抓到來看，就可以知道他們只是小嘍囉，整件事最應該負責的大概還是那個女吸血鬼。但是留他們在那裡，對雙方都不是件好事。更何況，在忙於重建的領地當中，要監視這些人也很麻煩。所以他決定讓他們逃走。

「請轉達給國王陛下。」

費雷爾繼續說：

「請陛下趕快找到卡拉爾家的繼承人，趕緊把他送過來。我會誠心誠意地迎接他，如果他答應，我也想幫忙輔佐他。如果他不答應呢？那我就會出發去尋找我的夥伴。不管怎麼樣，反正這段期間我們也沒辦法繳稅金上去，所以越早把他送來越好。」

卡爾微笑著答應了。但是費雷爾的話還沒說完，他突然用很誠懇的態度說：

「各位所攜帶的文件是戰爭的重要關鍵。可惜的是還沒有寫完，但溫柴應該可以供出一些事情。」

溫柴哼了一聲。他臉上的表情就像是在說「你們有種就拷問我啊，看我會不會開口」。但是費雷爾並不在乎，又繼續往下說：

「這份報告可以刺激在我們拜索斯與傑彭的戰爭中維持中立的那些國家。在鴿派那些活躍的公爵與領主之間也能引起相當的迴響。如果是鷹派，根本連說都不用說……搞不好會有一些暗殺者以這份文件為目標，跑去追殺各位也說不定。」

我們突然覺得背脊涼了半截。費雷爾說：

「這件事我沒辦法幫上忙，只能要你們小心。但還是請你們幫我將這句話轉達給國王陛下。」

然後費雷爾在卡爾耳邊說了幾句悄悄話。卡爾做出驚訝的表情，暫時陷入了沉思。然後他突然微笑了起來，說：

「你是說灣流！」

費雷爾的臉色變得開朗了一些。

「是的，那裡是最接近的。」

「我真嚇了一跳。我大概理解了。」

費雷爾很高興地說：

「卡爾先生並不像是個跑腿傳話的人。」

「你也不像是會在這裡耕田的人啊。」

特克那一夥人，還有我們都聽不懂他們在說些什麼，但是似乎覺得他們的話聽來很令人高興，於是都點了點頭。然後我們幾人接著掉轉馬頭離開。莎曼達在背後大叫：

「德菲力會保佑你們的！在岔路上不要猶豫，直接往心裡想走的地方走吧！」

艾德琳也說：

「使暴風雨沉靜下來的是纖弱的大波斯菊。願艾德布洛伊的祝福伴隨著你們！」

我們接受特克、克萊爾、費雷爾、莎曼達，以及艾德琳的送行，開始出發上路。啊，等一下！我忘了說，當然在我們身後，也有五十多個小孩在歡送著我們。

「再見！修奇哥哥！」

「回來的路上，我會帶禮物來給妳！」

我這樣回答了蘇的道別，然後離開了卡拉爾領地。

「我們在這裡度過了三天，但是這三天不算是浪費。」

卡爾轉過頭去，望向卡拉爾領地。我也回頭望了望。

我們第一天的怪異感受，到處顏色都相同的妖異氣氛，現在已經一掃而空。溫暖的秋日陽光下，只看得見領地可愛的模樣。

我瞄了溫柴一眼。

他雖然是個俘虜，但還是要讓他騎馬，而且也沒辦法綁著他（這匹馬是我們搜遍了領地，好不容易才找到的）。所以我們解開了繩子，讓他騎在馬上，但搞不好他隨時都有可能逃掉。杉森搔了搔頭，然後將溫柴的馬鞍跟自己的馬鞍用一條長繩子綁了起來，接著將溫柴的兩邊腳踝用繩子連接到馬肚子底下。如此一來，溫柴應該無法從馬上跳下。

無論如何，溫柴現在正用沉鬱的表情低頭看著他的馬。他現在到底在想些什麼呢？卡爾似乎對溫柴毫不關心，向後面張望著說：

「五十個小孩和大法師費雷爾……」

我們都微笑了，連伊露莉臉上也浮現了溫暖的笑意。

「他這個人不可能成為完美的爸爸。但世界上也沒有真正完美的爸爸，只有努力的爸爸。從這一方面來看，這個領地的未來是不會黯淡的。」

聽到卡爾的話，杉森也點了點頭。「光是看他能夠一肩挑起一個領地的未來，就知道他真的是配得上大法師稱號的人物。」

我用訝異的眼光望著杉森。杉森乾咳了幾下，然後大喊：

「來吧，我們用跑的？」

我們在秋天的原野上奔馳。雖然在此地沒有豐饒的農產收穫，卻有著豐饒的人心，不是嗎？三個賀坦特的男子，美麗的精靈女子，再加上傑彭的間諜，就這樣如同疾風般，在金色的原野上朝目標奔馳著。

第4篇

公牛與魔法劍

所以傑彭的戰士所受的訓練，跟我們拜索斯的戰士所受的訓練，從根本哲學開始就不同。我們拜索斯戰士訓練的目的，是在戰鬥的狀況中維持氣、體調和的狀態。但是在南部熾熱太陽下生活的傑彭戰士，則是比較無法集中訓練肉體的能力。即使是拜索斯最強的戰士，大概也很難在傑彭的沙漠中每天進行跑步訓練吧。所以傑彭的戰鬥訓練的目的，是在於精神力的昂。在韌性、忍耐、沉著和高度的集中力上，很難找到可以跟傑彭戰士匹敵的戰士。「只要殺氣已經先貫穿了敵人，那麼手上拿的不管是劍是弓都一樣」，這是傑彭戰士有名的格言。可是……

——摘自《在風雅高尚的肯頓市長馬雷斯・朱伯烈的資助下所出版，身為可信賴的拜索斯公民且任職肯頓史官之賢明的阿普西林克・多洛梅涅，告拜索斯國民既神祕又具價值的話語》一書，多洛梅涅著，七七〇年。第二冊八八二頁。

01

「這怎麼回事呀？難道這是你們國家旅行者傳下來的經驗智慧？」

「你這是什麼意思？」

「為了增加旅行的速度，必須要讓人在後面追……」

「吵死了！媽的，我快瘋了啦！」

聽到溫柴諷刺的話，杉森正在大發雷霆。而我則是用漠然的眼神望著前方。跟我們對峙的其中一個傢伙大喊：

「吱！真，真奇怪？怎麼又多了一個？」

「吱吱！啊，吱！只要小心怪物蠟燭匠就行了！」

聽到半獸人的話，杉森氣得直瞪眼。

「你說什麼？你們這些傢伙，居然不把我放在眼裡？」

卡爾揮了揮手，想讓杉森的怒氣平息下來。他對那些半獸人說：

「喂……難道你們從修多恩嶺一路追我們追到這裡？」

「沒錯！吱！」

「而且你們又沒有馬……我們每次只不過停留下來幾天，又繼續往前奔馳……你們還真是厲害。」

連我也不得不覺得牠們很厲害。要是下次再碰到裝腔作勢、以為自己很懂的傢伙，在我面前說什麼「半獸人的復仇心非常強烈……」之類的話，我會很想狠狠揍對方下巴一拳！最好是他自己來嚐看看這滋味！哼！

我們在雷諾斯市跟卡拉爾領地各停留了三天，所以總共多耽擱了六天。在這段期間中，這些傢伙大概每天晚上都趕路來追殺我們。到底為什麼會有這種事！各領地居民的眼睛是不是出了什麼問題？怎麼會任憑這麼一大群怪物經過！雖然說牠們都是晚上前進，而且幾乎都是在樹林裡面移動，但是怎麼會完全不被發現，還一路追到我們身邊來？

現在因為伊露莉站了出去，正在用舞動之光的魔法叫出各種長得奇形怪狀的火焰生物，在那裡躍動著，所以半獸人都遮住了眼睛，不敢隨便接近。但是這魔法也不可能就這樣一直持續著。半獸人們正緊握著大刀，只等舞動著的火光一消失，就準備馬上撲過來。

伊露莉也看出了這種情勢，她搖搖頭說：

「等到這火光消失，我馬上會射出更強力的火焰。」

半獸人都屏住了呼吸。我非常贊成這句話。

「沒錯！那個什麼來著，火旋風！用那個把這些傢伙全部烤焦！」

我想起了在卡拉爾領地，伊露莉曾經將火精的力量加在風精的風中射出的事情。那真是壓倒性地壯觀。直徑幾十肘，旋轉著的火焰瞬間，燒滅了超過一百個殭屍。但是伊露莉搖了搖頭。

「那個破壞力太強了……如果用在生物的身上，根本連治都沒辦法治。完全沒有辦法。」

對呀，是沒有辦法，因為連骨頭都會被燒成灰。但我不放過這個機會，又繼續說：

「聽到了沒有，你們這些可惡傢伙！如果繼續在那邊礙事，小心連骨頭都被燒得精光！」

半獸人有點被我嚇到，開始互相竊竊私語起來，似乎在討論我的話到底是虛假的恫嚇，還是真有其事。但是完全看不出牠們有打算撤退的樣子。這是因為牠們的位置壓倒性地有利。

最令我們哭笑不得的是，我們居然自己選了會被阻擋住的地方紮營。當然，紮營的人是不可能故意選擇這種地形的。我們也沒笨到那種程度。但是我們正押送著傑彭間諜溫柴一起走，在有很多路可逃的地方紮營，是會有顧忌的。

所以我們背對著河紮營。在河邊紮營真是件愚蠢至極的事。雖然取水方便，也算得上是個優點，但附近沒有可以阻擋寒風的遮蔽物，四周太過開闊。可是我們當時就是認為此處溫柴無法逃走，才如此選擇的。

溫柴雙手抱胸，輪流看著我們跟半獸人。他突然指著掛在卡爾腰際的匕首說：

「那把匕首可不可以借我一下？」

「為什麼？」

「因為我要保護自己。」

「……看看接下來狀況變得怎麼樣再說吧。」

「知道了。」

溫柴雖然遭到拒絕，但又開始漫不經心地盯著半獸人。在這段期間，伊露莉已經決定要做個了結。她突然讓舞動之光消失。半獸人都緊張了起來。

「修奇、杉森，請往前。」

我們都往前站了出去。伊露莉立刻就開始在我們的背後施法。

「在夜晚的露水中，卻不被沾濕的那一顆沙粒的主人……」

「吱！她用魔法了！」

那些半獸人開始撲向我們，但是在那之前，我已經朝地面一踢。唰！啪啪！河邊的石頭都往前飛了出去，阻止了半獸人的前進。然後有某種東西開始活動了。雖然無聲、無色、無味，但是精靈在活動的時候，就是會有某樣東西在活動的感覺。然後半獸人就紛紛無力地倒下了。在最前頭衝過來的五隻一倒下，我們馬上就往兩邊轉身開始跑。杉森往左，我往右，我們往兩邊分開的同時，卡爾則是拿出了長弓開始射。比起以前，我們現在互相配合的時候已經熟練了許多。

啪！啪啪啪！

伊露莉不願意殺生，為了尊重她的想法，所以我們都拿著沒出鞘的武器在戰鬥著。而且如果再殺牠們，恐怕怨恨只會越結越深，所以我們都贊同這個想法。卡爾也是如此，他的箭不是低低地對著半獸人的腿，就是只射向空中，用來嚇嚇牠們而已。

我現在用劍已經很順手了。半獸人的大刀再長，一碰到我的巨劍，就會馬上折斷。我主要都是以半獸人的武器當作攻擊對象。這似乎是因為我不想無謂地多殺半獸人，使兩邊的仇恨沒完沒了，但說實話，要我穿過大刀所能揮到的空間，直接去攻擊半獸人的身體，我也是沒有那個自信。就在這時候，伊露莉大喊：

「全部往馬那裡跑！」

伊露莉、卡爾和溫柴已經上了馬。杉森跟我往馬所在的地方跑去。我將放在地上的行李全都抓了起來才跑，所以有些落後。半獸人們一追來，伊露莉就在馬上開始施法。

「Chain Lightning!」（連鎖閃電術！）

噗啪啪啪啪！在我跟那些半獸人之間，一道巨大的電光河流開始流動。河邊的石頭不是燒焦就是破裂，半獸人都嚇得不斷後退。說實話，連我也嚇得半死。但是伊露莉牽了我的馬，正在往我這邊跑來。我將一隻手上拿著的一大堆背包都放到馬上，將另一隻手上拿著的平底鍋用嘴咬住，然後就跳上了馬背。

「快跑！」

杉森開始跑在最前頭，我們也都跟在他後面。半獸人開始生氣，將牠們的大刀丟了過來，或者對我們拋擲石塊，但完全都沒打中。

「吱吱！給我停下來！」

這些傢伙居然不怕死，一點都不知道要逃走！

「嗚！嗚嗚嗚！」

我咬著平底鍋拚命慘叫。

「那個好吃嗎？」

杉森說完這句話，我才發覺自己早就沒必要繼續咬著這個東西了。呃，有點丟臉。

我們沿著河邊往上游跑了好一陣子，好不容易才看到一座橋。當看到橋的時候，幾乎已經是日出時分了。我們抵達橋頭的時候，都已經筋疲力竭了。

「如果有橋的話，附近應該會有村莊吧。」

雖然聽到卡爾樂觀的說法，但這並沒有讓我提起精神來，我還是在馬上面開始打瞌睡。我想睡覺，幾乎到了快想瘋的地步。馬大概也是一樣吧。一直在我旁邊的卡爾抓住了我，我才沒跌下馬去。

我打起精神一看，本來走在最前面的杉森正往河的方向騎去。結果杉森跟溫柴一下子都跑到河裡去了。那是因為溫柴的馬鞍跟杉森的馬鞍綁在一起。溫柴開始大喊：

「喂！你這個蠢貨，到底在幹嘛？」

打著瞌睡騎到河裡去的杉森嚇了一大跳，整個人驚醒過來。伊露莉是精靈，可能因為這個緣故，所以看起來不像很睏的樣子。溫柴雖然也很疲憊，但他並沒有打瞌睡。難道我跟杉森有什麼問題嗎？

橋的長度幾乎有一百五十肘，是座石造的橋。蓋得還真不錯。杉森揉了揉眼睛，開始說明：

「啊，這裡是伊拉姆斯橋。過了橋之後，再往前走一點點……（點頭打瞌睡）啊，就會到達伊拉姆斯市，那都市堪稱是（點頭）首都拜索斯恩佩的西方關卡。」

「那我們到那裡再休息好了。來，大家振作一下。」

「……」

「費西佛老弟？」

「啊，咦？是的！」

本來在打瞌睡的杉森打起精神之後，我們就騎上了伊拉姆斯橋。但是某樣有趣的東西映入了我們的眼簾。

在橋的中間，我們看到有人靠著橋左邊的欄杆坐著。他披著破舊的灰色披風，衣服上附的帽子遮住了臉，緊裹著身體的披風縫隙中可以看到硬皮甲。看樣子他是整夜都在那裡睡覺。但是從他居然在吹著強風的橋上睡覺這一點看來，他大概不是人類，應該是巨魔吧。就算他裹著披風也一樣。

在他的身旁，有一樣長得很古怪的武器，斜倚著橋的欄杆放著。那應該算是長槍吧，但樣子真的很怪。中間的槍頭長得就像長劍一般，兩邊還各有彎曲的附屬槍頭。看起來就像個中間一劃比較長的E字似的……我再怎麼看，都覺得那東西就像是做壞了的長槍。

「那個……嗯哼，那是什麼東西？」

「應該算是一種三叉戟吧。」

「咦？哪有這麼大的三叉戟？」

三叉戟應該算是種魚叉。因為要可以拿來拋擲，算是捕魚的工具，所以會做成小孩子都能使用的大小。但是那個人所拿的東西，雖然形狀是三叉戟，但大小幾乎不亞於斬矛了。

「只能說形狀跟三叉戟一樣吧。」

「用起來一定很困難。」

「是嗎？那個東西要練到順手雖然很困難，但似乎很不錯，分出的三叉槍頭甚至可以卡住敵人的武器，不管用來攻還是守都很適合。」

我們就這樣一面喋喋不休，一面朝著那個人走近。本來他還是背靠著欄杆坐著，繼續低著頭，看起來就像是睡著了一樣，但此時他的手臂突然動了起來。

他將倚著欄杆放著的那把怪槍一把抓了起來，轉了一圈之後，將橋上的路擋住了。他分明是衝著我們來的。我們慌張地停了下來。

他慢慢地站了起來，拿長槍在地上拄了一下，然後擋住了我們的去路。他用沒拿長槍的另一隻手將自己的帽子掀了下來。裡頭出現了一張女子的臉。

居然不是男人？

她身上的披風是灰色的，讓她看起來像個男人。大概也是因為穿了硬皮甲之後，又在外面加上披風，所以看起來壯了不少。那女的有著一頭濃密的短髮，顏色則是鮮豔的紅色。啊，突然讓我想起了傑米妮。從她生澀的肢體動作看來，她應該還是個未出嫁的小姐。我有自信可以確實區分出這件事。不管如何有魅力，小姐們在肢體動作上總是比出嫁的婦人來得帶有一些稚氣。說得好聽一點，則是清新或者有活力。

「什麼事，小姐？」

杉森說。那女孩子開始微笑。

「今天的生意才開張不久，客人就來了。男的每人十賽爾，所以是三十賽爾，精靈因為是女的，所以二十賽爾，還是個美女呢，那就三十賽爾。小孩子減半，只要五賽爾。總共是六十五賽爾。」

我氣得說不出話來，只好先望著杉森。

「杉森，還真不錯，你居然看起來年紀這麼小。」

「她是在說你！不，重點不是這個。妳要我們交什麼錢？」

「過橋費嘍。」

卡爾感覺十分荒唐地呵呵笑了，然後開玩笑似的問她說：

「為什麼女人二十賽爾，而且美女要多加十賽爾？」

那個女的笑了笑。看起來還真可愛。

「因為我喜歡男人。看到美女，心情都變差了。」

我嘆了一口氣，說：

「妳喜歡男人。那就沒辦法了。我只好壯烈犧牲，使出美男計了。不管怎麼樣，我……」

啪！別再打我了啦，再打我會長不高的！杉森打完我的頭頂之後說：

「妳聽著！為什麼我們非交過橋費不可？」

「因為你們不交，就只能游過去。」

「啊哈？妳是強盜？」

「有些人是這麼叫我。但我更喜歡『夜鷹』這個職業名稱。」

哼。雷諾斯市的都坎・巴特平格說自己是所有權轉移專家，這個女的又自稱自己是夜鷹（Nighthawk，夜盜的暗語）。杉森嗤嗤笑了笑，然後從馬背上下來，拔出了長劍。

「夜鷹為什麼會白天出沒？好吧，因為我喜歡女孩子，所以十賽爾，但不是美女的時候要另加十賽爾。如果妳給我二十賽爾，我就不欺負妳，直接從橋上過去。」

那女的勃然大怒。

「你居然說我不是美女？像我這種水準的，你說說看哪裡不好了？」

杉森用大拇指朝後面，指了指伊露莉。

「真對不起。因為我們跟這一位同行，所以普通的容貌一點都不看在眼裡。」

那女的咯咯笑了起來。

「我混了這麼久，還是第一次看到這麼好膽量的傢伙。喂，你是剛從鄉下上來的吧？所以似乎連我的大名都沒聽過？大部分人看到我的武器，就知道我是誰了。」

杉森和氣地搖了搖頭。「聽都沒聽過。」

「我就是『三叉戟的妮莉亞』。好好給我記住了！」

「是嗎？我是賀坦特的杉森・費西佛。我跟妳單挑好了。」

杉森這麼說完之後，就要我們稍微退後一些。我退到後面說：

「杉森，小心！因為地形很狹窄，所以對用槍的人比較有利！」

「等我被刺中了再說吧！」

杉森轉動了幾下長劍，然後對準前面握著。他不可能先發制人，因為對方的武器太長了。杉森開始不耐煩地等待。

然而，那個叫做妮莉亞的強盜也開始等。她毫不露出破綻地將三叉戟往前對準杉森的胸部拿著，就這樣站在那裡。兩個人就如此對峙了一分鐘左右。

杉森打了個哈欠。然後他突然大喊：

「哇！」

「呀！」

真不像話……妮莉亞一直處在緊張狀態，杉森一大喊，她飛快地將三叉戟刺了過來。杉森好像正在等這一招，向旁邊一閃身，然後將長劍往下砍向三叉戟。鏘！

妮莉亞慌忙地退後，杉森也往後走了幾步。妮莉亞的臉紅了起來。她咬著嘴唇說：

「你力氣還真大。」

「咦，手臂痛了嗎？真對不起。那我們趕快打完吧，我很累了。」

杉森一面說自己累，一面開始往前走。妮莉亞驚訝地拿起三叉戟來戳。但這次也是詭計。杉森似乎要往前走，但他只是將腰向前伸，往前踏出的腳朝地上一踢，身體就朝後面彈了起來。三叉戟驚險地停在杉森的胸膛前方，杉森一劍將它往上撥開。

「那個！那招是一字無識！」

我讚嘆地說。然而比我用起來的時候帥多了。杉森向上攻擊之後，直接翻了一圈，然後跨出了一大步，往側面砍去。

噹！妮莉亞的腰被打中了一下，面露快要暈倒的表情。她往後退了幾步，低頭看了看自己的腰，然後臉色變得很驚訝。杉森噗哧笑了一下，然後舉起長劍，用手指指著劍身的側面。

妮莉亞臉上開始一陣青一陣紅。

「喝！」

妮莉亞突擊著刺來。但是杉森這次則是將三叉戟往下彈開。妮莉亞的身體瞬時向前嚴重傾斜，為了不跌倒，又往前踏了幾步，杉森則是直接走向妮莉亞的身邊。

唰！杉森用劍的側面打了妮莉亞屁股一下，氣得她七竅生煙。但是她一轉身，卻發現長劍已經架到了她的脖子上。

「……」

妮莉亞的全身整個僵住了。杉森使眼色，命令她把手上的武器丟掉，手上的長劍又加了幾分力氣。

噹啷！三叉戟發出了輕快的聲音，落到了地上。杉森小心謹慎地將那東西撿了起來，丟給卡爾。卡爾接過了之後，杉森就笑了笑，說：

「來吧，二十賽爾。妳交不交？」

妮莉亞咬牙切齒。

「如果我說交不出來呢？你打算怎樣？」

「嗯。到現在為止，妳是怎麼對付那些交不出錢來的人？」

「叫他們游……」

妮莉亞沒把話說完。杉森用猙獰的表情瞄了河水一眼。晚秋的河流。況且妮莉亞還穿著硬皮甲跟披風。不要說游起來很困難，光是寒冷的河水就能把她給冷個半死。妮莉亞的臉色一下子變得鐵青。

杉森搖了搖頭。

「算了。我會夢到不吉之兆。（哈欠）……我可不想看到這種事。」

杉森放下了長劍，騎到馬上說：

「我們走吧。因為我不太會說話，就請卡爾說句話吧。」

卡爾微笑著說：

「妮莉亞小姐，依我看妳的實力，要做強盜這行還是有點困難的。如果妳最擅長的就是武藝，到某個軍隊去支援一下怎麼樣？但是因為軍隊太危險，還是留作最後不得已的選擇吧。最好是去學點別的技能。」

因為談到妮莉亞的實力問題，她的自尊心似乎嚴重受傷，整個臉不高興地緊繃了起來。

「把那個還我！」

卡爾拿起三叉戟給她看，然後搖了搖頭。

「先等我們過完橋再說。」

妮莉亞臉上一陣青一陣紅，閃身到了橋邊。我經過她身邊的時候，為了保持我的禮貌，所以不正面看她，而是轉過頭去嗤嗤地笑。卡爾等我們全都過了橋，才把三叉戟丟還給她。

「那個，費西佛老弟？」

杉森又開始打瞌睡了。不久之前才激烈地活動過身體，所以他好像更加疲倦想睡的樣子。妮莉亞也看到了他這副模樣，做出啼笑皆非的表情。

「怎麼會有這種傢伙！」

杉森嚇了一跳，將頭抬了起來。

「嗯。咦，什麼？啊，這裡是伊拉姆斯橋。過了橋之後，再往前走一點點……啊，就會到達首都拜索斯恩佩的西方關卡的……」

「啊，不是，沒事啦，費西佛老弟。走吧。」

杉森眨眨眼，搖了幾下頭，又開始繼續往前走。我們都噗哧笑了出來，然後騎馬繼續前進。但一陣子過後，我回過頭去，卻看到了一件奇怪的事。

「咦？跟來啦？」

「誰在跟你們！」

這個大喊的人當然就是妮莉亞。聽到妮莉亞的聲音，其他與我同行的人都將頭轉了回去。妮莉亞正帶著憤怒的表情走來。她直接從停下腳步的我們身邊走了過去，說：

「誰在跟你們？是我自己要去伊拉姆斯！去他的。我因為沒錢住旅館，本來想幹一票再去的。」

杉森用惺忪的眼睛看了看妮莉亞，說：

「是嗎？那麼，好。（哈欠）……」

妮莉亞一面蹦蹦跳跳地走著，一面大喊說：

「喂！你就說要載我一程，是會怎麼樣啊？難道要我用走的走去那麼遠的地方？就是因為你，我連住宿費都沒賺到。」

我們啼笑皆非地注視著妮莉亞，杉森則是打了個哈欠，用不耐煩到極點的表情說：

「是嗎？那麼，好。（哈欠）……快睏死了。那妳去那邊跟溫柴騎同一匹。因為那匹馬沒有載行李。」

一說完，溫柴馬上就變了臉色。

「Nhatro! 不，不行！」

溫柴實在是喊得太大聲，從妮莉亞到我們所有人全都嚇了一跳。我看了看卡爾，卡爾歪著頭想了一下，說：

「啊，對了。他們不能跟妻子以外的女人親近。」
「是嗎？連一起騎同一匹馬都不行嗎？」
我看看溫柴，噗哧笑了出來。他們這種習慣真是讓人頭痛。但是那傢伙不是間諜嗎？既然是間諜，打破一些平常的規矩應該也沒關係，不是嗎？啊，難道是因為在我們面前身分已經洩露，所以沒必要再偽裝了嗎？伊露莉說話了：
「我的體重最輕，妳跟我騎同一匹好了。」
一說完，妮莉亞就開始嘛起了嘴。
「對不起，我才不跟妳騎同一匹！哼。喂！你叫杉森？你的馬塊頭最大了。我跟你一起騎吧！」
杉森本來睏得五官全擠在一起，聽到這句話眼睛突然睜得大大的。
「好！就是這樣。跟我一起騎吧！」
妮莉亞看到杉森突然這麼高興，雖然表情變得有點莫名其妙，但還是打算乖乖地上馬。但是杉森卻把妮莉亞引導到奇怪的方向。妮莉亞慌了，整個臉紅了起來。
「你、你這是做什麼？」
杉森讓妮莉亞坐到自己的前面，把韁繩交給了她。
「如果我打瞌睡，馬就交給妳控制，知道了嗎？啊，太好了。因為我太睏了，沒辦法幫大家帶路。呃呵……」
然後杉森馬上任由眼皮闔上。妮莉亞哭笑不得地回頭看了一眼，然後嘆了口氣。
「這傢伙……怎麼比外表看起來的還陰險？」
杉森已經開始在打瞌睡了，所以沒有回答。他還真是厲害，居然這樣坐著也能睡覺？溫柴好像看到什麼奇觀似的，將頭轉向杉森跟妮莉亞那邊。他的頭一直朝著那個方向，口中喃喃唸著一些東西，但我想一定是些罵人的話。

我們就這樣一半受著杉森，一半受著妮莉亞的引導，開始往伊拉姆斯市前進。妮莉亞好像感覺很不舒服，不斷蠕動著身子，但杉森還是一面打瞌睡，一面不斷地把頭撞上妮莉亞的肩膀。妮莉亞生了幾次氣，但到後來放棄了，乾脆自己抓起轠繩，讓杉森靠上她的背。杉森馬上就讓手臂垂在兩邊，就這樣靠在妮莉亞背上，正式開始進入夢鄉。呼嚕呼嚕！

卡爾看到這幅光景，笑了出來，說：

「妮莉亞小姐，妳不覺得重嗎？」

「是不輕啦。你們是冒險家嗎？」

「之前也有人對我們這麼說，但我們只是旅行者。我們是因為很明確的目的，才出來旅行的。」

「嗯哼……現在靠在我背上這個巨大的小寶寶，他的刀法很嚇人呢。」

「巨大的小寶寶？」

「他完全不懂得抓住機會，不是嗎？這麼好的機會耶。」

卡爾苦笑了一下，說：

「……這個夥伴現在因為是太睏了才這樣，但就算他清醒著，也不是會對妮莉亞小姐做出下流行為的那種年輕人。」

是這樣沒錯啦。杉森很純真的這件事，優比涅知道，賀加涅斯知道，我知道，但杉森自己絕對不知道。但是妮莉亞噗哧笑了笑，說：

「咦？他難道真因為那個精靈美女，根本就不把我看在眼裡？」
「他沒有那個意思啦。」
「哎，算了。他根本不是什麼好人，只是不識貨。可是那邊那個沉默寡言的年輕人呢？難道他也不識貨？」
妮莉亞指的是溫柴。卡爾笑了笑，說：
「這個嘛……因為認識他還不久，所以我也不清楚。」
妮莉亞看了看綁在杉森跟溫柴之間的繩子，然後又再看看溫柴。
「喂，你叫什麼名字？」
溫柴故意裝作沒聽到，連頭都不轉過去。妮莉亞的眉毛向上一揚，猛地扯了一下綁住兩邊馬鞍的繩子，說：
「喂！我這個高貴仕女在問你話！」
溫柴生氣地瞪了妮莉亞一眼，然後突然將頭轉向我這邊。
「修奇，你幫我問那個女的說，強盜也可以被稱作高貴仕女嗎？」
「他這麼說。」
我很親切地如此傳話。如此一來，妮莉亞更加勃然大怒了，她說：
「你為什麼不直接跟我說話？是在玩什麼小孩子的遊戲嗎？」
溫柴還是對我說：
「你幫我跟她說，一個女人如果容貌不夠美麗，那麼性格也應該要溫柔；如果性格不夠溫柔，那麼言行舉止也應該要端莊。」
「他這麼說。」

「喂，有人叫你為我負責嗎？我言行舉止怎麼樣，關你什麼事啊？我的容貌又怎麼了？」

溫柴根本一點也不為所動，很從容地說：

「你幫我跟她說，要找到能夠一輩子忍受像妳這種粗暴可怕性格的男人，比用煮熟的雞蛋孵出小雞還更困難。」

「他這麼說。」

「你怎麼敢說我？你自己又有什麼了不起？看這副樣子，你也不過是個俘虜！」

溫柴還是一樣厚著臉皮說：

「你幫我跟她說，我雖然是個俘虜，但那個女的連當俘虜的資格都沒有，被人家打敗了之後就被丟在那裡不管，不是嗎？」

我試著做點不同的變化。

「他這麼說耶？」

「你這個傢伙，自己臉長得像個熟豬頭似的，看看那個塌鼻子，一下雨搞不好全部的水都會灌到裡面去，居然還敢如此隨便批評本大美女？」

「你幫我跟她說，她這種身材，看了簡直會傷眼睛，又有自大妄想症，想到她的未來，真是前途茫茫，沒什麼救了。」

「他這麼說喔。」

「你臉上的那個東西還能算是眼睛嗎？哈？你以前只看過鄉下那些長得像是長癬驢子的女人，現在看到我，居然完全看不出我清麗脫俗的美，這麼沒眼光，還敢拿出來自豪？」

「你幫我跟她說，她那張臉，去路上抓一百個男人來問，有九十八個都會搖頭逃跑，我實在很懷疑她怎麼敢自稱有什麼清麗脫俗的美？」

「他這麼說呢。」

「九十八個？那剩下的兩個呢？」

「你幫我跟她說，那兩個一個是瞎子，一個是專說謊話的騙子。」

「他這麼說了。」

還真是厲害。妮莉亞跟溫柴從伊拉姆斯橋開始一路吵，吵到我們已經看到伊拉姆斯市的外牆，他們還沒吵完。說到外牆，這座都市似乎非常巨大。但是這兩個人根本沒有空閒去看，還在那邊吵他們的。

只要溫柴稍微不那麼死纏爛打，或是妮莉亞再謙虛一點點，就不知道情況會是怎麼樣了，但現在他們兩個完全勢均力敵。同時我也漸漸感受到越來越沉重的疲勞。我快睏死了！

我實在是太敬佩了。敬佩誰？杉森。他將臉頰貼在一個這麼吵的女人背上，居然還能夠如此安穩地熟睡著。看杉森那種表情，他好像就在自己家，自己房間，自己的床上，也就是全世界最自在舒服的地方一樣，專心地睡著他的大覺。

進入都市後，妮莉亞似乎一點也不嫌累，繼續說：

「喂！你在路上，經過你身邊的女人，一百個裡頭有九十八個會馬上昏倒！剩下的兩個，有一個是瞎子……啊——！」

咦？這句話有點奇怪。我揉了揉疲睏的眼睛，朝妮莉亞看去。杉森猛然摟住了妮莉亞的腰。妮莉亞帶著慌張的表情說：

「終、終於開始行動了嗎？」

這次換我們用慌張的表情望著妮莉亞。杉森閉著眼睛，滿臉幸福地說：

「嗯……伊露莉，妳的腰怎麼比我想像的還粗……」

杉森摸了摸被妮莉亞推下馬時撞到的頭，觀望了一下眼前的旅館。
「不錯呢。也有馬廄。進去吧。我已經疲倦得快要昏倒了。」
「對呀，你剛做到一半的夢也應該要繼續做完吧。那就在此告別了。」
聽到妮莉亞這句帶刺的話，杉森的臉整個紅了起來。妮莉亞對我們揮了揮手，說：
「謝謝你們帶我來！還有，杉森，因為你對我很親切，所以我要忠告你一件事。對任何人都這麼親切是件危險的事。」
杉森噗哧笑了出來。妮莉亞雖然瞪了溫柴一眼，但溫柴根本連看都不看她。妮莉亞哼了一聲，拿起了她的長三叉戟當作拐杖走了。
我們進了旅館。旅館的名字居然叫「伊拉姆斯蒼蠅」？不知道什麼旅館會取這種名字。我們筋疲力盡地走進了旅館。馬僮跑了過來，將我們的馬牽走。我們進到了旅館。一進去就是大廳，大廳裡面有一個擦著桌子的中年婦人，她對我們說：
「請踏踏腳再進來！對，就是這樣。有五位嗎？我是這裡的老闆娘蕾涅茲。你們打算怎麼租房間？」
杉森的頭差點撞上了旅館的柱子。他說：
「（哈～～欠）。這裡有大房間嗎？」
「有四個人可以住的房間。」
「那好。那我們住那一間，伊露莉自己住一間吧？」
「是的。」
蕾涅茲點了點頭，說：

「四人房跟一間單人房。要吃早餐嗎？」

「不用了……先租房間。睏都快睏死了。」

「是嗎？你們好像是熬夜趕來的。請你們先預付一天份的費用，總共是四賽爾三十分。」

杉森靠在旅館柱子上，又開始打瞌睡了。我能體諒你，杉森！我也想睡想得快瘋了。但是卡爾把杉森搖醒。

「費西佛老弟，我們得要先預付旅館費四賽爾三十分哦。」

「咦？啊，是。（哈～～欠）」

杉森在懷裡面翻找著東西的影像越來越模糊了。不、不、不管怎麼樣，我都不行了……我也靠在柱子邊站著。但是突然傳來了一聲喊叫聲。

「沒了！」

我睜開了眼睛。我看到杉森正茫然地在懷裡東翻西找。我、卡爾、溫柴和伊露莉看到突然開始跳起舞來的杉森，個個都呆愣住了。杉森開始在全身搓來搓去，擰來擰去。但我最無法理解的是，他怎麼可能以為錢包會在褲子裡呢？但杉森真的連褲子裡都翻了，才突然大喊：

「是那個女的！」

弄清楚了，一切事情都真相大白了！我完全懂了。卡爾沮喪地說：

「被妮莉亞扒走了嗎？」

「啊！沒錯！就是因為這個理由，她才一定要跟我騎同一匹馬！我還以為她只是個單純的強盜！」

他一說完，本來在一旁跟我們一起欣賞杉森跳舞的旅館老闆娘蕾涅茲，似乎有點為難地伸出了舌頭。

「你們被扒了嗎？真是的，嘖嘖嘖。怎麼這麼不小心。你們說小偷叫妮莉亞？難道是三叉戟的妮莉亞？」

「咦？妳認識那個女的嗎？」

蕾涅茲又再度開始擦桌子了。她說：

「她又回來了。她很有名的。但是你們的實力似乎很不錯？她很少會跟人撒嬌，然後再扒人家東西的。在那個過程中，她是不是一直在跟你們說話？」

「天啊，那剛才吵的那場架……」

溫柴馬上變了臉色。我的表情大概也很可怕。

伊露莉幫我們付了錢。杉森的表情就像是想找個老鼠洞鑽進去。伊露莉微笑著說：

「我跟你們都是同行的夥伴，這樣做也是當然的。就算沒發生這件事，我也想過這次要由我來付。」

說完之後，伊露莉就到自己的房間去了。我們也因為太累，一被帶到房間裡，就立刻倒在床上。但是在我們這四個男人住的房間中，馬上就發生了問題。

「呃啊！那個，那是因為用她的實力行不通！」

哇，呵，還真嚇了一跳。原本躺著的杉森突然站了起來，焦急地如此大喊著。

「嗯哼！咯，咯！」

猛然站起的杉森聽到卡爾高聲乾咳，似乎有點難為情地再次躺了下去。卡爾好像很不舒服，又咳了幾聲，然後四周才靜了下來。接著過沒多久——

「啊——！妳這可惡的東西！」

「給我閉嘴！」

我拿枕頭丟了過去，由於衣服都沒換就直接倒在床上，所以手上仍然戴著ＯＰＧ。因此枕頭急速地飛了過去，杉森幾乎被打得暈頭轉向。我內心希望杉森馬上昏過去，但他可是經歷過許多鍛鍊的人，所以似乎也不覺得有何異狀。杉森嘀嘀咕咕地再次躺到了床上。

好不容易，當我正要睡著的時候。

「嗯……嗯。嗚嗚嗚……呃！嘎吱嘎吱……」

杉森現在把頭埋在床上，開始發出呻吟聲再加上磨牙聲。聽到那聲音，讓人連頭髮也豎了起來。此時溫柴開始大喊：

「Kuuaaak! En Nhash harphen yan un craemadol!」

因為我們把他的兩條手臂都綁在床柱上，所以溫柴也沒辦法跑到杉森那邊去。看溫柴的樣子，如果手沒被綁住，他恐怕不會逃走，而是會馬上跑到杉森旁邊，把杉森給掐死。我無力地趴著問卡爾：

「卡爾，他剛才說什麼？」

「他說『你們現在就要開始拷問我了嗎？』……這還真是種拷問啊。」

02

下午稍晚的時候，我們都帶著沒睡飽的臉色下樓。這是因為我們必須要吃午餐了。杉森用繩子將溫柴的腳踝跟自己的腳踝綁在一起，然後下樓來。所有人都因為杉森而沒睡好，都還在似夢非夢當中。杉森跟溫柴因為腳踝被綁在一起，甚至差點從樓梯上滾了下來。不管怎麼樣，當我們下樓之後，發現只有伊露莉一個人坐在大廳裡。

「你們太晚來了。其他客人都已經吃過飯了。」

伊露莉的態度像平常一樣冷靜而沉著。她沒有穿皮外衣，只穿了罩衫，坐在桌邊喝著茶，看來就像坐在自己家裡一樣安穩舒適。秋日的陽光從窗戶透了進來，照著伊露莉的側臉，讓人感覺十分安詳。

「伊露莉？妳有稍微睡一下嗎？」

「咦？當然有嘍。我看你們……各位好像都沒有得到充分的休息，是嗎？」

我們都用埋怨的表情瞪著杉森。但是杉森已經坐到桌邊開始點餐了。旅館老闆娘嘀嘀咕咕地，要我們以後跟其他客人同時來吃，但她也清楚我們是整夜沒睡趕過來的，所以只嘀咕了幾句就算了。

杉森似乎把麵包當成妮莉亞，很用力地嚼著。雖然嚼得碎一點對消化也好，這倒是無所謂的，但他一面吃麵包還一面不斷咆哮，弄得麵包屑噴得到處都是。溫柴嫌惡地拿起了切麵包的小刀，但杉森為了監視溫柴，手上也拿著長劍，所以溫柴不敢撲上去。不過溫柴發出了憤慨的聲音說：

「你、你、你如果不給我安靜地吃……」

「知道了，知道了啦！媽的，恨得我牙癢癢的。」

伊露莉看到我們這種樣子，微微笑了笑，然後又開始專心地看她的書了。

這樣說來，我們一行人當中在背包裡面放了書的人還真不少。不，應該說除了我跟溫柴之外，每個人都有帶書。卡爾帶的是純科學以及各種各樣的雜書，伊露莉也帶了幾本應該是魔法的書。就連杉森也帶了本地理書。我是不是也該弄本書來讀？這裡是首都附近，所以應該很容易買到書吧。啊！但我們的錢都沒了。真是該死。

杉森已經把湯全喝完，正拿湯匙在湯碟裡面喀啦喀啦地攪動，他突然大叫：

「一定要抓到她！」

然後杉森就突然站了起來，準備離開。

「呃啊！」

「喔喔！」

因為杉森跟溫柴的腳綁在一起，所以溫柴的椅子整個向後翻倒，杉森也往前摔了一跤。我看不下去了，只好蒙住自己的臉。這真是丟臉。卡爾將溫柴扶了起來，杉森好像撞破了鼻子似的摸著臉，說：

「喂！老闆娘！」

連蕾涅茲也正彎著腰在大笑。她擦了擦眼淚，走了過來。

「嗯，哈哈，幹嘛叫我？還有，你們為什麼這樣綁在一起？」

「那個妳沒有必要知道。如果我想要抓那個叫做妮莉亞的女人，我應該要怎麼做？」

「這個嘛……怎麼做才好呢？我又不是賞金獵人，我怎麼知道。各位應該比我更清楚吧，不是嗎？你們看起來像是冒險家。」

「嗯，那個女的家在這個都市嗎？」

蕾涅茲聽到這個荒唐的問題，搖了搖頭。她坐到我們坐的那張桌子邊，說：

「家？沒的事。她是個流浪者。她四處流浪，只是今天剛好到了這裡而已。我也不太清楚。搞不好她已經流浪到別的地方去了。」

「那老闆娘妳怎麼知道她的事情？」

「因為我經營旅館，可以聽到很多像你們一樣難過地抱怨的人。大部分都是被她收了過路費。可是碰到真正有實力的人，她會先故作嬌態接近再下手。她很會利用自己身為女人這一點。有時會莫名其妙地撒嬌，有時又會裝作眼高於頂、不懂事的小女孩。」

溫柴發出了呻吟聲。

「所以……所以她才一直講那些廢話。」

杉森喘吁吁地說：

「很好。那有沒有人可以幫忙我們找到她？」

蕾涅茲微笑了一下，用不經意的語氣說：

「你們有聽過盜賊公會嗎？」

我們全都緊張了起來，將身子往前傾。卡爾說：

「那個……不是盜賊們的組織嗎？他們在那邊做一些互相交換情報，處罰背叛者之類的事。」

「沒錯。但是除此之外，公會還做很多其他的事。例如暗殺掉沒得到許可就在他們地盤裡做盜賊買賣的人，或是向殺掉盜賊的人報仇……等等的。」

蕾涅茲雖然是笑著說，但是內容聽了令人有點發毛。我們都帶著不安的表情互相對望著。

「我勸你們還是死心吧。忘了這回事，不要無謂地惹她生氣。就算你們用盡辦法抓她，如果她的黨羽在你們半夜睡覺的時候跑來找你們，又該如何是好呢？就算你們作戰經驗豐富到手上都起了繭，對方如果是普通人的話還沒關係，要是他們用盜賊的方式跟你們鬥，你們又該怎麼辦呢？搞不好半夜躺在那邊，不知不覺間就被殺了。」

呃！這些話聽得人毛骨悚然。說什麼睡覺的時候……杉森聽到那些話，也為之一震。卡爾雙手交叉在胸前，開始陷入沉思。

啊，傑米妮，我好想妳。我現在才懂得泰班當初所說什麼內心跟外心之類的話。傑米妮是個完全沒有心機的孩子。她不會陰謀盤算許多計畫，是卡蘭貝勒掌管的純潔少女。如果生氣就馬上鬧彆扭，如果高興就馬上呵呵笑出來，這就是世界上最美麗的女子所應具有的品行。照這麼說來，女人最大的武器，也就是不管自己當時是歡喜還是悲傷，都能隨心所欲哭出眼淚或是展現出笑容的能力了。

傑米妮，我遇上了一個真的很可怕的女人。那個女人已經在心中盤算了可怕的陰謀，然而在她與溫柴吵架的過程當中，我還糊裡糊塗地一面打瞌睡一面幫他們傳話。我現在心裡完全一片茫然，不管怎麼樣，我就是想要見妳！我想再次摟住妳的腰，再次聽妳胸中撲通撲通的心跳聲，還有妳的唇……

……我真是無可救藥。我想再嚴重，大概也不過這樣吧。

無論如何，因為我們的錢全沒了，馬上就遇到許多麻煩，連要買菜的錢也沒了。伊露莉很親切地對我們說，一切全由她來負擔，杉森聽了簡直就像是快要掉下眼淚來。

「一切都怪我太愚蠢……我真的不知道該說什麼……」

「你那時太累了。而且這女孩暗地裡老早就拿你當目標，你有什麼辦法阻止呢？」

聽到伊露莉的安慰，杉森依然難過得意氣消沉，提不起勁來。不管怎麼樣，我們還是帶了溫柴出發去採買。由於沒辦法將溫柴託給其中的某個人看管，所以我們通常都是五個人一起行動。我們決定先去打鐵鋪。這是為了去買給溫柴用的腳鐐。我們也沒辦法這樣老盯著他，所以需要緊急時馬上就能鎖上的腳鐐。如果有手銬那也好。

但是伊露莉卻站出來反對。

「優比涅給我們兩條腿，就不是要人把它們鎖在一起。」

哎，真是的。如果照她這麼說，這種只要一放開，很明顯馬上就會逃走的人，也不能用繩子之類的東西綁著啊，不是嗎？杉森做出了為難的表情，雖然想要解釋，但是伊露莉露出完全不打算退讓的神色。

「我無法瞭解人類為什麼要分成許多國家，而且只因為對方跟自己不同國家這個理由，就對他們做出不會對親朋好友做的殘忍事情，這一點我更是不能理解。」

「可是伊露莉……如果就這樣放著不管他，他會跑掉的。」

伊露莉將頭轉向溫柴。

「溫柴，你會逃跑嗎？」

溫柴沒有回答。伊露莉歪著頭想了一下之後問我說：
「修奇，你幫我問一下溫柴，他會不會跑掉。」
我很鬱悶地說：
「這種東西有什麼好問的？我們帶著他也很煩啊。如果能把他交給這座都市的警備隊，我們自己就會舒服得多。可是間諜是屬於戰犯……對吧？嗯，戰犯是不能交給警備隊的。」
「那你們是打算一路把他帶到首都去嘍？如果是這樣，請你們把他當作同伴來對待。」
「我不是說過了？他會跑掉啦！」
「你連問都不問……修奇，雖然你很聰明，但是請你還是幫忙問一下。」
我帶著「既然要我問，我就問吧」的心情說：
「喂，溫柴，回答一下這個問題。」
「這不是廢話？只要有機會，我一定馬上逃走。」
我點了點頭，望著伊露莉。
「看吧。」
「那就讓他走啊……」
「不行！這個人是間諜，所以也就是我們國王的敵人。我們身為國民，怎麼可以把國王的敵人放走！那是背叛我們國王的行為。」
一定要講到這麼基本的東西才行嗎？其實這些話的內容，我自己也沒有深刻地思考過。但是伊露莉點了點頭。
「修奇，不管是什麼事情，你總是很會說明。我現在懂了。」

卡蘭貝勒呀，真感謝你！伊露莉居然懂了！但即使如此，伊露莉還是反對把他銬上腳鐐。

「雖然我瞭解了你們的想法，但還是反對用腳鐐銬住他。由我來負責監視他好了。」

由伊露莉來監視？嗯，監視。伊露莉在黑暗中也能夠看得見，而且能夠聽見很細微的聲音。就監視者來說，沒有人比她更適合。但是這件事有這麼容易嗎？卡爾做出了為難的笑容，說：

「那會非常辛苦的。」

「只要稍微集中精神就行了。一點都不難。」

我們只好放棄原先的計畫，將腳步移向市場。

伊拉姆斯市的人們看到森林的種族——精靈走在大道上，根本就沒辦法將視線移開。他們看到了我們的樣子，都在那裡嘰嘰咕咕的。「喂！那個好像是精靈。還真漂亮耶。咦？後面的那些傢伙呢？怎麼會長成那副德行？」……我長成這樣，對你們還真是抱歉啊。但是伊露莉一對我們親切地說話，那些傢伙就開始完全陷入混亂了。「後頭那些人似乎跟外表看來不同，應該很了不起吧？搞不好是微服出巡的貴族呢。不是嗎？」

我們盡可能不把注意力集中在周圍那些人，而是專心地尋找著雜貨店。

我們買了麵粉、肉乾、培根和其他調味料之類的東西，還有燈油。在點燃營火的時候，燈油也很有用。我跟杉森在裝油的過程中，伊露莉把她空了的藥瓶拿給我們看，並且說：

「我要去買治療藥水。神殿裡應該有吧？」

雜貨店的禿頭老闆一直緊盯著伊露莉看，他說：

「是的！離這邊只有很近的一段路。哎唷，我帶妳去好了。」

這時旁邊突然發出尖銳的叫聲。「你這個死鬼！」

嗯……還真可笑。一個看來應該是雜貨店老闆娘的中年婦人跑了出來，用嚴厲的視線瞪著禿頭老闆。結果禿頭老闆只能很親切地對我們詳細說明神殿的位置。這時，東張西望的卡爾說了：
「這是什麼？」
卡爾所指的東西，是一對樣子很怪的鐲子。那是金屬做的，發出很漂亮的光澤，上面還刻著花紋。那是女孩子戴在手腕上的首飾。雜貨店的老闆歪著頭說：
「這是手鐲。怎麼樣？很漂亮吧。」
卡爾微笑說：
「這個多少錢？我想買來當禮物送人。」
「只要一賽爾就行了。」
伊露莉連那一對手鐲的錢都幫忙付了。出到雜貨店外面之後，我就問卡爾說：
「為什麼要買那對鐲子？」
「剛才不是說過了？我要買禮物送人。」
「禮物？給誰？」
「給妮莉亞。」
「咦？」
卡爾微微笑了，然後對我們說明了他的計畫。
我們聽了這個計畫好一陣子，但還是搞不太懂，所以要求他再說明一遍。卡爾再度仔細地對我們說明。我半信半疑地說：
「行得通嗎？」
「不試試看怎麼會知道。謝蕾妮爾小姐，我說的那些東西，都能幫我準備好嗎？」
「可以是可以……我知道了。」

「那就沒問題了。怎麼樣啊，各位？」

杉森完全不需要理由，無條件贊成。

「我百分之百贊成。只要能讓那個女的趴著被打幾大板屁股，不管什麼事我都做！」

「那尼德法老弟呢？」

我點了點頭。錢被人扒走，心情當然很不好。再加上身上沒錢，接下來的旅途上還不知要吃多少苦呢。卡爾也問了溫柴：

「溫柴呢？要不要幫我們？」

「你不要講一些可笑的話好不好？」

「我早知道你會這樣回答。那就沒辦法了。我們先偵察一下附近的狀況，然後回旅館去。」

我們觀察了一下村子周邊的情況。

伊露莉跑去神殿買了治療藥水。在伊拉姆斯市裡面有艾德布洛伊神殿，所以我們出示了艾德琳的介紹信之後，得以用很便宜的價格買到藥水。雖然說是很便宜，但也要五十賽爾左右。可是聽說原價要一百賽爾。還真貴耶？

我看到神殿的修煉士所拿出的藥水，就問了伊露莉：

「嗯，喝了這個東西能夠治百病嗎？」

「對病好像沒有特別的效果。它的功效與其說是治療，還不如說是恢復原有狀態。所以它只是讓原本就會自然恢復的傷口快一點好而已。」

咦，是這樣嗎？伊露莉一口氣買了三瓶。神殿突然獲得了一大筆錢，高興得要死。一百五十賽爾是一筆鉅款，不是嗎？修煉士感謝地說：

「以風中飄散的大波斯菊之名祝福你們。」

伊露莉也很優雅地回答：

「以平息暴風的花瓣之榮耀祝福你們。」

眾人回到旅館之後，開始進行接下來的準備工作。伊露莉必須準備的東西有好幾樣。我們首先等到傍晚，好好地吃了一頓，然後決定將溫柴緊緊地綁住。這是因為我們所有的人都必須出動，沒辦法留下任何一個人來監視他。伊露莉搖了搖頭，叫出了睡精，要將溫柴弄睡著。溫柴雖然稍微想要反抗，但還是很快就睡著了。

「這樣他不會醒過來嗎？」

「這比睡眠術安全多了。八個小時之內他不會醒來，只會繼續熟睡。」

接下來就輪到我了。杉森拿大廳壁爐裡面的灰燼跟床底下的灰塵混在一起，然後抹在我的臉上。他就這樣東抹一點，西抹一點，我整張臉都被抹得黑不溜丟，皮膚也被弄得看起來很粗糙。這段期間我連喘息的機會都沒有，一直咳嗽，真是很辛苦。不管怎麼樣，我臉上一直被抹灰，直到卡爾跟杉森說我看來一點都不像十七歲少年時為止。現在我似乎看來像是二十幾快三十歲的人了。

然後我們又再度出了旅館。

我們按照計畫，各自分別離開旅館。首先是伊露莉先出去，接下來是卡爾，再來是杉森，最後是我。由於大家每天都在一起，突然分開獨自行動，弄得我有些害怕。

我走上了伊拉姆斯市的大路。

我背上背著巨劍，兩隻手臂上戴著白天買的鐲子。我盡可能用看起來很沉穩的動作，將手插在褲子裡，吹著口哨，走在伊拉姆斯市的街頭。插在褲子裡的手中有著一些硬幣。那是跟伊露莉事先要來的錢。

由於這裡是中部林地的中心，離首都也很近，所以路上有很多巨大的建築物。每一棟建築裡頭都燈火通明，看來對這座都市中的家家戶戶來說，蠟燭或油燈都是最基本的用品。好像連雷諾斯市也比不上這裡？路上經過的女孩子也似乎特別漂亮。

不過又怎麼樣呢……如果是良家的閨秀，大概也不太會在太陽下山之後還在外面遊蕩吧。那些女孩子看來都像是巨大宅邸裡的下女，或是中下階層家庭的女孩子。但是在我看起來，卻覺得她們的打扮都十分高雅。

可是現在我已經不太想相信女性了。說到女性！伊露莉是女性。而我的高貴仕女傑米妮・史麥塔格……啊啊！

我搖了搖頭，又開始緩慢地走著。

我幾乎穿越了整個伊拉姆斯市，才到達了一間叫做「特拉摩尼卡之風」的酒館兼旅館。這裡是我們白天已經實地探勘過的地點。在位置上，這裡是會湧入最多客人的酒館。

我望著酒館的門，突然笑了起來。我第一次看到這種左右兩扇的推門。那只是兩塊到我胸部高的板子，弄成門的樣子，掛在那裡。

我用胸部撞向那門，進到了酒館裡面。

裡面是很寬廣的大廳。這時熱鬧的酒宴已經開始。杯子相碰撞的聲音、爽朗的喊聲以及歌聲都混在一起，十分喧鬧。我大致打量了一下這間酒館。卡爾跟杉森都已經先到了，正各自坐著。

伊露莉大概也躲在某個角落裡。伊露莉曾經說，她要用變化形貌的魔法，變成人類的樣子。她說那種魔法會把自己變成身體基本上相似、體型稍有差別的樣子。精靈要變身成人類一定很簡單吧。無論如何，反正我看不出她來。

我不太將視線投向四周，只先去找空位。幸好杉森附近有一個位子是空的。我在那裡坐了下來。

一個長得很清秀的少女跑來擦我這張桌子。我將一枚硬幣彈給她，說：

「來杯啤酒。」

那個少女年紀大概跟我差不多，她點了一下頭，然後就跑走了。啤酒很快就送了上來。我靜靜地嚐了一口。真是的。雷諾斯市的旅館老闆薛林所做的啤酒果然是棒透了。首都附近城市的啤酒反而味道不怎麼樣。

我喝完了這杯啤酒，開始繼續等待。

周圍還是像之前一樣吵鬧。吵雜聲已經大到聽不見別人說話的地步，但我只有一個人，所以沒關係。此時，那個年輕女侍向我走來。她鐵定會經過我身邊。計畫要開始實行了嗎？我在想要不要緊緊閉上眼睛，但還是放棄了。我手悄悄地向旁邊一伸。傑米妮，原諒我吧。

我摸了經過身旁的少女屁股一下。

「啊——！」

聽到少女發出的尖叫聲，整間酒館剎那間安靜了下來。人們都嚇了一跳，注視著我跟那個少女。我卑鄙地笑著。

「哎呀！我曾經演奏過好幾個女孩子，卻是第一次聽到聲音這麼特別的呢。」

杉森就是因為自認為說不出這種下流話，所以我才一口答應擔負起扮演這個角色的任務。哎，可惡！突然傳來砰的一聲，杉森站了起來。

「你這傢伙！竟敢如此放肆！」

也是因為杉森最適合說這句話，所以派他扮演這個角色。雖然這樣的角色安排讓我覺得不太高興，但是該承認的東西，我還是爽快地承認了。我表情猥瑣地說：

「咦？怎麼了，你這傢伙。你難道是幫這女的拉皮條的嗎？」

「你說什麼？你這傢伙，竟敢如此目中無人？」

我一說完，杉森立刻用力拍了一下桌子。我從容地從位子上站了起來。

「你想打架嗎？」

「上啊，誰怕誰！今天碰到老子，算你倒楣！」

此刻傳來了嚇得半死的酒館老闆的喊聲。

「拜託，你們要打，也別在這裡面打！」

杉森完全無視於這句話，對我揮出了拳頭。我輕輕地躲開，朝杉森的腹部上擊了一拳。當然我沒有出力。但是杉森裝作彎下了腰，步履蹣跚地向後退。他做出氣得七竅生煙的表情，拔出了長劍。

「啊——！」

「喔，喔喔！」

先前不知如何是好、在旁邊一直看著我們的那個少女先逃走了，接著在酒店裡的人都害怕了，像是退潮一樣退到了兩旁去。劍！拔出劍來了啊！這不是平常酒徒們隨便起鬨、無關痛癢的架。我做出了有點為難的表情，望著杉森。

「喂、喂！你在市區裡頭，居然直接就亮出傢伙來？」

「少廢話！我絕對不會放過你！拔出劍來吧！」

我彎了幾下手指，說：

「我對於住進有鐵窗的免費旅館可是一點興趣都沒有。想要對付瘋狂的豬仔，應該還有更好的辦法。」

「你說什麼？你這可惡的傢伙！」

這次杉森生的氣似乎很有臨場感。雖然是在演戲，但他聽了這句話，好像真的生氣了。來吧，現在該輪到伊露莉了……伊露莉到底躲在哪裡呢？我決定相信伊露莉，將雙臂向前一伸。

「看到了嗎？我的鐲子。」

「怎麼了？你要把那東西給我，求我饒你一命嗎？」

「你這豬頭！連一點看東西的眼光都沒有。」

我一這麼說完，就開始嘴裡喃喃有詞地唸著一些東西。

「傑米妮是我可愛的天使。如果親吻她，她就會哭泣，也是我的惡魔。」

啊，當然！這些話我是絕對不會讓周圍的人聽見的！我只是低聲地喃喃自語著。然後我大喊了一聲：

「哈！」

亮光一閃！在這一瞬間，光芒充滿了整間酒館。這是伊露莉在某處正確地配合我的時間，所使出的魔法。四周的人都受到驚嚇，連我也嚇了一跳。

「呃呃！」

人們都慌張地遮住眼睛，但我卻不能這麼做。這一陣光芒一消失，我手臂上的手鐲就開始發出白熾的火光。人們都發出了感到不可思議的驚嘆聲。

「那、那是什麼東西？」

我的手臂到手掌整個都被火焰包圍著。我擔心自己的手會不會被燒焦，但是卻一點灼熱感都沒有。杉森驚慌失色，跌跌撞撞地向後退。

我抬起右手給他看，冷酷地說：

「你要試試看嗎？我只用拳頭跟你打。這樣出了事就不能怪我了吧？」

杉森拿著長劍的手在發抖。我不知道，以前我真的不知道！原來杉森的演技也這麼好。杉森連講話聲也開始顫抖。

「那、那是什麼東西？」

我笑了出來，然後拿起了我的啤酒杯。那是個青銅做的普通酒杯。我將酒杯拿高，故意給杉森看。然後我用兩手一扯，酒杯立刻被扯成兩半。

人們都大驚失色。我好像揉紙團似的將青銅揉成一團，在兩手間丟來丟去，最後則是朝我面前的桌子一擲。砰！桌子成了碎片。

「你真的要試試看嗎？」

「該、該死！」

杉森高喊，作勢要撲上來。這時卡爾站了起來，抓住了杉森。

「喂，年輕人！算了啦。你想衝上去送死嗎？那是火巨人的手鐲啊！」

杉森用困惑的眼神望著卡爾，我也驚訝地望著卡爾。但我還是大言不慚地繼續說：

「咦？你居然知道這樣東西？」

卡爾抓住杉森的手臂向後拉，他對我說：

「年輕人，你怎麼弄到這東西的？」

當然是在雜貨店裡買的啊。我將眼睛瞇成一條縫，注視著卡爾。卡爾說：

「如果用金錢的價值來算，這東西可以喊價到好幾千賽爾啊！你、你在哪裡買到這東西？」

人們的眼中霎時間開始閃爍著困惑與貪欲。我繼續裝腔作勢地說：

「這東西有這麼貴嗎？謝啦，謝謝你告訴我。這是我在冒險過程中弄到的。我本來想要拿去鑑定看看，但後來就這樣一直戴著。」

「錯不了，那絕對是火巨人的手鐲！可以阻擋住烈焰，能夠發揮出巨人般的力量，連大法師亨德列克都一心想要得到那東西！你到底在哪裡弄到的？」

真是棒極了。他還真會編故事。其實只要稍微思考一下，就會知道這番話事實上很可笑。大法師要巨人般的力氣幹嘛？他又不會拿刀去跟人殺來殺去。但是看來人們只要聽到「大法師亨德列克」這幾個字，就會對這番話更深信不疑。我搖了搖頭。

「對不起，我沒辦法跟你說。我計畫總有一天還要回那個地方去看看。」

然後我瞪了杉森一眼，說：

「要打架也先選選對象，知道嗎？你根本沒資格當我的對手，今天就先放你一馬。」

杉森聽了好像真的很生氣。他雖然暴跳如雷，眼看著就要朝我衝過來，然而他還是沒有破壞計畫。我冷冷地瞪著杉森，然後對酒館老闆說：

「我要一間房間。在這裡被他們一攪和，連酒都變難喝了。幫我拿瓶酒到房間。我要最烈的。」

「請、請往這邊走……」

我指著我先前非禮的那個少女說：「叫那個女的進去服侍我喝酒。」

啊……為了實行計畫，我非說這種話不可！酒館老闆用有點慌張的表情說：

「這個、這個嘛，客人，這個……」

我皺起了眉頭，將一枚十賽爾的銀幣拋給了他。老闆看到了銀幣，立刻開始畢恭畢敬地對我點頭。這個下流傢伙！我在心裡罵了他幾聲，然後瞄了那個女孩子一眼。

她的臉嚇得發白。我對她做出了尖刻的微笑，然後就跟著老闆上樓去了。

03

我被帶到三樓的房間，好險那裡有窗子。我一進到房間裡，就將窗戶完全打開，假裝要吹風。這樣的話，在外面等候的卡爾跟杉森應該就能知道我的房間位置了。我將手臂撐在窗臺上，等了好一會兒。

叩叩。傳來了細微的敲門聲。

「進來！」

門打開了，剛才那個少女拿了酒瓶跟酒杯，還有幾樣看起來像是下酒的小菜，放在盤子上托了進來。看到少女臉龐的瞬間，我有一種很不舒服的感覺。

她嚇得臉色蒼白，緊咬著牙關。因為她抖得太厲害，連托盤上的東西也似乎都在抖動著。如果這是在演戲的話，可以說她已經演得完美無比了。

「這、這個要放在哪裡……」

她的聲音小得就像蚊子叫。真是的！我用下巴指了桌子一下。她將托盤放到桌上，然後就開始不知所措了。她將雙手合起，藏在裙角裡面，低頭在原地站著。

說到裙子……不知為何，我覺得有些危險。我很小心謹慎走到她身邊，接著用左手抓住了她的肩膀。她抖得十分厲害。我猜她手中可能藏了什麼東西，抓住了她的手往上提。我想也是啦，她並沒有將小刀之類的東西藏在裙子裡面。她就這樣兩手被我抓著，在那裡不斷地抖動。她的眼裡淚水汪汪。

「過來這邊。」

我想拉她到床邊。她帶著絕望的神色看著我，搖了搖頭。

「不、不行。您剛剛說，只、只是讓我服侍您喝酒……」

我強行將她整個人拋向床上。我這麼一拋，她當然就輕飄飄地飛了過去，落在床上。她正想要尖叫，我連忙衝了過去，把她的嘴堵住。我將嘴移到她耳邊，說：

「我想見你們老大。該怎麼做才行？」

她只是拚命地掙扎著。別這樣動來動去的好不好！我的胸口已經發燙到極點了！我努力讓自己冷靜下來，並且又說了一次。她停止掙扎，做出了不解的表情。

「如果妳不吵鬧，我就把手放開。小聲地回答我。」

我將手放開之後，又再度問了一遍。

「我想見你們的主人。要怎麼做才好？」

「酒、酒館的主人就在樓下……」

「妳別跟我開玩笑！我是說，我要見公會的主人！」

「咦？」

「妳剛才應該已經聽到了，過一陣子我準備再度出發去進行一場冒險。我需要一個盜賊跟我一起去。」

子。

「您、您，您這是什麼意思？」

這樣應該可以確定了。她不是盜賊公會的成員。哎，就算我拿刀砍她，她大概也還是這副樣子。

一般說來，酒館、旅館、驛站等處，從老闆到馬廄的僮僕之中，一定會有人從盜賊那邊拿好處。他們拿了錢，就會提供對方關於旅行者裝了貨物的馬車位置等等情報。我原先希望這個女孩子就是這樣的人，但從她進來之後的行為舉止，或是現在跟我說的話看來，她都不是屬於那個體系裡的人。

我嘆了口氣。不管怎樣，卡爾的計畫裡面本來就包含著好幾個方案，現在只要採用第二階段的方案就行了。但是這個第二階段的計畫，卻是我很不想做的事情。

我在她身邊坐了起來。本來一動也不動，讓人覺得似乎已經死了的少女，等到我一說出奇怪的話，就稍微起身，一臉害怕的樣子。我掀起了被單，躺到了她的身邊。

「呀！……」

我焦急地捂住了她的嘴巴，然後用被單將她連頭整個蒙住。這不是件容易的事。她不斷亂動掙扎著，用腳踢著被單。我發出了咬牙切齒聲，事到如今，也只剩下威脅這一個辦法了。

「給我閉嘴！妳再這樣繼續吵鬧的話，我是不會放過妳的！還記得剛才那個酒杯嗎？」

她渾身發抖，聽到了我的警告，連大氣都不敢喘一口。我將被單翻了過去罩住兩人，然後說：

「很好。給我這樣安靜地待著。」

呃……現在輪到我的頭開始發燙了。我盡可能不去接近她。也是啦，因為她也盡量不靠近我，所以兩個人要離得遠一點是很簡單的事。

「我會把捂住妳嘴巴的手放下，妳小聲地回答我。我這樣用被單蒙住我們兩人，是為了不讓聲音傳出去。知道了嗎？」

被單裡頭雖然暗，但是看得出來她已經抖得沒那麼厲害了。她大概感到事情的轉折跟自己想的有點不太一樣。但我現在該講些什麼好呢？

「妳叫什麼名字？」

「梅、梅莉安……」

「很好。我叫做修奇。我看妳這個樣子，嗯，妳應該……還沒有那種經驗吧？」

她的聲音馬上帶著幾分嗚咽。梅莉安用哽咽的聲音說：

「請、請不要這樣。我、我跟男人還……所以，請你可憐我……」

「別說了，別說了！我並沒有打算要那麼做！」

「咦？」

「就算是現在這件事，如果被我仰慕的高貴仕女發現的話，我鐵定被打死，何況更進一步呢？搞不好我會被活生生剝層皮呢！我還想活，所以沒有這種打算。懂了嗎？」

事情就是這樣！我以優比涅跟賀加涅斯之名發誓，保證傑米妮一定會那麼做！梅莉安不再顫抖了。

「噗哈！」

咦？她笑了耶？我也跟著笑了出來。我很小心鄭重地不讓手碰到梅莉安，同時說：

「我要拜託妳一件事，請妳不要害怕，希望妳能幫忙。我不會對妳做出任何舉動的。知道了嗎？」

「嗯……」

「那好。我要拜託的是：請妳跟我一起……假裝在做那件事。」

梅莉安急忙地問道：

「只是假裝而已嗎？」

「是的。我背後有人正監視著我，我打算要抓那個人。所以呢，嗯，所以我要假裝喝了最烈的酒，跟小姐妳……而且我打算裝成累得呼呼大睡。知道了嗎？」

這就是卡爾的計畫。如果要知道妮莉亞現在身在何方，一定要問盜賊公會的人。這是因為他們是一丘之貉，彼此互相瞭解對方的情形。但是我們沒有可以跟盜賊公會接頭的方法。我們不可能會知道盜賊公會的祕密手勢或信號，也不知道暗語。所以我故意扮成偶然間得到稀世珍寶的新手冒險家。接下來，我假裝成做了某些事之後，醉得呼呼大睡。這樣一來，盜賊公會的人應該會認為是好機會，而趕過來下手。這時我們抓到那個人，再想辦法問出妮莉亞的行蹤，然後去追。

梅莉安不知是慌張還是害羞，並沒有回答我。所以我又問了一次：「知道了嗎？」

「嗯嗯……」

「妳可以幫我這個忙嗎？」

「……太過分了。如果我說不幫忙，那我不就真的死定了嗎？你為了要裝成那個樣子，一定會來硬的……不是嗎？」

梅莉安似乎已經沒那麼緊張了，語氣變得有點像在撒嬌。呼。不管怎麼說，現在最頭痛的部分算是已經過去了。梅莉安問我說：

「那要怎麼做才行呢？」

「這個嘛，因為有點悶，我們先把被單拿下來。可是講話的時候，拜託妳聲音一定要放低。」

我將被單放下來坐著，梅莉安也在我身邊坐了起來。她似乎還沒完全放心，所以身體緊貼著牆壁，但我並沒有把精神集中在她身上，只是在那裡算時間。

要讓卡爾、杉森跟伊露莉都各就各位，需要有充分的時間。而關於我的傳聞要傳到這座都市的盜賊公會耳裡，也是需要時間的。我們引起了那場大騷動，現在外面一定在流傳「有一個冒險家身上帶著稀世珍寶」，或是「那傢伙現在大概已經辦完了事，正醉得不省人事呢」之類的話。居然說這是什麼火巨人手鐲？卡爾還真是會瞎掰。

我從床上站起身。

「妳喜歡酒嗎？」

「咦？」

「那個酒瓶要倒空才行……但我可不能喝。如果倒在地板上，清理起來又很費事。」

我讓她看看桌上的那瓶酒。梅莉安搖了搖頭。

「我不太會喝酒。而且……我也不想喝醉。」

「咦？」

「如果醉了就會……所以……」

「那就沒辦法了。雖然有點可惜。」

我到廁所去，將整瓶酒都倒掉了。好險這間旅館中，每個房間都附有廁所。我很小心，讓酒沿著管子流到地下去的聲音不要太大。

然後我抓起下酒菜吃了一點，將桌面上弄得亂七八糟。在酒杯中倒了一點酒之後，我故意將酒瓶滾到地板上，丟著不管。梅莉安似乎越看我越覺得有趣，她把不安感拋到了一邊，正在仔細觀察我的所作所為。我將酒杯中的酒稍微灑到頭髮上，梅莉安立刻嘻嘻笑了出來。

「嘻嘻。你為什麼要把酒灑到頭髮上？」

「因為要讓身上發出酒味。喝乾一瓶酒的人，身上如果沒有酒味，那不是很奇怪嗎？」

梅莉安似乎很佩服地點了點頭。

「那個，梅莉安，妳能不能不要被人發現，回到自己房間去一趟？」

「咦？喔……不行。因為我跟其他女侍住同一個房間。」

那我就非得說出很不想說的那句話了。

「那麼，雖然很抱歉，但能不能請妳將衣服脫下來？」

梅莉安嚇得臉色蒼白。我搖了搖頭，說：

「我們得把衣服放到床邊才行，不然會很可笑。我們居然還穿著衣服乖乖躺在那裡。如果妳可以回自己房間，那就能夠把衣服拿來了，可是現在卻又不能這麼做。我連一根手指頭都不會碰妳，如果妳希望的話，我也可以發誓。」

最後那一句話是謊話。我還不到可以發誓的年齡，所以我發的誓都不算數。因此我就可以不受誓言約束，愛怎麼做都行……沒有啦！但是梅莉安好像相信了這番話，低下她已經通紅的臉，說：

「……那你絕對不可以看。」

我將身子轉了過去。後方傳來梅莉安脫衣服的沙沙聲。嗯，如果這件事傳出去，我可能會身敗名裂個三次還不夠。但是為什麼我這麼想回頭呢？

「……可以了。」

我轉過身去，差點大吃一驚。

好幾種衣服全都掛在床邊了。這個女孩子還真是的！其實只要脫下外衣就行了，怎麼連內衣也全都脫下來了呢？我快要瘋了。她還真聽話。梅莉安用被單遮住全身，只露出了頭部。因為她抖得太厲害，好像連床都快塌了。我吞了口口水，然後開始脫衣服。

我只脫下了硬皮甲、襯衫跟褲子，然後隨便亂放，並且將長靴丟了出去。拿起梅莉安的內衣時，我不自覺地感到害羞，只用兩根手指輕輕地拿，然後散亂地放置。盜賊的目標物，也就是手鐲，我則是故意放到桌上可以很容易看見的地方。接著我將窗戶關了起來，將燭火吹熄，之後再很小心地拿著巨劍跟匕首，走向床邊。雖然衣服都脫了，但是我還戴著ＯＰＧ，所以感覺有些怪怪的。

「我要上去嘍。」

梅莉安並沒有回答。我上床時盡可能地小心，不去碰到她的身體。我將匕首遞給了梅莉安。

「喂，拿著這個。」

「咦？」

「這是防止我改變心意侵犯妳的安全裝置。」

「……嘻！」

痛苦的時間開始了。因為我不能睡著，所以將眼睛睜開一條縫，緊抓著巨劍，注視著門和窗邊的動靜。我的手開始流汗，所以巨劍變得很滑。

梅莉安雖然緊閉著眼睛，但是似乎睡不著，一直發出沉重的呼吸聲。那個呼吸聲把我弄得快瘋了。拜託，我可只有十七歲而已！

「妳不能睡一下嗎？」

「對不起。我很激動，而且，很害怕。只、只要你心一橫……」

「如果我撲上去，妳就用小刀刺我，不就好了嗎？」

聽到我說的話，梅莉安用鬧彆扭似的語氣說：

「如果我睡著，不就沒辦法保護自己了嗎？」

嗯，言之有理。我決定放棄，然後裝作睡著，繼續監視著房間內的情形。不知道時間經過了多久。

可惡。我還是無法忍受下去了。

我帶著能做多少算多少的心情稍微起身，將枕頭放高，靠在床頭坐著。可惡，那些該死的盜賊，我怎麼知道他們到底何時會來，居然在這裡裝睡等待？我發現這樣坐著，比起故意裝睡要舒服多了。我之前好像太緊張了。

房間中充滿了冷冽的藍色月光。亮的地方是白青色，暗的地方則是暗青色。散亂的衣服在地板上投射出形狀怪異的影子。雖然好像有點冷，但是柔和的月光讓人覺得很舒適。

我轉過頭去，看到了身上緊裹著被單、全身僵硬的梅莉安。我快瘋了！淡淡的月光，原原本本地映照出她的輪廓。結果我只好隨口想到什麼說什麼。

「梅莉安？妳怎麼會在這裡做事？」

梅莉安還是全身僵硬著，聽到我說的話，好像稍微解除了一點緊張。她將被單稍微放下，直到遮住胸部的上方。

「旅館老闆是我的叔叔。」

啊！我不得不罵了出來。

「可惡……真是豬狗不如。居然這樣對待自己的姪女？」

梅莉安大大嘆了口氣。

「哎……光是他養我這一點，我就應該很感謝了。我父母親都因病去世了。我姊姊因為長得很美，所以領主收養她，成為她的監護人。」
監護人？說起來倒好聽。
我聽過這類的故事，因為我們領主也有這麼做。就是領主們會收留那些已故家臣或者居民身後留下的孤兒。領主變成他們的監護人，讓這些孤兒的身分變得很高，雖然只是名義上如此。
可是在這一件事上，我們領主跟其他領主有很大的差別。我們領主是以監護人的身分，很忠實地照料著那些孤兒。如果是男孩子的話，就會按照他們的素質，派他去當偉大將軍的部下，或者有名工匠的弟子，要不然就是介紹他不錯的職業。若是女孩子，就會幫她找個好婆家。因為由領主當監護人，所以那些注重門第背景的家庭也會欣然迎娶，甚至領主還會幫她準備豐厚的嫁妝。我們領主變得一窮二白的理由竟然這麼多！
但是其他領主雖然也會收養孤兒，但對他們而言，這只是一種財產的買賣罷了。如果是男孩子，就賣給人當僕人或軍人，如果是女孩子又具姿色的話，就賣去給其他同樣沒水準的貴族當作妾。那其實不是監護人，而是老闆。更可惡的是，聽說有人在收留一些騎士死後遺留下的寡婦。「監護人」這幾個字真的只是說來好聽而已。哼！這些傢伙應該拿我們領主當榜樣，好好學學！
梅莉安繼續說：
「因為我是比較醜的孩子，所以被叔叔帶到這裡來，把我養大。光是這件事，我就該很感謝了。」
我壓抑住喉中湧上的一陣熱意，說：
「妳一點也不醜。妳沒看到，我為了怕自己改變心意，連匕首都交給妳了？」
梅莉安嗤嗤笑了出來。她大部分的緊張好像都消除了，她說：
「可是修奇，你到底做了什麼，怎麼會變成別人下手的目標呢？」

這個少女現在可說是好奇心已經壓倒了害羞的心情。我很簡單地回答：

「還不就是因為那對手鐲。」

「我剛才真的嚇了一大跳。」

「啊，對了。剛才真對不起。」

「咦？喔，嗯。沒關係啦。這種事情每天也有可能發生個好幾遍，雖然每次我都還是會嚇一跳。我也早就有隨時會碰到這種事的心理準備了。」

梅莉安怔了一怔，說：

「真是好險……碰到了一個心地善良的人……我的運氣好像很好。」

「嘿？心地善良的男人會讓女孩子這樣脫光光嗎？別說笑了。我愛怎麼做就怎麼做。」

「可是至少你沒撲上來啊，不是嗎？如果那樣做，演起來的效果會更真實，但你為了顧慮我，所以故意只是用演的，這樣不是有可能更危險嗎？」

這句話好像是有意識地叫我不要撲過去。我噗哧笑了出來。

我心底的深處，我自己最瞭解。當然我很想撲上去，反正這可以說是這個少女註定會遇上的宿命。我心中一直浮出一個想法，認為就算不是我，到最後這個女孩子還是一定會被別人侵犯的。我知道我的內心已經把這種行為合理化，認為就算我做了，那也不怎麼樣。

但是我卻沒那麼做。

偽善嗎？嗯……我總是無法理解偽善這個概念。偽善的相反詞是什麼？如果回答是偽惡，那實在是很愚蠢，到最後只能回答是忠實於自己的欲望。如果能認同欲望，那為什麼不能認同想要偽善的欲望呢？為了獲得別人的稱讚與尊敬，而做出一些好事，是應該被指責的嗎？真可笑。那樣的話，稱讚算什麼，尊敬又算什麼呢？不就是鼓勵別人去做這些好事嗎？

舉例來說，有一隻牧羊犬。如果看到有不聽話的羊，牧人就會認為那隻羊性情太不溫順，萬一碰到需要抓羊來吃的時候，就會從那隻羊先開刀。羊如果聽從牧羊犬的引導，牧人就會認為那隻羊很乖，很喜歡牠。但是因為如此，這隻羊也就沒辦法吃到牧場外的草，搞不好就因此而無法滿足欲望。人不也一樣嗎？人只是為了得到稱讚，才讓自己的行動都像個乖乖牌。也許我跟那隻聽狗指揮的羊是沒兩樣的。

我心中有許多的想法來來去去。就像不久之前我說過的一樣，其實我也想過要不管三七二十一，撲到梅莉安身上。但是我卻沒有這麼做。這是為了獲得梅莉安的稱讚、卡爾跟杉森的稱讚，以及我自己的稱讚。這又怎麼樣呢？如果說這是種偽善，那我就當個偽善者吧。

但是我沒有自信能將這些話講給梅莉安聽，所以用開玩笑的語氣說：

「這還不簡單。我可不想被我所仰慕的高貴仕女剝層皮。」

梅莉安又再度嘻嘻笑了。啊！小心啊！再這樣笑，被單會滑下去的！這個女孩子還真愛笑。我是不是又在想藉口將自己的行為合理化？梅莉安就這樣毫無防備地嘻嘻笑著說：

「你是騎士嗎？」

「咦？」

「你剛才不是說仰慕的高貴仕女……只有騎士才會特別找某個身分高貴的女子來仰慕吧。」

「那沒什麼。事情是這樣的，那個少女只有對我而言，才是世界上獨一無二的高貴仕女，我只有對那個少女而言，才是世上獨一無二的騎士。懂了嗎？」

梅莉安微微笑著。

「我懂了。我好羨慕那個少女喔。」

我笑了笑，正想要回答，就在那一瞬間，我聽到了一些怪聲。

我吃了一驚，趕緊鑽到被單裡面。梅莉安看到我突然有所動作，也嚇了一跳，緊緊地閉上了嘴巴。

那是某樣東西被刮搔著的聲音。聲音從很遠的地方傳來，正確地說，應該是在房子外面吧？那聲音大概就是有東西沿著房屋外牆爬上來時所發出的。聲音非常細小，一陣子之後又聽不見了。我緊張得在被單裡頭緊緊抓住了巨劍。

那聲音又再度微微地傳來。這次好像連梅莉安也聽見了。梅莉安屏住呼吸說：

「來、來了嗎？」

「開始打呼！快點！」

我一面這麼說，一面就開始發出呼嚕呼嚕的聲音。梅莉安馬上抓住了我的肩膀。

「聽起來好奇怪。我覺得你還是安安靜靜的比較好。」

是這樣嗎？她還真厲害。我停止了打鼾，只是緩緩地呼吸。梅莉安也緊緊地閉上眼睛，開始緩緩地呼吸。

喀啦喀啦！

窗戶！對方已經上到窗戶來了。有人在外面想把上鎖的窗戶打開。我因為事先已經有了心理準備，這才讓我聽了出來，不然那聲音小得根本聽不見。由於我太緊張，所以全身都僵硬了起來。這時梅莉安假裝翻了個身，將手臂放到我的胸膛上。

「嗯……嗯哼，嘖。」

梅莉安萬歲！太棒了！這樣回頭一想，我們兩個本來是用立正的姿勢直直地躺在床上，不管誰看了，都會覺得怪怪的。梅莉安很像樣地裝作睡著，依偎到了我身邊。但是因為兩人有直接碰觸到，所以我很清楚地感覺到了梅莉安顫抖得有多厲害。我雖然想對她說要她安心，但現在的情形不容許我這麼做。

一陣子之後，那聲音停了下來。經過了一段長得讓人厭煩的時間之後，聲音才再次傳來。

喀啦，叩，嘰——

聲音雖然很低，但是在非常緊張的我的耳中，卻是聽得一清二楚。那傢伙已經不知用什麼方法開了鎖，打開了窗戶。要探頭看看嗎？還是算了。這樣做太危險了，搞不好他會直接望見我的臉。

我完全沒聽到腳步聲。但是那人的腳卻勾到了散亂的衣服。之所以亂放這些衣服，除了偽裝以外，應該也還帶有這種作用吧？我聽到了腳推動衣服的細微聲音。沙，沙。

一陣子之後，那人似乎終於拿起了桌上的手鐲。這樣應該會出事吧？

轟！

「呃啊——！」

這時突然響起了很大的一聲轟隆聲，並且噴出了火花，接下來的就是慘叫聲。那人中了陷阱！雖然我搞不清楚那到底是什麼東西，總之他中了伊露莉所設的陷阱！

「呀——！」

我突然站了起來，拿起被單朝他一丟……只是想丟啦，但是因為梅莉安拚了命也要抓住被單，所以沒成功。

「不行！」

所以我只好直接用身體撞了過去。與此同時，門一下子開了，杉森跟卡爾手拿油燈衝了進來。那個盜賊好像因為突如其來的轟隆聲和火花而嚇了一大跳。我用全身撞向在桌旁站著發愣的盜賊，他馬上發出了慘叫，撞上了牆壁。

「啊——！」

是女的？天啊，直接被我們抓到了！趕快承認自己已經完蛋了吧！那個人不是別人，一定就是妮莉亞！

撞上牆壁之後，滾向房間一角的人正是妮莉亞。她背上還背著那支三叉戟。有人背著那麼笨重的東西做盜賊買賣的嗎？無論如何，她直接一翻兩瞪眼，昏過去了。

「哇！第一次出擊就馬上得手了！」

我高興得活蹦亂跳。但是卡爾跟杉森的表情有點奇怪。他們在一瞟一瞟看著的地方是……他們正用很難為情的視線，看著用被單遮掩住身體的梅莉安！

「事情絕對不是你們想的那樣！」

「當然不是！」

這第二句話是梅莉安說的。天啊，我很清楚這兩個人腦袋裡面在想些什麼。但是在這之後，我發現了一件更奇怪的事。

「伊露莉呢？」

「我在這裡。」

我差點馬上昏倒。伊露莉居然從我們兩個剛才躺的床底下爬了出來！她剛才好像就是在床底下施了魔法。伊露莉說：

「我本來在你們樓下。要完全不發出聲音，將天花板鑽開然後爬上來，可真是件辛苦的差事。」

「那好！伊露莉來幫我們作證！我們剛才沒有發生任何事吧？」

「任何事？你到底在說什麼？」

「啊，那，就是那個嘛。」

「請你們先出去。這個女孩子要穿衣服。」

喂！我也脫了衣服，不是嗎？我像是瘋了一樣，拿起了衣服，就從那個可怕的房間中衝了出去。當然，跟在我後面的卡爾跟杉森也跌跌撞撞地拉著妮莉亞，走了出來。

「我好羨慕啊。」

「你、你再說，我宰了你！」

「真是好羨慕啊……」

杉森用癡呆的眼神望著我，不斷地在那邊亂說一些廢話。啊，我真快瘋了！我對伊露莉發出了哀求的視線。

「伊、伊露莉！求妳幫我證明一下。我跟梅莉安之間任何事都沒發生，不是嗎？」

伊露莉用一頭霧水的表情望著我。

「任何事？到、到底是什麼……啊！我懂了。」

我們全都望著伊露莉。伊露莉很泰然自若地說：

「你是指生殖行為嗎？」

「噗！」

卡爾本來在喝的那杯水，大概有一半被灑出了外面。伊露莉嚇了一跳，馬上又點點頭說：

「卡爾你嚇到了啊。是的，修奇沒有做生殖的行為。很奇怪吧？就我所知，我聽說像他這種年紀的人類男性，無論何時都能做這件事。又聽說他們的那股衝動很強烈……聽到杉森剛才說的話以後，我自己也是這樣判斷的。」

杉森剛才一直說什麼羨慕之類的話，現在他的臉一下子漲得通紅。我近乎慘叫地大聲說：

「雖然隨時都能做，但也不是跟誰都能做的！」

「真是奇怪，修奇。你不是沒有配偶嗎？梅莉安看起來也是個很漂亮的女性……難道你喜歡的不是這一型的？」

別再說了，拜託！這種方式的對話，就算要我死我也講不下去了。精靈們難道認為人類都是很放縱的嗎？說起來，因為人類的繁殖比精靈快上許多，所以他們這樣想也是有可能的。但是！我可不是那種亂搞的傢伙！

我們把旅館的老闆叫來，仔細地將前因後果說給他聽。而我個人又私下多跟他說了幾句話。我說他將姪女提供出來，讓我們順利地完成了計畫，這一點我們很感謝，但既然事情已經過去了，希望他以後不要再這麼做。我很親切地對他表達了我的想法，就是如果他膽敢做出這種事，就算身在大陸的另一端，我也一定會千里迢迢找來，把他給宰了。我想他應該聽得很清楚吧。我再次掰開了一個青銅酒杯，一面揉著一面對他說。當然，對我們所引起的一切騷動，伊露莉也充分地支付了謝禮。雖然我認為沒必要這麼做。

我們出來的時候，梅莉安紅著臉對我說：

「那個、那個，修奇，你說你十七歲？」

「嗯。我之前偽裝得很像樣吧？」

「嗯。我十六歲。那個，然後……聽說你們住在伊拉姆斯蒼蠅？」

「嗯。」

「那個……你們打算馬上離開這裡嗎？」

「我們馬上就會走。妳幫助了我們，我很感激。如果妳有什麼希望我做的，請妳跟我說。如果是我的能力範圍能辦到的，不管是什麼事，我都會幫妳。」

「希望你做的……光是你沒有侵犯我，我就很感謝了。」

在一旁聽著的伊露莉做出了很奇怪的表情，但我不太在意。伊露莉大概認為人類在那一方面都是很亂的，等到以後有機會，我必須跟她解釋說事情不是這樣的。光是由我所做的舉動，就足以充分說明這件事了。

這時梅莉安敲了敲後腦杓，說：

「可是……我也不知道是不是真的該感謝你。已經到了那種地步，你還是沒有侵犯我……」

我好像被人打了一棒，茫然地看著梅莉安，但是她沒把話好好說完，就轉身跑掉了。在我後方的杉森很不識趣地吹起口哨來了。

「噓！你這小子，在經過的每一個地方都留下了情人！」

「你這是什麼話！」

杉森真的很高興似的，做起了我在故鄉常做的事，也就是唱歌。他好像已經處心積慮很久了，甚至興奮到連歌聲都在顫抖。

「雷諾斯的尤絲娜？你偷走了她的心。卡拉爾的艾德琳？喔，天啊，你偷摸了她的胸。伊拉姆斯的梅莉安？總算被你帶上了床。喔！偉大的冒險家修奇。在艱困的冒險中，依然四處留情……」

「呀啊啊——！」

我開始追著杉森跑，所以由卡爾背起了妮莉亞隨後跟來。我們就這樣回到了原先住的旅館。

「你們可還真是厲害的冒險家呢！」

伊拉姆斯蒼蠅的老闆娘蕾涅茲做出了大大驚訝的表情。她那副樣子，像是想不通我們如何能夠在一天之內，就把扒我們錢的小偷給抓了回來。我們簡略地對她說明了之後，就把妮莉亞帶到男生們住的大房間去。

溫柴這時還在呼呼大睡。我們放著溫柴不管，就這樣審問起妮莉亞來了。一開始是把她綁到椅子上的麻煩工作。妮莉亞對我們又抓又咬的，反正就是用盡了各種方法拚命地反抗，不過我跟杉森在一番苦鬥之後，總算成功地把她給綁了起來。

「你們到底打算怎麼樣！」

杉森很簡單地說：

「還不簡單。把偷走的東西還給我們，就沒事了。」

妮莉亞訝異地張開了嘴。

「你們不去報官嗎？不管你們要拿我怎麼樣……」

「拿妳怎麼樣？妳的思想還真邪惡啊。說起來也確實是很邪惡，我打贏了妳，又饒妳不用跳進水裡，妳居然還偷我的錢包！」

妮莉亞嘀嘀咕咕地說：

「哼。你這麼說，有點刺傷了我。」

「其他的東西都沒有必要。我們也不想跟盜賊公會結怨，因為我們時間所剩不多，所以不希望事情發展成那樣。所以妳只要把偷走的錢交出來就行了，那我們馬上就放妳走。」

「就這樣放我走？」

妮莉亞再次茫然地張開了嘴。

這是卡爾計畫中的最後一個步驟，也就是不要結怨，弄得盜賊公會出面妨礙我們的行動。所以我們如果成功抓到了妮莉亞，只要叫她還我們錢就好，如此卡爾的整個計畫就執行完畢。杉森搔了搔頭，說：

「妳要我再講第二遍嗎？還我們錢，我們就放妳走。我沒辦法說得更簡單了。」

妮莉亞突然笑了起來。

「嘻嘻嘻……我就算覺得抱歉，又能怎麼樣呢？我可是個夜鷹。說到你們的錢，我進到這個都市之後，還沒開張營業，就已經先交去給盜賊公會當會費了。」

杉森訝異地睜大了眼睛。

「妳，妳說什麼？那麼多錢？」

「啊，雖然有剩下一些，但是為了要付購買情報的費用，所以全花掉了。媽的。情報費可是付了兩次。第一次是聽說有個冒險家拿著把魔法劍，我高興得要命，付了錢之後跑去，卻發現他早已經走了。一大筆錢就這樣莫名其妙地飛了，我正在氣頭上，又買了另一份情報。那情報說，有某個冒險家帶著不得了的手鐲。知道我在說些什麼吧？」

杉森發出了痛苦的呻吟。

「呃呃呃呃……」

天啊，真是快瘋了。這到底算什麼？我們這麼棒的計畫，結果反而變成這個樣子……世界上就是有這麼無比氣人的偶然。卡爾做出了啼笑皆非的表情。杉森咬牙切齒地說：

「那就用妳的身體來還！」

聽到杉森的話，我們每個人都覺得莫名其妙地望著杉森。妮莉亞也惡狠狠地瞪大了眼睛，說：

「你這是什麼意思？」

「應該有人在懸賞妳吧！」

啊，原來他是這個意思啊！我鬆了口氣，拍了拍自己的胸口。妮莉亞又再次微笑了。

「那個……要拿我去換懸賞金？沒這回事。」

「妳說什麼？」

妮莉亞嘛著嘴笑了。

「我到哪裡，都是光明正大地收過路費。被一個女孩子打得落花流水的冒險家，因為覺得很丟臉，所以不會去報官。十幾二十賽爾的錢，失去了雖然可惜，但是也不會急得跳腳、非拿回去不可，至少對旅行者來說是如此。我會特別選擇失掉了錢也沒那麼心痛的人下手。」

「妳不是把我們的錢一股腦全偷走了嗎？」

「咦？還真奇怪。我不是沒動那個精靈的錢嗎？」

說起來也是如此啦。妮莉亞放過其他人，只偷杉森的錢包，原來還有這一層用意啊？原來她是不想讓我們受到太大的損害？妮莉亞繼續往下說：

「話說回來，反正我是不會去動那些貴族啦、會產生後患的那些人的腦筋。所以也沒什麼人懸賞我。有幾座都市裡頭是把我當作懸賞犯，貼出告示，但偏偏這座都市裡沒有。」

「啊啊啊——！」

杉森發出了悲慘的叫聲。這事情接下來該怎麼辦呢？我頭痛不已，直接躺到了床上。卡爾鬱悶地說：

「費西佛老弟，幫她解開繩子。」

「咦？」

「不管怎麼樣，先把她放了再說。反正我們也沒有什麼別的辦法。」

杉森帶著冤屈至極的表情，解開了綁著妮莉亞的繩子。妮莉亞一被放開，就摸著自己的手腕，用驚訝的表情環顧著我們。杉森連看都不想看她，直接轉過身去，對妮莉亞揮了揮手，說：

「滾，快給我滾！看到妳就讓我氣得一肚子火。」

妮莉亞的臉上浮現出一種無法形容的微笑。我只能說如果貓會笑的話，大概也就是那個樣子。

「嗯……你們很強，頭腦也很好，真讓我中意極了。剛才早上的時候，你們的行動方式也讓我很喜歡。你們並不像老練的冒險家。如果是老練的冒險家，應該會提議把掉了錢的事情當作一種樂趣吧。」

杉森瞬間氣得像是五臟六腑都要翻了過來。他說：

「妳到底把我們當作什麼？」

我也忍受不下去了，從床上跳了起來，多加了一句：

「光是吞了我們的錢這件事就夠了。妳不要害我們變成沒格調的可惡傢伙，對妳做出一些過分的事，快點給我走！」

妮莉亞嘻嘻笑了，她鄭重地彎腰向我們鞠了一躬，然後走了出去。門關上之後，從門的另一邊傳來了快活的笑聲。喔呵呵呵！

我快被氣瘋了。我跟梅莉安做了那些怪事，好不容易才抓到她……那些……現在想來像是做夢一樣的事情……呃，我怎麼會這個樣子？果不其然，杉森馬上就諷刺地說：

「這樣一來，唯一在這整件事上得到好處的，就只有修奇了。」

「老實講，我也不能說剛才那件事讓我變得心情不好，但你就不能放我一馬嗎？如果你真那麼羨慕，我不是一開始就說，要讓你扮壞人的角色嗎？」

杉森看著天花板抱怨著。

「啊，該死。我的委屈要到哪裡才能宣洩呢？我是不是也要到橋上攔住人，跟他們收過路費呢？」

「費西佛老弟！」

「啊，沒有啦。開玩笑的。我連開玩笑也不會……可是妮莉亞是這麼說的，如果我們專找一些愛面子、不會去報官的人下手……」

「你別再說了！」

04

結果，將妮莉亞放走的那天晚上，我們又都沒睡好。杉森在床上不停地發出嗯嗯聲。他那個傢伙，連覺都不用睡的啊？

我不知道自己是如何入睡的，反正我在夢中看到了梅莉安。嗯。結果那個夢變成帶有一些情色意味的夢。我雖然很想冷靜下來，但是之前的那一幕狀況，似乎在我心中留下了很深的印象。

梅莉安也夢到我了嗎？

我不知不覺地唱起歌來。

十六歲的少女，夜晚來到庭院中。
月光太過惱人，純潔被奪的感覺。
少女躲避著月光，找到了影子，
昏暗的夜，有誰會看到妳紅著的臉頰？
十六歲的少女，獨自飲著月光的年紀。

哎……十六歲的女孩子，說起來跟怪物是很像的。我會原諒妳的。雖然妳用那些令人頭痛的話把我弄得心裡七上八下，整夜哀哀叫，但我還是會就這樣原諒妳。不過，我的腰可真的好瘦痛哦！她應該吃得飽飽、整天做夢的少年時期，就這樣被她的叔叔剝奪了。希望她能遇見個好男人。

我搔了搔亂七八糟的頭髮，就下樓去洗臉。雖然沒睡好，但是隔了很久好不容易才睡了一次床，心情依然很高興。我洗完臉之後，往大廳走出去。

太陽還沒有升起。旅館大廳裡空無一人。我看到陌生的裝飾和陌生的房間，因為黑暗，看起來就更奇怪了。我不知道旅行的時候，每天早上都看到一些新的東西，到底是不是件好事情。我很小心地走向近處的桌子。四周太過黑暗，我看不清楚前方，但還是先找張桌子坐下，發呆等著其他人下來。窗外可以看見透著一些微藍氣息的暗黑色都市。

廚房那裡發出了紅色的火光。在那裡走來走去忙著做事的蕾涅茲阿姨，看到了我，好像很訝異地一怔。這應該是因為在黑暗的大廳中，只能看到我漆黑的身影的緣故吧。我先跟她打了招呼。

「早安。」

「啊，是你？怎麼起得這麼早？」

蕾涅茲又再度開始做著手上的工作。我的注意力被吸引到她那裡一陣子之後，又回頭望向比較亮的地方，也就是窗戶。

外面傳來了雞啼聲、鳥叫聲，還有某些東西經過時的喧譁聲。那是早上天色未亮之前就開始行動的人們。我伸了伸懶腰。是不是真的起太早了？要不要上樓再睡一下？哎，還是算了。

有意無意間，四周已漸漸亮了起來。轉過頭之後，我發現大廳的牆壁已經比先前亮多了。我再次望著窗戶。

就在那時，突然玄關的大門開了，有人走了進來。蕾涅茲大概覺得這麼早怎麼會有客人，急急忙忙地從廚房跑了出來。

走進來的人看起來就是一團黑。雖然不能完全說是黑影，但根本看不清是誰。不過，那個人一進來，就捲著舌頭說：

「喂，老闆娘，妳好嗎？真是個舒暢的早晨！嗝！有一個叫杉森的傢伙住在這裡吧？」

那不是妮莉亞嗎？連蕾涅茲阿姨也用訝異的眼神望著酒醉的妮莉亞。妮莉亞搖了搖頭，走向桌邊。

「幫我把那個傢伙叫醒一下。跟他說妮莉亞來了，嗯，嗝！咦……咦？是你？」

妮莉亞又搖了搖頭，好像焦點對不清楚似的望著我。然後她突然衝了過來，在離我面前不到一掌的距離處，開始仔細端詳我的臉龐。

「呀！你，嗝！你不是那個小鬼？」

嗚，聞到那酒氣，我的精神也變得有些恍惚。

「我是修奇。妳在找我們？」

「太好了。喂，你怎麼起得這麼早？唉唷！」

妮莉亞想要坐下，結果卻一屁股摔到了地板上。她不知到哪去喝得爛醉如泥，然後才跑來。我將她扶了起來，讓她坐到椅子上。一坐下，她就扶著桌子，挺起了腰，開始眨眼。但是她的腰馬上就開始前後搖晃了。

「喔，喔，呼，修奇，你在打瞌睡嗎？」

現在搖頭晃腦的可不是我，是妳啊。真是拿她沒辦法。我望著蕾涅茲。

「老闆娘，能不能拿點冷水來？」

「她應該喝點冷水之外的東西。」

蕾涅茲嘆了口氣，走向廚房。我一時之間什麼話都不說，只是靜靜地望著妮莉亞。妮莉亞在這段期間，也似乎一直要往旁邊滾下椅子去，弄得我很擔心。

「如果妳抓不住重心，那就直接趴到桌子上好了。」

「啊，不不不不行！趴下去的話，酒就整個湧上來了。嗝！」

「妳那是什麼酒，怎麼這種喝法？會把身子搞壞的。」

「呵呵呵！你居然會擔心我啊？我不是把你們的錢全都吞掉了？」

「不管妳有沒有偷我們的錢還是怎麼樣，看到有人這個樣子，總是會擔心的吧。」

「哈哈，嗝，哈哈哈哈哈！」

妮莉亞開始捧腹大笑。我連忙站了起來，扶住她椅子的靠背，不然的話她一定會直接往後倒下去。我將椅子拉了過去，坐到了妮莉亞的身邊。還真是的。不知怎的，這樣涼爽幽靜的早晨，霎時間就被一個發酒瘋的傢伙給毀了。妮莉亞一直在瘋狂地大笑。

這時蕾涅茲回來了。她拿了一杯飲料過來，光是看那顏色就不知道混合了多少種東西。

「來，喝吧。」

妮莉亞一面流淚一面笑著，拿起了杯子大喊：

「乾杯！」

她真是醉態畢露。妮莉亞將那東西一飲而盡。

「咦？不是酒？這是什麼東西？」

「那是藥酒。等一下，妳的精神就會好起來。」

蕾涅茲這樣說完，就又轉身回到廚房去了。我再度望著窗外。要不了多久，太陽公公就會升起。外頭已經變得非常明亮了耶？我再次看了看妮莉亞的表情。瞬間我屏住了呼吸。

「妳是在哪裡被打的？」

妮莉亞搖了搖頭，摸著自己的臉頰。

「啊……我的身體好不舒服。你說什麼？」

「妳的眼睛……怎麼會這樣？」

「咦？啊，腫起來了嗎？沒關係啦，嗝！」

妮莉亞開始砰砰地拍著胸脯，那樣子就像是已經無法忍受打嗝了。天色稍微亮了一點之後，我仔細觀察她，發現她的衣衫、甚至全身上下都亂七八糟的。她的眼睛上有瘀青，上衣放在褲子外面，褲管隨便塞在靴子裡面，弄得靴子都鼓了起來。到處都被撕裂的披風也不成個樣子。

妮莉亞敲了敲自己的胸膛，稍微吸了一口氣。然後她開始在懷裡翻找，最後拿出了一袋東西，放到了桌上。從那東西碰到桌子時發出的響聲聽來，應該是錢袋。

「拿去吧，這是我偷走的錢。」

「咦？妳居然拿來還我們？可是，妳昨天不是說沒錢嗎……」

「昨天沒錢，可是今天有了。」

她的精神好像清楚了一些。妮莉亞的身體雖然還有點搖搖晃晃的，但是她卻用很沉穩的語氣開始說話。我看著那一袋錢，很懷疑地問她說：

「妳把錢還給我們，我們很感謝。但是怎麼可能一夜之間生出錢來？難道這錢……」

妮莉亞搖了搖頭，說：

「不是偷來的。我只是把公會的會費要回來而已。情報費也是。所以這百分之百都是你們的錢。」

「公會會把錢還給妳？」

「哼。女人有些手段，是你不會懂的，你這個小鬼。」

我訝異地張大了嘴望著妮莉亞。妮莉亞看到我的表情，哇哈哈笑了出來。

「哇哈哈！這樣看來，你該懂的東西都懂嘛！對不起，小鬼。沒錯。我跟公會主人睡了一覺。那傢伙是個變態，居然把我的臉都弄成這樣。」

這種情況下，我真的不知道該說些什麼。

「妳沒有必要做到這種程度……」

「呵呵，你不知道錢到底有多寶貴！」

妮莉亞笑了出來。但為什麼在我看來，卻像是在哭？妮莉亞摸了摸腫起的眼皮，說：

「小鬼呀，姊姊很喜歡你們那個杉森。不，應該說也很喜歡你，還有那個看起來很慈祥的大叔，我也喜歡。呵……你們這些人是很難在世上生存的。」

我什麼話也講不出來，只是望著妮莉亞。妮莉亞繼續說：

「可是就為了這些傻子，夜鷹妮莉亞居然把已經偷走的錢還給了他們。這不是很好笑嗎？哈哈哈！」

妮莉亞又開始捧腹大笑了。我除了小心不讓她倒在地上，此外也不能做什麼。失神狂笑的妮莉亞好不容易才停了下來。

「呼……你，大概不喜歡姊姊吧？沒錯。我是個盜賊，而且是個跟誰都能睡覺的壞女人。那又怎麼樣，就是因為如此，我才能隨心所欲地使用各種的手段。嘻嘻嘻。」

妮莉亞這樣嘻嘻笑了一陣子之後，站了起來。

「算了吧，算了。我居然跟個小孩子講這些話。要罵我，也等我出去之後再罵。可是難道我是喝醉了，才說溜了嘴？剛才我跟你講的那些話，絕對不要告訴別人。知道了嗎？」

「……知道了。」

妮莉亞又再一次叮嚀地說：

「如果你跟他們說這是用身體換來的錢，他們可能會認為是骯髒錢，而不肯收下。人們總是會計較這些事。這就只是你們的錢，只是出去轉了一圈而已。知道了嗎？」

「是的。可是妳現在要去哪裡？」

妮莉亞望著窗外一陣子，然後說：

「不管去哪裡，都沒有我這孑然一身可以依靠的地方。早上太陽升起，所以東方應該比較暖和。傍晚太陽西沉，西方應該比較溫暖。幸運總是從東南方降臨。在荒野中，只要跟著西北風走就行了。」

「那個，妮莉亞……」

妮莉亞背對著我，用很可怕的聲音說：

「你給我閉嘴！小鬼。我最討厭有人在我背後說話！」

我閉上了嘴。妮莉亞就這樣搖搖晃晃地走向門邊。她抓住門柱站了一會兒。她沒有回過身來，就只是那樣站在那裡好一陣子。

然後她就這樣走了。

嗶喀。

門板發出了細微的摩擦聲，然後又關上了。我坐在桌前看著那一袋錢，然後突然從位子上站了起來。

我往門那裡衝去。將門打開，跑到了旅館外面。穿過了圍牆，我在外面的大路上左顧右盼。什麼都沒看見。

路上的霧正在漸漸散去。陰暗建築的頂部正在漸漸顯露出各自的身影。夜晚已經過去，另一個白晝已然來臨。

但是專門找失去錢也不會太心痛的人下手的善良夜鷹小姐——妮莉亞——也跟著這個夜晚一起消失了。我感到忐忑不安，不斷地東張西望。心裡油然而生一種茫然若失的強烈感覺。事情不該是這樣的。事情不該是這樣的。

我垂下了肩膀，又走回了旅館裡面。那時我覺得有些奇怪。我轉過了頭，看到了刺眼的光芒。

朝日正在升起。

「你說什麼？你再說一次。」

「不是都說過了嗎？天使來到這邊，將這個還給了我們，然後就走了。」

杉森摸了摸我的額頭。他用很嚴肅的表情望著我說：

「那……那個天使去哪兒了？」

「就像某個永遠消失、不會再回來的夜晚一樣，就這樣離開了。」

杉森現在真的開始瞪我了。但是他看了擺在桌上的錢，卻連什麼話都說不出來。卡爾在一旁微笑。

「真是太好了。我們旅行的過程中，居然還有天使在幫助我們。雖然不知道是優比涅的天使還是賀加涅斯的天使……尼德法老弟，我想應該是夜的天使，對吧？」

我微微笑了笑，卡爾也笑了。杉森一副莫名其妙的表情，看著互相微笑的我們。然後他搖了搖頭，從椅子上站了起來。溫柴隨即一面驚嚇一面跟著站起來。杉森本想對蕾涅茲說些什麼，然而卻先對著溫柴說：

「你為什麼要跟著我站起來？」

「你、你！你腦袋裡面到底裝了什麼東西？」

溫柴生氣地指著綁住自己腳踝跟杉森腳踝的繩子。杉森看看繩子，才做出「知道了」的表情，搔了搔頭。

「啊，真是的。沒錯。嗯，蕾涅茲老闆娘？」

「什麼事，年輕人？」

「請幫我們準備十人份的餐點，要帶到路上吃的，當作我們今天的午餐跟晚餐。妳做什麼都好，只要分量幫我們配一下就行了。當然，我會付妳錢。」

「知道了。」

杉森又再回到位子上，溫柴氣得七竅生煙，但也只能跟著他移動。杉森坐到位子上說：

「嗯，錢也回來了。只要準備好餐點，我們就立刻上路。」

「又要跟床說再見了。今天晚上應該是露宿野地吧？」

「嗯，別擔心。要通過褐色山脈，需要花兩天的時間。只要過了明後兩天，就可以到達首都。」

「漫長的旅行終於要結束了。」

我們吃完了早餐，等著老闆娘將要帶走的溫熱餐點做出來。這段期間，溫柴偷了一把切麵包的小刀，可是蕾涅茲居然神通廣大地發現了。

「你們這些傢伙！小刀少了一把！」

然後溫柴就只能默默地交出那把刀。卡爾笑了，而我則是鬆了一口氣。

後來我們發現，那天是隔了好久才遇見的溫暖日子。雖然我們出來旅行這麼久，但是在有屋頂的地方度過一段安穩的時間，這好像還是第一次。一有這樣的空閒時間，杉森就跑到外面去，開始扭動著全身。外面的庭院裡傳來一些怪異的口號聲。

「賀坦特警備隊員指南，劍擊第十四勢，攻擊勢！」

「賀坦特警備隊員指南，劍擊第二十一勢，變形勢！」

反正……就是那個樣子。我在想要不要出去參觀一下，所以慢吞吞地走到了外面。隨即溫柴也一下子跳了起來，跟我一起往外面走。杉森剛才是先把繩子綁到我腳上才出去的。溫柴那臉看來就像是胃潰瘍突然發作一樣，跟在我後頭出來。

天啊，原來是因為這個理由啊！

旅館外面大路上，經過的人們都停下了腳步在旁觀。所以杉森才會一直那樣大喊。仔細一看，有一個小姐手提著牛奶快要流掉一半的牛奶桶，張著嘴在那邊呆看著（她大概是在去某個牧場回來的路上。今天他們家早餐要喝的牛奶大概會不夠了）。另外也有表現出敬佩、將肩膀縮在一起的老人，還有嘻嘻笑著、雙手抱胸注視著的年輕人，各種各樣的人來來去去，其中也有些人就停了下來，站在那邊觀看著。

我靠在大門旁的牆上，觀賞著這一幕情景。

不管怎麼說，這一幕還真值得觀賞。杉森背對著陽光揮汗如雨。長劍閃爍著會讓人胸中為之一冷的光芒，因為上面鍍了層銀。但是這些我們都暫且不管，我不得不說現在的這一幕很值得看。

杉森跳起來下劈，然後順勢蹲下轉身攻擊。他往前方連砍五劍，然後在收回劍的時候順勢轉身向後砍。他不間斷地連砍了兩次，往每個方向的攻擊都很流暢。他穿了硬皮甲，居然還能做出這麼輕巧的動作。

我配合著杉森的動作，在腦中想像我自己的動作。要如何攻擊他才行呢？不行。不管我怎麼想，都還是想不出可以攻擊的角度。如果他這樣砍的話……那我也只能這樣躲。所以接下來的攻擊就是二選一……去，有一種已經被他封鎖住了。那麼用這種攻擊法衝進去……果然。弱點暴露出來了。杉森似乎也以假想敵為對象在揮著劍。

同樣是倚靠在大門旁的牆上觀看著的溫柴說話了。

「劍法基本的一撇一捺他已經全部都熟悉了。真是好身手。」

「你在說什麼？」

「這是我們劍士說的話。你不要理我。」

「難道是國家機密嗎？」

聽到我開的玩笑，溫柴噗哧笑了出來，然後又回過頭望著杉森，結果發現我們兩人也變成了眾人目光的焦點。我們就像兄弟一樣，斜倚著建築物的牆，雙手抱胸在那邊看著杉森，而兩人的腳踝卻用繩子綁在一起。真的很值得看一下。

結果揶揄聲開始傳來。

「喂，你看！原來有馬戲團進我們都市了！」

開這個玩笑的，是一個面貌凶惡的年輕人。人們都覺得會發生什麼事，全都閉緊了嘴巴，望向那個年輕人。

杉森聽了這句話，猛然停了下來。他微微笑了一笑，然後拿出了匕首，嘴巴大張，像是要模仿吞劍。人們都哈哈大笑，並且拍手，因為他這個舉動很可愛。連那個年輕人都噗哧笑了出來。

但是接下來的事態就有點嚴重了。

「喂，年輕人！要不要我跟你對練？」

「啊！爸爸，別這樣！」

不知道他們的關係是女兒跟父親，還是媳婦跟公公。不管怎樣，一個看起來生龍活虎的中年大叔將衣箱拋了過來。他身旁的女子大驚失色，想要阻擋那個大叔。杉森困惑地看著那個大叔。他上下打量完那個大叔之後，微笑說道：

「我可不想死呢。」

「哇哈哈！別擔心！我下手會輕一點的！」

「爸！你沒看到剛才那個年輕人練武的樣子嗎？請你忍一忍！你別上去！他是因為謙虛才這麼說。」

我感覺她比較像是媳婦，而不是女兒。但是那個大叔根本連聽都不聽，就直接走進了旅館的院子。

「我呀，別看我現在這樣，以前我可是不知殺了多少傑彭狗呢！那種場面你們大概連看也沒看過吧？畢竟那是實際上戰場的經驗……」

我反射性地回頭看了看溫柴。

他臉上沒有任何表情。他還是跟先前一樣，靠著旅館的牆站著，雙手抱胸，悠然地看著這一幕。如果我跑去傑彭境內被人逮著，然後聽到別人罵我們拜索斯之時，我的感覺又會是什麼樣呢？

結果杉森回答得很穩重，要將那個大叔給打發走。好險那時房子裡剛好傳來蕾涅茲說餐點已經做好的聲音，那個大叔才一副很可惜的樣子，伸伸舌頭轉身走了。

我們將馬牽了出來。杉森的馬是最龐大的「流星」，那傢伙就像是所有馬當中的老大一樣，威風凜凜。我的馬是秀雅纖瘦的「傑米妮」，雖然之前跟我鬥得很厲害，但現在我們的感情已經變得很好了。卡爾的馬名叫「曳足」。這是因為牠在輕步行走的時候，有用腳在地上拖的習慣，才如此得名的。牠也不是生病，所以有這個習慣滿稀奇的。伊露莉的馬「理選」不知為什麼，給人一種跟主人很相像的感覺。牠行動的方式不像其他的馬，非常冷靜沉著。真的很像主人耶？溫柴把自己的馬叫做「移動監獄」。事實上也是這樣沒錯啦。

我們將馬具放到馬背上，然後將行李固定上去。杉森將自己的馬跟溫柴的馬用長繩子綁在一起。早晨的陽光開始往天際中央跳躍。在這樣的時刻，秋日清晨的涼風中也開始透著一些安穩的氣息。我們的旅程又再度展開了。

「祝妳這邊生意興隆，常被客人擠得鬧哄哄！」

「嗯，謝謝你們的祝福。祝各位一路順風。」

我們向蕾涅茲道別之後，就立刻出發了。馬蹄聲噠噠，噠噠地響著。

我們從一些巨大的建築物之間穿過，又跑了好一陣子，才看到這個都市另一端的出入口。那是環繞著都市外城牆上開的城門，旁邊有一棟像是警備隊哨站的巨大建築物。警備兵雖然監視著進進出出的人們，但是似乎不會把人攔下來。這一帶因為是中部林地的中心，所以流動的人口好像很多。警備兵們在這個冷颼颼的早晨裡點起了小小的火堆，只顧坐在那裡聊天。

杉森難得地吹起了口哨。

「現在這麼冷……這還真……」

「咦？」

「是那個被你拉到床上的女孩子。」

啊，卡蘭貝勒啊！

梅莉安出到了城門口。那些警備兵們大概是覺得她很可憐，讓她湊上去坐著一起烤火。這時她突然站了起來，直接望向我這裡。杉森將馬的速度減慢。

梅莉安走了過來，對其他人行了個注目禮，然後走向我身邊。

「你現在要走了嗎？」

我從馬背上下來。

「妳、妳怎麼會跑來待在這裡？」

「我只是……我經過這條路，突然想到修奇你可能也會從這裡經過。」

「是嗎？」

我們兩人都接不上話，沉默了好一陣子。梅莉安大概很冷，將手藏在裙角裡面，說：

「你會回來嗎？」

「會的。我們到首都去，然後就會回來。啊，對了。我不是說過，妳有什麼希望我做的，都請妳跟我說。要不要我去首都買點什麼東西來給妳？」

梅莉安搖了搖頭。

「嗯嗯，不用了，沒有這種必要……你說你會再回來？那你到時候要不要順道去我們酒館看看？不要一聲不響地走掉。」

「我一定會去的。」

「一定喔。我會等你喔。」

「嗯。那個，可是……」

我將嘴巴附到梅莉安的耳邊說：

「也許……搞不好因為那件事，妳連嫁都嫁不出去了，那個……」

梅莉安紅著臉笑了。

「咦，你在擔心我啊？那你要為我負起責任嗎？」

這可不是開玩笑的！我猶豫了一會兒，開始煩惱到底要怎麼回答才好。其他坐在馬上的一行人都只對我們投以耐人尋味的視線。梅莉安說：

「你不要擔心啦。你不是已經有你的高貴仕女了嗎？」

「噗嘻呵啊哈哈！」

杉森開始爆笑了出來。那個人到底是怎麼回事！梅莉安茫然地看看杉森，然後再對我說：

「那你一定會回來嗎？」

「當然嘍。」

「我知道了。那現在還沒有必要道別吧？希望你早去早回。」

「那麼……」

我再次上了馬。梅莉安看著我好一會兒，嘴唇緩緩地嚅動著，好像想說些什麼。但是後來她卻突然轉身跑掉了。我呆站在原處看著她的背影。

「走吧。」

聽到杉森的催促，我才開始移動。我們穿過了城門，然後開始加速，沿著一條通向荒山的道路飛奔。那條路彎彎曲曲地沿山腳繞著延伸出去，路旁遍布著收割完成的農田。

我們進入了褐色山脈。

秋日的山中，雖然我原先以為會很冷，但奇怪的是其實並不太冷。至少白天時是這樣。秋日的陽光直射下來，在漸漸開始光禿的樹枝上方被割碎成一塊塊。即使沿著山路走也不是件苦差事，而是相當舒服的旅程。

如果費雷爾在這裡，他看了這座山的形狀，一定會說一些諸如「我看這山脈延伸的形勢，繼續前進，過了中午以後大概就會看到樹木的生長界線。我們晚上無法睡在比樹木界線還上面的高山，所以前進的速度必須加快」之類的話。那個聰明的巫師，現在大概正在進行未來會流傳後世的豐功偉業，也就是在照顧那五十個小孩。嗯，說著說著，真覺得那是傳奇性的功績，就算是大法師亨德列克也做不到這種事的。那我呢？就算只把一個小孩交給我，大概過不了一天，我就會昏倒。

就在這時——

咻——啪啦，啪啦。

那聽起來像是翅膀揮動的聲音。雖然不知道是什麼鳥，但如果翅膀揮得這麼慢，難道不會掉下來？我望了望天上，接著大吃一驚。杉森的喊聲傳來：

「躲到路邊去！快，躲到路旁的樹底下！」

我們慌忙地躲到了樹下。如果那傢伙目光像老鷹般銳利，那該怎麼辦？但是那東西並沒有看到我們，就直接飛了過去。我們連大氣都不敢喘一下，只是透過頭上的葉隙間望著天空。好險那裡是針葉樹林，雖然是秋天，然而樹葉依然茂盛。

剛才那東西……長得就像蜥蜴，但是塊頭卻大到老鷹無法比擬的程度，擁有蝙蝠般的巨大皮膜翅膀。大概是從底下往上看的緣故，只看得見一片黑壓壓的。猛然看到牠的瞬間，我感覺後腦的頭髮全都豎了起來。

「啊，是阿姆塔特？」

不，那東西並不是黑龍。更仔細地觀察之後，我將額頭上的汗擦去。那東西比阿姆塔特纖瘦許多，體積也小得多。就算連尾巴也算進去，全長也只不過十五肘左右。那東西飛起來的感覺，並不像卡賽普萊一樣，讓你覺得這麼大的東西在天空中飛簡直是沒道理……牠只是很輕盈地在空中飛翔。

「那是翼龍！」

卡爾用小到幾乎聽不見的聲音說。他帶著無可奈何的表情，擦了擦額頭，說：

「我們之前怎麼會沒看到牠？」

「牠好像是突然飛起來的。」

伊露莉說。杉森也點了點頭。

「這代表我們都忘了連天上也必須要注意。如果一個弄不好的話，就會發生很嚴重的後果。」

杉森看著遠去的翼龍，又補充了一句：

「牠沒看到我們。牠怎麼根本不注意身邊的東西，就這樣飛走了？似乎好像在追某樣東西？」

就在那時。

「啊——」

傳來了一聲尖叫。可惡！那分明是極度害怕的叫聲。就像杉森所說的一樣，翼龍正在以某種東西為目標向前飛去。杉森立刻踢了一下馬肚子。

「該死！呀！哈！」

溫柴大驚失色。

「你這傢伙，想送死啊！」

溫柴雖然如此大叫，仍然在驚慌之餘讓馬向前跑去。他們兩人的馬被綁在一起，一個弄不好，其中一人就有可能落馬。溫柴拚命跟著杉森，其他人也開始跟在杉森後面，衝向尖叫聲傳來的地方。

樹枝胡亂地從我腦袋的上方向後掠過。就像呼應急促的馬啼聲似的，尖叫聲再度傳來。

「救、救命啊！」

杉森根本就是毫不考慮地向前衝去。一陣子之後，我們跑到的地方是山跟山中間的寬廣盆地。大概因為是中部大道所經之處，因而盆地裡沒有什麼樹，只有茂盛的雜草，但那些草的高度都長到人的腰部以上。然而因為我們騎在馬上，所以能夠望見遠方。盆地的另一端有某樣東西正焦急地向我們跑來。在那東西後方的天上，翼龍正大大地繞圈子盤旋著。牠改變了方向，似乎就要向下撲。伊露莉大喊：

「那不是妮莉亞嗎！」

咦？她看見了？我們根本沒有發出疑問的餘裕，只能繼續向前奔馳。仔細一看，我們看見了紅髮在空中飄揚。可是那時，在妮莉亞後面追逐的翼龍已經停止了盤旋。牠正向下俯衝，要撲向妮莉亞。杉森猶如發狂一般大喊，想要吸引翼龍的注意力。

「你這可惡傢伙！這裡的人更多！」

結果我看到了一件荒唐的事。

跑在我前面的卡爾放掉了韁繩，拿起了長弓。那是不可能的！騎在馬上面對正前方，是不可能射箭的！但是卡爾抬起了一條腿，轉換成側坐的姿勢。他水平地舉起了長弓。嘎嘎嘎……長弓發出了悲鳴。在這麼遠的距離之外，騎在奔馳的馬上，還想要射中？在我說出對卡爾精神狀態的質疑之前，卡爾就放開了弓弦。唰——！

「呱啊啊！」

那怪異的慘叫聲聽了令人窒息。向地面俯衝的翼龍瞬間失去了平衡，整個身子都傾斜了。翼龍用力揮動著翅膀，再次向上猛飛。我們都大呼痛快。

「哇！」

但是那傢伙重新恢復了原來的姿勢。我們都用最高的速度向妮莉亞衝去。伊露莉突然放低了身子，讓馬停了下來，開始施法。

「Magic Missile!」（魔法飛彈！）

噗——嗡！伊露莉的身體周圍，如同之前某一次所看到的，出現了五道白熾的光柱。光柱各自在空中劃出紛亂的軌跡，如箭般朝翼龍射去。

砰砰砰砰砰！

五道光柱依次射中了翼龍。在天上飛的翼龍就算只受到一點點衝擊，也有失去平衡之虞，何況這五道光柱撞到身上爆發，根本不可能維持原來的狀態。然而翼龍卻完全無視於這些光柱，依然繼續地飛。一副就像是中了法術也完全沒關係的樣子。

「喀啊啊啊！」

「散開！」

聽到杉森的高喊聲，我們都開始分頭往兩邊跑。杉森跟溫柴往左邊，我跟卡爾往右邊跑。但是剛施完法術、還站在原地的伊露莉，出發卻有些遲了。她轉身向後跑，但翼龍卻直接朝她追了過去。

「媽的！」

我再度掉轉馬頭，然後開始朝著伊露莉飛奔。但是我要怎麼樣才能攻擊到在天上的翼龍呢？我開始大喊：

「跟你說實話！我就是你爸的死對頭！」

但是翼龍對我說出的話根本不理不睬。我絕望地注視著卡爾，現在能夠攻擊翼龍的就只有卡爾了。卡爾再度拉起長弓。咻！劃過空中的箭命中了翼龍的翅膀。

「呱啊啊！」

但是翼龍卻像想要直接用身體將伊露莉壓扁似的，撞向了她。

「啊啊啊啊！」

這一撞！翼龍撞上了伊露莉的馬。咿嘻嘻嘻！理選發出了嘶鳴，我清楚地看見牠的腳被絆到了。枯乾的草向天上揚起，草葉如暴風般四處紛飛，冒起了一陣塵土，地上發出震動的轟隆聲。伊露莉在相撞的瞬間向前跳起。大概因為那一撞讓她失了神，伊露莉無力地落到地上，向一旁滾去。理選也揮動著四條腿，摔在地上。

翼龍當然也不可能毫髮無傷。牠全身撞到了地上，翅膀破裂得只能亂搖亂動。這是因為牠中了卡爾的箭，再加上剛才那一撞造成的。然而翼龍還是造成了一陣旋風，翻身而起。那傢伙將頭抬得高高的，開始轉動脖子。在牠底下，我看到失去意識、昏倒在地的伊露莉。那傢伙發現了伊露莉，馬上用頭向下一啄。

「不行！」

「給我停下來！」

杉森聲嘶力竭地大喊著，一面衝了過去，我也迷迷糊糊地往那裡衝。但是我們都不可能比翼龍頭下咬的動作更快。那傢伙的牙齒閃耀著白光。

「啊啊——！」

那是伊露莉的慘叫聲。那傢伙咬住了伊露莉的腰。鮮紅的血四濺。那傢伙就這樣將伊露莉甩了甩，發現了衝過去的我們，就將伊露莉朝我們這裡一拋。伊露莉的血灑向空中，朝我們這裡飛了過來。

「伊露莉！」

我搞不清楚自己的意識到底是何狀態，兩手往下用力地一捶馬鞍，整個人就向上彈了起來。除了我以外，大概沒人可以做到這件事。只有我能這樣從馬上彈起。我感覺到馬鞍被我打得碎裂，同時我飛了出去，而且因為下擊的力道太強，傑米妮連胸部整個陷進了地裡，摔了一大跤。

「啊啊啊嗚！」

咿嘻嘻嘻！我好不容易在空中抓住了伊露莉。地面以可怕的速度朝我們接近。

我使出吃奶的力氣一扭腰，讓伊露莉移到我上方。砰！我眼前霎時極度亮了起來。一大片白色，熾熱的白色出現的同時，我似乎感覺天地都倒轉了過來。我的耳朵在地上摩擦，好像整個都快磨掉下來。但是我仍緊緊地抱著伊露莉。

「你這該死的東西！」

聽到杉森的高喊聲，我好不容易抬起了頭。

「嗚！」

背上開始傳來極端的痛楚，但我還是忍著坐了起來。我看了看抱在懷裡的伊露莉。

伊露莉的黑髮蒙了一層塵沙，她雪白的肌膚上處處濺了紅色的血滴。我感覺手掌觸及之處是一團稀爛。我開始發抖，看了看她的腰。她的衣服破了，血不斷將罩衫染紅。我抖得牙齒互相碰撞著，決定先觀察翼龍到底怎麼樣了。

杉森策馬奔向翼龍，拿起長劍向下揮砍。但是翼龍還是啪噠啪噠拍著殘破的翅膀，向旁邊一閃，跑向跟著杉森的溫柴。杉森慌忙地將劍朝後面一揮。

跟杉森騎的「流星」之間的繩子一被斬斷，溫柴就急著抓住了「移動監獄」的韁繩。他驚險地避過了翼龍的攻擊。但是翼龍這時卻開始追溫柴了。牠翻弄著已經破裂的翅膀，用兩腳猛踢地面，就像隻巨大的公雞一樣往前跑。落入被公雞追逐的蚯蚓之命運的溫柴，也開始死命地跑。這時翼龍旁邊的樹林中，突然有某樣東西跳了出來。

「呀——！」

那是妮莉亞。突然出現的她將全身都撲了過去，用她的三叉戟刺進了翼龍的翅膀底下。翼龍仰天發出了悲鳴。

「呱啊啊！」

但是牠馬上又開始揮動翅膀。妮莉亞放下了三叉戟，開始往後一個空翻，逃了出去。因為翼龍暫時遠離了我，所以我連忙用顫抖的手壓住了伊露莉的傷口。我這樣緊緊一按，伊露莉的口中立刻吐出了呻吟。

「呃呃嗯……喝，啊。」

我很小心地不讓她受到衝擊，摸了摸她的後腰。

跟我印象中的一樣，我在她的腰帶後面摸到了一個小囊。我吃力地移動著因為抖得太厲害而動作不太順暢的手指，拿出了治療藥水。伊露莉的臉已經變得十分憔悴，如果是人類這個樣子的話，大概已經休克死亡了，我懇切祈禱，希望精靈不是這樣。我將治療藥水的瓶嘴整個破壞打開，然後將藥水灌到她的唇間。

伊露莉的唇潤澤了起來，接著她張開了眼睛。她看著藥瓶，然後十分渴望似的說：

「傷、傷口也要……」

傷口也要？啊，她是說要我塗在傷口？我解開了伊露莉的腰帶，將她的罩衫下襬掏了出來。我小心地將那件被血沾濕而黏糊糊的罩衫解開，她腰上的傷口露了出來。真是淒慘。伊露莉的腰上跟肚子上的那些圓洞，大概連我的手指都塞得進去。我小心地將藥塗了上去。不是應該先將血擦掉嗎？但在那一瞬間，我感覺到一種不尋常的氣氛。我感覺到的到底是什麼？

巨大的腳步聲正朝我這裡逼近。我剛才感覺到的就是這個。

「小心！修奇！」

我轉過頭去，看到了已經近在眼前的翼龍。不，我看到的不是翼龍，而是翼龍的白牙跟嘴。沒時間了！

「死就死吧！」

我用身體遮蔽住了躺在我膝蓋上的伊露莉，然後縮成一團。只要別咬我的脖子就好，那我還能忍耐一下子。在這段期間，如果有其他人來幫我……

但是不管我再怎麼等，卻好像什麼事都沒發生？我悄悄回過頭去看。在我前面有兩條人腿。我沿著那人的背往上看，最後看到了後腦杓。左右兩邊則是他伸展開的臂膀。有人擋到了我身前。

那是溫柴。

溫柴的前方站著那頭翼龍。龍的頭抬得直挺挺的，巨大的身軀，即使是坐在溫柴身後的我也能直接看到。

「嘎勒勒……」

那傢伙正在咆哮。但奇怪的是，牠竟沒有撲過來。溫柴就只是張著雙臂擋在我前面而已，那傢伙為什麼不撲上來呢？這時我聽到了低語聲。

「Peca, Nanysanchee amai...Ahn choudar!」

溫柴的聲音就像是低聲的咆哮。然後溫柴往前踏出一步。這時發生了一件怪事。

翼龍居然往後退！

「Ahn choudar!」

溫柴又踏出另一隻腳。然後翼龍跟著退了兩步。

翼龍的樣子就像是不知道該如何是好。牠的眼神看來像是不知道自己為什麼要退後似的茫然。但是突然間，那傢伙突然像剛從水裡出來一樣，全身開始發抖。牠停了下來，沒再往後退。牠的眼睛驚恐地彷彿要噴出了火來。

「嘎勒勒……」

那傢伙將頭往前伸，開始咆哮。溫柴低聲說：

「到此為止了。快跑，修奇！」

「呱啊啊啊！」

翼龍就像要抖掉身上什麼東西一樣，大吼著完全張開了翅膀。真不得了！牠展開雙翼，盡力大吼著。我感到震耳欲聾。

「呱啊啊啊啊！」

牠踢了一下地面，朝溫柴衝去。溫柴連一動也不動。

匡噹！牠掠過了溫柴的身邊，下顎朝地上撞去。牠長長的脖子落到坐在溫柴後面的我身邊。牠伸出舌頭死了。

溫柴回過頭來看向翼龍，我也望著牠。我在牠的脖子上看到了箭尾巴。那一箭乾淨俐落地貫穿了牠的頸部。

「喂！大家都沒事嗎？」

卡爾遠遠地揮著手跑來。是卡爾救了我們。溫柴在我身邊撲通一聲坐了下去。我也什麼話都不說，坐在那裡呼呼地喘著氣。溫柴低聲說：

「呼。這種事一天之內可不能做兩次……」

我低頭看了看抱在我胸前的伊露莉的臉龐。我也說：

「你說得沒錯啊……可是剛才到底怎麼了？」

「咦？」

「那頭翼龍啊。牠好像害怕得要死。」

「啊，那個？」

溫柴吃力地起身說：

「我只是讓牠害怕罷了。」

05

我們無法再繼續前進了。所以大家進入到盆地一端的樹林中。

「回去伊拉姆斯市會不會比較好呢？謝蕾妮爾小姐。」

聽到卡爾的問題，伊露莉搖了搖憔悴的臉龐。

「沒關係的。明天應該就會好多了。回到伊拉姆斯去只是更消耗時間而已。而且更重要的是，樹林對我而言才是最舒適的地方。回伊拉姆斯市，對我而言不會比較好，反而回去會是更辛苦的事。」

「這樣嗎？那我知道了。」

伊露莉雖然說她是精靈，不管在哪種氣候下，都不會感到非常不適，但那是健康時的情況。所以我們決定多準備一些柴火。杉森拿起了手斧，注視著四周的那些樹，但卻做出了沮喪的表情。這裡雖然位在高原上，但地形是盆地，大概受的風不強，所以全都是一些高聳的大樹。連其中最小的，直徑也有一掌左右。如果想用小小的手斧去砍，搞不好要花一整天。我站了出去。

「這樹能不能用巨劍去砍？」

「你的刀刃會變鈍的。」

「那我只好模仿熊了。」

妮莉亞用奇怪的表情看著我。我在手掌上吐了些口水，抹了一抹，然後用盡全力向樹撞去。嘎吱吱吱！受到我這第一撞，樹根就翹了起來。然後其他的部分則因為樹木的重量而自行倒下。砰！妮莉亞訝異地張大了嘴，說不出話來。

我從杉森那裡接過了斧頭，將斧頭砍進了樹裡頭。然後我用拳頭往斧背一捶，樹立刻斷成了兩截。我用這種方式將長長的木頭橫劈成好幾塊，然後再直劈，不到一個小時，就砍出了一堆柴來。妮莉亞開始對我發問了。

「你不是人吧？」

「被妳發現了。這件事就當作是妳跟我之間的祕密。」

聽到我這種白癡的回答，妮莉亞不禁失笑。卡爾坐到了背靠樹坐著的伊露莉身邊，擔憂地環顧著盆地。

「如果到了晚上……這地形會讓四周的怪物都能蜂擁而來。周圍全都是山嶺群聚著。而此處是山中的平地，所以這也是沒辦法的事。」

杉森跟我也坐到了他們旁邊。

「要搭柵欄嗎？」

「嗯，費西佛老弟。褐色山脈的怪物是怎麼樣地分布？」

杉森從自己的背包中掏出了書，坐到地上，將那本書攤在膝上。

「啊，這可不是開玩笑的。中部大道經過的地方，雖然常有人來剿滅怪物，但確實還是有未經確認的怪物出沒。褐色山脈地區過於寬廣，中間有平原地形、岩石地形、丘陵地形等等各種各樣的地形跟樹木種類，所以也是適合各種怪物生存的環境。我們所走的路雖然是最短的一條，但是騎馬也要走兩、三天，由此就可以知道這個地區有多廣大了。」

「經常出現的怪物呢？」

杉森摸了摸他的眉間，又翻了幾頁，開始唸了起來：

「被稱作火焰槍的深赤龍克拉德美索……」

「啊？」

我差點翻了白眼。居然有龍！而且還是深赤龍！但是杉森悠然自得地繼續往下唸。

「這是最有名的怪物，但現在仍處於睡眠期。」

我跟卡爾都大大地鬆了一口氣。杉森似乎讀到什麼有趣的東西，很熱衷地讀著書中內容。

「哇！在牠進入睡眠期之前，牠的龍魂使死亡了。所以牠發起狂來，將褐色山脈跟中部林地的各處都弄成了廢墟。那時應該很慘吧？結果人們對於討伐牠連想都不敢想，到最後是克拉德美索自己進入了睡眠期，破壞才告一段落。」

卡爾乾咳了幾下，說：

「嗯哼，雖然學習新知是件愉快的事，但是請你回到我們關心的現實裡面，查一下有哪些怪物對我們有威脅，好嗎？」

「是的。啊，除此之外，偶爾也會發現石巨人，還有食人魔……這倒是有點意外。無論如何，反正有人發現過這幾種怪物。牠們沿著主山脊分出來的六條山脊分布，獵食野生動物。食人魔也許會獵食動物，但有時會發生巨魔襲擊旅行者之事。半獸人跟地精僅僅是因為有事需要翻過山頭而來往於山間。還有翼龍跟合體獸。這裡也有人面針尾獅。」

聽了杉森的話，我的心情越來越糟。但是他還沒唸完。

「蛇類中有很可怕的幾種，但進入深秋時已經開始冬眠……昆蟲型怪物到了秋天好像也不太會出現。植物型的怪物因為不會移動，所以也沒關係。此處有巨蛋跟史萊姆系列，還有其他各種怪物，但牠們都不會出現在這一帶大道經過的地方，而都是在山上更深處才會現身。哇！居然連獨角獸都有？此外還有妖精類的種族，妖精、樹妖精跟水妖精，但是因為他們不會襲擊人類，所以也沒關係。其他個性溫馴的怪物不提也罷。反正喜歡山嶺或是樹林的怪物，這裡可說是全部都有。」

居然說……全部都有。哇哈哈哈哈。

「可是呢！這裡還寫了這句話：『這些內容都是以生還者的報告為基礎寫成的，請留意如果是不留活口的怪物，在此處不會有紀錄。我建議，如果在道路上碰到怪物，那一定是強到足以跑到路上去襲擊人類的怪物，請務必小心。』嗯，我覺得這句話說得很對。反正也就差不多是這樣了。」

杉森泰然自若地讀完這段文章，但是我、卡爾跟溫柴都嚇得臉色發白。我環顧了一下四周，突然覺得身上有點發涼，所以我問杉森：

「那現在要怎麼做呢？」

「還能怎麼做，就按照平常所做的，輪流值夜守望，然後拚命地燒火。」

「咦？」

杉森像是認為一切事情都好辦似的，溫和地笑了笑，說：

「就算設了木寨，也擋不住會飛的東西啊。不過，因為這裡是樹林，所以飛來的東西應該不會有什麼關係。在地底下鑽的東西，因為樹根到處蔓延，應該也沒關係。雖然還是有些怪物會逼近，然而夜間出沒的怪物都討厭火。你不是已經砍出了一堆小山般的柴火嗎？拚命地燒就對了。難不成我們知道有什麼怪物會來，還可以事先預做準備嗎？」

杉森的話聽起來雖然毫無誠意，但是仔細想想，好像也沒有什麼別的辦法。如果知道有什麼東西會來，就可以想辦法先做準備，但事實就不是如此，所以也沒辦法了。因為我們的柴火很夠，所以拚命燒火大概也就是最好的對策了。

但是妮莉亞卻好像更關心別的東西。

「喂，杉森，你那本書值多少？我真的很想要。」

「這是王家地理院編纂，然後分送到各領地的書。就算付錢也買不到。」

然後杉森微微笑了笑。

「真是的，妳本來就不會付錢買東西的吧？」

妮莉亞聽到這句話，噘起了嘴來。杉森將書本闔上，說：

「先別管這個，現在該做的事情也做得差不多了，我們邊吃午餐，邊聽聽妳的事吧。」

「我的事？」

「妳怎麼有辦法把錢還給我們？」

啊？我跟妮莉亞同時嚇了一跳。妮莉亞望著我，可是我搖了搖頭。然後杉森馬上說：

「那不是很明顯嗎？不是妳還會有誰。這就算是白癡也想得出來。最讓我好奇的是，修奇為什麼不把話講明白。到底怎麼回事呢？如果那個錢的來源可疑的話，我會很難過的。」

妮莉亞訝異得嘴巴大張，輪流注視著我跟杉森，我的臉一下子紅了，轉過頭去躲避她的視線。杉森發現我們兩個突然變成了呆瓜，就用覺得很奇怪的眼神望著我們。

「啊，我們慢慢再聽這些吧。妳因為是帶著好意才這麼做，我想大概也不會做出太壞的事情。修奇！把午餐拿出來，大家開動吧，嗯？」

杉森摸了摸肚子，用全身表現出此刻對他而言最迫切的事情。我連忙跑向馬匹上綁著的餐籃。我回頭偷瞄一眼，妮莉亞正不知所措，避開了杉森的眼神坐著。

杉森好像想要對妮莉亞說些什麼，但是在那之前，我就把餐籃拿了過去。然後杉森就把萬事都拋諸腦後，開始猛烈地進攻那些食物了。直到沒剩下任何倖存者的時候，杉森才打了個飽嗝，露出無上幸福的表情，靠坐到樹旁。我認為應該在褐色山脈出沒的怪物名鑑中，加上杉森·費西佛這一項。

名稱：杉森·費西佛（男性）

出現頻率：唯一一隻

出現地域／時間：任何地形／主要是日間

特性：這種頑強又凶暴的生物，對食物懷有無限的復仇心，對於進入他視野內的任何食物，都會殘酷而激烈地將其吞食。

我正在想這些東西的時候，杉森對伊露莉說：

「伊露莉，妳要不要多吃一點？」

伊露莉微微一笑，我啼笑皆非地說：

「你根本一點食物都沒留下，還敢這麼說？」

「沒有別的餐籃了嗎？」

「那是晚上要吃的啊！」

「有什麼關係。反正今天時間很多，就讓你發揮一下做菜的手藝，不就好了？」

「別說了，別說了！事情不要做得太過分。請你活得像個人樣吧！」

杉森尷尬地拿起了葡萄酒瓶。他從背包中拿出碗，分給每個人，然後開始倒酒。

「伊露莉，妳可以喝酒嗎？搞不好對妳傷口的恢復有害……」

「不，沒關係的。我的治療過程已經結束了。」

如果能讓伊露莉的臉上恢復一些血色，那也不壞。我雖然不知道傷患能不能喝酒，但是被翼龍咬成那樣的傷患還能沒事般地坐在這裡，那麼，喝杯酒大概也不會死。我擔心杉森開始問妮莉亞問題，所以盡量讓話題集中在伊露莉身上。

「那個藥真不錯。妳說那叫治療藥水？還可真是非常貴呢！」

伊露莉點了點頭。

「對啊。冒險家常跑去神殿，不是因為他們想祈求冒險的過程平安，更常見的情況是去買治療藥水。因為這藥實在太貴，除了冒險家們這種每天生活在危險邊緣的人之外，一般人大概也沒能力去買。」

「說的也是，一瓶要花費一百賽爾耶！一百賽爾的話……我們算算看，如果是五分錢的蠟燭，可以買兩千個。呼！如果一天做五十個，也要一個月又十天，才能做兩千個。但是還要扣掉材料費，以及生活費。哎喲喂呀！」

妮莉亞眼睛睜得大大的，說：

「蠟燭？」

她那表情像是在說，為什麼我別的東西不提，卻提個蠟燭？我微笑著回答：

「這是我的職業精神。我是個蠟燭匠。」

「蠟燭匠？」

妮莉亞的表情更困惑了。我眨了眨眼，說：

「喂，職業是不分貴賤的！如果妳認為自己是帥氣的夜鷹，所以鄙視蠟燭匠的話，我可是不服氣的。以前的賢人之中，有一位還曾這麼指稱過我們：『你們是光的精工師。』」

「光的精工師？聽起來真棒。但你是蠟燭匠？蠟燭匠的力氣都這麼大嗎？」

「那是我個人的特質，可不是蠟燭匠的特質。」

我成功地轉移了話題。我開始講我們村莊的故事、我們那個偉大領主的故事，還有阿姆塔特、泰班，以及我們旅行過程中遇到的事情，一股腦兒地全都講給妮莉亞聽。

卡爾聽到我跟他一起經歷過的那些事情，卻不是用他的觀點而是用我的觀點來描述，似乎聽得津津有味。他常常歪著頭，發出表示「原來你是這樣想啊？」的目光，但是他完全沒有打斷我講話。溫柴也是第一次聽到這些事情，所以靜靜地專心聽著。但是杉森卻是不斷妨礙我。有人說，如果兩個人同時說故事，則說起來要困難個三倍，事實真的是如此。那時的情況大概是這個樣子：

「所以伊露莉讓那三十個警備兵飛到天上去……」

我這麼一說，杉森就會馬上插嘴：

「才不是呢，修奇。希里坎男爵的警備兵有三十二個。」

「咦，是嗎？你怎麼數得那麼快？」

「所以你要尊敬我。這是成為警備隊員必修的課程。我們是一次五個五個這樣數的。」

「啊，是這樣嗎？」

我跟他如果這樣對話，妮莉亞就會鼓起臉頰說：

「喂、喂！這到底有什麼重要的？三十個人跟三十二個人有差別嗎？重要的是後來發生了什麼事。快講吧，修奇。」

我講故事的過程中就這樣不知道受了多少次的妨礙，到後來我都開始覺得累。無論如何，我好不容易講到了卡拉爾領地神臨地化的事，妮莉亞聽到這裡似乎嚇了一跳。她好像覺得我的用詞很深。

「等、等一下，你剛說什麼？」

「我說神臨地化。所以卡拉爾領地就成了神臨地……」

「……蠟燭匠平常都講些這麼難懂的話嗎？」

「這也是我個人的特質。我可以繼續往下講了嗎？」

「咦？啊，好。你繼續講。」

隨著時間的經過，故事也越來越有趣。無論如何，遲遲吃過午飯後才開始說的故事，一直講到了天色昏暗的傍晚時分。

妮莉亞是個很誠懇的聆聽者。隨著故事的情節，她會適時地做出微笑、會緊張，把講故事的人弄得很高興。不知怎的，我居然感覺自己是不是被妮莉亞操縱了？因為想把話題內容轉到別的地方去的，不是只有我一個人而已。

「呵呵呵……真有趣。那你們完全是冒險家的新手？」

「我們根本不是冒險家。我們不是為了尋求冒險才上路的。」

「那不是重點。所有人都是冒險家，沒有比活著這件事還要來得更加冒險了。」

這句話雖然很普通，但是由妮莉亞說起來，卻是隱含著一種悲壯。一般說來，如果有人說出了一句悲壯的話，那麼其他人就很難接口了。所以妮莉亞趕忙將頭轉向溫柴。

「那你如果被抓去首都，不就死定了嗎？」

溫柴連看都不看妮莉亞。妮莉亞眨了幾下眼睫毛，突然跳了起來，站到緊鄰溫柴的地方去。然後她在溫柴的耳邊吹氣似的說：

「你現在心情怎麼樣啊……」

溫柴連耳根都紅了起來，突然站起身來。他做出了像是想躲開的動作，但是杉森故意抓住長劍的劍柄給他看。溫柴一動，杉森就低聲地威嚇說：

「我們雖然保障你行動的自由，但你絕對不准離開我視野之外。」

然後溫柴就來到我左邊坐下，對我開始大喊：

「修奇！拜索斯的女人全都這麼放蕩嗎？」

「咦……」

在我回答之前，妮莉亞就朝我這裡跑來，坐到了我右邊。結果我就被夾在溫柴跟妮莉亞的中間。妮莉亞開始對我說：

「修奇，傑彭那些人到底怎麼談戀愛的？」

我還沒來得及回答，溫柴就將嘴貼到了我另一邊的耳朵旁，大聲說：

「修奇，你不覺得所謂健全的愛情，是指兩個成熟的人，互相對對方忠實而感受到的情感嗎？你認為隨便對任何人都隱隱發出性方面的魅力，是女人的特權嗎？有些女人認為讓男人高興是件好事，所以故意穿著暴露的服裝，巧妙地利用放蕩的言語來刺激男人，關於這件事，你怎麼想？」

根本輪不到我回答的機會。妮莉亞馬上說：

「修奇，對於無法瞭解女人的男人而言，他將看到女人時所感受到的淫慾衝動，全部怪到女人頭上，視作是女人刻意去散發的，關於這件事，你怎麼想呢？女人很自然地行動，男人卻自己在那邊興奮了起來，這就像是自命清高，認為『是女人先做錯的，她為什麼要做出這些舉動呢？』，將所有的錯都歸罪給女人。對於這種幼稚的醜陋行徑，你又怎麼想呢？」

我嘆了口氣，說：

「……兩位，你們講話的時候，請拿掉『修奇』這兩個字。現在請繼續吧。」

我兩邊的耳朵被吵得嗡嗡作響。這還真是可笑。你們兩個互相講話不就得了？為什麼一定要把我夾在中間呢？但是我不想讓杉森有機會問起妮莉亞是如何將錢歸還的事情，所以只好靜靜地在那裡受這場無妄之災。

反正不知道怎麼結束的，溫柴跟妮莉亞的互相叫罵總算告一段落。我因為完全沒有留意他們兩個人講了些什麼，所以不知道他們的重點跟結論到底是什麼。兩人不再互相對話了，雖然他們還是跟我說話，但那也只是一種自言自語。這種自言自語似乎也不可能有什麼像樣的結論。特別是這兩個人性子都很拗，都有很固執的一面，所以也不用期望會有什麼結論。

反正現在太陽下山了，晚餐也吃過了。依照卡爾的提議，妮莉亞決定跟我們同行，直到越過褐色山脈。

「這樣行嗎，大叔？你不是已經知道我幹哪一行的？」

聽到這句帶著幾分挑戰語氣的話，卡爾微微一笑。

「這個嘛，我不知道妮莉亞小姐怎麼樣啦，但如果是我的話，我絕對不會以這一票人所帶的東西當作下手的目標。這樣很可憐吧？」

聽到卡爾這句溫和的回答，妮莉亞的臉紅了起來。原來卡爾也會這樣說話。那意思好像是在說：這些人抓到妳又放了妳，並且在妳被翼龍追的時候冒著生命危險救了妳，妳怎麼可能對他們的東西下手？

「……謝謝。那個，希望從現在起到越過褐色山脈為止，我能夠幫上各位的忙。」

我們一行人為了能在明天將今天損失的時間補回來，所以全都很早去睡覺。第一個輪到守夜的是我。我將柴丟進火堆中，環顧著我們一行人。

杉森將毯子整個踢掉了，他呈大字形地躺著，正在打呼。我之前還幫他再蓋上一次毯子，現在卻又變成這個樣子。我在想，是不是要用毯子把他裹住，再用繩子綁起來？哎，還是算了。以他的體質，就算這樣睡覺大概也不會感冒吧。在另一邊，卡爾像個死人一樣，正安靜地睡著覺。伊露莉跟妮莉亞裹著同一條毛毯，正暖暖地睡著。

溫柴睡的時候，腳踝被綁在樹上。我看了看他的臉，他居然還睜著眼睛。

「你不睡嗎？」

「睡不著。時間還早。」

「還是試著入睡吧。」

「你別擔心我。我又不用守夜。俘虜也有舒服之處。」

說起來也沒錯。我們又不可能讓溫柴守夜，所以是我、杉森跟卡爾輪流。伊露莉傷得很重，再加上她早上要記憶魔法，必須要睡眠充足。妮莉亞？她也不太可能。與其到頭來表現出我們無法相信她，還不如不要排她守夜來得好。

「修奇。」

溫柴對我說話了。我又將一塊柴丟進火堆裡，然後望著他。

「把我放走吧。」

「……這個我做不到。」

「我會給你謝禮的。我向你保證。放了我吧。」

「不行。」

「你就是一定要帶我去拜索斯恩佩，讓我上絞首臺嗎？」

我雖然不忍心，但也只能如此，不是嗎？我不太高興地說：

「你成為間諜的時候，就應該已經有心理準備了，不是嗎？」

「我也有一定要活下去的心理準備。」

「……你想要活下去？要將你當作一般的戰犯處理，是有困難的。因為你們進行了間諜活動。而且想想看你們在卡拉爾領地做了什麼壞事，這樣還想要活下去？」

「那些都是那個女人做的，我們只不過是那個女人的護衛。我們只不過是在那裡建了個祕密基地，然後等待她的到來。」

「在審判的時候，你們沒阻止，就必須視作共犯。這應該算是犯了幫忙的罪吧？」

溫柴直視著我，說：

「這話雖然對，但也不對。很多事情，我根本碰都沒碰過。我不可能為世界上所有的事情負起責任。在我聽來，你因為是遠離戰場的西部林地居民，所以對拜索斯跟傑彭的戰爭幾乎毫不關心，就這麼生活著。但是如果傑彭入侵了拜索斯，將你的故鄉夷為廢墟，你們國王以沒有阻擋我國入侵的罪名要將你處死，你會怎麼說？」

「你要表達的就是，在底下的人只不過是棋盤上的一顆棋子，出問題時卻都是這些人先送死，是吧？」

「這不是很冤枉嗎？」

「完全不會。」

「……你說說看理由是什麼。」

「如果要用這種思考方式繼續想下去，搞不好我不能像老鷹一樣飛，也會覺得很冤枉。我不能像魚一樣在水裡呼吸，也會覺得很冤枉。」

「你不是老鷹，也不是魚，你是人。你們的國王、貴族和將軍，也都跟你是一樣的人。同樣都是人，為什麼只有底下的人要付出代價？我也是人，派我到拜索斯來的長官也是人。但是我只因為這個命令來到這裡，卻因此而死，然後我的長官又開始培育另一個間諜，到現在還肚子飽飽地過他的好日子。比起我來，那傢伙不是更壞嗎？」

「都是一樣的人？哈！真可笑。」

聽到我的回答，溫柴做出了訝異的表情。他指著自己的身體說：

「我怎麼不是人了？」

「只有笨蛋才會講這種話，說什麼大家都是一樣的人。嘿，這世上哪裡有一樣的人呢？把其他人都放進跟自己相同的模式來理解，世上沒有比這個更愚蠢的事情了。用你這種想法想事情的話，很容易就會罵起那些皇族跟貴族。『媽的，一樣都是人，為什麼我早上起來只能吃粗麵包配碗水，那些傢伙卻有美女在服侍，吃著山珍海味。』如果你真因為這樣覺得委屈，就自己去建個國家當國王。如果嫌麻煩不想做，那就給我閉上你的嘴，乖乖坐著。」

「你居然說什麼……嫌麻煩？」

「難道不麻煩嗎？如果按照你的說法，每個人都是一樣的人，那你也可以像傑彭國王一樣變成國王啊？雖然我不知道你們是不是把領袖叫做國王啦。如果你有這種能力，又不去做，不是嫌麻煩是什麼？」

「是因為嫌麻煩才不做的嗎？是因為不可能吧……」

「哎喲。你現在又忽視人都是一樣的這件事了。你這種說話方式真差勁。發牢騷的時候，就說人都是一樣的，拿你去跟那些人比較的時候，你又說自己跟他們不同了。不管是誰，被拿去跟別人比，結果受到批判的時候，心情是不會好的。要用相同的方式來看。如果你說人都是一樣的，那你就去這寬闊大地的一角建一個國家嘛。現在你應該想問我為什麼不這麼做吧？」

「我是很想問沒錯。」

「我不做，是因為嫌麻煩。我繼續當賀坦特領地未來的蠟燭匠，是更舒服的。因為我沒有野心，所以才能如此。有時候我也會有想當貴族的心情，可是我畢竟是不會去當的。然而不會有人罵我說，這只不過是沒有野心、沒有能力之人的自我安慰。『哼，你雖然有野心，可是沒能力，所以卑屈地將自己合理化了，不是嗎？』這不是很愚蠢嗎？那些人大概認為野心是人類的本能。他們自己因為野心，冒著生命危險汲汲營營，所以就認定別人也都是如此。那些傢伙根本無法瞭解別人。哎，一般來說，成為國王、英雄的都是這種人，所以那又怎麼樣呢？如果那些英雄要罵我無能、卑下，我會要他們去做蠟燭看看，然後對他們說：『你居然連根蠟燭都不會做。那應該把你丟到市場的一角去活活餓死。』這樣他們應該會很生氣吧？但是那些英雄似乎真的沒有能力靠自己的雙手養活自己。他們有的只是因為無限的野心而能夠成為國王，去使喚他人的能力。但我沒有這種野心，反之，我卻能夠用自己的雙手餬口。」

溫柴用銳利的目光望著我。我為什麼說這些呢？用這種半吊子的口才長篇大論地說下來，頭還真痛。要怎麼樣來下結論呢？哎，雖然有點粗略，但就這樣說好了。

「這才是『一樣都是人』的真正含義。從承認我無法變成別人，別人也無法變成我開始，『一樣都是人』這句話才能夠成立。你無法變成派你來到這裡的長官。如果有人叫你拋開你的家人、你的回憶、你的愛、你過去所珍惜的一切，要你到那個長官的位置去代替他，你會怎麼做？做得到嗎？要你把自己長官的太太叫做『老婆』，要你叫他的小孩『兒子』或『女兒』，你叫得出來嗎？」

「……我的長官還是單身。」

我不得不笑了出來。溫柴也噗哧笑了。

「不要擔心。雖然我不清楚怎麼回事，但是若依照費雷爾他說的話，你是個重要的人物。」

「重要人物？」

「他是怎麼說的……你是能夠讓我們國家的鴿派，也就是主和派轉變為主戰派的活證據。所以你的證言是很重要的。如果到達了首都之後，請你說自己後悔做了那些事。你就說是因為長官命令，在不得已的情況之下才做的。」

「這樣我就可以活下去嗎？」

「這樣你就可以為祖國盡忠到最後一刻，光榮地在絞首臺上犧牲。」

溫柴做出了鬱悶的表情。

「你說得可真簡單。」

「我說得這麼簡單，是因為這是個你自己要做的簡單決定。請你自己下決定吧。如果想要活下去，就請你變節，站到宣傳策反的最前線，去咒罵你的祖國。如果做不到，就請你抬頭挺胸地受死。但是不要叫我幫你，你自己想辦法逃吧。」

溫柴聽了我的話，噗哧一笑，又躺了下去。

「我知道了。對無法負責的小鬼，沒什麼好說的。我會自己想辦法逃的。」

「這是比較好的態度。你努力地試試看吧。我會好好看著你的。要我給你一點建議嗎？杉森的心腸其實令人意外地軟。等到杉森守夜的時候，你去試著跟他說說看。就說在故鄉還有一個女孩子等著你，這樣他應該就會動搖了吧。」

啊，我真不該這麼說。杉森搞不好真的跟我講的一樣，這個建議太危險了。溫柴用茫然的表情望著我，我乾咳了幾聲，轉過身去不理他。

這時我發現杉森已經坐了起來，我無比地驚訝。

「咦，啊，你怎麼起來了？」

「你這傢伙，居然說出了這麼陰險的計畫。這個計畫太可怕了，我在毛毯裡聽得都起雞皮疙瘩。但是因為現在有更重要的事，所以等一下再處置你。」

「你要去小便嗎？」

「剛才我的耳朵貼在地面上，聽到了某種東西的腳步聲。」

我連忙挺起腰，變成半蹲的姿勢。杉森穿上了皮甲（他穿皮甲的動作還真快，那大概也是訓練的成果），一手拿起長劍，對我做了做手勢。

「你就坐在那裡別動。我去偵察一下再回來。」

「要叫醒其他人嗎？」

「別發出聲音。」

我點了點頭，安靜地將卡爾、伊露莉和妮莉亞弄醒。在我把他們搖醒、叫他們別出聲的過程中，杉森已經消失在森林的樹木間了。

「腳步聲？」

伊露莉躺著轉頭，將耳朵貼到地面上。她皺起了眉頭說：

「嗯……真的有。而且數量還很多。」

我們都小心地起身，抓起了各自的武器。不久之後杉森回來了。他咬牙切齒地說：

「該死！是那些半獸人。」

06

杉森他說「是那些半獸人」？我們馬上就都聽懂杉森說的這句話。妮莉亞聽了我剛才說的故事，看她的表情，似乎也知道是怎麼一回事。

「哎喲，半獸人與復仇的擁護者華倫查啊！您真的給了這些傢伙無與倫比的復仇心！」

我插進了一聲嘆息，問正在揉眼睛的卡爾。

「怎麼樣，牠們會撲上來嗎？」

「牠們正在接近中。現在離我們有五、六百肘，似乎正想要形成包圍網。牠們分成一群群來行動。因為太過黑暗，所以不知道確實的數目，但應該大約有四、五十隻。」

「真是的，那我們這次也應該要跑掉嗎？」

「半夜在山裡面跑，是很危險的。」

「呵，這下可慘了。」

「該做個了結了。」

杉森這樣說完，一面偷瞄著伊露莉，一面說：

「我的意思不是要全部殺掉啦。」

「你有什麼計畫嗎？」

「這個嘛……這雖然是我的判斷，但現在牠們應該已經到了極限狀態。我不知道牠們的食物是如何補充的，但是如果在褐色山脈讓我們逃了出去，牠們大概也不可能再追來了。而且越過了褐色山脈，就到達了拜索斯首都。這次是牠們最後的機會。因此這次只要擋住牠們就行了。」

「怎麼擋？」

「牠們現在正看著火光往這裡前進，所以牠們此刻應該很大意。我們只要從反方向衝過去攻擊就行了。人也不用很多。從意外的方向進行奇襲，目的是要讓牠們大吃一驚。就由我跟修奇去吧。」

「為什麼兩個人？我也要去。」

「那個，伊露莉……」

「我現在已經沒事了。我現在用刀不會有問題。快走吧。」

「還有溫柴的問題。」

這麼一說，伊露莉立刻用為難的表情注視著溫柴。溫柴冷冷地笑了。如果要去奇襲，是不可能帶著他的，搞不好在混戰中就讓他逃走了。雖這麼說，但也不能放他走。

「……相信他不就行了。」

伊露莉惋惜似的說著，然而杉森卻搖了搖頭。這時妮莉亞突然站了出來。

「走吧。沒時間了。」

「喂，妮莉亞！」

但是妮莉亞拿起了三叉戟，就直接跑進了樹林裡。

「可惡，那傢伙真是任性。卡爾，溫柴就拜託你了。伊露莉也請留在這裡。如果我們的計畫沒辦法順利進行，那大家就直接逃走。所以請將馬準備好等著。」

「知道了。請小心。」

「走吧，修奇。」

我跟杉森走進了樹林中。

稍微遠離了營火，四周就變得一片昏暗。天上的雪琳娜似乎已經落下了。但是露米娜絲卻還高掛著，不久之後，在它月光的映照下，被染成一片微藍的盆地地形大致上都能看見了。

杉森彎著身子，小心不讓頭伸到草的上方。我用和他相同的姿勢跟在他的後面。在黑暗的夜晚穿過草叢間，我們的身上都沾濕了露水。

「可是那女的跑哪去了？」

杉森嘀嘀咕咕地說。真的看不到妮莉亞耶！她到底躲到哪去了？反正我先跟在杉森後面走，杉森卻又突然停了下來。他將一邊的膝蓋跪到地上，然後將頭探出草叢。

「看得見嗎？」

看得見什麼？放眼望去，只看見了一大片黑藍色的東西。盆地中生長的草，就像是一片黑藍色的海洋。我轉過頭去，身旁的杉森的臉也是一片黑暗，根本看不清楚。

「什麼都看不見。」

「那邊……好像有大刀在閃爍。還有那個位置，仔細看，可以看得到頭。盡力觀察草叢間，可以隱隱約約看到有東西在動。」

「你的計畫是？」

「用巨大的喊聲加以攻擊。」

「我們散開吧。從好幾個方向一起喊，不是會比較好嗎？」

「這個主意不錯。那我就過去那棵樹那裡，看到了嗎？我從那邊進行奇襲。我先開始行動，然後你再攻擊。但是沒必要過分激烈。小心不要被牠們包圍住了，只要讓牠們以為我們在完全意料之外的方向，然後就趕快跑走。知道了嗎？」

「如果牠們往營火的方向跑呢？」

「不會的。如果牠們遭受奇襲，會認為營火只是誘餌。但如果真的發生這種事，我們也只能拚命跑回去，騎了馬快逃，知道了吧？還要對妮莉亞大喊，叫她也逃走。還真不知道她躲到哪去了。」

「我知道了。」

杉森盡可能不讓草搖動地開始前進。最神奇的是，杉森的形影一從我眼前消失，我馬上就找不到他在哪裡了。可是妮莉亞又在哪裡呢？

我瞪大了眼睛，小心不讓已經發現的半獸人離開我的視線。半獸人慢慢地逼近。大概牠們之前吃了幾次虧，所以更加地小心謹慎。杉森到了哪裡呢？只要聽到從樹那裡有喊聲傳來，我也得馬上突擊。

啊，到底什麼時候才會展開行動呢？是現在嗎？是現在嗎？

咦？

在下一瞬間，我看到一件奇怪的事情，驚訝地乾吞了一口氣。

在盆地的另一邊，一個滿強壯的男子正在前進著。迎著月光走來的那男人體格很不錯，又騎著某樣東西，卻看不出那東西是什麼。那東西不是馬，塊頭很大，我覺得可能是公牛。但是他應該不可能會騎牛吧？在月光下，我只能朦朧地看見，再加上那東西的身體被草遮住了，所以看不出是什麼東西，但總之絕對不是馬。

而且那人好像穿著很不錯的鎧甲，在月光下閃爍生光，所以八成大概是金屬做的吧。那種東西一定很貴。他左手上的東西應該是盾牌吧？

但是那男的樣子非常怪異。他將手扠在腰上，就像喝醉了似的不斷搖著頭，喃喃地自言自語著，在寂靜的夜晚山中聽來，那聲音就猶如從很遠的地方傳來一樣，但是聽不清他在講些什麼。

那男的突然開始大喊：

「什麼啊？是半獸人嗎？你們在這裡做什麼？」

咦？他怎麼發現的？那男的在相當遠的地方高喊，這件事讓人非常驚訝。但世界上怎麼會有這麼愚蠢的傢伙？如果他因為眼睛太利而發現了這些怪物，應該靜靜地消失，怎麼好像跟發現了野花的少女一樣，在那邊大喊什麼「是半獸人嗎」之類的話？半獸人大吃一驚，全站起身來，望著新出現的這個人。

「吱吱！怎麼了？」

「吱吱，吱！」

草地處處都發出了銳利大刀的反射光芒。杉森還真是厲害，出現的閃亮大刀的確有四、五十把。大概是因為散布在各處的刀朝我接近著，在一大片範圍中高高舉起的那些刀不由得讓人打了個寒噤。

坐在奇怪東西上面的那傢伙環顧了一下四周出現的大刀，然後用很沒氣沒力的聲音說：

「咦？咦？還不是一、兩隻啊。你們到底要做什麼？……吵死了，說說話啊！啊，是因為那裡那團火嗎？你們這些傢伙，難道想要襲擊旅行者嗎？」

他是在開玩笑嗎？如果他騎著某種東西，就應該趕快回頭逃走！他的背後還沒被擋住。半獸人長長地排列在我跟那個男人之間。我是不是應該站出來？還是要大叫？那時突然有人按著我的肩膀。

我捂住了自己的嘴巴，轉過頭去。那是妮莉亞。

「妮莉亞，妳剛才躲在哪裡？啊，這不重要。有一個腦袋有問題的男人……」

「我也看到了。你形容得真對，他真的腦袋有問題。他到底在搞什麼？先不管這個，杉森在哪裡？」

她一說完，草叢就開始搖動，杉森朝上探出了頭來。

「我在這裡。那個人看起來不像冒險家，可是居然半夜單獨翻越褐色山脈，還這樣大聲喊叫，他到底是什麼樣的人？」

「他是企圖自殺的人，精神異常的人，智障……」

我們都皺起了額頭，望著剛才開始跟半獸人對峙的那個男子。哎，如果他騎著某樣東西，應該可以逃得走吧？如果他要幫我們，他只要站出來，讓我們可以攻擊半獸人的背後就行了。但是他好像沒有一點危機感，還是大言不慚地說：

「因為你們還沒有做什麼，所以我放過你們。快走吧。安靜！聽不懂我現在講的話嗎？啊，半獸人。你們快給我走吧。夜路小心走。啊，真是的，我忘了。你們都是晚上出沒的吧？」

那個男的講起話來非常奇怪。但就算我是半獸人，聽到了那些話，我也會瘋掉。半獸人也啼笑皆非地說：

「吱——！是、是誰要放過誰？」

「那個，吱——？你不是瘋掉的人類嗎？」

在旁邊的杉森發出了快噈氣似的呻吟聲，說：

「半獸人說的話，連我都完全贊成。呃嗯……到底怎麼回事？就算是再沒見過世面的冒險家，也不會做出這種毫不考慮後果的事吧？而且他講起話來，怎麼會那個樣子？」

我也覺得很荒唐，繼續注視著那個男的。他用疲倦的聲音說：

「不走嗎？為什麼不走？我不是已經說了，要放過你們嗎？喂！叫你閉嘴就給我閉嘴！別再鬼叫了！我說我要放這些半獸人走啊。你別再煩我了！可惡。喂，你們快走！」

什麼呀？有人在鬼叫嗎？杉森用漠然的聲音說：

「那個傢伙……他是不是有幻聽啊？」

「啊，幻聽？沒錯。他應該是神經病。」

半獸人好像也是這樣判斷。半獸人現在都嗤嗤笑著，其中一隻大喊道：

「可惡，吱！就因為那傢伙，害我們的奇襲失敗了！攻擊！」

牠一說完，半獸人就全都高喊著，一齊朝那個男的衝了上去。「吱——！」

「可惡！」杉森站起身來。

「喂！你們這些傢伙，我來了！」

「我也來了！」

半獸人好像還記得我的聲音。

「吱吱吱吱！是，是怪物蠟燭匠！」

我跟杉森開始向前衝去。但是突然頭上吹過一陣風，妮莉亞從我們兩人頭上跳了過去。什麼呀？好大一個空翻！妮莉亞水平地拿著戟桿，翻了個大筋斗，越過了我們頭上，直接跑向那些半獸人。

「喝！我可是三叉戟的妮莉亞！」

月光開始很美地分散開來。妮莉亞在齊腰的草叢中耀眼地移動著，大肆蹂躪那些半獸人。妮莉亞就像趕羊的牧羊犬一樣，沒有跳到中間去，而是轉向跳到邊上，開始刺那些半獸人。半獸人們大大地逆向迴轉的瞬間，我跟杉森衝進了牠們之間。

「喝啊啊啊！」

杉森沒將長劍拔出鞘來，猛烈地衝了進去，我也靠在杉森背後，猛烈地揮動著巨劍。半獸人雖然想揮大刀砍我們，但是因為草叢幾乎長到牠們下巴的高度，所以動作很不流暢。我們靠著黑暗跟草叢的幫助，將半獸人全逼得擠在一處。我趁著稍微有空，偷望了那個男人一眼。他所騎的東西是……

是公牛沒錯。

杉森大概也看到了那個東西，刀法突然亂了起來。「咦？」那男的居然真騎了頭牛。這到底怎麼回事？他真的是神經病嗎？但是我們還正在跟半獸人打鬥，不可能一直這樣看著他。就在這時——

沙啦啦啦……光芒一閃！

由於實在太刺眼了，所以我遮住了眼睛。那個騎著公牛的男子好像從牛背上跳了下來，拔出了他的劍。劍發出非常耀眼的光芒。不，就算他的劍再怎麼好，也不可能在月光下閃耀出這麼亮的光吧？

半獸人為了減少被奇襲的損失，所以都聚到了一處。本來在妮莉亞那邊的半獸人都繞了個大圈子，退到後面，我和杉森趁機跟妮莉亞會合。那男的拿著他那把發光的劍，慢慢地走來。但是他的目標不是我們，而是那些半獸人。

他一面走，一面自言自語說：

「怎麼樣，不要再鬼叫了啦！我跟牠們打就是了。可惡。你高興得跳來跳去，還在那邊故作清高。住嘴！你吵死了！半獸人啦，半獸人。你也很高興，不是嗎？什麼，不是？真可笑！」

無論如何，那傢伙的腦筋真有點問題。那男的搖著他的頭，在那邊聽他幻聽的內容好一會兒。半獸人都莫名其妙，只好先靠過去突擊。

「吱！」

「危險！……沒事？」

杉森慌忙地大喊，可是後面這句話真怪。我覺得很荒謬，荒謬到下巴都掉了下去，我問杉森說：

「我沒看到。杉森你看到了嗎？」

「不，我也沒看到。」

雖然我不知道剛才發生了什麼事，但大概是那個男的揮了劍。跑向他的半獸人全都斷成兩半倒在地上。牠們被俐落地攔腰斬斷。其他半獸人都吃驚地後退，但那男的還在繼續胡說八道。

「好？好？別再惹我笑了！停止鬼叫！」

然後那個男的就朝半獸人群衝了過去。

「哇嚓嚓嚓！」

這真是親眼看到也無法置信，在黑暗的夜空底下，我看到的只是黑色的殘影。就像在眼前揮動手掌時，好像能看到幾十根手指一樣，那人閃爍的劍突然變成了幾十把，開始大肆斬殺半獸人。但這件事有可能嗎？

「先過去幫忙吧。」

杉森雖然覺得很莫名其妙，但為了支援那個人，還是衝了過去。杉森很留心地觀察那個人的動作，然後立刻決定了自己的方向。他好像要對那個人動作時產生的空隙進行掩護。

那男的自己從肩膀後面看到了杉森的動作，笑著說：

「武藝還真不錯呢？喂！那不是男人嗎！不要把我搞成奇怪的傢伙！我對男人沒興趣！」

杉森沒有回答。大概他也不太想回答吧。我也先跳了出去，攻擊半獸人的背後。妮莉亞用她那巨大的三叉戟，配合著我一起作戰。

一陣子之後，那個男的劈開了十隻左右的半獸人。如果他在開肉鋪，一定會因為這俐落的手藝而受到顧客的喜愛。難道半獸人的腰部沒有骨頭？哎，怎麼可能。事實又不是這樣，為什麼能夠如此將半獸人劈開？

那男的戰鬥起來的樣子雖然很帥氣，但我就是覺得不喜歡。其實我也不是想說「半獸人也是生命……」之類的話。因為就算聽到這句話，也可以反問：「是生命又怎麼樣？」既然不是我在世上創造了半獸人，我就無法說明半獸人存在的理由，因此也無法說明殺害牠們為何是不正當的。事實上，如果有人用不接受玩笑式回答的嚴肅態度，問我本身存在的理由的話，那我真的無話可說。我為什麼會在這個世上呢？是因為爸爸跟媽媽創造了我。此外就沒有理由了。說起來悲慘，但就是沒有。所以我也不知道為什麼不能殺半獸人的合理理由。

但我不喜歡他這種殺法的原因，他自己看來似乎也知道，因為他帶著鋼鐵般的意志去屠殺那些半獸人。而且他又是用很乾淨俐落的手法將半獸人劈開。如果先不管半獸人，光看他手部的動作、腳的動作、視線的移動，以及為了決定下一個行動而採取的行動變化等等，會覺得非常優雅。簡直可以說是一種藝術。

無論如何，在杉森跟那個人配合無間的攻擊下，再加上我跟妮莉亞擋住了半獸人的進路，所以牠們都瘋狂地往盆地入口處開始逃命。

那男的望著逃走的半獸人，將劍甩了一甩，讓上面的血灑掉，然後轉過了身來。我們在那一瞬間感到背脊一陣發涼。那個瘋子正朝我們走來。杉森猶豫了一下，朝我們這邊退回來，本來躲在杉森背後的妮莉亞則是焦急地說：

「喂、喂！杉森！你說句話啊，叫他不要一直走過來！」

「啊，妳怎麼這樣說話……我們剛才不是並肩作戰嗎？」

那男的拖著疲乏的腿走來。雖然他沒有採取攻擊的姿勢，但是精神病患發作的時間又不固定，所以我跟杉森都緊緊地握住了劍柄。

在比較近的地方看到的他，是個三十歲左右的健壯男子，一頭灰髮，穿著半身鎧甲的胸甲。他的腿上有金屬製的護腿，左手則是拿著鳶盾，可說具備了重裝備。但是那些東西都只具有功能性，而不具有品味或優雅。他穿在身上的東西不是一整套，而是東拼西湊的。他看著我們，噗哧笑了出來。

「半獸人好像就是以那些人為目標。請把武器放下，你們這些山賊……喂！你說一定是？難道在山上遇到的，就一定是山賊嗎？」

那男的聽了自己說的話，搖了搖頭，然後再次對我們做出了溫和的微笑。

「啊，對不起。我講話聽起來很奇怪，是因為我已經瘋了……喂，別開玩笑了！」

結果我跟杉森都悄悄地開始後退。我看了看杉森。

「他瘋了嗎？」

「這真是的。太奇怪了。如果說他瘋了，他的劍法卻又如此精湛。是因為瘋了才這樣的嗎？」

那男的看見我們在退後，連忙搖了搖手。

「不，不是。對不起。月光太漂亮了……不，該死！哎，有誰要親吻我一下呢……不！哎，有誰要靠過來一下？」

「杉森，去吧！」

「不、不要！他還說什麼親吻的……」

「沒辦法了。」

我小心翼翼地走了過去。因為我的力氣最大，就算他要強吻我，我大概也可以擋得住。我一走近，那個男的就鬆了一口氣，將自己的劍倒過來，他拿著劍刃那端，將劍遞了給我。

我懷疑地看了看那把劍。他馬上就說：

「不管怎樣，請你握住這把劍看看。」

我迷迷糊糊地注視著那把劍。難道精神病患在給我劍的同時，不會對我做出什麼舉動嗎？這可真奇怪。他遞過來的，是一把很漂亮的長劍。跟他隨便亂搭配的服裝比起來，這把劍看起來還真是高級。

劍身的部分是黑色的金屬，可是中間鑲了白色的金屬，白色的部分正發出嚇人的光芒。護手的部分跟劍身是一體成形的。漸漸變寬的劍身，突然變得非常寬，就形成了護手的部分。護手的中間鑲了一塊黑色的寶石。他向我伸出的劍柄部分，有白色的皮一圈圈地環繞，柄端的圓頭好像只有裝飾的機能，非常小，而且鑲了一顆跟護手那裡一樣的寶石。真是奇怪。像這樣的長劍，如果柄端沒有頭，要維持平衡是很困難的。

我用盡可能快速、但看起來又不至於無禮的速度握住了劍柄。讓我驚訝的是，那把劍非常輕。就是因為如此，所以不需要柄端的圓頭嗎？但是我根本沒有時間思考。

「太過分了！啊啊啊！混蛋，混蛋！你手在碰哪裡？你洗過手了嗎？啊——看一下你這髒手！咿咿咿！你不能握輕一點嗎？這樣會把我捏碎的！太過分了，真的！居然把我交給外人。呃喝喝！我早就知道會這樣。嗡嗡嗡，這是背叛，背叛！我就知道你有一天會背叛我……喔喔喔！」

結果我放手讓劍落到了地上，然後茫然地望著那個男人。他做出了疲倦的微笑。

「……是它嗎？是這東西在說話嗎？」

這時杉森說：

「修奇！你居然把別人的武器丟到地上。」

「啊，對不起。」

我再度撿起了那把劍。我一拿，腦袋裡頭立刻開始嗡嗡作響，聽到了一個少女的聲音。

「什麼？什麼？剛才才把我丟到地上，現在怎麼又把我拿起來？呃呵呃呵！我好難過。我身體這麼脆弱，居然還被用來砍半獸人，啊啊！又想起來了！我本來想忘記的！我竟然被插到半獸人的身體裡頭！真令我作嘔，啊……噁噁！還被人丟在地上。真不想活了！我想死我想死我想死！」

「……它講話怎麼這麼快！」

聽到我這句莫名其妙的話，那個男的點了點頭，現在換杉森跟妮莉亞用訝異的眼神望著我。

卡爾驚訝地鬆手，讓劍掉到了地上。然後他也像我一樣慌忙地將它撿了起來，然而嘴巴還是合不起來。伊露莉擔心地望著卡爾。但是伊露莉一握住那把劍，也立刻變了臉色。卡爾用驚魂未定的聲音說：

「這個……難道是自我意識劍？」

「沒錯。」

那個叫做吉西恩的男人帶著疲倦的表情點了點頭。我很好奇地問說：

「自我意識劍是什麼？」

卡爾失了神似的說：

「魔法劍……當中最高級的。這是水準最高的巫師，傾注了所有努力之後，才能做出的劍。這把劍本身擁有自己的人格。」

魔法劍？我將頭轉向了妮莉亞。妮莉亞的眼中果然開始閃爍起光芒來了。啊，劍的主人可不是別人，是那個男的啊。這樣可危險了。

「哇，可是劍為什麼會有自己的人格呢？這樣好嗎？」

「咦？這樣劍自己就會認得主人，最重要的是為了讓它使用魔法，才把它做成這樣。如果沒有自我，要怎麼樣使用魔法呢？」

「劍會使用魔法？哇！那很貴嘍？」

「呵。這種東西怎麼可以用錢來算？尼德法老弟。連用一塊不錯的領地，也很難換得到這種劍。」

「哇！這樣不就等於把一整塊領地拿在手上？」

我發出了驚嘆聲。我看了看妮莉亞，現在她的眼中燃燒著火焰。真的危險了。妮莉亞現在好像要用視線看穿那把劍似的，一直盯著劍瞧。說明告一段落的卡爾，也用感動的表情望著握在伊露莉手裡的劍，然後回頭看著吉西恩說：

「這把自我意識劍不是普通的寶物，請問您是哪裡的騎士嗎？」

「別這麼說。我只是個浪人。」

「浪人？呵呵。」

手上拿著劍的伊露莉用茫然的表情望著空中，然後開始嘻嘻地笑。完全不像平常的伊露莉。一陣子之後，她微笑地說：

「是嗎？謝謝了。」

吉西恩好奇地望著伊露莉說：

「它說了什麼嗎？」

「啊，它說很喜歡我。」

然後吉西恩馬上就深深地呼了一口氣。

「這傢伙怎麼到處講這種事。只要是容貌端正、心地善良的人，它不管男女都會喜歡。」

嗯。如果這句話不是用來形容一把劍的話，那聽起來真的很邪淫。居然說不論男女都喜歡？卡爾斯文地說：

「這是把個性很好的自我意識劍。如果是邪惡的巫師做出的自我意識劍，讓好人握在手中，就會讓那個人受傷，或者是會試圖去支配對方。」

妮莉亞做出了驚訝的表情。吉西恩點了點頭。

「是的。因為它的個性好，所以不會做出想支配主人，或者是讓主人瘋狂嗜血之類的事。劍本身也很鋒利，是把很棒的劍。而且也很會使用魔法……」

吉西恩望著天，開始焦急地大喊：

「可是它很嘮叨！就因為它不停地在耳邊嘮嘮叨叨，所以把主人弄得簡直是半瘋狀態！而且還故作清高！」

他突然這樣大喊，我們都嚇了一跳。吉西恩心中似乎累積了許多怨氣，居然對初次見面的我們開始大聲發牢騷。

「它自己也很高興自己是把劍，結果又討厭進入敵人的身體裡，討厭得一塌糊塗，在那邊故作清高！每次都在那邊喃喃唸著為什麼要被插進半獸人或者地精的身體裡，可是只要一戰鬥，自己又會高興得像要跳出來似的！這真是讓人笑不出來。它一整天都不會閉嘴，只有插進敵人身體的瞬間會安靜個一下子。你們知道為什麼嗎？」

卡爾大概覺得答案會很可怕，所以頓住微笑了一下。

「我猜不出來。也許是因為太痛苦……」

吉西恩憤怒地大喊：

「才沒這回事！你們以為它是天使嗎？它、它那時候安靜下來的理由是，想要聽對方的心跳聲！它會一面咕嘟咕嘟吞口水一面聽！有時聽到心跳聲，還會嘻嘻笑了出來！每當這種時候，把它拿在手上的我，都會全身起雞皮疙瘩！但它死也不承認，還會說為什麼要把它這麼高貴的身軀，插到那麼醜惡的軀體裡面，在那邊嗡嗡叫著耍賴！沾上了血，還會喊著要我用香水幫它洗澡，我真是哭笑不得。不，哪個腦筋有問題的傢伙，會用香水去洗劍的！」

「呵，呵呵……是這樣嗎？」

我呵呵笑了，杉森則是搖了搖頭，在那裡嘻嘻笑。這真是把故作清高的劍。還真可笑。吉西恩覺得這樣根本還沒說夠，又繼續往下說：

「所以那傢伙很討厭史萊姆。大概是因為砍起來不過癮才這樣。如果拿來砍食屍鬼或是殭屍之類的東西，它就會發出嘔吐的聲音，弄得拿著它都變成是件苦差事。如果砍在骷髏身上，你們知道它會有多吵嗎？幾乎是發出尖叫。它覺得自己因此而受到傷害。這不是很好笑嗎？我曾經拿它砍過石魔像，它毫無損傷。它的劍刃就是這麼鋒利，可是它居然還這樣。我也甚至因為它，而完全改變了我所用的劍法。」

「您改變了劍法？」

「是的。我現在完全不用刺的。將那傢伙插進對方身體裡的時候，如果那傢伙在聽對方的心跳，我的頭髮會全豎起來。不，就算連那個也忍了，接下來的事情我還是承受不起。它會整天折磨我，不斷哭鬧著說我怎麼對它做出這種事，逼得我都感覺自己快瘋掉了。」

卡爾完全不知道該說些什麼才好，吃力地笑了笑，我跟杉森則是轉過頭去不給吉西恩看到，嘻嘻地偷笑。這時伊露莉說：

「啊，該還給你了。」

吉西恩兩隻手都伸出來搖了搖。

「不行！拜託，請妳再多拿一下！我求妳。那傢伙喜歡的人並不多。雖然會對妳造成不便，但拜託妳！只要我睜著眼睛一刻，我就得聽它的嘮叨。不，如果它很無聊的話，就算我在睡覺，它也會把我叫醒。它不但外觀美，性能佳，甚至還知道如何震動劍刃發出聲音。聽到它發出嗡嗡聲的時候，我真的是束手無策。求妳可憐可憐我……」

吉西恩幾乎已經到了苦苦哀求的地步，所以心地善良的伊露莉也同意了。

「是是……我知道了。」

吉西恩做出了安心的表情。卡爾壓抑不住自己的好奇心，問說：

「那您為什麼騎著匹公牛呢？」

卡爾指著綁在我們馬旁邊的公牛問道。嗯，我也正在好奇這件事。吉西恩又一副大地都塌陷了似的樣子，嘆了口氣。

「那不是公牛，那是馬。」

「……咦？」

「那是曾被人稱為北部大道皇帝的『御雷者』。牠是北部大道上跑得最快的野馬，是速度之神，是剎那時間的掠奪者……牠有很多這類好聽的別名。怎麼會落到如此地步……」

「……咦？」

「牠中了詛咒。我跟斯涅歐特雷爾的黑魔法師里奇蒙戰鬥的時候，他對御雷者下了詛咒。所以北部大道的皇帝就變成了公牛。」

「……咦？」

我們驚訝地張嘴瞪著吉西恩。

怎麼會有人活得這麼有趣？好像這才是真正的冒險家。我以為這種傢伙只在童話故事裡才會出現。但是在我眼前的明明就是個揮舞著魔法劍（雖然很嘮叨）、騎著北部大道上最快的馬（雖然變成了牛）的冒險家。所以我也不得不提出了問題。

「那個……你的情人是哪一國的公主，現在又被哪一頭龍抓走了？」

「沒這回事。我可沒有情人。」

「是嗎？似乎也是如此啦。」

「可是我有妹妹被龍抓走了。」

「嗯，原來如此。杉森，晚安。現在該睡了。在這種情況下，非去睡覺不可……」

看到我快要昏倒的模樣，吉西恩微笑著說：

「開玩笑的啦。別擔心。」

誰也沒擔心啊。反倒是很失望。如果真的那樣，反而比較適合他吧。杉森確實做出了失望的眼神。卡爾微笑著說：

「那您要去哪裡呢？」

「我要去首都。御雷者身上的詛咒必須要消除，而且最重要的是，我需要魔法劍鞘。」

「魔法劍鞘？」

「是的。拜託巫師公會的話，應該可以弄到附有沉默魔法的劍鞘。我一定要想辦法堵住那傢伙的嘴。我已經忍耐了六年，沒辦法再忍下去了。」

這時伊露莉訝異地跳了起來。她慌張地遮住了長耳朵，然而她又馬上伸出了手，搖了搖頭。

「啊……我嚇了一跳。因為端雅劍突然尖叫。」

「它說了些什麼？」

端雅劍？那把劍的名字叫做端雅劍？還真是把裝模作樣的劍。吉西恩問伊露莉：

「啊……只不過是隨口尖叫罷了，說什麼『你這醜惡的禽獸，拿我殺敵的時候，就算討厭我，還會高興得用我的身體在你粗糙的臉上摩挲，現在居然要用那種可惡的劍鞘，讓我不能講話……』」

吉西恩慌忙伸出了手，說：

「可以了，我直接聽好了。」

可以。這樣好多了。伊露莉這樣說話實在是太奇怪了。伊露莉優雅地將劍還給了吉西恩。接過劍柄的吉西恩的臉漸漸皺成了一團。他很大聲地將那東西插進了劍鞘中，端雅劍馬上開始在劍鞘裡面抖動。嗡嗡嗡嗡嗡。

哇，這還真神奇。這等於是劍在叫耶？杉森跟我望著劍鞘，眼睛都快要凸出來了。妮莉亞的呼吸聲變得很大，在身旁的我聽得一清二楚。吉西恩似乎厭煩得無法忍受，所以瞪著自己的劍鞘。

這時，原本毫不作聲的溫柴開口了。

「你身上散發著血的氣味。」
我們全都注視著溫柴。吉西恩驚訝地反問：
「你是說我嗎？」
「沒錯。」
「我剛才才跟半獸人們打過一場，這不是理所當然的事情嗎？」
「不，是人類的血。非常非常多。你到底殺了多少人？我覺得自己的鼻子都快掉下來了。」
那一瞬間，吉西恩的臉上出現了到目前為止都還看不到的微笑。那是一種很奇特的微笑。
「對冒險家而言，這不是理所當然的事嗎？」
「嗯，你大概越過了許多死亡的關卡吧。你這條命可說是借來的。」
溫柴露齒而笑，吉西恩也一樣。他的牙齒射出了潔白的光芒。
「你能夠感覺到人的殺氣嗎？而且還很老練，你是傑彭人嗎？」
「所以我才這樣被抓，變成了俘虜。」
吉西恩看見溫柴給他看的繩子，點了點頭。
「那請你小心你的嘴。」
溫柴再度冷笑，閉上了嘴。因為氣氛變得很怪，卡爾又開口了。
「啊，對了，吉西恩您打算越過褐色山脈，到拜索斯恩佩去嗎？」
「是的。」
「那跟我們一起走吧？在這麼險惡的地方，如果能互相幫助，不是很好嗎？」
吉西恩似乎開始有點煩惱。
「你說要一起走？」

「對的。」

「搞不好我是個危險人物，不是嗎？」

聽到吉西恩的話，我跟杉森為之一怔。但是卡爾微笑著說：

「你不是說過，那把魔法劍喜歡心地善良的人？」

啊，沒錯。可是吉西恩搖了搖頭。

「即使我是個好人，但可能有某種不幸一直跟隨著我。人際關係不是件單純的事物。這個你想過嗎？」

咦？怎麼會想得這麼複雜？我看到剛才在一旁聽著的伊露莉開始歪著頭。卡爾將眼睛睜得大大的，再次沉著地說：

「這種事誰也不知道。如果要這樣計較，搞不好我們才應該道歉。」

「咦？」

「剛剛那些半獸人是來追我們的。」

吉西恩的表情和緩了下來。

「哈哈哈，是嗎？嗯……好吧。我會盡量不給各位添麻煩的。」

他一說完，杉森就插嘴了。

「那個，可是我們都騎馬。你騎公牛，要跟上我們應該很困難吧？」

吉西恩立刻笑著說：

「但再怎麼說，牠還是曾被稱為北部大道皇帝的傢伙啊。到了最後，你們不會相信牠是公牛的。」

到了清晨。大概四點左右吧。

我從床位上起來。周圍還是一片黑暗。人們來來往往，但都只看得見人影而已。我好不容易才看出在清晨涼颼颼的風中伸懶腰的杉森。

我在毛巾上倒了水，擦了擦臉。哇！我的臉簡直要被凍裂開了。

伊露莉擦完了臉，叫出了光精，然後開始用她獨特的方法甩著頭來整理頭髮，接著拿出了書。她用光精發出的光映著書頁，正在記憶魔法。看來就像在黑暗的清晨空氣中，只有她一個人浮在空中。這還真方便。我將鍋子放到熄滅的營火上，再次起了火，開始燒水。周圍變得更亮了。我將前幾天在伊拉姆斯買的蔬菜跟肉放到鍋中開始煮。這是在做高湯。吉西恩覺得很奇怪似的看著我。

「你在做什麼？」

「我在燒菜。」

「咦？怎麼做這麼麻煩的事？」

「就是因為出來野外，所以更要吃得好一點。如果你都不燒菜，那你吃什麼過活？」

「吃攜帶的乾糧啊，不然怎地？」

「你真是運氣好，居然決定要跟我們一起走。特別是今天早上。因為如果材料用光的話，那我也不會特地燒菜。如果要做一些東拼西湊的差勁菜色，那還不如不做。可是今天的材料很夠。」

「但是食物的味道不是會傳遍整個褐色山脈嗎？」

「如果有人來，就分給他們吃啊。反正燒了一夜的營火，他們應該早就看見了。」

吉西恩笑了笑，好像在表示「這樣說也沒錯啦！」。我收集了一些小石頭，另外起了一堆火，然後將平底鍋拿了出來。我用奶油開始炒麵粉。如果有牛奶跟鮮奶油，就可以做鮮奶油濃湯了。真可惜。我將炒過的麵粉放到高湯裡頭去攪拌。

「杉森，來這裡幫我攪拌一下這個。」

然後我開始在平底鍋上烤起培根來了。我聽到某處傳來的呼呼聲，原來是妮莉亞把她眼屎都沒洗掉的臉伸了過來。

「好香啊……讓我突然開始覺得餓了……」

「妳這樣眼屎都掉到鍋裡去了啦！水桶就在那裡，妳拿毛巾沾濕，擦了擦手跟臉再來！」

「是的，煮婦太太。」

妮莉亞微微扭動著腰，很可愛地走了過去，我不禁笑了出來。

我回過頭，杉森正以恭敬而僵硬的姿勢在攪拌著湯。他手臂的動作，正劃著一個個完美的圓。嘶……沙……。除了手臂以外，他全身上下一動也不動。那表情就像鋼鐵一樣。他的眼神凝視著火光，猶如在燃燒一般。但是……

「別攪了！從火上拿下來。」

「喔，要拿下來啊？嗯。」

「在旁邊應該有脆餅，弄碎之後放進去。然後把水壺放到火上去。」

「知道了。」

培根也弄好了，現在只要做煎餅就行了。杉森將水壺放到火上。壺中發出了咕嚕咕嚕的冒泡聲。

天漸漸變藍了。嗯，又是新的一天的開始，一直到明天早上痛苦地睜開眼睛時為止，又有一整天的時間了。嚕嚕嚕。

吉西恩吃完後發表感想，說這真是讓他感觸良深的一餐。這讓我很高興。我將茶分給每一個人。伊露莉說她每天只知道東西接過去就吃，所以很抱歉。

「今天的晚餐就讓我來做吧。」

「伊露莉妳來做？嗯哼，關於精靈的食物，聽起來……」

等一下。我再怎麼從記憶裡搜索，也想不起有聽過任何關於精靈食物的事。先別說那東西人類能不能吃、對人有沒有害，好像相關的事情我連一次都沒聽過。伊露莉搖了搖頭。

「如果讓各位吃精靈的食物的話，各位會很不舒服的，而且很難下嚥。我試著做做看人類的食物好了。」

「是嗎？啊，那人類的食物對伊露莉而言……」

「不會的，人類的東西很好吃，修奇。別為我擔心。」

「呼，幸好是如此。」

溫柴跟杉森為了最後一片煎餅吵了起來。杉森甚至用出了把長劍弄得匡噹響這種絕招，臉都被他丟光了。溫柴馬上用可怕的眼神瞪著杉森。杉森突然縮了回去。

「那是殺氣。還真的操縱自如呢。」

在一旁觀看的吉西恩做出了如此的讚嘆。啊，昨天不是看過溫柴用這個將翼龍嚇得退了回去？我問吉西恩殺氣到底是什麼。

「你知道龍之恐懼術嗎？」

「啊，那個，是龍讓對方非常害怕……」

「就跟那個差不多吧。」

「人也可以做得到嗎？」

「據說只有龍跟人能夠做到。如果用我們的方式去談殺氣，叫做肅殺之氛。學者雖然認為只有龍能辦到，各位看過白兔嗎？……不是啦！可惡。啊，傑彭的人可以做到。按照我的想法，所有動物好像都做得到。但是能夠自由自在地操縱的，就只有龍跟人類而已。人跟禽獸本來就很接近……你不要打斷我啦！嗯，精靈因為活得比人類久很多，所以理論上可以辦到，但他們的個性上不會這麼做。精靈的身材太好……啊啊啊！你這傢伙！不，因為精靈是優比涅的幼小孩子！」

嗯，冒險家果然頭腦很精明。卡爾帶著讚嘆的眼神，望著雖然受到端雅劍的妨礙，卻還是堅持說明到最後的吉西恩。我呢？我則是捧腹大笑。

結果因為被溫柴的殺氣壓倒，杉森讓出了最後一塊煎餅。溫柴對我說：

「這東西好吃到讓人為了多吃一片而散發出殺氣。你的手藝真好，修奇。」

我微微一笑。杉森對食物讓步，這大概是生平第一次吧？他大概正在將眼淚往肚裡吞呢！

07

再怎麼看，那傢伙也不像是隻公牛。如果硬要說牠是牛，那應該是隻瘋了的牛。

「呵，那一頭，真的很會跑耶？」

「你那匹也不是，給我安靜！普通的馬啊！」

杉森跟吉西恩互相稱讚對方的駕馬術與駕牛術（不知道這個詞會不會說起來怪怪的，不管怎麼說，他是騎著一頭牛在跑沒錯），一面向前跑著。跑的時候，吉西恩用一隻手按住掛在腰上的端雅劍，所以講話還是跟之前一樣奇怪。但是如果不用手去碰，也就是不聽劍講話的話，劍會嗡嗡響個不停，所以他也不能把手放下來。那把劍還真是喋喋不休。拜它所賜，吉西恩也只能用一隻手駕馭他那頭御雷者。

原本緊抓住我的腰、嘀嘀咕咕的妮莉亞說：

「能不能，不要跑，那麼快？」

「很辛苦吧？」

「可是因為，有你幫我擋風，所以稍微好了一些。」

「那頭公牛，真的，很會跑。」

事情的開始是這樣的。

杉森起初擔心吉西恩的牛跟不上，所以慢慢地跑。可是吉西恩的牛卻跑到了杉森的前面，杉森馬上一副出乎意料之外的樣子，噗哧一笑，開始加速，吉西恩也隨之笑著加速。然後杉森咬緊牙關，用最高的速度開始跑，吉西恩也惡狠狠地瞪大了眼睛，拚命加速。

最後，兩人用疾馳的速度，開始在褐色山脈險峻的山路上飛奔。在後面跟著的溫柴大概難過得要死。而溫柴後面的卡爾跟伊露莉也不得不拚命跑，跑在最後面的則是我跟妮莉亞。妮莉亞因為沒有馬，所以跟我共騎一匹。我的體格不像杉森，而是瘦巴巴的，妮莉亞的體重也還算輕，所以傑米妮的負擔也不會很重。

為什麼要跟我騎同一匹呢？……妮莉亞自有她合理的藉口。因為她上次做的事，所以沒辦法跟杉森一起騎，溫柴又不可能跟女人騎同一匹馬，而吉西恩是昨天才認識的人，而且她又討厭騎牛，加上伊露莉是美女，她不要跟伊露莉在一起，所以最後只剩下我跟卡爾，但我因為比卡爾更瘦，所以她選我這邊。很合理吧。

這件事暫且不管，那頭牛跑得還真輕鬆。牠大概誤認自己是馬吧。啊，吉西恩不是說牠本來的確是匹馬嗎？因為受了詛咒才變成牛？嗯，無論如何，公牛這種跑法，我這輩子可還真是第一次瞧見。牛平常根本不太跑，如果真的要跑，也是將腿盡量伸直來跑。這是因為牠的體重再加上腿短。可是吉西恩的那頭牛卻像馬一樣彎著腿，身子離地跑著。所以牠是像馬一樣猛踢著地面奔跑。我從後面看著，真覺得已經到達令人驚嘆的地步。

結果一直到了路況變糟，這兩個人才停止快跑，開始讓坐騎用走的。無論是流星還是御雷者，都流著泡狀的汗水，氣喘吁吁。但是最辛苦的卻是溫柴。杉森可以隨心所欲地騎，但是溫柴因為他的馬跟杉森的馬被用繩子綁在一起，所以必須配合杉森的步調前進，可以說是加倍地辛苦。溫柴騎的那匹移動監獄，看起來就像是隨時要倒下一般。

溫柴臉色發白，對後方跟來的卡爾伸出了手。

「水……能不能給我一點水，呼呼。」

溫柴拿起水壺就對嘴猛灌。御雷者速度一放慢，就開始併著腳走路。啊，不是說牠本來是野馬嗎？我聽說北部大道的野馬當中，有些馬偶爾會併著腳走路。但是公牛這種走法……我真是看不下去了。

杉森似乎想要強調自己不累，所以轉過頭來，氣喘吁吁地說：

「看見那邊那座山頭了嗎？那就是褐色山脈的主峰，尼爾・德路卡。」

卡爾臉色發青地說：

「我們應該不用翻越那座山頭吧，費西佛老弟？」

「沒那回事。我們現在算是走在中部大道上，不需要去翻過這麼高的山頭。今天當中大概會抵達尼爾・德路卡峰底下，明天應該就可以越過山脊上的梅德萊嶺。」

「嗯哼，今天的旅程應該會很吃力。」

「不要擔心。那裡……你看到映著陽光閃閃發亮的水面了嗎？那就是妖精城所在的雷伯涅湖。只要跑到那裡之後，就是平坦的道路了。今天下午應該就會成為沿著湖岸漫步的舒適旅程。」

「漫步？」

「是的。」

卡爾做出了無法理解的表情。我也是一樣。

「等一下，這樣不是很奇怪嗎？從這裡到那裡為止的道路崎嶇不平，你卻說要用跑的，到了那裡路況變好，你卻又說要用漫步的？你是不是說反了？」
「不，在那裡一定要慢慢走。」
這時我背後的妮莉亞在我耳邊吐氣似的說著：
「在那美麗的湖中，有妖精的城堡……」
嗚！我全身起了雞皮疙瘩。
「嗚嗚嗚，妳別這樣！妳說那裡有妖精的城堡？」
「嘻嘻嘻。在那裡有妖精女王達蘭妮安的城堡。必須帶著虔敬的心，朝拜似的走過去，不可以吵鬧地跑過去。只要你靜靜地走，這一段可說是中部大道上最安全的地方。」
「最安全？」
「完全沒有怪物。」
「沒有怪物？」
「因為是妖精女王的領土。」
「那如果吵鬧地跑過去，會怎麼樣呢？」
「在她領土上無禮地奔跑？不知道會怎麼樣。」
「不知道？」
「那樣跑的人，好像連一個也沒回來過。」
咦咦？啊，這可真不是開玩笑的。杉森也點了點頭，說：
「所以考慮到在那裡必須放慢速度，早上就必須拚命多跑一點路。吉西恩，你的牛還能再跑嗎？」
吉西恩低下了頭，不知道喃喃唸著什麼東西。大概是在跟端雅劍聊天吧。然後杉森不得不再

問了一次。吉西恩用力地點了點頭。

「當然可以。反倒是你那匹馬，看來很累了，要不要殺來吃了……不是！可惡，你別插嘴！哎，看來很累了，沒關係嗎？」

「沒問題，還能撐一陣子。你一面跑還得一面講話，看起來更辛苦。」

「沒事。只不過是同時做兩件事，有什麼難的。我是個神經病……媽的，你這傢伙！」

杉森呵呵笑了，然後再度開始策馬奔馳。溫柴哭喪著臉跟了上去。我覺得搞不好這陣疾馳，也包含為了那最後一片煎餅而報復的意義在裡面。

在山路上跑，不但馬痛苦，連人也難過。光是在馬上靜靜坐著，也是件很辛苦的事，而馬沒辦法還能顧到讓自己背上的人維持平衡。如果是聲名大噪的名馬我倒不知道（吉西恩的御雷者雖然是聲名大噪的名馬，但是現在卻只是頭公牛，哼），然而流星、曳足、傑米妮、理選還有移動監獄都只是普通的馬，不但要負擔自己，還要負擔乘者的重量，最高值有三百磅……最低值我不知道，因為我不清楚伊露莉有多重。反正光是載著個三百磅的人跑，就已經幾乎要了牠們的命。所以騎在上面的人必須自己去掌握平衡。

因為山路陡峭的坡度，所以在移動的馬背上要保持平衡，真的是種不簡單的騎術。

看看伊露莉！看到她令人驚訝的動作，簡直讓人不禁讚嘆出聲。那樣子就像是馬所受的衝擊力完全沒有傳到騎者的身上。踩在馬鐙上的腳跟腿部隨著馬而動作，然而她的腰部以上卻一動也不動。下半身所有的衝擊力到了柔軟又具有彈性的腰部，就全都消失了，根本沒有影響到腰部以上的地方。

杉森呢？要形容那個戴了人皮面具的食人魔，應該說是他拖著馬走比較貼切。他雖然明明騎在馬上，但是那種感覺就像是他在拖著胯下的馬往前進。這真是種洋溢著力量的騎術。要讓馬轉方向的時候，他根本不用轡繩，而似乎是將他超過三百磅的身子一傾，來讓馬轉向。流星不得不像往旁邊颳起一陣風似的扭轉身體。

溫柴大概不想摔到馬下，所以拚命跟著杉森，他的騎術沒什麼特別值得看的地方。卡爾也差不多。接下來值得注意的就是吉西恩了。公牛！能夠操縱那頭瘋了的牛，他可還真厲害。因為騎的是牛，位置比較低，所以衝擊力好像一直上到他的頭頂。搞不好他的牙齒都相撞得快碎裂了。再加上騎在稍有彎曲的牛背上，更是沒有穩定感。而且他的精神還不是全放在公牛身上，還要顧及跟左手拿的端雅劍說話。他只用右手抓著轡繩，左手則是握著左邊腰上端雅劍的劍柄。最後再補充一點，他身上穿著雖然不太齊全，但畢竟還是我們一行人當中最沉重的武裝。那好像非常重。即使如此，他還是很厲害，完全沒從牛背上掉下來，真應該為他喝采。

我呢？我大概是全部裡頭最糟糕的。

幸好我跑在最後一個，所以別人都沒看見。傑米妮因為載著接近別的馬兩倍的體重（但是大概也只跟杉森一個人的體重差不多。我的個子並不大，妮莉亞則是很瘦），所以累得半死，連步伐都不穩。我光是專心維持不掉下馬去，就都力不從心了。但是妮莉亞卻又一直在跟我開玩笑。呃！

「哎呀，怎麼這麼搖？到底是，為什麼？」

「這邊的路，這麼糟！妳不要靠那麼近！」

「不行，我才不要，好可怕。」

「什麼東西可怕了？」

「搞不好會掉下去。嗯……」

「妳、妳的手不能再上去一點嗎？」
「喂，因為搖得太厲害了嘛！」
反正就是這個樣子。真該死！她難道喜歡欺負小孩子？嗯？
在這一場苦戰的末了，真的猶如一場戰鬥的狂奔，我們好不容易在中午之前越過了山嶺，下到了平地。伊露莉還是老樣子，似乎還能再騎個幾小時，但是其他人都已經累得快癱了。
「我、我的屁股扭到了……」
妮莉亞從馬上跳了下去，在地面上開始跳起奇怪的舞來。卡爾默默地站著，那表情看起來就像是在等待尾椎的痛苦消解。不然他為什麼要那樣站著？我跟溫柴小心地並肩坐到了地上。
「啊，啊哈，啊哈哈哈！」
「那、那個禽獸不如的傢伙，居然愚蠢得這樣跑！」
溫柴拚命咬牙切齒地望著杉森。聽到這句話，連我也很積極贊成。
杉森噘起了嘴，輕輕從馬上跳下。他旁邊的吉西恩躺在公牛背上，已經沒辦法下來了。他將御雷者寬闊的背當作床鋪，躺在那裡吁吁喘著氣。嗯，我還是裁判杉森贏。但是這場對決太不公平了，因為吉西恩騎的是牛。杉森大喊說：
「吃飯吧！」
「啊啊啊啊……杉森！」
「怎麼了？」
「……我的鞍袋裡有煎餅。拿出來吃吧。」
「知道了。」
匡噹！噹啷！因為發出了某些聲音，我回頭去看，吉西恩終於從牛背上滾了下來。半身鎧甲撞到地面的聲音非常大，落到他身邊的鳶盾正輕快地轉動著。他根本不想要起身，依然還是躺在原地。

「哈啊，哈啊。」

杉森看了看他，然後嘻嘻笑了出來。

「你躺在那裡，如果牛小便的話，就會撒到你嘴裡。」

「嗚呃呃……」

吉西恩發出了猶如陰間中所傳來死者般的呻吟聲。嗯，不知為什麼，我覺得這樣形容還真貼切。

雷伯涅湖是一個山中湖。撇開它廣大的面積不說，它可說是個典型的山中湖，水面上有著附近山巒的倒影。南邊開闊之處，大概有瀑布向下流瀉，而湖非常寬闊，處處有突出的陸岬，所以看不到南邊的樣子。但是地形上越朝南邊越低，所以湖水應該是從那裡流出。而且仔細傾聽，可以聽到遠處傳來瀑布的響聲。

「我們要沿著那裡北邊，繞一個大——大的圈子。」

杉森用手臂劃了一個很大的圓。但是我們看不見北邊的陸地。對面的東邊，也只能看見高聳的山峰挺立在水面之上。這真是一個很大的湖，甚至大到讓人懷疑山上怎麼可能形成這樣的湖。如果在平地上，只要是水匯集之處，就很有可能形成，但這裡不是山上嗎？在山的中間怎麼會積了這麼多的水呢？妮莉亞回答了我的問題。

「這是故意弄的。」

「咦？這話是什麼意思，妮莉亞？」

「幾百年前這個湖很小，水面也很低，大概只有現在的十分之一左右吧？妖精女王達蘭妮安美麗的城堡也就在湖邊。可是達蘭妮安在湖水流出的南方立起了幾座山，將水積聚了起來。結果湖水越積越多，經過幾年之後，達蘭妮安的城也沉到了湖底。最後在南邊新出現的山中間弄了個瀑布，水面才沒有繼續上升。」

「達蘭妮安為什麼要這麼做？」

「我也不知道。可是……聽說是因為某個男人才這樣的。」

「男人？是男的人類嗎？」

「嗯。據說她好像愛上了某個人類男性，為了將她跟那個人的回憶永遠珍藏起來，所以讓自己的城沉到水底。那座城就變成了永遠的水底監獄。很淒美吧？」

「妳說的不對。」

突然冒出的這句話，是伊露莉說的。

伊露莉在離我們稍遠的地方，背對著我們望著湖的水面。妮莉亞問道：

「不對嗎？」

伊露莉還是沒回過頭來，說：

「她是為了讓那個男的沒辦法找到她，才想辦法將自己的城堡封鎖起來。我想起了九十年前進到她城裡去的時候。那是很美的一座城。」

九十年前？天啊。原本背靠著石頭坐著的吉西恩，將腰挺直了起來，說：

「如果妳願意，關於這件事，妳能不能跟我們多說一點？」

「不要。」

如果這句話是人講的，聽起來大概帶有不愉快的含義，但是對伊露莉來說，這只是單純地代表她否定的意思而已。如果是人的話，大概會用「對不起，我現在不太想提這件事……」之類的語氣回答。我不太瞭解這麼短的一句話，怎麼能包含這麼多的意義。大概就是因為這樣，所以吉西恩似乎也不怎麼生氣。但是我總覺得有點矛盾。

「還真奇怪，伊露莉。這個湖不是幾百年前做的嗎？那妳怎麼……」

「我九十年前下去水底，到她的城堡去。那時的光景真是令人訝異。從天上落下來的陽光在水中分成數十、數百道光，不斷搖曳著，她的城堡就在那些光線的中間，巍然聳立在湖底。」

哇！聽起來真是棒透了。但還是很奇怪。

「但是我不知道那個男人是怎麼回事，如果必須用水的障壁阻擋他好幾百年，那他應該不是人類吧？只為了阻擋一個人，就造出這麼巨大的障壁……」

伊露莉轉過身來。她直視著我，說：

「我只跟你說一件事。那個男的是大法師亨德列克。其餘的就不要再問我了。」

大法師亨德列克？

不，等一下。那個大法師不是三百年前的人物嗎？他是帶頭幫助路坦尼歐大王建立我們國家的人。雖然因為有他，路坦尼歐大王才得以建立拜索斯，但是如果沒遇見路坦尼歐大王，他大概也只不過是個比較有能力的巫師，也不會在歷史上留下痕跡，他就是這樣一個傳奇性的知名人物。

我望著卡爾。卡爾對歷史十分熟悉，如果是這麼有名的人物的事蹟，他一定很清楚。但是卡爾卻一副什麼都不知道的樣子。還真是奇怪。

吃過飯，我們稍事休息了一下，杉森就讓每個人牽著馬開始走了。這是因為不能騎馬。他一手握著流星的轠繩，另一手拿著地理書，走在湖邊上。

隨著我們離湖邊越來越近，我漸漸有了一種奇怪的感覺。那種感覺，就好像我們來到了一個不該來的地方。那並不是不祥或者恐怖的感覺。該怎麼說呢？那就好像沒有得到允許，就進了領主的辦公室。反正我覺得好像隨便進了一個我不該待的高貴地方，所以有一種壓迫感。我朝周圍四處張望，但也沒有一個地方的風景雄偉到會讓人感受到猶如有神同在一樣。這只不過是個在山裡面，大到有點誇張的湖罷了。然而……

妮莉亞好像看出了我有點不對勁。她嘀嘀咕咕地說：

「你是不是有種奇怪的感覺？」

「啊，妳也一樣嗎？」

「應該每個人都是如此吧。因為這裡是妖精女王的領土。」

嗯。這真是件神奇的事。過了好一會兒，杉森來到湖面的附近，看著地理書開始讀了起來。

「我們這些行走於大地的流浪者，今日踏上了高貴的妖精女王達蘭妮安的領土……」

「別唸了，杉森。直接走吧。」

伊露莉莫名其妙地插進了這句話。杉森轉過頭去，用茫然的表情望著伊露莉。伊露莉一面上馬一面說：

「訪問朋友家的時候，不需要打招呼，也不用得到允許。」

「咦？」

「我是達蘭妮安的朋友，所以我的朋友也就是達蘭妮安的朋友。走吧。只要你們守禮貌，靜靜地走過去，就行了。」

「啊，是的……」

杉森歪著頭，不太確信地上了馬。伊露莉的態度充滿了自信，所以我們都放心地全上了馬。

我們沿著湖邊慢慢地走著。妮莉亞附在我耳邊喃喃地說：

「嘿嘿。你們這個夥伴還真不錯耶？通常要鬧個老半天，得到了允許，才能從這裡過去。」

「允許？」

「本來會有光線從水底下射出來。那是妖精女王准予通過的信號，看到了才能繼續往前走。」

「咦？可是現在沒有啊？」

「哎喲！你這人怎麼這個樣子？伊露莉不是說過了嗎？訪問朋友家的時候，不需要經過允許。所以達蘭妮安也不用發出允許的信號。」

「哎，這也不見得是件好事。真是的。如果能看到那一幕場景的話，一定會很棒。」

「嗯，這麼說也沒錯啦，那很值得一看。光線從湖裡射出來，一直達到天上。那很壯觀，在晚上看的時候特別漂亮。哈。」

還真可惜。嗯，回程的時候，我一定要看到。

我們一行人都靜靜地，好像在接受檢閱似的，互相配合著步調來前進。那種把自己弄得狼狽不堪的感覺還是依然存在，但奇怪的是，伴隨著這種感覺一定會有的反感卻沒有出現。湖水對我們並沒有敵意，大量的水只是柔和而美麗地圍繞著妖精女王的城堡。就如同空氣包圍著我們一樣。

咻！

在視野的一角，好像有東西在動。

我轉過頭去的瞬間，整顆心都為之大受驚嚇，差點害我落到了馬下。湖中間有一道紅光射向了天際。水面下的光線看不太清楚。因為距離太遠，就算水很清澈，水底下的東西還是幾乎看不見。但是朝水面上射出的紅光，卻如同要刺向天空似的往上直衝。光線一直延伸到視野所能達到的極限，穿過了雲層。

然後我感受到了到現在為止一直不曾有的感覺，就是可怕的敵意，也感受到了對此的反感。我很討厭這種感覺！那真是太可怕了！

「是、是那個嗎？」

「不、不是。那個是不允許的信號！紅光代表拒絕！」

馬的鼻子都開始噴氣。馬兒們咿嘻嘻地叫著，不斷跺著腳，想要遠離湖水。慌張的大家為了讓馬靜下來，沒辦法互相對話，只聽得我們一行人說的話斷斷續續傳來：

「這怎麼回事！達蘭妮安居然不允許我們過？」

「那、那是代表不准過嗎？」

「啊，呀！大家振作點！現、現在是不是要快逃？」

這時伊露莉大喊：

「擁有迅捷無比的快腿，擁有在無限速度中陶醉之熱情靈魂的獸類啊，鎮靜下來吧！」

馬兒們的騷動平息了下來。伊露莉立刻跳上馬背，站在自己的馬上。她為什麼突然做起了馬戲團員的把戲？大概因為她那匹理選跟她一樣沉著，所以才能辦到這件事。一陣子之後，伊露莉再度坐到馬鞍上，說：

「我看不到。不管怎樣，雖然不知道是誰，但有人被拒絕進入這個湖附近。」

杉森慌忙地問道：

「不、不是我們嗎？」

伊露莉微微笑了。

「人類呢……都具有這一面，常常會認為所有事情都是因為自己而起。因為這種令人驚訝的想法，所以人類才繁榮了起來。但現在被拒絕的不是我們。」

杉森臉紅了。伊露莉說：

「真奇怪。達蘭妮安很少會拒絕別人經過。不管是誰，只要願意守禮節，通常都會讓其經過。怪物們根本無法靠近，所以應該不是……」

咻！

伴隨著奇怪的噪音，又有一道光從水面往上射出。這次雖然我的心情已經比之前安定了一些，但還是大大嚇了一跳。現在有兩條光線往上衝。咻！咻！第三跟第四條光線接著馬上就射了出來。湖面簡直變成了一個針插。紅色的光線如雨飛向天上。伊露莉的臉一下子變得蒼白。

「怎麼會拒絕得這麼激烈……嗯？」

伊露莉急忙轉過身去。她望著我們前方的遠處。

「有東西正在朝這裡跑來。」

「是什麼？」

「不知道。但是最好先把武器準備著。」

杉森聽了這句話，連忙拔出了長劍，吉西恩也好像害怕比他遲一步似的，趕緊拔出了端雅劍。卡爾繞到一行人的後面，抽出了長弓，我則是往前站了出去。

「妮莉亞呢？……」

妮莉亞已經從馬上下來，拔起了背上的三叉戟。然後她跑進了旁邊的樹林，用三叉戟一撐地，跳了起來。她在空中猛踢了某棵樹一下，爬到了樹頂上去，就再也看不見她了。她的身手十分敏捷，簡直就像是松鼠爬樹一樣。

「真厲害。」

我吞了口口水，再次望著前方。

過了一陣子，「噠噠噠噠」的馬蹄聲傳來。那些馬以全速向這邊衝來，而且數量還很多。終於，我們看到了最前面的幾個形影。現在看來雖然還只是幾個小黑點，但分分秒秒都在不斷變大當中。這真是的，甚至令我的後腦杓也熱了起來。我變得很緊張！杉森連忙將自己馬上綁著的繩子解開，交給了卡爾。溫柴就這樣被移交給了卡爾。在這段期間當中，伊露莉已經在喃喃地說著：

「人類、男人、有八個、黑衣服、頭巾、弓箭！」

「Protect from Normal Missile!」（防護一般遠距攻擊！）

吉西恩如此大喊，將端雅劍向前伸出。端雅劍立刻發出了微藍的光芒。那是一把為了能使出魔法，而具有自我意識的魔法劍！光芒霎時間擴散開來，在我們前方形成了一層藍色的膜。

「噹，噹噹！」

飛來的東西根本連看都看不見。可是在發出了巨大聲響的同時，有某些東西撞到了空中的保護膜，然後彈開。那是箭。杉森拚命大喊：「你們這些傢伙在做什麼！你們是山賊嗎？」

吉西恩露出了可怕的表情。

「如果說是山賊，他們的箭術卻又太準了。從他們能夠騎在馬上射箭這件事看來，他們都是武藝高超的戰士。」

「啊，沒錯！」

卡爾也曾經側坐在馬上射箭……我根本沒有餘暇想這些事情，因為此時已經清楚地看到了對方的樣子。他們所有人都穿著黑色的袍子，騎的馬也都是黑馬。可惡，如果說他們是山賊，那他們的衣服也過分統一了吧？那些馬在湖邊上全速跑著，濺起的水花噴向天空。

「唰——噠噠噠噠噠——」

然後他們全部開始拔出了長劍。每個人的左手上都拿著個圓盾。

「這不是說說話就可以解決的。」

卡爾用生氣的語調這麼說，拉開了長弓。伊露莉也開始施法。

卡爾放開了弓弦。噹！發出輕快彈力聲的同時，箭也飛了出去。可是跑在最前面的那個人用盾一擋，箭就彈開了。

「真、真令人驚訝！」

「Magic Missile!」（魔法飛彈！）

出現在伊露莉身體周圍的五道光柱往前激射而去。可是這時發生了更令人驚訝的事。那些光柱到了奔馳而來的男人們四周，就自動消滅了！伊露莉帶著驚訝的眼神說：

「Anti-magic Shell?」（反魔法防護罩？）

「該死！」

杉森大喊完，開始衝了過去，因為他無法站在原地等著被攻擊。我也踢了馬一下，開始朝前奔去，吉西恩也開始跑。現在已經變成公牛的御雷者，用不亞於馬的可怕速度在往前衝。

「嗚哞喔喔喔！」

嗚，勇猛的公牛啊！傑米妮，妳聽到了嗎？走吧！

「咿嘻嘻嘻嘻！」

我對於這種打法真的沒有自信。我在地面上都已經打得很辛苦了，在高速前進的馬背上戰鬥，這還是第一次。可惡！再加上敵人又這麼可怕。哎，最壞的下場也不過就是死。他們也不可能在我身上做出更可怕的事吧？衝啊，傑米妮！這時杉森大喊說：

「修奇！我們用時間差攻擊，跟在我後面！」

這句話什麼意思？可是我根本沒時間反問他。杉森已經跟對方最前面的人相遇了。他們的劍互相激烈地碰撞，然後兩人擦肩而過。噹噹！

他們兩人都失去了平衡，然後互相分開。馬為了不摔倒，都猛踏著地面，湖邊的水花跟沙粒都濺了起來。我的臉上被水噴到，簡直讓我無法呼吸。

「啪啪，唰，撲通！」

到了這時，我才聽懂杉森剛講的話是什麼意思。對方的劍跟杉森的劍互相碰撞之後，那人拿著劍的手臂嚴重向後傾斜，所以他挺起胸膛跑來。我的巨劍朝旁邊一揮，砍向了他的腹部。這次的攻擊除了我的力道，還要加上馬的速度。

「噹！」

發出了鋼鐵相碰的聲音，那個人往後跌落到馬下。鋼鐵聲？那個男的袍子破了個大洞，可以看見裡面。這些人居然在袍子裡面都穿了鎖子甲？他大概相信自己的鎖子甲，覺得安心，但我的攻擊是以力道為主，結果他朝後飛出，陷入地面。因為他戴著頭巾，所以看不見表情，但是這時我覺得看不見他的表情是件幸運的事。

「呃！」

怎麼了？我抬頭一看，看到杉森抓住了自己的肩膀。

可惡！他們也用了跟我們相同的戰術。好像是敵方跑在第二個的傢伙攻擊了杉森。然後那人現在正朝我跑來。他用圓盾擋在前面，長劍拿在身旁，就像手持騎士槍一樣的拿法伸了過來。這真是帥氣的突擊姿勢！但是給我嚐嚐這個吧！

「攪拌蠟油！」

在馬匹上攪拌蠟油，我差點就把傑米妮的耳朵給削了下來。不管怎麼樣，那個人雖然輕鬆地用圓盾擋住了我的巨劍，但是圓盾馬上就碎裂了，那人則是往後彈了出去。

「這怎麼可能……」

啪啦！他落在地上，還在繼續滾。沙上留下了一道深深的痕跡。這傢伙太小看我了。要不然我如何有能耐拿砍傷杉森的人怎麼樣？

到了那時候，我才好不容易讓馬掉頭停住。我看到了吉西恩。

「呃哈！」吉西恩用盾牌擋開了旁邊伸過來的劍，然後順勢推進，端雅劍朝正逼近的人刺出。朝他迎面而來的人驚險地擋住了，但是御雷者卻朝對方的馬撞去。太厲害了，這簡直是人馬一體，不，是人牛一體！對方的馬被牛角刺中，悲鳴了一聲，就跌倒了。那個騎馬的人被壓在馬底下。

「呃啊！」

但是好奇怪。掠過我們身邊的那些人之中，除了已經倒下的三人以外，其他有四個都是以吉西恩為目標，另一個則是向我跑來。難道是因為吉西恩的裝備最好，覺得他最可怕嗎？但是那些人不覺得騎了一頭牛的戰士很可笑嗎？

「呃！這可惡傢伙！」

由於在分心想別的東西，我差一點就慘了。朝我跑來的那個人想砍傑米妮，我想也不想，就用巨劍朝下劈向那個人的劍。

「呃啊啊啊！」

結果他的劍斷了，他也掉下馬去。大概是因為我下擊的力道太強，所以他失去了平衡。吉西恩危險了。我為了幫助吉西恩，而快速向他跑去。這時伊露莉跳了出來，刺中了一個人的腰部。

「噹啷！」

巨大的金屬聲傳來，穿甲劍刺進了對方身體裡。就算是鎖子甲，也沒辦法擋住像穿甲劍一樣專門用來穿刺的尖銳型武器。他的上半身開始顫抖，然後直接從馬上滾了下去。這時從天上傳來大喊聲。

「我是三叉戟的妮莉亞！」

她的口頭禪還真不得了。妮莉亞從樹上跳了下來，騎到了一個男人的背上。

「你要不要背我一下？」

「什、什麼啊？」

「真沒禮貌。」

她用戟桿架住了那個男的脖子一拉，兩個人都一起掉下馬去。穿著鎖子甲的男人摔到了地上，輕盈的妮莉亞卻用戟桿在地上一撐，一個空翻之後安穩地站到了地上。如果現在不是還在戰鬥的話，我真想為她鼓掌喝采！我衝向吉西恩身邊兩人中的一人。

「呀——！」

那個人正要砍吉西恩，但劍被盾牌擋住，所以行動力分散了，因而沒辦法擋住我朝他背後的攻擊。我放開了韁繩，兩手握劍，來了一個大橫劈。他直接從馬上飛了出去。

「嗚啊啊啊！」

那個人在空中，全身還在亂動掙扎著，結果掉到了湖中。撲通！

身旁減少了三個敵人，吉西恩就開始對剩下的那個男人進行積極的攻擊，立刻展開了一場可怕的戰鬥。感覺起來果然比較像戰士之間的騎馬戰。

吉西恩的端雅劍猶如化身成數十把一樣，來攻擊那個男子，但對方卻將這些快速而豐富的變化攻擊全擋了下來，還出手刺向吉西恩。吉西恩根本連拿起盾牌擋的機會都沒有，所以移動著身子要躲避這次的攻擊，但由於在牛背上，要躲開真的不容易。吉西恩乾脆用端雅劍擋在胸前，擋住了這一擊，然後對那個男子還擊。這真是場精采的對決。

但是吉西恩連騎在胯下的御雷者都可以當作武器。御雷者好像不是很喜歡出現在前方的那匹馬，所以從正面撞了上去。啪！馬被牛角刺中，前腿一彎，就將馬上的騎者摔了下去。結果他在落地的過程中，被吉西恩的劍砍中。

「修奇，小心！」

我聽到大喊聲，回頭的瞬間，有火花噴了出來。「咿嘻嘻嘻嘻！」傑米妮大聲鳴叫，抬起前腳，害我從馬背上滾落。

「嗚！」

我想站起來，卻滑了一跤。我在水裡頭又滾了一下子之後，再度觀察四周，發現有個原本已經倒地的傢伙想要砍我，結果被杉森擋住了。杉森下劈那個男的肩膀，對方舉起劍來擋，可是在同一瞬間，杉森朝他的胸部猛力踢了下去。杉森坐在馬上，要踢在地上的人的胸部是很容易的。那男的朝後倒下。

既然我已經從馬上下來了，就開始拿起已經倒下的那些人的武器，拋到湖裡去。但是有一個傢伙已經爬起來了。他朝前伸出了長劍，想要牽制住我。好啊！這裡是在地面上，我可是有我獨特的絕招！

「一字無識！」

我由下而上攻擊了兩次。湖水被我攪得水花四濺，那個男的擋住了第一擊，第二次則是朝旁轉身躲過。但我第三次可是橫著轉的。

「呃！」

那人驚險地躲開了。他袍子胸部的部分破了個大洞。那時，三叉戟的戟桿從他背後伸到了他的兩腿之間。那男的腿被掃中，啪的一聲！結果他跌到水裡去了。他連忙抬起了頭，可是妮莉亞已經踩住了他的胸部，將三叉戟對準了他脖子。

「放下武器！」

「呀！」

那男的想揪住妮莉亞踩在他胸部的腳。妮莉亞馬上朝他脖子刺了下去。

「呃呼呼呼……呼！」

那男的喊出了漏風的慘叫聲。他顫抖著抓住妮莉亞的腳踝。妮莉亞帶著心亂如麻的表情，將三叉戟拔了起來。血猛然從他脖子噴出。他的頭突然倒了下去，發出了咕嘟咕嘟聲好一陣子。血將湖水都染紅了。

他手上的力氣一鬆，手也往下落。撲通。妮莉亞的臉皺得亂七八糟。

「這該死的傢伙。居然有人要自殺，還要用這麼噁心的方法……」

其他的男人也都忍著痛楚起身，用肉體展開了攻擊。可惡！這些手無寸鐵的人朝我撲來，我真的不知該怎麼辦才好。我不得已，只好用巨劍劍身的側面來打那些人的臉頰。他們就好像被棍子打中一樣，摔了出去。

吉西恩看到那些落馬又沒武器的人，還這樣空手撲來，做出了覺得荒唐的表情。他從牛背上下來，用盾牌擋住了蠻幹的對方，然後用劍柄朝對方後腦杓一敲。我也看到了杉森從馬上下來，攻擊對方的腹部。這些人可還真狠，連武器都沒了，再打下去只是送死，他們還是衝了上來，反而是我們守方開始慌了。伊露莉看到腰上流血的人不顧傷口，還是朝她衝來，她也蹣蹣跚跚地往後退。她的臉上浮現了深深的憂傷。

「你們……為什麼想死呢？」

「這些傢伙，到底在做什麼！」

我大喊著衝了過去，撞向攻擊伊露莉的那個人的背。那人喊出令人窒息的慘叫，飛落出去。因為撞上穿著鎖子甲的人，所以我感覺似乎自己的肩膀也碎裂了。就在那時——

「危險！」

怎麼了？我望向聲音傳來的方向。卡爾正拿著長弓，而弓弦還在震動著。他射什麼呢？我回頭一看。

剛才被我打中臉頰的那個人正坐在地上，雙手舉到空中顫抖著。他的手臂上插著一枝箭。他的手上握著看起來像是卷軸之類的東西。卡爾慌忙地大喊：

「尼德法，快把那東西搶過來！」

「呃！」

那男的肌肉受了傷，不得不把那東西換到另一隻手上。我衝了過去，不過已經太遲了。他開始大喊：

「國王陛下萬歲！」

他喊完，就用牙齒跟手將卷軸撕了開來。在那一瞬間，刺眼的光粒子開始聚集在他的手上。

唰——！這，這是怎麼回事？我看了看他的眼睛。結果我看到了不該看的東西。

那是決心要死之人的眼神。

「砰砰砰！」

瞬間迸出令人看了眼睛都會著火的火焰。震耳欲聾的爆炸聲。在激烈暴風的衝擊下，我向後倒去。巨大的火光直沖上天，帶著火焰的暴風朝我襲來。我這輩子就要命喪於此了！

「傑米妮！」

真是的！怎麼又喊出口了呢！真拿我自己沒辦法。咦？

我還活著？

我抬起了頭，仔細地檢查一下身體，竟幾乎完全沒有受傷。只不過摔在地上的時候，被刮出了幾條痕跡。我環顧了一下四周。

「天啊，不！……」

附近的樹都已經化成了灰，稍遠處的樹都倒在地上燃燒著。地面變成一片焦黑，那個男的原本站著的地方出現了一個大洞，直徑看來超過五十肘。一陣子之後，湖裡的水開始往那裡湧。

「這、這個真，掉進去會淹死的！」

唰——！

水快速激烈地湧進那個坑洞，在大湖旁邊造出了個小湖。我慌忙地起身向後跑。等一下，在這種大爆炸中我還活著，這沒道理呀！那、那，我是靈魂嗎？那我的屍體應該沉在小湖底……天啊！

我直瞪著小湖，眼睛都快掉出來了。我、我的屍體真的在那底下嗎？

「不行……我還沒娶老婆呢……嗚嗚……」

「你在說什麼啊？」

我轉過頭去，是妮莉亞站在那裡。她怎麼跟生前一樣，一點都沒變？嗯，說起來我也是一樣。既然一點都沒受傷，所以我們兩個一定都是靈魂了。

「走吧，妮莉亞。嗚嗚，我們上去吧。」

「去哪裡？」

「還有哪裡，去了才知道吧……嗚嗚。我這還是第一次死。搞不好我媽媽也在那裡。」

妮莉亞懷疑地看著我，然後嚇得臉色發青。

「那、那你跟我，都、都是靈魂嘍？」

「所以經歷了那麼大的爆炸，我們的樣子卻還是一點都沒變。嗚嗚。因為妮莉亞妳的職業，搞不好妳跟我會去不同的地方。嗚嗚。別擔心，我偶爾會寫信給妳的。」

「天、天、天啊！不、不、不行！我居然死了！嗚哇！」

妮莉亞向我跑來，抱著我稀里嘩啦哭了起來。我也抱著她的肩膀哭。這時傳來了杉森的聲音。

「你們繼續吧。這一幕還真是值得觀賞。」

杉森的樣子也跟生前沒兩樣。他肩膀居然還流著血呢！而且卡爾、伊露莉、吉西恩和溫柴也都沒變。但是剛才那些男人的靈魂跑哪去了？咦？而且就一個靈魂而言，妮莉亞身體的觸感（雖然我不知道靈魂的情況到底是怎麼樣啦）也太真實了吧？

妮莉亞好像也察覺了這件事。她用紅著的眼睛注視著我，摸了摸我的胸膛。她歪著頭說：

「為什麼我覺得有點奇怪？還是用傳統的方法確認一下。」

「哇啊啊啊！妳為什麼要捏我！」

「不是沒死嗎？修奇，你這傢伙！我剛還真以為我死了！」

「咦，是嗎？我們怎麼可能從剛才的大爆炸中生還？」

伊露莉向我解釋：

「是她幫忙擋住了。」

「咦？」

「這裡是達蘭妮安的領土。所以應該是她保護了我們。」

「啊！」

我望著湖水。湖面依然平靜。卡爾用顫抖的聲音說：

「謝謝您，妖精女王達蘭妮安。」

就好像在回答他一樣，湖面突然開始動了起來。我們都僵著注視這幅情景。

湖面掀起了巨大的浪花。那是一座巨大的塔。不，應該說是水的簾幕嗎？還是帳幕呢？那是波浪。

我簡直無法相信。如果在海裡出現的話是有可能，但居然在湖裡出現？但是那的確就是無比巨大的波浪，絕對錯不了。可是它動得很慢，簡直不像是真的。水滴連一滴也沒落下來。在空中的波浪，就像某種固態的物質一樣，慢慢地在移動著。它越過了我們頭上，朝向燃燒著的樹林去了。

然後那道波浪就全傾瀉在著火的樹木上。火立刻就熄滅了。噗嗞！而且水完全沒有灑在我們頭上。

一陣子之後，湖面又平靜了下來，恢復到跟之前完全一樣的情景。但是原先著火的樹林卻有大量的水蒸氣往天上冒起。唰——

「真是驚人……」

杉森用他顫抖著的腿，吃力地走向湖邊。

「謝謝。太感謝了，達蘭妮安。」

其他人也都急著點了點頭。伊露莉用熱情親切的語氣說：

「謝謝了……我的朋友達蘭妮安。」

08

「這到底怎麼回事？」

對於杉森單純又深切的疑問，妮莉亞回答說：

「這個嘛……不是山賊。而且還是自爆的山賊？這說起來不是很好笑嗎？看他們的所作所為，也讓人覺得是如此。沒有了武器之後，他們居然空手撲過來。如果把他們抓起來當俘虜，他們也鐵定會自殺吧。哎，想到就毛骨悚然！我根本不想要回想剛才的事情！」

「而且他們擁有的並不是普通的實力。」

「沒錯。除了吉西恩之外的人，他們根本都不放在眼裡，大概是以為輕輕鬆鬆地就能夠對付我們。」

「嗯，裝備很好，也不見得是件好事呢！因為都是他一個人在承受攻擊。」

我們都稍微遠離爆炸現場。那些樹正在冒煙，所以也很難待在那裡。那些人的屍體都化成了灰，不然就是在新出現的水坑中，要調查也很困難。但是他們的馬卻都沒事。達蘭妮安好像連那些馬也都保護了。這真是太好了，因為馬兒是無辜的。伊露莉正遠遠地治療被御雷者撞過的那些馬。那些馬就算受過許多戰鬥訓練，但是大概也從沒想過會在戰鬥中遇上公牛吧。

如果按照妮莉亞的說法，我們能夠輕鬆地解決那些人，是因為他們小看我們。說起來我還是個孩子，杉森體格雖好，但武器裝備則是很普通。跟他相反的是吉西恩，穿著半身鎧甲，甚至拿著魔法劍跟盾牌。所以那些人都以吉西恩為目標，我們趁此機會把他們制壓住。因此他們還沒認出我們的實力之前，就都被解決了。這真是太幸運了。

卡爾搔了搔臉頰，插進了杉森跟妮莉亞的對話。

「值得思考的是，他們是以我們為目標的刺客。」

妮莉亞睜大了眼睛。

「刺、刺客？」

「不管怎麼樣稱呼他們……反正他們的目的就是要殺害我們。不然他們還會有什麼目的？可是理由到底是什麼？為什麼要對我們下手？」

「啊！呃啊！」

杉森拍了一下手，結果喊出一聲淒厲的慘叫聲。他大概忘記了自己的肩膀受傷，已經纏上了繃帶。伊露莉剛才雖然幫他塗了一點治療藥水，但應該還是很痛。杉森按著肩膀吃力地說：

「呃，是溫柴！是因為溫柴跟那份文件。」

溫柴驚訝地望著杉森。杉森繼續說明：

「費雷爾也這麼說過。我們不是拿著那份報告嗎？就是因為那份文件。如果我們交出那份文件，又讓溫柴作證，傑彭方面鐵定感到很棘手……一定是這樣！要不然就是某個不希望拜索斯跟傑彭打仗的鴿派人物，反正，那種人……」

「不是的。」

聽到我的話，杉森轉過了頭來。

「你這是什麼意思，修奇？」

「我聽得很清楚。因為我靠得最近。」

「聽到什麼？」

「那個男的在自爆之前，大喊『國王陛下萬歲！』」

「國王陛下？啊！所以是傑彭國王派來的……」

「杉森！拜託！如果他們是傑彭人，為什麼要用我國話來喊呢？」

「咦？咦？沒錯。等一下。那是什麼意思？這是說國王陛下想要殺我們？」

我們突然都產生了一種很奇妙的感覺，持續了好一陣子。杉森一臉茫然地說：

「等一下，國王陛下有什麼理由要殺我們？修奇，你是不是瞞著我們，參與了什麼叛變的陰謀？」

「杉森，你還是乖乖地自首吧。」

在我們說著這些無聊的玩笑話之時，卡爾搖了搖頭，說：

「如果真有這種理由，就算真的有這種莫名其妙的理由，只要等我們到了首都再處置我們，不就好了？為什麼要特地派刺客來解決我們？這真是矛盾，尼德法老弟。」

「對呀，卡爾。修奇，一定是你聽錯了。」

「我聽到的就是這樣啊！」

「啊，那麼國王為什麼要殺我們？」

「啊，啊，那個……」

我也不知道理由。我答不出任何合理的理由。

我皺著眉搖了搖頭，這時看到了吉西恩低著頭坐在遠處。吉西恩偶爾會神經質地撥撥他的灰頭髮，臉上的表情非常凶狠。他好像又在跟端雅劍說話了。杉森斬釘截鐵地說：

「他們不是山賊。他們豁出了整條命，衝上來想要殺我們，所以一定是刺客。那麼想來想去，溫柴還是最有可能的原因。費雷爾不也這麼說過嗎？」

說起來也沒錯。聰明的費雷爾很清楚地這麼說過，搞不好會有一些刺客以我們攜帶的報告書為目標，跑來追殺我們也說不一定。這時，大概馬兒都治療完畢了，所以伊露莉走了過來。

「各位，你們不能從別的角度來想想看嗎？」

「咦？要怎麼想呢？」

「我們護送著報告書跟溫柴，但是在這裡有許多人，旅行的目的也不是全部都一樣。卡爾、杉森以及修奇，你們是為了報告故鄉發生的事情，而要到首都去吧。會不會是因那件事呢？」

「咦？刺客不可能因為這種事而追來吧？」

聽到杉森的話，伊露莉點了點頭。

「是的。那我怎麼樣呢？照我想來，也不可能是因為我，而讓人類的刺客追來。我打算要去戴哈帕港見某個人，但是這跟人類一點關係都沒有。」

伊露莉轉過頭去望著妮莉亞，我跟杉森、卡爾也都隨之開始注視妮莉亞。妮莉亞跳了起來。

「絕、絕對不是我！我只不過是個窮困的盜賊！不會有刺客要追我的！公會費我也都乖乖地繳，雖然被我下手過的人當中，也許有人會懷恨在心，但也不會因此派出自爆暗殺隊吧？只為了抓一個盜賊？」

卡爾微微笑了。

「事情似乎不是那樣的，妮莉亞小姐。」

聽了這句話，妮莉亞安心地鬆了口氣。伊露莉望著溫柴說：

「溫柴有理由成為刺客的目標嗎？」

溫柴沒有回答。伊露莉點了點頭。

「可能有些人不希望溫柴在卡拉爾領地所做的事情曝光。可是現在的問題是，那些人在死前用拜索斯語喊著國王陛下萬歲。那句話我也聽得很清楚。」

「伊露莉也聽到了嗎？」

聽到杉森的問話，伊露莉點了點頭。她現在望著唯一還沒提到過的人，也就是吉西恩，吉西恩一直到這時都還在低著頭。

「吉西恩先生。」

「……」

「吉西恩先生！」

「咦？啊，為什麼叫我？」

「你有沒有做過什麼事情，是會讓刺客來追殺你的呢？」

吉西恩的臉上一片茫然。他想了一下，然後說：

「你們認為剛才那些人是以我為目標？嗯……在我冒險的過程中，有時候是有可能招來怨恨的。想要找我報仇的人應該很多。但是我想不出來，有誰會派出這麼厲害的刺客來找我？」

「是嗎？」

「我完全……想不出有誰能做出這種事。」

「是的。嗯，這還真是奇怪。」

伊露莉再次低下頭，陷入了沉思。沒錯，這還真是奇怪。

但是這時，原來在一旁默不作聲的溫柴開口了。

「吉西恩。」

吉西恩望著溫柴。我們也都將視線移到溫柴身上。

「昨天我不是說過了，在你身上，血的氣味真的很強烈。」

吉西恩用「你是不是想惹事？」的眼神望著溫柴，說：

「所以呢？你為什麼老是提這件事？」

「因為太奇怪了。像你這樣的男人，身上很少會沾滿這麼多血腥。因為可以當你敵手的人並不多。你到底……」

本來微笑著說話的溫柴，突然語氣一變。

「Yamus dsidafra un ert m, kima?」

他突然開始用傑彭語說話。吉西恩立刻帶著僵硬的表情說：

「喂，你為什麼要用傑彭語說話？」

「Ert m, kima unte raleil Djipenian, Releil?」

吉西恩咬著牙回答：

「Talledeon yahi nhannega durrtasatr unes rithroii.」

「Impawerr, en dikkasia nowms.」

「Xychro nen...zima dsidfra yilkin jian diweelts.」

我們都慌張地望著對話的兩人。溫柴冷笑著說：

「喂，吉西恩，你被我騙了。」

「被你騙？」

「這裡還有別人聽得懂傑彭話。」

吉西恩的眼睛一下子睜得大大的，杉森跟我則是望著卡爾。

卡爾做出驚訝的表情。而且還不是普通的驚訝。

吉西恩看到卡爾的表情，也知道沒必要再隱瞞下去了。他搔了搔後腦杓，說：

「哼，我的道行還是不夠。怎麼這麼簡單就被人套出話來。」

卡爾慌忙地想要站起身來。吉西恩搖了搖手，說：

「請坐下，卡爾。」

「可、可是，殿下……」

殿下？

我感覺好像五雷轟頂。

「說什麼殿下。我只不過是王宮跟貴族院都已放棄的浪蕩子。」

「殿下。」

「不要叫我殿下。請叫我吉西恩。」

「這怎麼行……我怎敢……」

「喝！這也是一種不忠，你不知道嗎？居然對國王或王儲以外的人用這種尊稱，這是對國王的冒犯。這可是條重罪啊！」

「啊……」

卡爾一副不知如何是好的樣子，但比起我或杉森，他的狀況似乎還是好多了。卡爾至少還知道些什麼，可以這樣說話，但我們卻像被拉到市場的牛一樣，迷迷糊糊地，坐也不是，站也不是，跪條腿也不是，真不知如何是好。我是不是該說，至少我們還知道這時不能躺下來，所以還好？居然叫他殿下？照他這麼說，那吉西恩還是個王族嘍？

杉森很小心地，真的非常小心地開口提問：
「卡爾，那個，請你說明一下……」
卡爾觀察著吉西恩的眼色。吉西恩搖了搖頭，說：
「哎，這真是的。我已經六年沒把這件事說出口了。我猜都猜不出優比涅的秤桿到底會伸到哪裡去，我也不知道賀加涅斯的秤錘有多重。哎，簡單地說好了。我是吉西恩・拜索斯，當今國王的哥哥。」
「咦——？」
我跟杉森還有妮莉亞都像被雷劈中一樣，驚訝地站了起來。
原來是他！原來他就是那個行事荒唐的王儲……呃，原來他就是那個人？因為太愛玩，從王宮逃了出去，結果被廢位的那個廢太子？
吉西恩作勢要我們坐下。
「沒關係。你們先坐下來。你們看看我這個樣子，哪裡像個王族了？而且這裡又不是首都。請各位輕鬆點，坐下來吧。」
「啊，那個，怎麼可以……」
「怎麼可以？怎麼可以什麼？你們不知道如何坐下嗎？先彎下腿，抓住平衡感之後，先用手撐著地，然後將臀部輕輕地移向地面就行了。如果失去了平衡，可能會衝擊到尾椎，也有可能讓脊椎疼痛，所以請特別小心。」
我們按照國王陛下的兄長詳細的指示坐下。因為太緊張，所以我連笑都笑不出來。我們是不是應該說一些「謝殿下隆恩」之類的話？吉西恩用看起來更加溫和的表情望著我們。
「哎，這也沒什麼了不起的。我弟弟是國王，我卻是浪蕩子；我弟弟在首都中，我則是在荒野裡漂泊。我天生就是這種性格。貴族院那些元老做了很正確的判斷。他們把我廢掉，擁戴我弟弟坐上了王位。事情就只是這樣而已。」

「您說得十分正確。」

聽到杉森的回答，吉西恩訝異地稍微張大了嘴。杉森的精神狀態似乎有點不正常。

我看了看妮莉亞，她正做出非常失望的表情。她雖然一句話也沒說，但是光看她的表情，也可以讀出她內心在想的各種事情。如果偷了王族的東西，生命會陷入危險，所以不能悄悄拿走端雅劍，難道她是因此而失望嗎？無論如何，吉西恩大概認為說明得已經夠清楚了，因而看來也沒有要繼續講話的意圖。但是卡爾似乎不打算讓這個話題就此告一段落。

「可是殿下。」

「喂，拜託！剛才已經說過了，我不是什麼殿下。」

「殿下，您為什麼拋棄了都城，成為一位四處遊走的野人呢？」

吉西恩對我們抬起了兩手。他一面做著手勢一面對我們說明。

「你的說法因果顛倒了。因為我想要拋棄都城，成為一個四處遊走的野人，所以被奪去了王儲之位。我不是當國王的材料。我更喜歡流浪的生活。我天性懶散，也缺乏處理國政的能力。」

說著說著，吉西恩做出了脖子被砍的手勢。

「所以貴族院的元老們才把我廢掉。我認為他們做得很對。」

「殿下……我們聽說殿下當初受人景仰，為百年難得一見的賢君之才。」

「你從哪裡聽到這話的？那是阿諛奉承、唯利是圖的那些傢伙用來拍王儲馬屁的老套詞彙。我五歲就被冊封成為王儲。說五歲的小孩是什麼賢君之才，連五歲的我聽了，都覺得啼笑皆非。」

吉西恩率直地這麼一說，卡爾也就做出無法再接口的表情來了。卡爾心念一轉，再次開口說：

「那麼，也許殿下是為了跟傑彭間的戰爭，想要輔佐國王，所以要回拜索斯恩佩去？」

吉西恩輕輕地笑了。

「不，我才不擔心那種事。我弟弟從小就是個書蟲，對於兵書也讀了很多。他也擁有很多優秀的臣下。我就算去了，對戰爭又能做出什麼建議呢？關於這一點，光是我弟弟身邊的專家們，就已經多得不得了了。」

「那你為什麼要去拜索斯恩佩？……」

「你的記憶力還真差。我不是說過了，我要去那邊解除御雷者身上的詛咒，還有要去弄個魔法劍鞘。」

吉西恩一說完，端雅劍就又開始震動作響了。嗡嗡嗡嗡嗡！吉西恩一副氣得要死的表情，望著自己的劍鞘。

「該死。我離開首都的時候，只偷拿了這一樣東西，那時還覺得很高興……」

「咦？」

「我被逐出首都的時候，跑去王宮的倉庫，偷了這一樣東西。那時我認為這是魔法劍，一定會幫上我的忙。可惡，我做夢都沒想到，它會把人折磨得快瘋了……」

卡爾微笑之後，又繼續問：

「如果殿下沒有那種意思，那麼刺客追殺你的理由是什麼？」

吉西恩的臉色瞬間變得很難看。卡爾看到了我們的表情，所以詳細地為我們說明。

「溫柴剛才就看出刺客們攻擊的目標是他。而且看了他的殺氣，也應該知道他是被很多刺客追殺的人物。所以溫柴剛才大概已經猜到了這位就是殿下。這真是讓人不得不驚訝的事。」

溫柴冷冷地笑了。

「他說過這六年以來，又是個被刺客不斷追殺的重要人物，這只不過是一加一等於二的簡單推論而已。」

呃，這還真是丟臉。溫柴那種表情，就像是在質問說：你們這些人怎麼連自己國王的哥哥都認不出來？我怎麼會知道這種事！就算我們的國王現在馬上出現在我面前，我也認不出來呀。溫柴受過間諜訓練，所以對我國的貴族大概比我們還熟悉。吉西恩望著天喃喃說：

「這真是。難道我已經進入了魔法之秋？今年秋天老是發生一些怪事。」

「殿下？」

吉西恩搔了搔頭，說：

「我不知道。我猜不出他們是誰派來的，而且最近突然出現來攻擊我。如果簡單地想，可以想成是我弟弟身邊的那些人，怕我覬覦王位，想要除掉我，但我還是無法理解。只要看看我的生活態度就可以知道，那個位子對我而言是一點價值都沒有的。我最近六年根本沒去過首都附近。我只不過是個冒險家，不是對王權有威脅性的人物。」

「……冒險家就算不是王族，也是最有可能成為國王的職業，不是嗎？」

「你是在講以前的那些故事嗎？一個人經歷了偉大的冒險，建立了地方勢力，適當地締結了血緣關係跟同盟關係，可以在王權不及之處培養出勢力。但是想要那麼做的話……冒險家的年紀大概需要到四、五十歲才行。而且所有行動都必須要為了那個目的來進行，經歷千辛萬苦才能辦到。如果像我這種生活態度，是不可能的。」

卡爾等到吉西恩說完，然後平靜地說：

「可是現在拜索斯是處在戰爭狀態。」

吉西恩突然用可怕的眼神望著卡爾。卡爾很沉著地說：

「在戰爭中，什麼事都是有可能的。由於持續不斷地打仗，王權的威信減弱，利用這個機會跟敵國締結同盟，來顛覆政府，是有可能辦得到的。我認為只要跟傑彭攜手，您要成為國王不是件難事。」

「……你居然這麼說？」

「請您聽我說明。只要用這種方式就行了——先靠傑彭的幫助發動政變，然後向天下宣告：『國王由於自身的野心，掀起了不合理的戰爭，導致國內百姓生靈塗炭，我無法坐視這件事，所以將他除滅。我們會對傑彭致歉，並負起賠償責任。』然後傑彭方面宣稱：『我們承認並祝賀吉西恩國王的登基。以他的賢明，應不致承襲戰爭責任者的罪惡。』而百姓也會對終結戰爭的叛亂者拍手叫好。」

天啊，優比涅啊！我跟杉森訝異得眼睛都快掉出來了。吉西恩那樣子簡直就想當場拔出劍來，直瞪著卡爾，但卡爾靜靜地下了結論。

「尤其吉西恩殿下是被貴族廢去的王儲，要聲稱有權登上王位，是很容易的。我的想法怎麼樣呢？」

吉西恩猛瞪著卡爾，卡爾則是鎮靜地接受著那目光。吉西恩嘆了口氣。

「你這話聽起來不太像在誘使我這麼做。」

「我完全沒有那樣的想法。」

「你真是讓人訝異。是的，我承認。我所擔心的也就是這件事。」

「原來是這樣啊……」

「我推測派刺客來殺我的那些人，大概也是在擔心這件事。他們應該是認為我會趁著戰爭，將我弟弟趕下臺。我認為這件事應該不是我弟弟做的。那傢伙心地很善良。他的側近中大概有某個蠢貨，把自己的野心跟對國王的忠誠混為一談了。」

「殿下真的沒有那種想法？」

「……你這話說得有點過分了，卡爾。」

「對不起。請您原諒。」

「別再試探我第二次了。我沒有那種想法。如果我真的貪求王位，只要從小好好當個王儲就行了。但是賀加涅斯卻給了我對自由的強烈渴望，讓我無法忍受坐在王座上。也許這不是因為我對自由的渴望，而是因為有驛馬星附在我的頭上。」

驛馬星是什麼東西？他用的這個詞還真怪。但卡爾只是點頭。

「那麼您去拜索斯恩佩，不就更危險了嗎？」

「當然危險。但是我心中完全沒有那種野心。只是如果不去那裡，很難找到能夠解除御雷者詛咒的祭司。」

「您還是要去嗎？即使經歷了這種事？」

「在遇到各位很久之前，我就經歷過這些事了。」

吉西恩很輕描淡寫地，卻也毫不動搖地說出了自己的決心。卡爾大概也聽出了這句話背後的實際意義。

「我願意幫助殿下。」

吉西恩帶著為難的表情說：

「我說過我不是什麼殿下。拜託。而且我不能再跟各位一起走了。」

「咦？」

「各位會因為我而陷入危險。這樣會讓我很為難。」

卡爾訝異地張大了嘴。

吉西恩搖搖頭，說：

「剛才不也是如此嗎？杉森因為我而受了傷。好險這次他們不瞭解各位的實力，所以我們有機會打贏，但如果這裡不是達蘭妮安的領土，我們所有人不是都已經死了嗎？」

這樣講也沒錯。我們都望著湖邊新產生的小湖，跟被火燒掉的樹林。這真是可怕。吉西恩環顧了我們一下，說：

「我絕對沒辦法再跟各位在一起了。我還知道褐色山脈的其他道路，只要走矮人們的路徑就行了。那我們在這裡分手吧。」

「咦？啊，不行……」

「別再說了，卡爾。」

吉西恩堅決地打斷了卡爾的話。

卡爾閉上了嘴。吉西恩帶著有幾分落寞的表情說：

「對於昨天決定跟各位一起走這件事，我真是非常抱歉。你們要怎麼罵我都沒關係。我沒想到刺客居然會跟到這麼險峻的褐色山脈裡來。這是我的錯。」

「殿下……」

「對不起。當了這六年的野人，我認為人們已經把我視作野人吉西恩了。我相信自己能夠舒服地過著冒險家的生活。但現在世上還認為我是吉西恩・拜索斯，這是我必須甘心接受的命運，可是我不想連累到你們。那麼再見了。」

吉西恩好像覺得沒有必要再說什麼了，所以轉身騎上了御雷者。他根本不給我們講話的機會，就這樣開始要走。

「殿、殿下！」

吉西恩停了下來。

他轉過頭來望著我們。他在笑。

「萬一這是我的魔法之秋，這次的相遇是因為秋天的魔力造成的，那麼我們一定還會再見面的。到那時為止，我不會跟各位道別。願亞色斯的庇佑與你們同在。」

這句話好像在哪裡聽過……是梅莉安說的。如果約定了要再次相會，就不用道別。

「喝！」

遇到他還不到一天，吉西恩，這個有可能會成為國王，卻因為自由的靈魂而拋棄王座的人物，就離開了我們。他是騎著被詛咒的公牛，被嘮叨的魔法劍弄得頭痛不已的荒野王子。

我們茫然地望著他的背影遠去。

「我現在知道，人類是可以因著關係而發展的。」

這是伊露莉說的。卡爾沉穩地望著伊露莉。

「我認為你們不像我們一樣天生協調，所以必須熟悉互相縮小意見範圍的方法，也就是商討協議的方法，並且在試圖理解他人的過程中，培養對其他被造物的理解力。」

「這是精靈們的想法嗎？」

「這是我個人的想法，就如你們所知……」

「啊，是的。因為精靈都是協調的，所以其他精靈應該也不會反對謝蕾妮爾小姐的想法才是。」

「是的。但是那個王子，吉西恩・拜索斯，卻因為這個關係而受到折磨。」
「受到折磨……」
「在我看來是這樣。我感覺他雖然想創造自己的形象，想要堅持一個喜愛冒險的浪漫之人的形象，但他自己的關係卻不肯放過他。」
「妳指出的這一點是正確的。」
「是嗎？我好高興。這樣我對別人的理解力也算是有了些長進。」
「妳本來自認為沒有理解力嗎？」
「是的，這是當然的。時常在協調的關係中生活的我，要掌握跟我想法不同之人的內心，不是件簡單的事。」
卡爾遠遠地望著褐色山脈的另一端，說：
「我不是這麼想的。」
「咦？」
「妳剛才說到對他人的理解力，最後其實那只是感情的轉移。同樣體積的碎布，如果做成了娃娃，就會給人完全不同的感覺。同樣大小的石頭，如果做成了雕刻品，就會引發人的某種感情，或慈愛，或恐懼，或崇敬。這可以說是對物質轉移感情的結果，到最後，我相信一切都是從溫暖的心開始的。」
「這段話好難啊。」
「我的意思是這樣的：我相信只要有善良的心，對他人的理解就會自然而然產生。」
伊露莉歪著頭疑惑地問：
「只要有善良的心就夠了嗎？」

「在這個世界上……只要有這個就夠了。在一國的王子騎著公牛，揮動著魔法劍的世界上……」

卡爾沒把話說完，而是代之以微微的一笑。

（下集待續）

龍族名詞解說

◆一般武器

大刀（Glaive）：這是種介於槍跟刀之間的武器，基本的型態只要想成《三國演義》中關羽所拿的青龍偃月刀就行了。在東方常被人稱為斬馬刀，基本上是步兵用來攻擊馬上的騎兵或馬時所用的武器。

匕首（Dagger）：此武器由來已久，甚至摔破石頭就可以製作，由於製作極度簡單，可以說只要有人類的地方就一定有這種東西。匕首攜帶方便，容易隱藏，所以即使在火炮發達之後，仍然還是軍人無法離手的原始武器，因而型態也是千差萬別。一般說來它的長度是介於小刀（Knife）與短劍（Short sword）之間，但其實很難明確地區分。由於長度短，幾乎只能對近身的敵人使用，但危急時可以作投擲攻擊，也是很具有魅力的特點。

騎士槍（Lance）：中世紀最強的戰鬥兵種，就是槍騎兵，他們使用的就是這種沉重的騎士槍。這種武器幾乎不可能在地面上使用，只能由騎兵在馬上使用，所以製作的時候完全不考慮重量，重得離譜。槍有巨大的護手，有時騎士的甲冑上還附有掛這種長槍的環（這是因為它太過巨大，為了防止在衝鋒結束之前就掉落到地上，所以需要這樣的環）。

木杖（Rod）：單純的手杖。又直又長，是旅行者的好伴侶。雖然其長度上的特性可以當武器使用，但是被擅長特技的賣藝者（acrobat）拿來使用的時候，才會真的展現出它的真正價值。如果看到有人攜帶這種不像武器的武器到處走，而且眼神可疑，請觀察他是否注視著圍牆。因為說不定某一個月黑風高的夜裡，他會用手杖一撐就翻過圍牆去。

長劍（Long sword）：與斧頭同為使用於肉搏戰中流傳最久的武器之一。在人類學習運用金屬的過程中，劍也漸漸顯露出大型化的趨勢，依據戰鬥時有利型態的要求，有人在匕首上加上了長柄，走上了轉變為槍的另一條道路，而在度過漫長歷史之後，長劍終於在十世紀左右真正登上了歷史的舞臺。長劍可以說是站在劍類武器的歷史巔峰，劍身長約三～四呎，寬度約一吋，直而具有兩刃，但不像東方的劍上有血槽的設計。從劍的型態上就可以知道，它的機動性高，適合施展各種劍術。所以它是在金屬的冶煉技術進步到能製造出輕而強韌的金屬之後才出現的。

巨劍（Bastard sword）：劍的大型化→甲冑大型化→劍的大型化形成了惡性循環，最後出現的就是這種巨劍。這種劍的特徵是，可以像長劍一樣用單手握，也可以像雙手劍一樣用兩手握，所以它在四呎長的劍身上加上了一呎左右的劍柄。馬上的騎士可以一手握住轡繩，另一手揮動此劍；如果下了馬，則可以兩手握劍，對敵人施以強力的攻擊。同樣地，使用此武器時，可以一手拿盾牌戰鬥，或是丟下盾牌，用雙手給予對手一擊必殺的猛攻招式。

權杖（Staff）：也是普通的手杖，但是比木杖（Rod）更具有武器的特性，而且也比較沉重。也有些型態是以纏繞鐵絲或鐵圈，來強化它的功能。

短劍（Short sword）：這是流傳已久的武器。在原始的氏族社會裡，比匕首長的劍更能顯示出酋長的權威，同時也被用來作為祭司長行儀式的道具。這種長度二～三英呎左右的劍即為短劍。羅馬士兵們所使用的劍就是短劍。羅馬用這種短劍和方陣來征服全世界。當然，也可以一手拿短劍，另一手拿盾牌。在刀劍相交的白刃戰時，這種劍在可攻擊的距離上以及破壞力上都是十分充足有利的。

左手短劍（Main-gauche）：火砲發達之後，劍術與其說是戰鬥技術，不如說已經轉變為仕紳的一種教養，於是現代的西洋擊劍術也隨之登場。在擊劍術中，盔甲跟盾牌消失，劍的重量也大幅減少，具有驚人的機動性。此時的仕紳們為了保護自己的生命，左手會拿帽子、墊子或這種左手短劍，來阻擋對方的劍。由於它著重防禦的特性，所以劍的護手既大又圓。因為它是拿在左手的防禦性武器，所以就從法語中代表「左手」的Main-gauche得名。

悶棍（Blackjack）：各位現在當場脫下襪子之後，在裡面裝滿沙子或銅錢以及小石頭，那麼就可以知道什麼是悶棍。它的製作非常簡單，被打到也不會有什麼傷害性，但是它有一個很好的特性，就是不會發出聲音這一點。用這個猛攻對方的後腦杓的話，可以讓對方無聲無息地昏倒，所以小偷們如果想安靜地侵入某處偷東西的時候，就會準備這種悶棍。

自我意識劍（Ego sword）：是魔法劍中水準最高的，擁有本身的自我意識。因為有自我的人格，所以能夠認出主人（把它想成東方傳說中，在主人呼喚時會鳴叫應答的名劍就行了），也可以作為施展魔法的主體。所以一般來說，自我意識劍都會使用魔法。

穿甲劍（Estoc）：別名Toc。由於是刺穿甲冑用的劍，所以想像成超級大的錐子就比較容易理解了。為了容易刺擊，所以劍身的截面是圓形、三角形或方形，並沒有劍刃。因此攻擊的方式也只有刺擊這一種，甚至連全身鎧甲（Full plate mail）都能刺穿，對於穿著甲冑的戰士就如同惡夢一般的劍。

三叉戟（Trident）：本來是抓魚的工具。魚叉可以說是它的祖先，為了能夠在水中使用，所以特意做成阻力很低、頭部有三叉，一旦插中物體就不會掉落的型態。人魚跟其他的水中怪物都很喜歡用這種武器，就像閃電是宙斯的象徵一樣，三叉戟則是海神波賽頓的象徵。波賽頓想要折磨奧德賽的時候，就是揮動著三叉戟來引起暴風。

方鏃箭（Quarrel）：十字弓所使用的箭。因為是用在十字弓上，所以很短，而且稍微粗重。

半月刀（Falchion）：刀身是彎是直，與所使用的刀法有直接的關係。如果要刺或割，那麼應該會採取直刀身的型態；但如果是要揮砍，則彎曲的獨刃刀更為理想。代表性的彎刀有回教徒用的彎刀以及日本刀。半月刀的彎度一方面適度保持了適合揮砍的特性，另一方面也給人重量感。刀的寬度非常寬，過度沉重，讓人有不適合戰鬥的感覺。韓國人在森林中開路時所用的刀就是這種半月刀，東方的游牧民族所用的寬月刀也是屬於這一類（雖然也會讓人聯想到《三國演義》中關羽的青龍偃月刀，但那是屬於大刀類，不像這個是屬於劍類）。

斬矛（Fauchard）：槍的起源是戰鬥時將短劍附在長柄上來使用，之後又出現了兩種發展的方向，一種是長距離攻擊武器的標槍系統（投擲用），另一種則是強化步兵近戰戰鬥力的手持槍系統（刺擊或揮砍用的槍）。論到近戰時的機動性，手持槍系統的槍由於其長長的型態，使得機動性大幅減弱，此種槍的發達原則上是連貫到陣形或戰術的發達，所以才能夠作為近戰時被使用到的武器。由於戰術跟甲冑的發達，逼使得槍身也跟著大型化。經過文藝復興時期之後，槍身的大型化發展到令人訝異的程度，出現了戟、斬矛等等可怕的武器。斬矛在八呎長的柄上再加上新月形的槍頭，不適合刺擊而適合揮砍，因著揮動的半徑大，所以可產生驚人的破壞力。

戟（Halberd）：這是配合槍頭的大型化趨勢出現的新武器，在文藝復興時期於歐洲全境都十分惡名昭彰的武器。型態非常適合殺戮，在大型槍頭上，一邊加上了斧鋒，另一邊則是加上鉤或尖刺。因此它可以用於刺擊、揮砍、鉤刺，不管敵人在馬上或地上，都可以不分青紅皂白加以攻擊。因為是非常大型的武器，所以機動性極為低，但因為此武器出現的時期盔甲也已十分發達，所以它的低機動性變得不成問題。因為十分有用，所以在火炮發達之後，仍然在王室的儀仗中維持住其原有的地位。

◆長距離武器

長弓（Long bow）：因為羅賓漢使用而知名的此種武器，特別為英國人所愛用。海斯汀戰役之時，征服者威廉用如雨般的大量箭枝擊退對手之後，英國人甚至造出名稱為English longbow的獨特長弓，由此可知其酷愛的程度。在近代的越戰中，美軍也曾在執行特殊任務、需要安靜無聲的情況下使用此種長弓。

◆衣物／防具

鐵手套（Gauntlet）：指整套甲冑中保護手的手套部分。如果是連身鎧甲的鐵手套，甚至會用鐵皮一直包到手指的關節部分為止。最誇張的情況則是將拇指以及其外的四隻手指分別包住，幾乎不太能動。

圓盾（Round shield）：小而圓的盾牌。主要是由步兵使用，由皮革製成，或者是將圓木板箍上鐵邊加以強化，一般來說，型態都很簡單。

護腿（Leggings）：指甲冑中保護小腿的部分。進入現代之後，足球選手穿在足球襪裡層，保護小腿的東西，也叫做Leggings。

袍子（Robe）：寬鬆的連身長衣。中世紀的修道士常作此打扮。

鐲子（Bracelet）：一般只是裝飾用，在戰鬥中有保護手腕的功能，但是如果有甲冑，就不太需要了。

食人魔力量手套（Ogre power gauntlet）：簡稱OPG。戴上此手套，就會有食人魔般的力量。

鎖子甲（Chain mail）：用鐵鍊密密編成的鎧甲。十字軍所穿的盔甲大致屬於此類，雖然材料是金屬，但仍維持柔軟性，所以很受歡迎，只是保養起來非常麻煩。雖然在防禦砍劈的攻擊上很有效果，但是防禦刺擊的能力相當弱，如果被釘頭錘或鏈枷擊中，甚至會陷入肉裡面。所以通常在裡面會穿著相當厚的衣物，在胸部也會加上護心鏡，來補足其弱點。

鳶盾（Kite shield）：下方是尖形的盾牌。也能用來戳敵人。

硬皮甲（Hard leather）：大致做出人形的骨架後，將鞣皮處理後的皮革貼上去，再塗上油，即可固定。因為材料具有柔軟的特性，所以能夠穿在衣服裡面，但防禦力不怎麼強。通常硬皮甲會有強化特定的部位，重量在皮甲中算是較重的。

半身鎧甲（Half plate）：只留有胸甲部分的鐵鎧（Plate mail），能增加活動性。現在的騎兵儀仗中仍然可以看到。在普魯士國王的肖像畫中常看到的鐵皮鎧甲就是這種。

◆怪物／種族

地精（Goblin）：是很具代表性的人形怪物，有時狗頭人、豺狼人也會被解釋成地精中的一種。體型比人類小，面貌凶惡。由於體型的關係，所以也只能用小型武器。

食屍鬼（Ghoul）：起源於中東及印度國家，是一種會吃人肉的怪物，其特徵是這種怪物大都是吃死人的肉。具有在夜裡挖開墳墓之後吃屍體這種令人憤慨的掠食習慣，所以主要的棲息地是墓地。

水妖精（Nymph）：起源於希臘神話的妖精，種類大致有樹妖精（Dryad）、海妖精（Nereid）、江與湖妖精（Naiad）、溪谷妖精（Napaeae）、山妖精（Oread）、森林妖精（Alseid）等等。他們不是特別跟那些地方的命運有相關，而是居住在那個地方，甚至具有管理那附近一帶的意義。

樹妖精（Dryad）：起源於希臘神話的樹妖精。

炎魔（Balrog）：此怪物起源於J．R．R．托爾金（J. R. R.Tolkien）的《魔戒》（The Lord of the Rings）一書。書中這可怕無比的惡魔甚至還逼使頑強的矮人們拋棄故鄉去避難，牠的象徵就是右手所拿的鞭子。因為智力很高，所以對魔法也得心應手。牠甚至恐怖到連龍都能輕蔑地攻擊，幸而牠的性格比較喜歡地底下的環境，所以不常在地上出現。

龍（Dragon）：歷史最久遠、結合兩種原型而產生的最強大怪物。這兩種原型是鳥跟蛇。鳥極度自由，甚至可以飛向眾神，帶有向天的性質；蛇藏在地底，行動敏捷，帶有向地的性質。結合了這兩種特性的龍不管在古今中外，都是最有名的怪物。例如伊斯蘭神話的巴哈姆特、中東地區的提爾梅特、北歐神話的米德加爾德蛇、亞瑟王傳說中出現的凱爾特紅龍與白龍、《尼布龍根之歌》中出現的吉克夫里特之龍、猶太神話中（最後也進入了基督教）出現的古蛇（撒旦）、中國的龍……牠們是寶物的看守者以及掠奪者，擁有強大的力量、無限的知識，是處女的掠奪者（跟獨角獸屈服於純潔成相反，龍則會抓純潔的少女來吃。這是很值得詳細考察的差異點），又同時是英雄的試煉與救援。

矮人（Dwarf）：起源雖在北歐神話之中，但我們目前所熟知的矮人面貌卻是透過J．R．R．托爾金確立的。在北歐神話中，諸神透過巨人伊米爾的身體創造大地之時，這個種族就鑽到了地裡。他們是手藝極佳的鐵匠，擁有無盡的黃金與寶石，用其做出連諸神看了都訝異不止的寶物與武器。例如擲出必定命中的袞尼爾的槍、索爾所持有擊中目標後會回到手上的神鍾穆勒尼爾、會自動複製自己的德勞普尼爾的戒指、可以上天下海的金豬格林布爾斯提、西芙的黃金假髮、折起來以後可以放進口袋的船「斯基德布拉德尼爾」等等，全都是矮人的作品（北歐神話中，如果把矮人製作之物拿掉，那麼諸神簡直就是一無所有）。若依照托爾金所描寫的矮人來看，這一族是由偉大的鐵匠奧勒所創造出的，他們是天生的鐵匠、建築師與石工，能製作很精細的工藝品，也是礦工，善於一切需要靈敏手藝的工作。他們對寶石擁有跟龍一樣的貪欲，個性絕對不願受人支配。他們的象徵標誌就是小個子與濃密的鬍子。

人面針尾獅（Manticore）：故鄉是在衣索比亞地區的一種怪物，獅身人面，長有蠍子的尾巴，脾氣相當凶惡。從尾巴發射出的毒針具有致命的毒性，而且擁有獅子的前腳，是一種不可輕視的厲害怪物。

吸血鬼（Vampire）：因為血是生命的象徵，所以無論是東方還是西方的吸血鬼，我們可發現大都是高等動物。《龍族》裡的吸血鬼則是比較接近於布蘭姆・史鐸克所描寫的人物形象，而非安・萊絲所描繪的樣子。吸血鬼一到滿月的時候就會感受到吸血的欲望，會受到銀製武器或魔法武器的傷害。他們能夠變身為蝙蝠、野狼、霧的樣子，而且在鏡子前面會照不出形影。要是暴露在太陽光底下的話，他們的身體會燒起來，而且也無法涉水。因為擁有強大魅力，所以甚至可以使異性進入被催眠的狀態。被吸血鬼咬到的人就會變成吸血鬼。

黑龍（Black Dragon）：以個性邪惡暴躁為人所知，會吐出強酸。

睡精（Sandman）：睡眠的妖精。

火精（Salamander）：火的妖精。

骷髏（Skeleton）：跟殭屍一樣，是人工造成的不死生物，但跟殭屍不同的是，它們是用骨頭做出來的。所以用刀攻擊它們是毫無意義的。因為牙齒也算是骨頭，所以也有用龍的牙齒做出的骷髏，就是希臘神話中出現的龍牙兵。

巨蚤（Stirge）：大幅度地放大的跳蚤即為巨蚤。像跳蚤一樣蹦蹦跳跳，而且會附到人類身上吸血。如果被巨蚤吸到血，幾乎都會得病。

石魔像（Stone golem）：用石頭製作的魔像。用刀攻擊的話，會發出很大的響聲。

史萊姆（Slime）：型態像是果凍的一種不定型怪物。因為身體不固定，所以可以黏附在洞頂上，等敵人經過時落下把對方罩住，然後分泌消化液將其溶解。只要有一個小縫，它就可以鑽過去，但移動速度甚慢。

風精（Sylph）：風的妖精。

不死生物（Undead）：不是存活狀態的怪物的總稱。死後還在活動的所有怪物都屬於不死生物，所以幽靈也是不死生物。

精靈（Elf）：跟矮人一樣都是源自於北歐神話，但還是因為《魔戒》一書而廣為人知。在北歐神話中，他們跟矮人一樣是從巨人伊米爾的身體中出現的種族，但矮人鑽入地下時，精靈則是留在地面上。北歐話叫做Alfen。他們生活在紐爾德的兒子豐裕之神福雷的領地中，擁有美麗的故鄉「精靈之鄉」（Alfheim）。甚至有人說福雷本身也屬於精靈之一。身高跟大拇指差不多，個性善良而愛開玩笑。但是在《魔戒》一書中，精靈的性格卻有了很大的轉變，身為最早誕生的生物，精靈可說本來是大地與世界的主人。身形瘦高，長得都很好看，追求無限的知識與品格、勇氣、善良等等。基本上精靈是不會死亡的（在《魔戒》一書故事發生的舞臺「中土」上，精靈是可以被殺害的。但是被殺的精靈能夠帶著原有的記憶復活）。他們是中土其他生命有限者無法理解的高尚生命體，會因世界的混亂和敗壞而痛苦。他們喜愛詩歌，但也不忌諱拿起劍來對抗敵人。從《魔戒》一書（正確說來應該是《精靈寶鑽》一書）出現之後，精靈與矮人間的仇恨變得眾所周知。他們的特徵是讓人驚豔的容貌與尖尖的耳朵。

食人魔（Ogre）：凶暴的食人怪物。身材高大，力量非常強。長得比巨人更像是怪物，智力薄弱，但是很會使用武器，戰鬥技巧很好。主食是迷路的旅行者，如果突然想吃宵夜，就會到村莊裡抓熟睡的人來吃。

半身人（Hobbit）：即哈比人，這是J・R・R・托爾金在《哈比人》一書裡所創造出來的種族，身高不到一公尺，而個性則是開朗而且樂觀。喜歡貪食好吃的食物，在腳背上長有濃密的毛，並且不穿鞋。

半獸人（Orc）：是一種人形怪物，因為J・R・R・托爾金而變得有名。一般人的印象中，牠的頭是豬頭。地精這個概念是從地底的妖怪而來，相反地，半獸人的概念則既是怪物又是一種種族，跟人非常近似，甚至有一種說法說牠們可以跟人混血（在《魔戒》一書中，有一段暗示到白袍巫師薩魯曼想要做出人與半獸人混血的混種半獸人）。

獸化人（Lycanthrope）：會變成動物形體的人。其中最有名的就是狼人，但通常都會變為各地區人們最害怕的動物（例如歐洲是狼，在亞洲通常是老虎）。眾所周知，這些人都是在魔力最強的滿月下變身，要用銀製武器或魔法武器才能給予傷害。與吸血鬼的共同點是，當某個人類受到獸化人攻擊之後，常常也會變成獸化人。

翼龍（Wyvern）：只要想成是沒有前腳的龍，就可以大致掌握牠的模樣了。性格狂暴而強韌，無法像龍一樣進行噴吐攻擊，而且體積也沒有那麼龐大。

光精（Will-o'-wisp）：光的妖精。

獨角獸（Unicorn）：一般都被畫成白馬的樣子，以額頭中間有一根角而為人所知。那根角上附有強大的魔法，也能當作珍貴的藥材。英國王室的家徽上面就畫了獅子跟獨角獸，據說這兩種動物是宿敵（從這一點上看來，獨角獸應該是源於非洲，很清楚是犀牛的形象以訛傳訛傳到歐洲的結果）。牠們擁有如疾風般奔跑的能力，那根角強大到可以撞獅子來互相戰鬥，但弱點是會屈服於純潔的東西，所以讓一個少女坐到有獨角獸存在的樹林中，獨角獸就會自己前來，將自己的自由奉獻給少女。因此獨角獸代表了對處女地的渴求，也是逐夢之心的象徵。

殭屍（Zombi）：這是起源於巫毒教的不死生物。不死生物之中原本曾經活著、變成了屍體之後還活動著的都稱為殭屍。由於大都是靠人工性的操作來讓屍體活動，所以要是斷了和操控者間的連結，殭屍就會回復為原來的屍體。殭屍只能瞭解操控者的簡單命令，除此之外不具有什麼其他的智能，而且因為是已經死掉的身軀，所以沒有痛苦和擔憂之類的情緒。

深赤龍（Crimson Dragon）：這種龍會將維持均衡與中庸當作自己生存的目的。牠的身體是深赤色，很容易跟紅龍搞混，但是因為身上有黑色的條紋，所以近看的時候就可以區別出來（不過先決條件是，你要大膽到敢走近龍的身邊）。牠的興趣是在自己的住處欣賞自己，性格上會努力跟善與惡都保持距離。所以牠不喜歡戰鬥，到了牠判斷只能用暴力手段來解決事情的時候（雖然牠的判斷常失之於武斷），牠就會凶暴到連紅龍都相形失色。在龍當中，牠可以飛得最高，很喜歡俯衝攻擊。

合體獸（Chimaera）：起源於希臘神話。住在呂基亞山上，混合了獅子、山羊跟蛇的形象，非常凶暴。牠的型態基本上有兩種說法。其中之一說牠身體前面的部分是獅子，中間是山羊，尾巴是蛇。另一種說法說牠同時有獅子、山羊跟蛇三個頭。不管如何，由於這種怪物不可能存在，所以遺傳學上某種植物細胞的怪異遺傳因子也由此得名。這隻怪物最後被英雄貝勒洛彭騎著飛馬佩加蘇斯所殺死。

巨魔（Troll）：起源於北歐神話的食人怪物，智能比食人魔還低。最有名的巨魔是跟惡神洛基結婚，生下了三個孩子（趁著諸神黃昏之時將主神奧丁咬死的狼芬利爾，圍繞地球的大蛇裘孟干達，代表地獄的海爾）的女巨魔安格波達。因為皮膚很堅硬，所以防禦力非常高，就算受傷，也能夠在短時間內再生而恢復（據說可以用巨魔的血加工做成治療藥水）。雖然也會用棍棒等簡單的武器，但是更會利用自己的身體進行肉搏戰。

妖精（Fairy）：他們的個子很小，有翅膀，心情好的時候，會在蘑菇附近盤旋飛舞，因為喜歡開玩笑，所以常常搞得人類很困窘。特別他們不是跟事物有直接關聯的妖精，而是身為單獨客體的存在物。在《龍族》當中的設定是，由於他們不隸屬於任何東西，也不隸屬於任何次元，對於神與人的差異，也不太感到困惑，對他人的區別力很模糊，因而是自我概念比人類優越的高等存在物。

◆魔法

油膩術（Grease）：巫師所指定的場所的摩擦力被降到非常低。如果沒有相當的平衡感，就會摔得很難看。

舞動之光（Dancing light）：將火次元當中的生物陰影投射到現實次元當中來。所以不會發熱，也無法用來照明。只能使對方大吃一驚而已。

半智性體／非智性體：這是依據巫師誘發瑪那重新配置的方式，而產生的名詞。妖精們由於跟自然力有相當密切的關係，所以對瑪那做出的反應不是理性的，而是反射性的。所以將妖精稱為半智性體。

光明術（Light）：造出光的魔法。巫師可以在空中造出光源，也可以讓某樣物體發光。

閃電術（Lightning Bolt）：極度提高某個區域的電壓，使產生閃電。這種魔法是以閃電的型態，從巫師的手指尖飛往他所指定的場所。

復元術（Restore）：復元非正常性枯竭的生命力的一種魔法。也就是說，在被魔法奪取了生命力，或者被魔法增加了年紀歲數之類的情況之下，利用祭司的權能，治癒這些絕對無法自然地被治癒的損傷。

瑪那（Mana）：在整個世界上均勻分布的一種能量。基本上常常因為自然力而重新配置，所以如果達到能量均衡的狀態，也就是某種熱平衡的狀態，這種能量就不會移動（也就代表著不會發生任何事情）。但是巫師重新配置瑪那時，自然力為了讓瑪那恢復到均衡狀態，所以在一定時間與一定範圍中，就會造成移動。簡單來說，全體溫度都相等的水是不會移動的。但是將水裝到水壺中去煮，因為水中各處產生了溫度差，所以就會開始對流。也就是說在短暫的時間當中，發生了猶如擺脫重力影響的現象。這雖然是自然的現象，但是猛一看會以為它忽視重力的存在。如果不知道水是如何發生溫度差異，換句話說，如果不知道下面點著火，看起來就會像是魔法一樣。魔法就只是這種原理的擴大。

魔法飛彈（Magic Missile）：將空氣過度集中，形成柱狀然後對敵人加以攻擊的魔法。因為空氣壓縮的同時，裡面的水蒸氣也會液化，所以會造成光的散射，看來就像光箭一樣。依據施法者的能力，每次所能造出的個數也會隨之而不同。

記憶咒語（Memorize）：巫師在早晨是以記憶咒語作為一天的開始。巫師一面看魔法書，一面記憶自己能力允許範圍內的魔法。沒有記憶過的魔法是無法拿來使用的。遍布在整個世界的超自然力量「瑪那」會因巫師的力量而被重新配置，這時候，瑪那在與自然力的衝突及協調之下會產生魔法效果（就如同技術在與自然力的衝突及協調之下能轉動風車）。如果是正常狀態，瑪那會處在一種平衡狀態，不會與自然力相衝突。但是在瑪那平衡分布的狀態下，卻又很容易就製造出最初的一點點不平衡，而巫師所引發出的這一點點脫離平衡的行為，就能帶來全面性脫離平衡的結果，並且造成瑪那整個都重新配置。這種原理和混沌理論很相像。總而言之，重新配置過的瑪那會干涉自然力，並且扭曲自然力，這就成了魔法。巫師即使無法理解引起這種重新配置、最初的那一點點破壞是什麼東西，但是卻可以「感受」得到。所以每天早晨一邊做記憶咒語，一邊會感受到最初的啟動語。隨著時間的經過，瑪那的配置就會有所不同，所以也必須去感受不同的啟動語，因此巫師每天早晨都需做記憶咒語。

傳訊術（Message）：巫師將自己的話用風傳給希望被聽到的人。

擴張術（Enlarge）：使附上魔法的物體變得巨大。但只有形體變大，效能還是一樣。也就是說，如果將小小的麵包附上擴張術魔法的話，即使是變得像房子一樣大的麵包，吃下去之後的飽滿感也還是和吃小麵包一模一樣的感覺。

治病魔法（Cure Disease）：治療疾病的魔法。

防護神力效果（Protect from Divine Power）：用來防護神力。這與防護魔法效果不同的是，這是利用自己所信奉之神的力量來阻擋住其他神力，所以即使不知道要防護哪個神的力量，也可以使用這種魔法。

瞬間移動（Blink）：在很短的距離內，像是閃爍般地移動。此種法術可以讓巫師瞬間消失，然後出現在數公尺之外的地方。在躲避攻擊而來的刀劍時，是很有用的法術，但是無法做長距離的移動。

沉默術（Silence）：在一定的範圍中使音波消失的魔法。會讓此處變得安靜。

卷軸（Scroll）：含有魔法力量的魔法書。就算不是巫師也可以使用。因為必須影響時常改變的瑪那配置，所以要製作卷軸是非常困難的。

神力強化（Striking）：透過神職者的權能，讓武器變得更強且更銳利。等於是成為施法對象的武器在一段時間當中有神的同在。

睡眠術（Sleep）：讓對方睡著的魔法。

反魔法防護罩（Anti-magic Shell）：在一定區域當中使瑪那完全固定的魔法。因為不會發生瑪那的重新配置，所以一切魔法都變得無效。

連鎖閃電術（Chain LIghtning）：連續發出比閃電術更強的閃電。

變化形貌術（Change Self）：巫師改變自己形貌的魔法。但是不可能讓人變成像食人魔。只不過看起來會像另一個人。而且也不可能故意變化成某個特定人物的樣子。在巫師要經過追殺者面前的時候，這個魔法非常有用。

鷹眼術（Clairvoyance）：可以看見遠處事物的魔法。但是無法看到沒去過的地方。

火球術（Fireball）：極度上升某個區域的溫度，然後燃燒空氣。型態是採用火球的模樣。

霜之手（Frost Hand）：使一定範圍內的溫度急驟下降。從巫師手中噴出，以冰冷氣息之類的型態出現。

防護一般遠距攻擊（Protect from Normal Missile）：這個魔法可以保護巫師不受魔法以外的遠距攻擊，例如投擲攻擊、遠射類武器的傷害。可以擋住拋來的石頭或者箭枝等等。但是擋不住魔法飛彈。

◆其他用語

疾馳（Gallop）：馬全速奔馳的速度。大約每小時六十公里。

夜鷹（Nighthawk）：指稱夜盜的暗語。

龍之恐懼術（Dragon fear）：這並不是魔法，而是一種龍的能力。因著龍吐出的強烈氣息，使得與其不同價值觀的其他生物非常害怕。如果是惡龍，能使得善人都逃走，如果是善龍，就能使得惡人都逃走。

聖徽（Divine mark）：神的標誌，也就是象徵神的東西（就像基督教的十字架）。

神力（Divine power）：神的力量。嚴格地說，就是祭司的力量。透過祭司所展現的神力，會依照這個祭司的能力的不同而受到限制或增強。

巫醫（Shaman）：使神降臨在自己身體上的巫士。巫醫與祭司不同的是，信仰並不是很大的問題，重要的是他肉體上的能力是否能讓身體承載神。

魔法寶物（Artifact）：是指稀有珍貴而且擁有神奇力量的東西或古物。

逐退術（Turning）：用神聖的神力逐退無生命的怪物（即不死生物）。逐退術可以使不死生物陷入自身的混亂中。也就是說，不死生物本身否定了死人不能活動的真理，逐退術是對於如此的不死生物，給予絕對真理的神之力量，使不死生物自己感受到混亂之後，因為矛盾而自己避開。

教壇最高會議（Prime meeting）：某種宗教總院的所有祭司聚集於一個地方所召開的會議。依照總院最高負責人的判斷才會召開這種會議。

肅殺之氣（Killing aura）：殺氣。

疾走（Trot）：馬快速走的速度，大約每小時十五公里。

柄端圓頭（Pommel）：在刀劍柄端附上的重物。西歐的劍由於劍身過分沉重，如果不附上這個頭，常無法維持平衡。

祭司（Priest）：是指得到神的許可，能夠行使神的能力的聖職者（修煉士是無法行使的）。

女祭司（Priestess）：女性的祭司。

護手（Guard）：劍的劍身與劍把之間的部分。

巢穴（Lair）：比較高智能的怪物才會建造巢穴。大都是用來指稱龍的窩巢。而且眾所周知的是，龍的巢穴裡會有龍所收集的大批寶物，為了守住寶物，龍還會在眼睛上點火（在希臘神話裡，還出現龍為了守護金羊皮絕對不睡覺的故事）。

公會（Guild）：通常都是指中世紀歐洲的同業者團體。但是也可以廣義地指為了共同祭祀、共同酒宴、共同扶助等所組成的古公會，或者以政治目的所組成的政治公會等，都算是公會。像古公會這種組織，可以想成是現代的聯誼會，就可以明白古公會的含義。然而，最為人所知的還是中世紀歐洲的同業公會，也就是指相同行業的製造業者的組織。同業公會的由來，是因為中世紀都市文明的發達，隨著發展過程中，有一些工匠流浪尋找需要他們的人，後來他們停留在村落或首都圈附近，形成一個可以作為援助商圈的組織。在初期，公會成員死亡時會關照其遺族，或者成員倒閉時會給予援助，相互援助的意味非常濃厚，演變到後來，則是強調商業獨佔性。也就是說，公會都只採用公會成員的商品，在一個商圈裡強制不採用非公會成員的商品。而在奇幻的世界裡，比較特別的是有一種叫做盜賊公會的組織。這是利用治安的弱點，以及魔力和神力等個人所擁有的武力過分高漲的社會裡所出現的現象。盜賊公會同樣也有公會的基本特性。也就是說，公會成員遭遇困難的時候（例如被逮捕的情況）會給予援助（幫助逃獄，或者幫忙請辯護律師，或者在意志薄弱的公會成員供出情報之前，會很好心地先把他殺死）等活動，同樣地，在一個「商圈」裡面規定非公會成員是不能營業（偷竊）的。

治癒藥水（Healing potion）：恢復傷口的藥。

作者簡介

李榮道（이영도）

一九七二年生，兩歲起在韓國馬山市土生土長，畢業於慶南大學國語文學系。一九九三年正式開始撰寫小說，一九九七年秋在 Hite 網站連載長篇奇幻小說《龍族》，得到讀者爆發性的迴響，奠定了韓國奇幻小說復興的契機。後陸續出版了《未來行者》、《北極星狂想曲》、《喝眼淚的鳥》、《喝血的鳥》等多部小說，每部銷量數十萬冊，被譽為韓國第一流派小說家，尤其是《喝眼淚的鳥》被稱為韓國的《魔戒》，因為作品中的設定、語言、構圖都是全新創作，適合韓國人的情感，即使在奇幻出版市場的二〇〇三年進入低迷期，仍銷量二十萬冊。《龍族》更是全球銷量破二百五十萬冊的暢銷作品，以其無限的想像、深入的世界觀、出色的製作工藝，成為韓國奇幻文學的代表作，入選韓國國立高中教材，為韓國奇幻文學史開創時代，成為韓國奇幻小說之王。

譯者簡介

王中寧

文化大學韓語系畢業，馬山慶南大學交換學生。從十歲開始沉迷RPG，從而對奇幻文學產生了興趣。曾參與《龍族》小說、遊戲，以及《冰風之谷》、《柏德之門》、《AD&D第三版地下城主手冊》、《混亂冒險》、《無盡的任務》等小說、遊戲翻譯。

邱敏文

政治大學東方語文學系畢業，韓國漢陽大學教育系碩士學位。留學期間，數度擔任貿易即時翻譯及旅遊翻譯。畢業後在電腦軟體公司任職，負責中文化企劃，並曾擔任許多遊戲軟體的中文化翻譯工作，且開始對奇幻文學產生濃厚興趣。曾執筆翻譯《龍族》長篇小說與其他書籍六十餘冊。

幻想藏書閣 121
龍族 2：五十個小孩與大法師費雷爾
（全球暢銷250萬冊奇幻經典史詩鉅作25周年紀念典藏版）

作　　者／李榮道
譯　　者／王中寧、邱敏文
企畫選書人／張世國
責 任 編 輯／張世國、高雅婷

發 行 人／何飛鵬
總 編 輯／王雪莉
業 務 協 理／范光杰
行銷企劃主任／陳姿億
資深版權專員／許儀盈
版權行政暨數位業務專員／陳玉鈴
法律顧問／元禾法律事務所　王子文律師
出版／奇幻基地出版
115台北市南港區昆陽街16號4樓
電話：(02)2500-7008　　傳眞：(02)2502-7676
網址：www.ffoundation.com.tw
email：ffoundation@cite.com.tw
發行／英屬蓋曼群島商家庭傳媒股份有限公司城邦分公司
115台北市南港區昆陽街16號8樓
書虫客服服務專線：02-25007718・02-25007719
24小時傳眞服務：02-25170999・02-25001991
服務時間：週一至週五09:30-12:00・13:30-17:00
郵撥帳號：19863813　　戶名：書虫股份有限公司
讀者服務信箱E-mail：service@readingclub.com.tw
歡迎光臨城邦讀書花園 網址：www.cite.com.tw
香港發行所／城邦（香港）出版集團有限公司
香港灣仔駱克道193號1東超商業中心1樓
電話：(852)25086231　　傳眞：(852)25789337
馬新發行所／城邦（馬新）出版集團
【Cite (M) Sdn. Bhd.(458372U)】
11, Jalan 30D/146, Desa Tasik,
Sungai Besi, 57000 Kuala Lumpur, Malaysia.
電話：603-9056-3833　　傳眞：603-9057-6622

Cover Illustration／李受妍
Book Design／金炯均
Design Alteration／Snow Vega
文字校對／謝佳容、劉瑄
排版／菩薩蠻電腦科技有限公司
印刷／高典印刷有限公司
■2025年1月2日初版一刷

售價／550元

國家圖書館出版品預行編目資料

龍族2：五十個小孩與大法師費雷爾 / 李榮道著；王中寧、邱敏文譯
—初版—台北市：奇幻基地出版；家庭傳媒城邦分公司發行；2025.1
面：公分. –（幻想藏書閣：121）
譯自：드래곤 라자. 2, 50명의 꼬마들과 대마법사 펠레일
ISBN 978-626-7436-52-3（平裝）

862.57　　113014860

Original title: 드래곤 라자 2: 50명의 꼬마들과 대마법사 펠레일 by 이영도
DRAGON RAJA 2: 50 MYEONGUI KKOMADEULGWA DAEMABEOPSA PELLEIL by Lee Young-do

ISBN 978-626-7436-52-3

Printed in Taiwan.

城邦讀書花園
www.cite.com.tw

廣　告　回　函
北區郵政管理登記證
台北廣字第000791號
郵資已付，免貼郵票

115台北市南港區昆陽街16號8樓

英屬蓋曼群島商家庭傳媒股份有限公司城邦分公司 收

請沿虛線對摺，謝謝

奇幻基地

每個人都有一本奇幻文學的啓蒙書

奇幻基地粉絲團：http://www.facebook.com/ffoundation

書號：1HI121　　書名：龍族 2：五十個小孩與大法師費雷爾
（全球暢銷250萬冊奇幻經典史詩鉅作25周年紀念典藏版

請於此處用膠水黏貼

奇幻基地

讀者回函卡

謝謝您購買我們出版的書籍！請費心填寫此回函卡，我們將不定期寄上城邦集團最新的出版訊息。

姓名：＿＿＿＿＿＿＿＿＿＿＿＿＿＿＿ 性別：□男 □女

生日：西元＿＿＿＿＿年＿＿＿＿＿月＿＿＿＿＿日

地址：＿＿＿＿＿＿＿＿＿＿＿＿＿＿＿

聯絡電話：＿＿＿＿＿＿＿＿＿＿傳真：＿＿＿＿＿＿＿＿＿＿

E-mail ：＿＿＿＿＿＿＿＿＿＿＿＿＿＿＿

學歷：□1.小學 □2.國中 □3.高中 □4.大專 □5.研究所以上

職業：□1.學生 □2.軍公教 □3.服務 □4.金融 □5.製造 □6.資訊

□7.傳播 □8.自由業 □9.農漁牧 □10.家管 □11.退休

□12.其他＿＿＿＿＿＿＿＿＿＿

您從何種方式得知本書消息？

□1.書店 □2.網路 □3.報紙 □4.雜誌 □5.廣播 □6.電視

□7.親友推薦 □8.其他＿＿＿＿＿＿＿＿＿＿

您通常以何種方式購書？

□1.書店 □2.網路 □3.傳真訂購 □4.郵局劃撥 □5.其他

您購買本書的原因是（單選）

□1.封面吸引人 □2.內容豐富 □3.價格合理

您喜歡以下哪一種類型的書籍？（可複選）

□1.科幻 □2.魔法奇幻 □3.恐怖 □4.偵探推理

□5.實用類型工具書籍

也可線上填寫回函卡喔！請掃QRcode：

請於此處用膠水黏貼

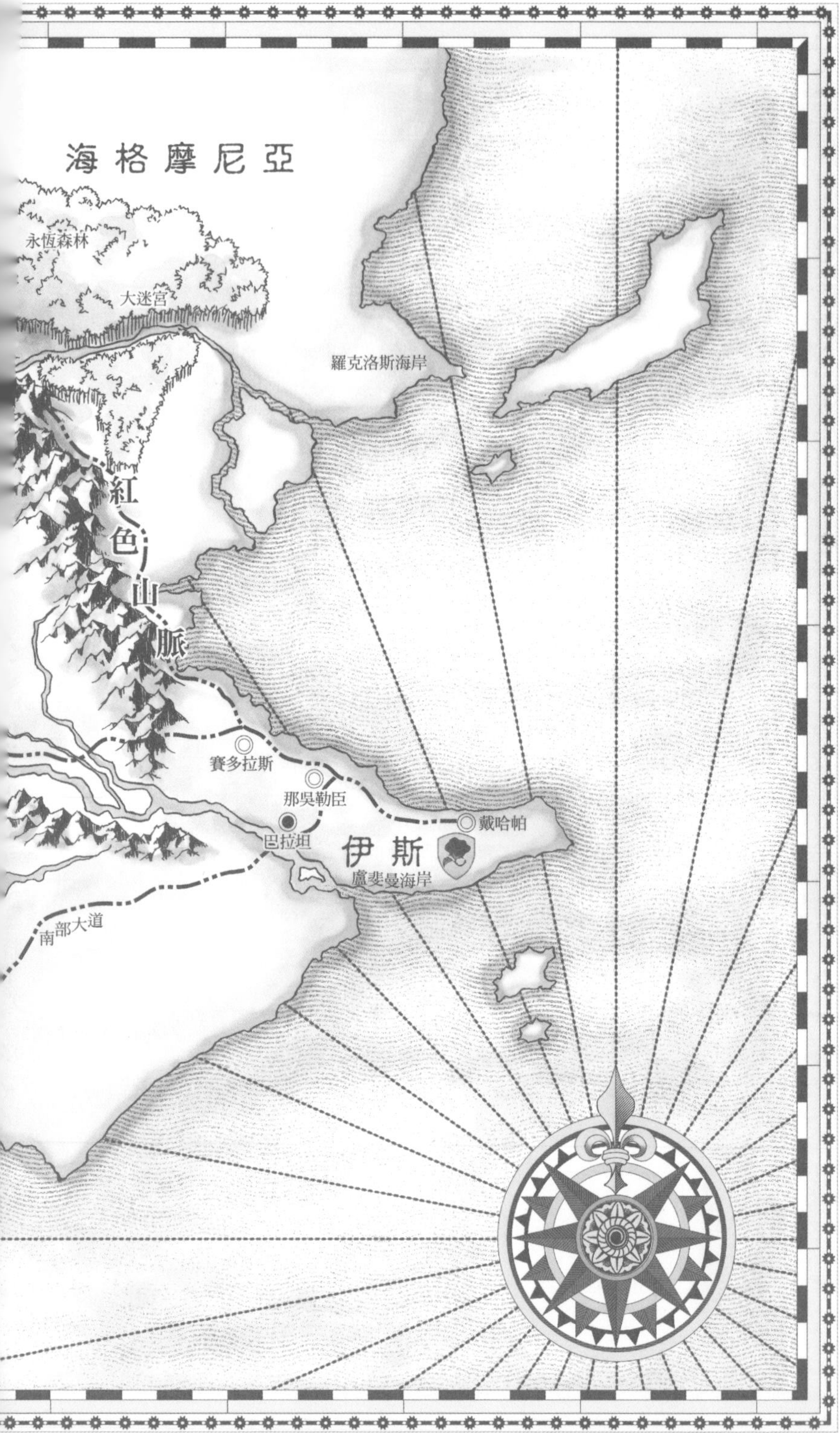
海格摩尼亞
永恆森林
大迷宮
羅克洛斯海岸
紅色山脈
賽多拉斯
那吳勒臣
巴拉坦
戴哈帕
伊斯
廬斐曼海岸
南部大道

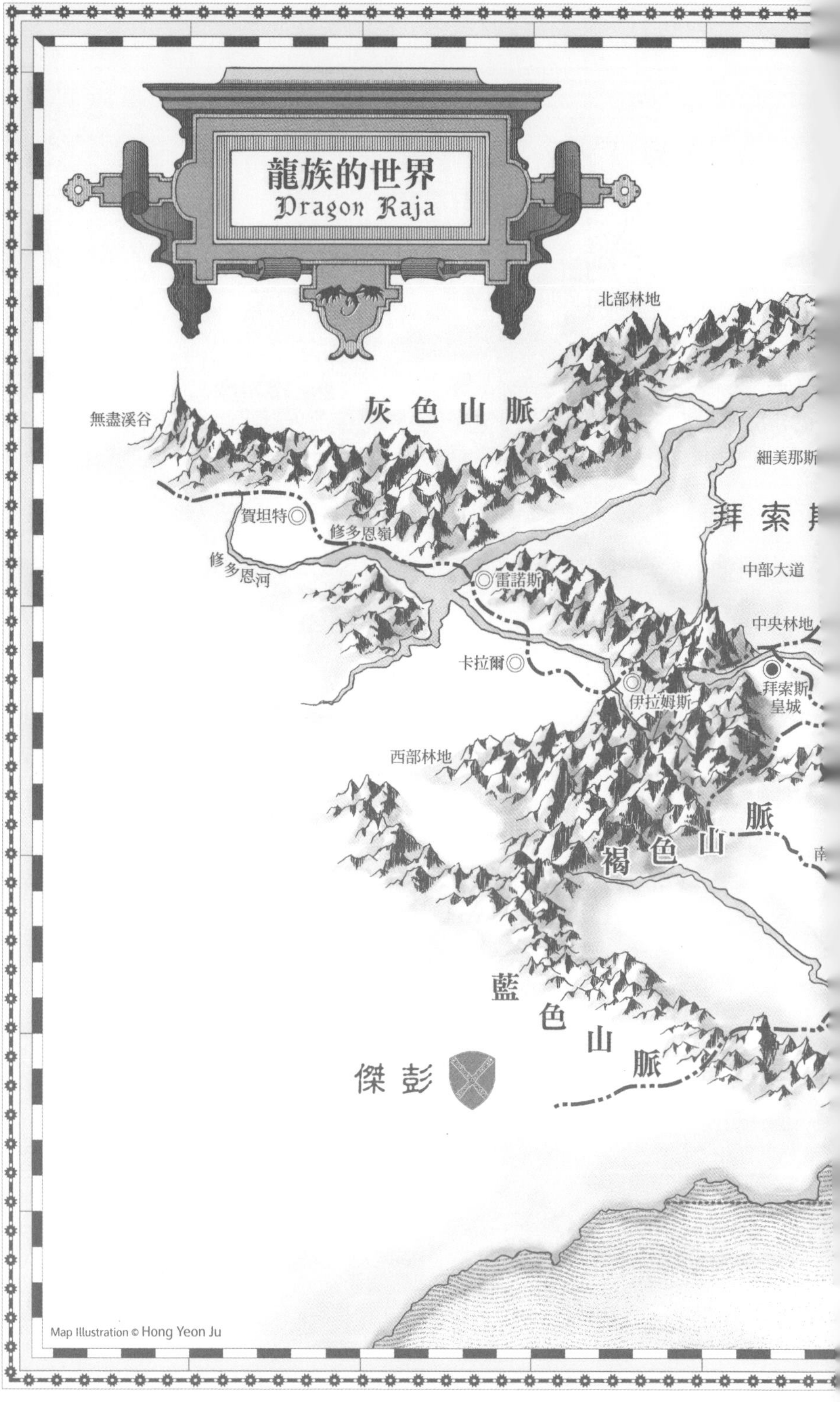
龍族的世界
Dragon Raja
北部林地
灰色山脈
無盡溪谷
細美那斯
拜索
賀坦特
修多恩嶺
修多恩河
雷諾斯
中部大道
中央林地
卡拉爾
伊拉姆斯
拜索斯
皇城
西部林地
褐色山脈
藍色山脈
傑彭
Map Illustration © Hong Yeon Ju